Dans la même série :

Dardéa (Thomas Passe-Mondes 1)
Hyksos (Thomas Passe-Mondes 2)
Colossea (Thomas Passe-Mondes 3)
Uluru (Thomas Passe-Mondes 4)
Brann (Thomas Passe-Mondes 5)

Pour mon ami Franck Chabert,
inoubliable illustrateur aimé des enfants.

Illustration de Morgan Yon

© 2011 Alice Éditions, Bruxelles
info@alice-editions.be
www.alice-editions.be
ISBN 978-2-87426-145-9
EAN 9782874261459
Dépôt légal : D/2011/7641/13
Imprimé dans l'Union européenne

Toute reproduction d'un extrait quelconque de ce livre,
par quelque procédé que ce soit,
et notamment par photocopie, microfilm ou support
numérique ou digital, est strictement interdite.

ÉRIC TASSET

THOMAS PASSE-MONDES

ULURU

'ALICE
JEUNESSE

Résumé des trois premiers épisodes

Thomas Passelande – quatorze ans – vit une existence sans histoires en compagnie de sa grand-mère Honorine. Jusqu'au jour où il découvre par hasard qu'il possède le pouvoir de pénétrer dans un univers parallèle, le mystérieux monde d'Anaclasis.

Un monde où les villes sont d'immenses créatures vivantes flottant dans les airs (les Animavilles), les sables mouvants de terribles prédateurs et les nuages le terrain de jeu d'immenses vers, non moins redoutables. Un monde où les hommes ont apprivoisé l'étonnante vibration fossile, qui leur permet de se déplacer à la vitesse de la pensée ou de transformer le son en une arme surprenante.

D'aventures en rencontres, Thomas apprend qu'il appartient à l'ordre respecté des Passe-Mondes et qu'un destin hors du commun l'attend depuis toujours : il est le nouveau Nommeur, seul capable de retrouver les noms des Incréés (détenus dans de mystérieux endroits appelés Frontières) et d'utiliser leur pouvoir pour tenter de contrecarrer les sinistres projets du Dénommeur et de ses légions d'hommes-scorpions.

Thomas trouve sa meilleure alliée en la pétillante Ela, avec qui il noue une tendre complicité. L'Animaville Dardéa, les Touillegadoues et les énigmatiques Veilleurs d'Arcaba lui apportent un soutien sans faille, tandis que les forces du Dénommeur conspirent dans l'ombre avec l'aide d'un représentant de la Guilde des Marchands. Thomas déjoue de justesse un complot visant à l'enlever.

L'arrivée des terribles Effaceurs d'ombre à travers la vibration fossile contraint Thomas à partir à la recherche de la première Frontière en repassant par son monde d'origine, où son ami Pierric se révèle un allié précieux. Après avoir échappé au piège tendu par un milliardaire chasseur d'OVNI nommé Andremi, Thomas et ses amis se lancent dans une grande quête, qui les mène à travers le royaume sylvestre d'Elwander puis sur les routes des caravaniers de l'immense désert du Neck.

Ils rencontrent les Chasseurs de miel de l'Animaville de Ruchéa, avant d'embarquer sur un Cors'air et de voguer en direction du terrifiant cryovolcan de l'île d'Hyksos. C'est là qu'ils découvrent la première Frontière et le nom de l'un des Incréés qu'elle abrite depuis l'aube des temps. Ce nom octroie désormais à Thomas le pouvoir de lire dans les esprits.

Incapable de déterminer la position des autres Frontières par ses propres moyens, Thomas a l'idée de reprendre contact avec le milliardaire Pierre Andremi, qui semble très au fait des phénomènes touchant à la vibration fossile. Ils décident de collaborer et Thomas obtient l'emplacement des cinq autres Frontières : une en Islande, une en Roumanie, une en Australie et deux autres qui semblent s'être évanouies dans le temps, l'une sur le Mont Saint-Michel et l'autre en mer Noire. Un mystérieux phénomène semble pourtant relier ces deux dernières à la ville de la Guilde des Marchands, l'énigmatique Colossea.

Profitant d'un voyage scolaire organisé par l'école des Deux Mains dans la ville de Colossea, Thomas et ses amis découvrent, médusés, la ville Mécanique bâtie dans un titan de métal, ses décors synesthésiques et ses hommes-marionnettes. Mais ils découvrent surtout deux prodigieux secrets de la Guilde : les Colosséens étudient de très près le Monde du Reflet, en utilisant des passages à travers la vibration fossile que les gens du monde de Thomas prennent à tort pour des OVNI, et ils disposent également d'un moyen de voyager à travers le temps, le chronoprisme. Plus grave, l'imperator de Colossea s'apprête à ranger son armée de biomecas aux côtés des troupes du Dénommeur.

Thomas tente néanmoins de gagner la Frontière du Mont Saint-Michel en plongeant mille cinq cents ans dans le passé. Il ne parvient à ses fins qu'au terme d'un périlleux périple au cours duquel il devient l'allié d'Arthur de Stronggore (le futur roi Arthur), de la troublante Morgane et du magicien Myrddin (plus connu sous le nom de Merlin) pour sauver Ela et ses amis des griffes du prince de Dumnonie.

De retour à Colossea, les adolescents n'ont pas le temps de souffler : l'école des Deux Mains a quitté la ville Mécanique en catastrophe pour échapper aux biomecas de l'imperator. Ils s'enfuient à leur tour pour rejoindre leurs camarades dans la dangereuse forêt d'Alentin. L'alliance avec les hommes-oiseaux Assayanes et les femmes-soldats Sardokar de Fomalhaut leur permet d'échapper aux griffes de leurs poursuivants. L'intervention des Parfaits du roi Jadawin de Villevieille évite à Fomalhaut de tomber au terme d'un siège terrible…

Sommaire

Carte du Monde d'Anaclasis — 8
Carte de l'Océanie (Monde du Reflet) — 9

1. Projet Atlas — 11
2. Jumeau — 19
3. Confession — 35
4. Retour à Anaclasis — 55
5. Perce-Nuage — 75
6. La prophétie d'Antialphe — 99
7. Le village abandonné — 121
8. Nuit agitée — 141
9. Australie — 157
10. Uluru — 171
11. La Terre des Géants — 189
12. État de siège — 205
13. Le comte de Lapérouse — 223
14. Le Seasword — 241
15. Terre-Matrice — 265
16. En rêve inconnu — 283
    Épilogue : Le feu-dragon — 299

Chronologie comparée — 308
Les personnages — 311
Glossaire — 317

L'auteur — 345

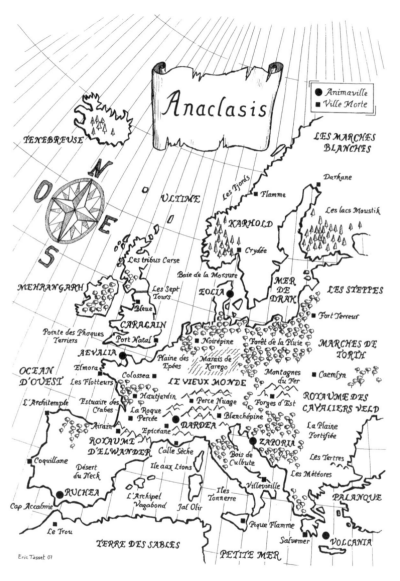

Le Monde d'Anaclasis.

L'Océanie (Monde du Reflet).

1.

Projet Atlas

Terre-Matrice sentait le soufre et la poussière. Aucune lumière ne tombait des puits d'étoiles qui crevaient la voûte rocheuse. L'obscurité du monde troglodytique n'était allégée que par la lueur falote des torchères plantées entre les maisons, trois cents mètres au-dessous du plafond de l'immense caverne. La ville dormait, recroquevillée frileusement sur elle-même, à l'image de ses habitants, jadis heureux et insouciants, aujourd'hui courbant la tête sous le joug des Réincarnés. Tous étaient trop inquiets à l'idée des actes de violence dont pourraient se rendre coupables les *nés-deux-fois* pour songer à se rebeller. Tous ceux qui avaient osé le faire avaient été éliminés. Il était le dernier de ceux-là. Et il était en fuite.

Catal passa une langue sèche sur ses lèvres craquelées. Son cœur battait douloureusement contre ses côtes. Il se tenait en équilibre précaire au bord de la plateforme suspendue qui donnait accès à la rotonde des portes. Il parcourut d'un dernier regard Terre-Matrice. L'immense cavité, formée jadis par la remontée d'une bulle de gaz jaillie des entrailles de la terre, était trop vaste pour être appréhendée d'un seul regard. Sa mémoire lui restituait sans peine ce qui échappait à ses rétines. Il en connaissait les moindres recoins, les moindres détails : les chemins creux de lave figée, les constructions confortables en briques végétales, les placettes érigées où se rassemblaient les conteurs... Il se sentait accablé par une immense détresse à l'idée de renoncer définitivement à tout cela. Ce n'était pas juste. C'étaient les autres qui auraient dû être contraints à l'exil. Or, c'était lui qui s'en allait pour ne plus revenir. Il mourrait loin des siens et ne mêlerait jamais plus sa voix à celle de l'Aedir.

Se détournant rageusement, il traversa la plateforme, emprunta une rampe déserte et se retrouva dans la rotonde des portes. Il contourna les échoppes des marchands, désertes à cette heure, et avança en direction de l'un des accès de la cité cavernicole. Il fut rassuré de constater qu'Amukal avait tenu parole et avait laissé entrouvert l'huis basculant dont il avait la garde. L'ouverture figée faisait penser aux mâchoires béantes d'un monstre défunt. Par l'entrebâillement apparaissait le ciel nocturne du monde extérieur, clouté de milliers d'étoiles. Sanglé dans sa cotte tressée, caractéristique des gardiens de Terre-Matrice, Amukal semblait plongé dans une profonde réflexion. Il tournait le dos à Catal, mais il l'avait forcément entendu approcher. Les gardiens étaient choisis pour la finesse exceptionnelle de leurs sens. Simplement, il ne voulait pas croiser le regard de celui qu'il aurait dû intercepter et qu'il prenait le risque de laisser s'échapper. Le fugitif soupira brièvement et avança d'une démarche sinueuse en direction d'une liberté qu'il redoutait autant qu'il l'appelait de ses vœux. Il aurait aimé remercier son ami. Il aurait surtout voulu parler une dernière fois à quelqu'un avant de s'en aller. Mais quelque chose le retint. Certaines fois, un dos tourné est aussi expressif qu'un visage.

Il avança sur le sommet tabulaire de Terre-Matrice. La nuit était froide et claire comme le fil d'un poignard. Les étoiles innombrables et l'anneau de poussière qui barrait le ciel dispensaient une clarté bleue sur le paysage. La montagne ressemblait à un masque géant, rouge carmin, campé au-dessus de la jungle aux exubérantes frondaisons. Le fugitif avança, le cœur serré, vers l'immense falaise plongeant en direction de la jungle. Des vers de sa composition remontèrent spontanément à son esprit :

> *Nuit amie engloutit son crépuscule,*
> *Entre le semis des fûts d'eliodule,*
> *Nuit amie chuchote sur l'arche rubis,*
> *Où flotte l'esprit esclave des poésies,*
> *Nuit amie apaise mon cœur enchâssé,*
> *Sous le dais de ses joyaux constellés…*

Évoquer quelques-uns des milliers de vers qui peuplaient sa mémoire lui avait raffermi le cœur. Il se sentait moins seul, comme apaisé. Subitement, il ouvrit ses ailes membraneuses et, sans une hésitation, sauta dans le vide. Il trouva aussitôt le courant d'air chaud qui montait des arbres et s'éleva rapidement dans le ciel piqué d'étoiles. Il vola résolument, presque sans état d'âme, jusqu'à ce qu'une aube grise et spectrale émerge des ténèbres. Il choisit un promontoire dégagé pour s'arrêter, frissonnant malgré la tiédeur de l'air, et il s'accorda enfin le droit de pleurer à chaudes larmes sur son triste sort.

*

Un vent frais comme un linge mouillé gifla le visage du comte de Lapérouse, lorsqu'il prit pied sur le gaillard d'arrière de la Boussole. Sa frégate filait à petite allure sur une mer creusée, noire comme de la poix en ce début de nuit australe. Les vagues cognaient sans discontinuer contre les flancs du navire, dans de spectaculaires jaillissements d'écume. Spectaculaires, mais sans danger véritable. Lapérouse avait connu suffisamment de grains au cours de sa carrière pour savoir que celui-ci ne mettait pas en péril l'expédition qu'il commandait. Malgré le mur de nuages noirs qui avait plongé prématurément la Boussole et l'Astrolabe dans l'obscurité une heure plus tôt, il avait ordonné de maintenir le cap. L'idée l'avait bien traversé, à un moment, de mettre ses bâtiments à l'abri d'une île inconnue, apparue au loin, mais la crainte de heurter des hauts-fonds l'en avait finalement dissuadé.

Lapérouse rejoignit son second, qui se tenait fermement au bastingage en promenant un regard acéré sur la houle nerveuse.

— Avons-nous doublé l'île, Monsieur de Monti ? demanda-t-il, en forçant sa voix pour couvrir le sifflement du vent dans le gréement malmené.

— Je ne saurais l'affirmer, Monsieur, répondit l'officier sans laisser paraître l'ombre d'un sentiment. Il m'a semblé l'apercevoir sur notre gauche, il y a un instant, mais il aurait aussi bien pu s'agir d'un nuage. Pour ne prendre aucun risque, j'ai fait réduire la voilure.

— Sage précaution, approuva le commandant.

Il fouilla du regard l'obscurité mais dut se rendre à l'évidence : l'île, si elle était bien là, ne se laisserait pas observer facilement à travers la nuit noire. Cependant, leur allure maîtrisée laisserait largement le temps de virer de bord si elle venait à surgir un peu trop près. Rasséréné, Lapérouse dédia un large sourire à son second.

— Ce n'est pas cette nuit que nous fournirons le couvert aux poissons.

— En effet, Monsieur, répondit l'officier en second, sans se départir de son habituelle raideur.

Le comte de Lapérouse prit congé d'un hochement

de tête. Il sourit intérieurement en se souvenant de ce qu'avait dit le commandant de Langle, peu avant de disparaître tragiquement sous les flèches des sauvages de l'île de Maouna : « *De Monti ne doit pas pousser le plus petit soupir lorsqu'il est dans le lit d'une femme. Cet homme est un marin remarquable, mais je le soupçonne d'être le résultat du croisement entre le plus flegmatique des Anglais et une porte de prison !* »

Lapérouse s'engagea dans le couloir qui menait aux cabines des officiers et des scientifiques embarqués. La lumière vacillante d'une lampe-tempête éclairait chichement le passage. Le comte se retint vivement à la cloison lorsque la frégate, venue au sommet d'une vague, retomba lourdement en craquant de toute sa membrure. Il grimaça : de Monti avait bougrement bien fait de diminuer le nombre de voiles !

À l'instant où il arriva devant sa cabine, son attention fut soudain attirée par la porte : elle était légèrement entrouverte. Il se souvenait parfaitement l'avoir refermée derrière lui. La houle qui faisait rouler le navire bord sur bord pouvait-elle l'avoir débloquée ? Sceptique, il franchit le dernier mètre aussi silencieusement que possible et tendit l'oreille. Un craquement du plancher acheva de l'instruire : quelqu'un s'était introduit dans ses quartiers ! Pris d'une colère soudaine, il rabattit le battant à la volée, faisant trembler la cloison sous le choc. L'intrus avait volté avec la détente d'un cabri et se tenait à présent face à Lapérouse, le corps légèrement penché en avant comme s'il comptait prendre la fuite. Seulement, la seule issue possible était la porte dans laquelle le commandant s'encadrait.

Lapérouse reconnut aussitôt le matelot indigène à la peau noire et au nez épaté qu'il avait fait embarquer la semaine précédente dans le comptoir britannique de Botany Bay pour renforcer l'équipage. L'individu avait le dos pressé contre le mur et scrutait dans sa direction avec des yeux si écarquillés de peur qu'ils en paraissaient tout blancs. Il avait visiblement fouillé dans ses affaires, comme en témoignait le désordre régnant sur le bureau et le coffre ouvert au pied du lit. L'indigène tenait quelque chose dans sa main, appuyé contre sa poitrine, comme si l'objet revêtait pour lui une importance particulière. Lapérouse haussa les sourcils en reconnaissant la curieuse statuette de verre qu'il avait troquée dans le port de Botany Bay.

— Repose immédiatement ça sur le bureau, intima-t-il rudement en faisant un pas en avant. Il va t'en coûter chaud, mon garçon…

Le reste de sa phrase fut emporté par un craquement de fin du monde. Ses pieds quittèrent le plancher au moment où les cloisons éclatèrent en se tordant de façon grotesque. Il se sentit happé par un holocauste liquide, qui le précipita vers un abîme sans fond.

*

L'immensité bleue de l'océan Pacifique s'étendait aussi loin que portait le regard. Le navire qui fendait les eaux turquoise de ce désert liquide semblait plus fragile qu'une coque de noix. Le ronflement de ses moteurs était insignifiant face à la respiration profonde des vagues et au souffle de l'alizé. De même, le jaillissement vertical de sa coque en acier avait quelque chose d'incongru au milieu des lignes courbes et de l'horizon sans limites.

À l'intérieur du bateau, toutefois, l'impression d'écrasante supériorité des éléments sur l'homme laissait place à une atmosphère irréelle et ouatée. Tout n'était que silence et lumière artificielle. Jusqu'au roulis, qui était en partie compensé par une technologie de pointe. On aurait facilement pu oublier que l'on était perdu à des centaines de milles marins de la première terre émergée.

Le commandant Andrew traversa d'un pas rapide la coursive plongée dans une lueur rouge clignotante. Ancien capitaine de la Royal Navy, il avait été un temps conseiller militaire aux Nations-Unies. C'est là qu'il avait été secrètement approché puis recruté par les membres du projet Atlas. Depuis, il commandait le Seasword et son équipage trié sur le volet à travers toutes les mers du globe. Il passa un dernier sas et fit irruption dans la salle des opérations militaires.

— Que se passe-t-il ? demanda-t-il sans préambule.

— Nous sommes passés en code rouge, commandant, répondit le lieutenant Costas, un vétéran des forces spéciales argentines. Nous sommes en contact avec l'autorité, sur la ligne sécurisée.

— Je prends, signifia Andrew, en se plantant devant une table ovale au-dessus de laquelle s'affichaient les hologrammes en trois dimensions d'une carte sous-marine.

L'image céda la place à une icône, signalant que la communication était établie.

— Commandant Andrew du Seasword au rapport, lança-t-il d'un ton martial.

— Bonjour, commandant Andrew, souffla avec un léger retard une voix cryptée. Je suis Numéro 2. Je viens de placer votre bâtiment d'action rapide en code rouge. J'ai un travail urgent pour vous et votre équipage.

— Quel est l'objectif ? demanda Andrew, allant droit au but comme à son habitude.

— Une petite île de l'archipel des Salomon. Nous avons intercepté il y a deux heures une communication entre une mission de recherche archéologique française, actuellement sur zone, et le continent australien. Cette communication fait état de la découverte d'un objet ancien, que nous souhaiterions vivement récupérer.

— Vivement… jusqu'à quel point ?

— Vivement, mais dans les limites de la discrétion à laquelle nous sommes astreints, commandant Andrew.

— Je vois. Pas vu, pas pris.

— C'est exactement ça.

— Les coordonnées et la description de la cible à exfiltrer vont suivre, j'imagine ?

— Vous imaginez bien, commandant. Quand pensez-vous pouvoir être à pied d'œuvre ?

— Dans moins de trente heures, répondit Andrew après une rapide estimation.

— Parfait. Je vous recontacte dans quarante-huit heures précisément, pour fixer les modalités de livraison de l'objet. Bonne mission, commandant Andrew.

La communication fut coupée. Andrew hocha la tête, comme s'il saluait son interlocuteur invisible. Il s'adressa à Costas en sourcillant.

— L'affaire doit être sérieuse pour que ce soit une huile qui nous contacte directement.

— C'est aussi ce que je m'étais dit, acquiesça le second.

— Bon, cela ne change rien pour nous. Je monte sur la passerelle pour mettre le cap sur les Salomon. Avertissez-moi lorsque les coordonnées seront arrivées.

Il tourna les talons sans attendre de réponse.

2.

Jumeau

Le temps était aussi engageant que l'intérieur d'un camion frigorifique. Un vent étonnamment frais pour la saison ronflait au ras du sol, effilochant sans conviction le nuage charbonneux qui semblait s'être posé sur la campagne anglaise. La nuit était proche. Thomas jeta un coup d'œil en direction de la masse grise et floue des monolithes, de l'autre côté de la haie de fils de fer. Ils faisaient penser aux ossements de quelque monstrueux animal, ensevelis sous un suaire de brume stagnante. Les derniers visiteurs avaient déserté les sentiers balisés de Stonehenge depuis déjà une bonne demi-heure.

— Je pense qu'on peut y aller, estima le garçon.

Ela, Tenna, Pierric, Palleas, Bouzin et Duinhaïn approuvèrent silencieusement. Ses amis avaient tous souhaité découvrir le monument vieux de plus de quatre mille ans où Thomas avait rencontré l'enchanteur Myrddin une nuit de Beltane.

— Tu crois qu'il y a une alarme ou des caméras de surveillance autour des pierres ? demanda Pierric.

— Je ne sais pas, mais je dirais que non. De toute façon, si on venait à être repérés, il ne serait pas bien dur de filer… à l'anglaise !

— Hi ! Hi ! Je vois que Monsieur a mangé du clown aujourd'hui, répliqua son ami d'un ton enjoué.

— Si on y allait, au lieu de bavasser, râla Ela d'un air faussement bourru. Je commence à détester le climat de ce pays. Il me donne la chair de poule...

— J'aimerais bien voir ça, sourit Thomas.

La jeune fille ouvrit des yeux scandalisés avant de froncer le nez d'un air réjoui.

— Tenez-vous à moi, on va franchir la clôture.

Le saut à travers la vibration fossile les déposa au pied des dolmens. Le site était suffisamment impressionnant pour que les adolescents demeurent bouche bée une bonne minute. Comme à son habitude, Pierric trouva le mot juste pour dégeler l'atmosphère :

— Il doit être bien embêté, le géant qui a perdu son dentier !

Tenna laissa échapper un petit rire tandis qu'Ela levait les yeux au ciel.

— Ceux q-q-qui ont construit ça ont p-p-peut-être utilisé les services d'un B-B-Bougeur ? suggéra Bouzin.

— Va savoir, répondit Thomas. Ça leur aurait drôlement simplifié la vie, en tout cas. Ces rochers pèsent des dizaines de tonnes.

— Et Myrddin les a fait valser comme des brins de paille ? souffla Palleas en posant la main sur la surface humide de l'un d'eux.

— C'était irréel et terrifiant à la fois, confirma Thomas. Il m'arrive encore de me demander s'il ne s'agissait pas d'une illusion collective.

— Qui aurait laissé ensuite plusieurs des blocs couchés par terre ? nota Duinhaïn. Peu crédible.

Thomas haussa les épaules.

— Une drôle d'atmosphère se dégage de cet endroit, poursuivit l'Elwil d'un air songeur. Elle me rappelle celle de Val-Dûlkan, le Bosquet Primitif de la forêt d'Elwander. Ma mère dit que cette atmosphère est toujours présente dans ce qu'elle appelle les vortex de l'histoire. Ce sont des endroits qui canalisent les énergies et rassemblent, génération après génération, l'activité des êtres vivants...

Thomas frissonna sans raison apparente. Pour lui, Stonehenge était davantage qu'un site historique. C'était un endroit auquel s'attachaient des souvenirs intenses et encore douloureux. L'image de Morgane surgit sans prévenir. Ses mimiques adorables, ses longs cheveux ondulés tombant devant des yeux espiègles. Thomas se raidit, refusant tout net de se couler dans ces événements qu'il avait ensevelis au fond de sa mémoire. Il tourna le regard vers Ela et sentit le passé desserrer aussitôt son étreinte. Il avait mauvaise conscience d'éprouver le besoin de la regarder pour tenir à distance ses regrets. Il avala sa salive et se rappela la phrase qu'Honorine lui avait dite un jour, après le décès de l'une de ses amies d'enfance : « *C'est dur de perdre quelqu'un qu'on aime, mais le pire aurait été de ne jamais l'avoir rencontré.* » Cela le réconforta un peu.

Ela haussa les sourcils d'un air interrogateur. Thomas secoua la tête, avec un sourire bravache qui ne sembla pas duper son amie.

— Bon, on n'est pas là pour faire du tourisme, s'esclaffa Pierric. Si on se mettait à rechercher ton épée avant qu'il pleuve ?

L'intéressé approuva silencieusement et reporta son attention sur le cromlech monumental. En dépit de son apparence flegmatique, il bouillonnait d'excitation, comme un garçonnet qui aurait ramené à l'insu de ses parents une grenouille dissimulée dans sa poche. Le Sanctuaire des Pierres semblait luire d'une clarté étrange au milieu de la grisaille. Était-ce un effet de son imagination ? Thomas respira profondément et s'appliqua à chasser les pensées importunes qui encombraient son esprit. Il devait se concentrer sur ce qu'il était venu faire : retrouver l'épée Caledfwlch, la fameuse Excalibur d'Arthur. L'arme fabuleuse, initialement possession d'un mystérieux Atlant (y avait-il un rapport avec l'Atlantide ?) et redécouverte des millénaires plus tard par le roi Uther Pendragon, semblait liée à son propre destin. Le garçon le ressentait jusqu'aux tréfonds de son être, sans parvenir à se l'expliquer. Il avait également la conviction qu'après la mort d'Arthur, Morgane avait fait ramener l'épée au Sanctuaire. Pour que le garçon dont elle avait fugacement partagé l'existence la retrouve, des siècles plus tard. Ce soir…

L'adolescent s'ouvrit à la vibration fossile et constata sans surprise qu'elle était toujours animée d'un mouvement de rotation, centré sur le temple mégalithique. Peut-être juste un peu moins rapide que la première fois, mais l'impression d'être plongé au milieu d'un courant invisible perturba de nouveau son sens de l'équilibre. Un vortex de l'histoire, avait dit Duinhaïn. Peut-être bien, après tout.

Il sonda plus finement la vibration, sans savoir exactement ce qu'il y recherchait. Après un moment, il détecta quelque chose, à la limite du perceptible. Cela faisait penser au ronronnement d'un chat, masqué presque complètement par la rumeur de gravier remué de la vibration fossile. L'origine semblait être le centre du cromlech. Les jambes de Thomas se mirent en mouvement, comme aiguillonnées par des décharges électriques. Le garçon s'engagea sous les linteaux monumentaux et traversa les quatre cercles de pierres levées, sans perdre le contact avec le signal ténu.

Il aboutit dans le saint des saints. Des filaments de brume s'enroulaient paresseusement autour de la grande pierre plate devant laquelle s'était jadis dressé Myrddin. L'énigmatique perturbation flottait au-dessus du bloc de grès. Pas trace de l'épée, en revanche. L'inverse aurait été surprenant et, pourtant, la déception perça Thomas telle une flèche. Il avait eu l'impression que c'était elle qui l'appelait à travers la vibration fossile. Il l'aurait juré…

Une idée germa subitement dans son esprit. Mû par une impulsion, il traversa la ouate humide qui le séparait de la pierre plate. Arrivé à quelques centimètres de la table rocheuse, il avança la main en direction de la perturbation. Lentement. À chaque millimètre gagné, le calme de l'adolescent gagnait plusieurs degrés – une certitude bienfaisante l'envahissait. Il avait compris à quoi correspondait l'étrange perturbation qui faisait résonner son plexus solaire. Le ronronnement se solidifia au contact de sa main et l'épée fut tout simplement là. Pesant presque amoureusement au creux de sa paume, tiède, incontestablement vivante. Ultime message de Morgane à son intention…

— Mille cinq cents ans que tu attends, dissimulée dans la vibration…, marmonna sourdement Thomas.

Il leva la magnifique lame effilée au niveau de ses yeux, apprécia son équilibre parfait. Il fendit l'air au ralenti et la grosse pierre bleutée du pommeau scintilla d'un éclat qui aurait pu passer pour un éclair de satisfaction. La beauté implacable de Caledfwlch ramena subitement l'adolescent aux terribles batailles auxquelles il avait été mêlé.

Une odeur de poussière, de sueur et de sang assaillit ses narines. Avant qu'il n'ait eu le temps de fermer la porte à ses souvenirs, le fracas des combats lui bondit à la figure. Suivi par le râle des mourants, le tintement des armures et des épées entrechoquées, et le hennissement des chevaux pris de panique. Il recula d'un pas pour tenter d'échapper au tourbillon de terreur, mais rien n'y fit. Les bruits et les images venaient de tous côtés, lui martelant les tympans, lui perçant les rétines. L'image de Thorian fauché à mort par le tir d'un biomeca lui broya le cœur, obscurcissant son esprit comme un linceul.

— La vache ! lâcha la voix de Pierric dans son dos.

L'exclamation de son ami le ramena à la réalité. Il cilla et se retrouva au milieu du cromlech, vide et silencieux. Une sueur glacée coulait sur son visage, son cœur martelait douloureusement contre ses côtes. Pierric semblait pétrifié d'admiration devant l'épée. Thomas lui tendit l'arme comme si elle lui brûlait les doigts. Pierric refusa tout net, d'un geste de la main.

— Tu l'as trouvée où ? demanda-t-il d'un ton suspicieux.

— Planquée dans la vibration fossile. Depuis mille cinq cents ans…

Les lèvres de Pierric s'arrondirent dans un simulacre de sifflement. Leurs compagnons sortirent à leur tour de l'ombre brumeuse.

— Ça va ? s'inquiéta Ela en posant une main sur le bras de Thomas.

— Bien, affirma le garçon. Juste un peu secoué par de mauvais souvenirs…

La jeune fille mêla étroitement ses doigts à ceux du garçon.

— Elle dégage quelque chose de magique, dit-elle en contemplant Caledfwlch.

— Je pense qu'elle est vivante, à sa façon. Elle a traversé les siècles dissimulée dans la vibration fossile. Là, sur ce rocher.

— Une épée Passe-Mondes ? hoqueta Tenna.

— On dirait bien… D'ailleurs, je me demande si je peux…

Thomas fixa intensément la poignée de métal tressé dans sa main. L'épée s'évapora soudain puis réapparut une seconde plus tard. Un sourire réjoui gagna le visage de l'adolescent.

— Trop cool ! Il suffit que je lui demande mentalement de disparaître pour qu'elle s'exécute ! Je vais pouvoir l'emmener n'importe où avec moi, en toute discrétion !

— Et revendre ceinturon et fourreau, ironisa Pierric. T'aurais pas aussi une Wii Passe-Mondes, des fois ?

— Va falloir que j'envoie un e-mail à Merlin, pour ça !

*

Un saut à travers la vibration les ramena chez Honorine, où ils logeaient depuis la veille. Tous étaient invités au mariage de la vieille dame et de Romuald, qui devait se dérouler le lendemain. Tous, y compris Duinhaïn, grâce à une incantation de Dune Bard qui avait temporairement modifié l'aspect de ses oreilles. Le jeune Elwil évitait de croiser son reflet dans un miroir, tant il se trouvait défiguré, affublé d'oreilles en forme d'escargot.

— Tu as trouvé ce que tu cherchais ? demanda Honorine à Thomas en essuyant ses mains sur son tablier.

Le garçon eut un sourire de victoire et fit jaillir l'épée dans sa main. Sa grand-mère adoptive eut une exclamation de surprise. Elle ouvrit des yeux admiratifs.

— Je n'ai jamais beaucoup aimé les armes, dit-elle. Mais celle-ci est véritablement de toute beauté. Il faudra la montrer à Romuald, demain. Il possède plusieurs vieux sabres de cavalerie et sera certainement intéressé par ton épée. C'est drôle, on la croirait neuve, astiquée comme mon service en argent.

— Je l'ai toujours vue ainsi, Mamine. C'est une épée... très soigneuse de son apparence !

La vieille dame sourit, en se demandant visiblement si c'était du lard ou du cochon. Elle se tourna vers les amis de Thomas.

— Allez vous laver les mains, les enfants, lança-t-elle malicieusement. Le dîner vous attend sur la table du salon !

— Mamine ! protesta Thomas. Je t'avais dit de ne rien préparer ! Pas la veille de ton mariage !

— T-t-t ! l'interrompit la vieille dame. Justement, ce n'est que demain, mon mariage. Je n'allais tout de même pas vous laisser manger des sandwichs américains au bord d'un parking ! Dépêchez-vous, je sors le gigot du four et je vous rejoins.

Ela fronça le nez d'une manière comique.

— Il y a des petits pois, du chou et de l'artichaut pour ceux qui n'aiment pas la viande, gloussa Honorine, un pétillement dans les yeux.

— Alors là, je cours, plaisanta Ela.

Une fois passés à table, Thomas sentit l'odeur de l'agneau avant même que sa grand-mère adoptive arrive, portant le plat grésillant à l'aide de gants de cuisine décorés de fleurs multicolores. Contrairement à ses amis des Animavilles, l'eau lui monta davantage à la bouche pour la viande que pour l'accompagnement de légumes et le pain croustillant qui sortait également du four. Il aimait la saveur des légumes, surtout préparés par Honorine, mais le régime exclusivement végétarien auquel il était soumis à Dardéa décuplait ses envies de viande à chacun de ses passages au numéro 5 du chemin des Cuves. Il se jeta avec délectation sur les tranches d'un rose délicat que lui servit la vieille dame et n'ouvrit pas la bouche au cours des cinq minutes suivantes, ponctuant seulement sa mastication de quelques hochements de tête appréciateurs.

Ce fut un repas joyeux, au cours duquel les uns et les autres parlèrent de tout sauf de la guerre qui embrasait Anaclasis et de leur quête hasardeuse des six Frontières. Ce n'est qu'au moment du dessert – un gâteau au yaourt accompagné de l'incontournable pot de Nutella – que le sujet revint hanter Thomas. Il se garda bien de doucher la bonne humeur générale, mais regarda d'un œil neuf ses amis, avec qui il avait partagé tant d'épreuves : Pierric, aux longues jambes de sauterelle et à la bonne humeur inoxydable ;

Palleas, au visage de surfeur californien et aux attitudes de séducteur désabusé ; Bouzin, dont le monocle contribuait à lui donner un air de premier de la classe ; Duinhaïn, le réservé, un éternel demi-sourire accroché aux lèvres, comme s'il savourait quelque plaisanterie dont personne d'autre ne goûtait le sel ; Tenna, dont la frivolité de façade dissimulait une sensibilité exacerbée ; Ela, enfin, intelligente, fonceuse, l'élue de son cœur... Tous avaient grandi prématurément au cours de ces dernières semaines. Tous portaient en eux des blessures secrètes, qui transparaissaient parfois au détour d'une remarque, au pli d'un front ou d'une bouche.

Les longs cheveux noirs d'Ela étaient rejetés en arrière, retenus par un ruban rouge. Ils libéraient ses yeux magnifiques, légèrement cernés de bistre par le manque de sommeil, dans lesquels Thomas crut lire fugacement l'histoire de tragédies situées à des années-lumière de ce monde-ci. Il sentit une boule pesante grandir au creux de son estomac : la culpabilité le rongeait depuis des jours. L'impression que toutes ces batailles, tous ces morts, tous ces drames, étaient un peu de sa faute. Bien sûr, il n'avait pas choisi son destin, il n'avait rien fait pour être jeté au cœur d'un conflit à l'échelle d'un monde. Mais il était le nouveau Nommeur. Et chaque fois qu'il repensait à Thorian, disparu pendant le siège de Fomalhaut, il se sentait intimement responsable.

Une soudaine bouffée de colère bouscula son malaise : la faute incombait en réalité au Dénommeur. L'horrible vieillard qui hantait ses rêves était à l'origine de tous les malheurs d'Anaclasis. Mais, là encore, Thomas ne parvenait pas à se départir d'un profond malaise : pourquoi l'homme lui ressemblait-il autant ? Étaient-ils apparentés d'une manière quelconque ? Comment cela serait-il possible, puisque Dune Bard lui avait assuré qu'elle était la seule famille qui lui restait ? L'incantatrice elle-même était profondément perplexe. Elle lui avait conseillé de rechercher d'éventuelles pistes du côté de sa grand-mère adoptive. Ce qu'il avait fait la veille, mais sans obtenir plus que ce qu'il savait déjà. Il lui restait une dernière chance : explorer l'inconscient de la vieille dame, dans l'espoir de tomber sur des détails intéressants qu'elle-même aurait oubliés. Il répugnait plus que tout à violer l'intimité d'Honorine, mais, conscient des enjeux potentiels, il avait décidé de tenter l'expérience le soir même, une fois que tout le monde dormirait profondément. Les souvenirs étaient plus facilement accessibles lorsque le sujet sondé était endormi, comme si certaines barrières mentales s'abaissaient au moment où le flot de pensées conscientes se tarissait.

C'est avec un pincement au cœur que Thomas embrassa sa grand-mère au moment où elle monta se coucher. Il était rare que la vieille dame se retire aussi tôt, l'infatigable travailleuse qu'elle était rechignant en général à dormir avant que la maison soit briquée comme un sou neuf. Mais elle souhaitait avoir bonne mine pour le jour de son mariage. Sachant que l'excitation l'empêcherait de trouver immédiatement le sommeil, elle avait décidé de s'y prendre plus tôt qu'à l'accoutumée. De leur côté, les adolescents restèrent encore une bonne heure à deviser à voix basse, installés sur les chaises en fer forgé du jardin.

Thomas avait retrouvé toute sa sérénité lorsqu'ils montèrent à leur tour à l'étage, en prenant soin de ne pas faire craquer les lattes du plancher. Après un baiser appuyé, Ela et Thomas se souhaitèrent une bonne nuit. Les garçons dormaient dans la chambre de l'adolescent, sur des matelas descendus du grenier, tandis que les deux filles occupaient la troisième pièce, qui servait de chambre d'amis. Après le mariage d'Honorine, cette dernière serait transformée en bibliothèque, afin de recevoir les milliers de livres que Romuald allait emmener avec lui en emménageant au 5 chemin des Cuves.

En soulageant sa vessie dans la cuvette fendillée des toilettes, Thomas ne put s'empêcher de jeter un regard à la fissure courant sur le mur, parallèlement à la chaînette de la chasse d'eau. C'est là que tout avait commencé, des mois plus tôt. Bizarrement, la lumière venue d'Anaclasis ne s'était jamais plus échappée à travers la fente. Comme si le phénomène n'avait eu d'autre raison que de faire découvrir au garçon le monde de ses origines. C'est vrai qu'il était « l'élu », songea-t-il avec un sourire sans joie.

Un quart d'heure plus tard, la maison ne résonnait plus que du souffle des dormeurs. Thomas seul conservait les yeux ouverts. Il discernait, à travers l'obscurité, la silhouette de ses compagnons de chambrée. Pierric était le plus proche. Allongé sur le dos, les mains croisées derrière la tête, il semblait prendre le soleil sur une plage. C'était la première fois que l'adolescent renonçait à l'idée de dormir chez ses parents à l'occasion d'un passage dans le Reflet. Ses liens avec sa famille s'étaient progressivement distendus, sans drame ni dispute. Thomas le soupçonnait d'en souffrir secrètement, bien qu'il n'en ait jamais parlé.

« C'est le moment », songea le garçon.

Il fit le vide en lui, évoqua le nom de l'Incréé découvert à Hyksos et projeta son esprit vers la chambre d'Honorine. La vieille dame dormait. Aucun rêve n'agitait pour le moment son esprit. Thomas se coula subrepticement dans ses souvenirs, avec la facilité d'un nageur fendant l'eau calme d'un étang. Il se contentait d'effleurer les images et les sons stockés en couches successives, pour se guider à travers les années et remonter le fil du temps. Quelquefois, cependant, il s'attardait plus longtemps, captivé par un souvenir qui faisait remonter en lui des émotions oubliées. Son cerveau résonnait alors des bruits de son enfance : ses cris de cow-boy sur la trace d'hypothétiques indiens, la voix de la vieille dame lui lisant une histoire de chevaliers, les jappements de Job encore chiot, le grincement des suspensions de la 4L sur les routes du Vercors. Quand l'arôme du café et le parfum de lavande d'Honorine lui parvinrent, il sentit le nœud serré au creux de son estomac se détendre. La tension accumulée au cours des dernières semaines se dissipa comme par enchantement.

Il joua un long moment à saute-mouton avec les années, passant de l'odeur des noix dans le séchoir du village à ses premiers mots que la vieille dame notait amoureusement dans un cahier d'écolier, son enfance batifolant autour de lui, le submergeant de bonnes odeurs, de couleurs, de mouvements. Cela faisait un long moment déjà qu'il réveillait les souvenirs, les chaudes images pressées autour de lui comme de précieuses reliques, lorsqu'il se retrouva tout à coup face à ses parents. Jon Tulan et Elicia Bard ! Il avait contemplé mille fois leurs visages sur des photographies défraîchies qu'il avait parfois mouillées de ses larmes les jours où la solitude était trop pesante, mais jamais il ne les avait vus vivre et bouger. Il sentit un trop plein d'émotion lui nouer la gorge. Ses yeux s'embuèrent, débordèrent sur ses joues en sillons chauds.

— Maman, papa...

Les mots avaient franchi ses lèvres dans un murmure. La force qui grandissait en lui depuis des mois et le transformait progressivement en homme semblait s'être subitement évaporée, le laissant aussi fragile qu'un nouveau-né. Il aurait soudain donné n'importe quoi pour que ses parents soient là pour de bon. Pouvoir se relâcher dans leurs bras, écouter leurs conseils, leurs paroles de réconfort, pleurer tout son saoul.

« Arrête tes bêtises, ils sont morts ! » Thomas serra les poings de rage et ravala un sanglot coincé en travers de sa gorge. Il se morigéna vertement et revint sur la scène, très courte, qui montrait ses parents : Jon souriait et serrait la main de sa femme ; Elicia caressait son ventre arrondi en parlant à Honorine ; étrangement, ses lèvres remuaient, mais seuls quelques mots étaient audibles, comme un enregistrement à moitié effacé. Surpris, Thomas tendit l'oreille. Ce coup-ci, il comprit le mot échographie et réalisa qu'elle parlait de lui. Il se repassa la séquence une nouvelle fois, le cœur battant.

— ... tout se... développem... xième échographie a été un moment fabu... montré l'ima... que les bébés vont bien...

Thomas se dressa dans son lit. Tous ses poils et ses cheveux s'étaient hérissés sur son corps, comme sous l'effet d'une décharge électrique.

Comment ça, LES bébés vont bien ? Il n'y avait qu'un seul bébé ! Il n'y avait que lui... Thomas resta un moment sans bouger, sans penser, sans respirer, totalement tétanisé. Il aspira soudain une grande goulée d'air, à la limite de l'axphyxie. Il avait perdu le contact avec l'esprit d'Honorine, mais les paroles d'Elicia résonnaient toujours dans son crâne, comme un vieux disque vinyle rayé :

— ... que les bébés vont bien... que les bébés vont bien... que les bébés vont bien...

L'indignation cabra soudain l'adolescent. Il y avait eu un second bébé ! Il avait un frère, ou une sœur, et il l'ignorait ! À moins que son jumeau ne soit mort prématurément ? C'était certainement ça... Mais pourquoi Honorine ne lui avait-elle rien dit ? Pourquoi ?

Thomas se força à respirer lentement pour calmer les remous de son estomac. Il étudia avec défiance toutes les hypothèses. Peut-être que sa grand-mère adoptive n'avait pas souhaité lui révéler la mort de son jumeau pour ne pas le bouleverser plus qu'il ne l'avait été en apprenant la vérité sur ses parents ? Ou alors, peut-être que l'autre enfant avait survécu et que ses parents l'avaient placé auprès d'une autre nourrice ? Mais pourquoi auraient-ils fait ça ? Et une fois encore, pourquoi Honorine ne lui aurait-elle rien dit ?

Il se laissa retomber dans son lit en relâchant un long souffle tremblant. Cette nouvelle découverte éparpillait une fois de plus tous ses repères. Il se perdait dans les sentiments contradictoires qui se télescopaient dans son esprit : l'espoir insensé de découvrir un être proche se disputait à la peur d'être déçu s'il apprenait que l'autre enfant n'avait pas survécu. S'il était toujours en vie, où pouvait-il être en ce moment ? Dans la région, autour de Grenoble ? Peut-être l'avait-il déjà croisé un jour sans y prendre garde ? À moins qu'il ne soit plus loin, du côté de Lyon par exemple, où Honorine avait de la famille ? Et pourquoi pas encore plus loin, à l'étranger ? Ou même... à Anaclasis ? Mais alors... ils n'auraient plus le même âge, car le temps s'écoulait plus vite à Anaclasis que dans le Reflet. Dans cette hypothèse, son jumeau serait aujourd'hui plus vieux que lui. Six fois plus vieux, en fait, ce qui lui ferait environ... quatre-vingt-cinq ans...

Le cœur du garçon se transforma en un morceau de glace. Il venait soudain d'entrevoir la vérité, comme au lever de rideau d'une pièce de théâtre ! Il avait bien eu un jumeau, un frère, et il était toujours vivant... pour le plus grand malheur de l'espèce humaine ! Car ce frère disparu n'était autre que le Dénommeur, le mystérieux vieillard qui hantait ses cauchemars et mettait à feu et à sang Anaclasis ! Cela expliquait la ressemblance troublante, la voix qui lui évoquait quelque chose de connu. La seule famille qu'il lui restait était cet être abject, qu'il souhaitait plus que tout éliminer !

La terrible ironie de la situation lui tira un rire nerveux, incontrôlable. Un rire de dépit absolu, qui enfla comme un cri de désespoir. Les larmes avaient trempé son oreiller, lorsque la lumière du plafonnier illumina la chambre. Pierric avait la main sur l'interrupteur et le regardait d'un air préoccupé. Les autres semblaient à peine moins rassurés, clignant des yeux dans la lumière vive. Le rire de Thomas buta sur quelques hoquets désabusés.

— Qu'est-ce qui t'arrive ? demanda Pierric à voix basse.

— Un cauchemar ? grogna Palleas. Encore un de ces fichus cauchemars ?

— Tu n'as pas fait de cauchemar, comprit Pierric en le regardant droit dans les yeux.

Thomas acquiesça silencieusement, parcouru par des tremblements incontrôlables qui le secouaient de la tête aux pieds.

— Tu as raison, lâcha-t-il entre ses dents qui claquaient. Je viens d'apprendre quelque chose de... terrible !

Il leur raconta d'une voix blanche ce qui avait suscité son accès d'hilarité. La stupeur remplaça la curiosité sur tous les visages.

— Comment ton... frère jumeau se serait-il retrouvé à Anaclasis ? demanda finalement Duinhaïn.

— Je l'ignore. Je ne vois pas pourquoi mes parents l'auraient renvoyé dans un monde dont ils avaient choisi de s'éloigner pour des raisons de sécurité...

— Qu'est-ce qui avait poussé tes parents à s'expatrier, au juste ? interrogea Palleas.

— C'est un autre mystère. Je soupçonne qu'ils avaient appris d'une manière ou d'une autre que j'étais appelé à un destin particulier et qu'ils ont tenté de me mettre à l'abri pour un temps. Ils ont raconté à Honorine que leur vie était menacée, mais sans jamais donner le moindre détail. Peut-être était-ce en lien avec ma venue, justement...

— Ou peut être en lien avec la venue de ton frère, riposta Pierric.

— S'ils savaient pour toi et ton jumeau, ils savaient peut-être également que vous finiriez par vous affronter, remarqua Duinhaïn. Ils vous ont peut-être séparés volontairement ?

— Mouais... Mon intuition me dit que c'est autre chose. Mais quoi ?

— Tu t-t-trouveras peut-être la rép-p-ponse dans les souvenirs d'Honorine, suggéra Bouzin. P-p-poursuis tes invest-t-tigations si tu te sens encore d-d-d'attaque !

— Tu as raison, c'est la première chose à faire. Cela ne devrait pas être long...

Thomas ferma hermétiquement les paupières et sembla se recroqueviller sur lui-même. Ses amis attendirent sans un mot, gardant pour eux leurs réflexions de peur de le déranger dans ses recherches. Moins de cinq minutes plus tard, l'adolescent rouvrait les yeux. Ses tremblements avaient cessé, mais il semblait plus perplexe que jamais. Tous avaient le regard fixé sur lui, tous attendaient, suspendus à ses lèvres.

— J'ai fouillé la mémoire d'Honorine, dit-il d'une voix rauque. Entre la scène où Elicia parle de sa grossesse et les premières images de moi bébé, il n'y a rien ! Pas l'ombre d'un souvenir. C'est comme si cette période n'avait jamais existé... Comme si quelqu'un l'avait effacée de son esprit !

3.

Confession

Le vent qui grondait comme un torrent au-dessus de l'océan d'Ouest imprimait du roulis au Satalu, mais les pieds largement écartés de Léo Artéan lui assuraient un parfait équilibre. Il étudiait à travers sa lunette d'approche les trois navires qui les poursuivaient et gagnaient progressivement du terrain. De longues galères en bois de flotteur, aux proues recourbées vers le haut comme des cimeterres et surmontées d'une unique voile carrée. Ce n'était pas la voile qui les propulsait aussi rapidement, mais le mouvement parfaitement synchronisé d'une double rangée de rames, aux immenses pelles effilées comme des lames.

— Des hommes-scorpions ? demanda Ki.

La jeune Passe-Mondes avait dans la voix une certaine forme d'excitation. Le roi sparte abaissa la lunette d'approche.

— Ténébreuse, dit-il d'un ton neutre.

— Ce limon puant est partout, maugréa Zubran.

Son expression n'était ni plus ni moins butée qu'à l'accoutumée. Le long guerrier au crâne rasé qui portait le titre de Premier Soutien était réputé pour son humeur maussade et belliqueuse. Il considérait toujours le mauvais côté des choses mais c'était un excellent meneur d'hommes et un combattant d'élite.

Autre trait notable : il haïssait cordialement Ki, à

qui il reprochait d'avoir pris sa place auprès du monarque.

— Ils sont nombreux, on va devoir les affronter les uns après les autres, poursuivit-il d'une voix faisant penser au feulement d'un fauve sur le point d'attaquer.

— Il faut monter à l'abordage avant d'être à portée de tir, renchérit Ki.

Les disques d'or martelé qui pendaient à ses oreilles frémissaient dans le vent, comme sous l'effet de l'impatience d'en découdre. Une soudaine bourrasque secoua le Satalu comme une main géante, lui faisant donner de la bande. Le haut navire oscilla légèrement sur son point d'équilibre, avant de reprendre le cours tranquille de son vol. Ses deux mâts traçaient un sillon perturbé sous le ventre humide des nuages. Léo Artéan tambourina de ses doigts sur le garde-fou en bois verni et dit, d'un ton amusé :

— Désolé de vous décevoir, mais nous ne nous battrons pas aujourd'hui. L'issue de la confrontation pourrait être incertaine et la prise de trois bâtiments ennemis ne nous serait pas d'un grand secours pour la suite de notre mission. Nous allons rompre avec la tradition sparte et refuser le combat.

— Nous ne les distancerons pas à la voile, riposta Zubran.

— C'est pourquoi nous allons reprendre plus tôt que prévu le vol à travers la vibration fossile. Lance le signal de vol alternatif : nous allons filer avant que nos poursuivants ne nous éperonnent !

Le ton du monarque était badin, mais sa voix était aussi inflexible que de l'acier. Zubran souffla à contrecœur dans le sifflet pendu à son cou, puis cria des ordres d'un ton rogue, en agitant sa silhouette de mante religieuse. Les chevaliers spartes embarqués sur le transport de marchandises veldanien – dix-huit en comptant Léo et Ki – bondirent à leurs postes de saut.

Chacun connaissait parfaitement la position qu'il devait occuper pour contribuer le plus efficacement à déplacer l'immense vaisseau. Cette manœuvre nécessitait une grande synchronisation et une certaine débauche d'énergie. Zubran était chargé de coordonner les opérations en frappant sur un grand tambour du plat de la main. Au cinquième battement, les Passe-Mondes devraient élever le niveau de vibration de la partie du navire qui les entourait et calquer leur course sur celle de Léo Artéan, debout à l'avant du Satalu.

Ki promena son regard sur le bateau volant à bord duquel ils avaient abordé l'île d'Hyksos, où le monarque sparte avait glané son premier nom d'Incréé. Il s'agissait d'un navire de charge loué avec son équipage d'aéronautes dans la ville de Zachel, qui possédait la principale aérorade du royaume de Veldan. Le Satalu avait cinquante-cinq coudées de long, deux grands mâts et de larges vergues tendues de voiles rectangulaires, avec une grande fosse au centre du bateau destinée à recevoir une cargaison. Le petit gaillard d'avant où se tenait Léo Artéan était en retrait, pour laisser à la proue un espace ponté triangulaire d'où sortait le petit mât oblique de beaupré. La poupe arrondie portait un grand gaillard d'arrière très haut, au bordage extérieur décoré par une ribambelle d'écus aux couleurs vives, représentant les étendards des Douzes Royaumes.

Ki s'était positionnée sur la hune couronnant le plus haut mât du navire. Au cinquième battement du tambour de Zubran, la jeune fille éleva son niveau de vibration et celui de tout le gréement qu'elle surplombait. Elle épousa aussitôt la trajectoire du roi sparte, comme les seize autres chevaliers Passe-Mondes du bord. Le vol ne dura qu'une demi-seconde, et fut suivi de trois autres. L'océan d'Ouest faisait à présent place à une chaîne montagneuse couverte de sombres forêts, écrasée sous un ciel de fer. Les ombres de l'après-midi fonçaient en pénombre vespérale. Leurs poursuivants ne les rattraperaient plus. Ki retrouva Léo Artéan à l'avant du Satalu. Il s'entretenait avec le capitaine du bâtiment, Ninive, un homme de petite taille avec une bouche trop grande et une bosse dans le dos. Les jambes incroyablement musclées et le torse noueux de l'individu dégageaient une impression de force prodigieuse, qui faisait oublier son handicap.

— Le temps est de plus en plus exécrable, disait-il d'une voix de basse profonde. Je suggère que nous jetions l'ancre dans l'une de ces vallées pour laisser passer l'orage. La nuit est proche : nous ne perdrons qu'une heure de navigation.

Léo Artéan avait relevé le col de sa cape pour se protéger des rafales de vent. Son masque doré luisait sinistrement sous la lumière tragique filtrant des nuages.

— Je m'en remets à votre jugement, dit-il d'un ton résigné. Faites au mieux, capitaine.

La bouche démesurée de l'aéronaute se fendit d'un sourire machinal, qui le fit ressembler à une grenouille. Le monarque sparte pivota vers Ki.

— Tu profiteras de cette halte prématurée pour faire un saut à Khotor, ajouta-t-il. Cela fait trois jours que nous sommes sans nouvelles du déroulement de la guerre ; j'aimerais savoir où en sont les choses… Être ici alors que mes troupes sont engagées aux côtés des vestiges de l'armée de Kharold me frustre terriblement…

— Je sais, répondit la jeune fille, un pli soucieux en travers du front. Mais dix-huit combattants de plus ne pèseraient pas lourd face aux forces en présence, alors que notre quête des Frontières peut nous donner un avantage décisif sur Ténébreuse.

— Tu prêches un convaincu, soupira Léo. Il n'empêche que j'ai mauvaise conscience de ne pas être à leurs côtés. Pars dès que le Satalu sera immobilisé et reviens vite me rassurer sur leur sort.

Peu après, le navire s'engagea entre deux montagnes curieuses faisant penser à des géants assis face à face. Il remonta à petite allure une étroite vallée creusée par un torrent, presque invisible sous la végétation. Finalement, le navire veldanien jeta l'ancre au creux d'une combe très profonde et très noire, bien abritée des vents qui balayaient les crêtes, où avaient poussé à foison des futaies d'arbres aux feuilles plus longues que des épées. Les aéronautes entreprirent de décharger de lourds tonneaux pour faire le plein d'eau douce. La pluie commençait à crépiter sur le pont du Satalu lorsque Ki s'immergea dans la vibration fossile.

Les soldats spartes ne pouvaient pas joindre leur roi pour faire régulièrement état de l'avancement de la guerre, car le navire volant changeait constamment de position. Il n'était en revanche pas difficile pour un Passe-Mondes du bord de franchir le continent et la mer de Drak pour surgir dans la ville de Khotor, à l'extrémité sud du royaume de Karhold. C'est ce que fit la jeune fille, le temps de quelques battements de cœur. Elle surgit sur le toit plat du vaste bâtiment où logeaient les troupes spartes, au cœur de l'immense port fortifié occupant l'extrémité d'un fjord ouvrant sur la mer. C'est à l'abri de cette ultime place forte insoumise que s'étaient retranchés les restes de l'armée du roi de Karhold, Gereint, talonnés de près par les hordes sauvages de Ténébreuse. La nuit était déjà tombée sur la cité assiégée. Les lunes jumelles étaient absentes, mais la lumière des étoiles était suffisante pour que Ki puisse distinguer le moutonnement de toits autour d'elle.

La première chose qu'elle remarqua fut l'immense arche rocheuse qui enjambait la mer au débouché du fjord : la fameuse Bouche de Khotor, au travers de laquelle les vents hurlaient à la mort les jours de tempête. La seconde fut la fumée âcre qui rampait au-dessus de la ville. La respiration lui manqua et Ki tira par réflexe son épée en pivotant sur les talons. Une odeur épouvantable devança d'une seconde la silhouette d'un guerrier terrifiant brandissant une masse d'arme. Le casque de la brute ressemblait au crâne grimaçant d'un insecte, avec des mandibules en guise de mentonnière et un double cimier de plumes aux allures d'antennes. Une puissante queue terminée par un dard fouettant l'air ne laissait aucun doute sur l'identité de l'assaillant : un soldat de Ténébreuse ! Ki se dématérialisa une fraction de seconde avant que l'arme ne s'abatte sur elle. Elle surgit sur le flanc du combattant et lui décolla la tête d'un coup d'épée imparable.

Elle fouilla vivement l'ombre autour d'elle, craignant que le vacarme provoqué par la chute du corps n'ait attiré l'attention d'autres hommes-scorpions. Aucun mouvement suspect ne révéla de danger immédiat. Rassérénée, elle s'éloigna du cadavre puant, traversa la terrasse où elle avait assisté à l'entraînement des chevaliers spartes trois jours plus tôt et glissa un œil en direction de la rue en contrebas. Elle aperçut deux hommes-scorpions qui remontaient sans hâte une venelle adjacente et un autre qui guettait sur un toit voisin, comme sans doute le faisait celui qui l'avait agressée. À part ces trois-là, elle ne vit pas âme qui vive. Quelques maisons présentaient des traces d'incendie ; un palais achevait même de se consumer en direction du port, mais la plupart des constructions semblaient intactes.

La ville avait dû être évacuée et livrée sans combat à l'ennemi, songea Ki avec soulagement. L'absence de navire à quai indiquait que l'évacuation s'était certainement faite par la mer. Peut-être avec l'assistance de la flotte du roi Alyate de Saldea, que la perspective d'un débarquement prochain sur ses côtes pouvait avoir contraint à oublier un temps ses griefs personnels avec le souverain de Karhold. La jeune Passe-Mondes se transporta sur le port. Elle repéra de la lumière aux fenêtres d'un bâtiment luxueux qui devait avoir été la capitainerie et se glissa derrière l'une d'elles. Le son rude et désagréable de plusieurs voix d'hommes-scorpions filtrée par la vitre l'instruisit aussitôt : un petit contingent de soldats de Ténébreuse avait visiblement établi ses quartiers dans la bâtisse. Mais où donc était passé le gros de l'armée ? Avait-il embarqué pour franchir à son tour la mer de Drak ? Ou bien au contraire était-il reparti dans les terres pour réduire une dernière poche de résistance ?

Ki savait qu'elle n'obtiendrait pas de réponse à Khotor. Peut-être aurait-elle plus de chance du côté du Sanctuaire. Elle allait replonger dans la vibration fossile lorsque la haine tenace qu'elle vouait aux envahisseurs secoua ses tripes. Elle laissa le désir de venger sa famille l'inonder comme un torrent, jusqu'à ce qu'il habitât la moindre parcelle de son corps. Aucun de ceux-là ne devait en réchapper !

Elle parcourut du regard les quais et les appontements alignés en enfilade, à la recherche de quoi créer une diversion. Plusieurs cargaisons traînaient sur les pavés, dans l'attente d'un embarquement qui ne viendrait pas de sitôt. Elle se transporta derrière une montagne de caisses et trouva ce qu'il lui fallait : des barriques remplies d'huile de baleine siffleuse. Elle posa les mains sur deux d'entre elles pour les emporter à travers la vibration fossile. Elle les relâcha sous le vaste porche d'entrée de la capitainerie et fit sauter les bouchons à coups d'épée. Des fontaines grasses aux reflets irisés maculèrent le bas de la porte, formant rapidement de longues rigoles sur les dalles irrégulières.

Ki sortit de sa poche une pierre à briquet qu'elle

battit d'un geste sec. Une étincelle sauta à la surface de l'huile, provoquant un embrasement généralisé. La jeune fille se replia précipitamment sur le quai et attendit, l'arme haute. En quelques secondes, les flammes se propagèrent au vernis de la porte d'entrée, envoyant des étincelles voler devant les fenêtres de l'étage comme une nuée de lucioles rouges. Des formes se profilèrent derrière les carreaux puis les baies du rez-de-chaussée s'ouvrirent à la volée. Des hommes-scorpions désarmés bondirent à travers le rideau de flammes léchant la façade. Ils vociféraient à tue-tête mais ne semblaient pas envisager la possibilité d'une embuscade. Ki passa à l'attaque sans état d'âme, bondissant à travers la vibration fossile pour leur infliger à tour de rôle de terribles blessures. Chaque fois qu'elle abattait son arme et sentait craquer les os, elle hurlait le nom de l'un des siens, massacrés dans l'attaque de la caravane Kwaskav de maître Emak. Ses feulements de prédatrice et les râles des blessés alertèrent les autres occupants de la capitainerie. Les monstres suivants se présentèrent, armés d'immenses épées ou de masses d'armes hérissées de pointes. Mais rien n'y fit. La jeune fille était insaisissable, virevoltant comme un feu follet d'un adversaire à l'autre. Ses coups surgissant de nulle part déchiraient les corps comme de simples affiches mouillées. Les lumières de l'incendie dansaient fugacement sur sa lame et illuminaient sporadiquement les arabesques de sang projetées à travers les airs. L'épée pulvérisait les plaques d'exosquelette et hurlait au milieu des chairs vives, comme douée d'une vie propre alimentée par l'irrésistible accès de violence de la jeune fille.

Soudain, il n'y eut plus d'adversaire à abattre. Seules les lueurs de l'incendie continuaient à bondir sur les pantins désarticulés gisant à terre, leur donnant pour un temps encore l'apparence de la vie. Ki demeurait seule au milieu des corps effondrés. Elle abaissa son épée, ivre d'avoir tant tourbillonné, abasourdie par le carnage dont elle était responsable. Comme après chacun de ses accès de colère vengeresse, quelque chose semblait se rompre en elle, qui la laissait à la merci d'une cataracte d'émotions contradictoires. Le goût du sang dans sa bouche lui donna envie de vomir.

— Ils n'ont eu que ce qu'ils méritaient, marmotta-t-elle d'une voix sans timbre.

Avant de se laisser l'occasion de vérifier si elle croyait vraiment à ses propres paroles, elle glissa à travers la vibration fossile pour surgir dans l'éternelle journée du Sanctuaire.

Elle respira profondément en serrant les dents, cherchant à maîtriser les élancements de son estomac. Autour d'elle, le royaume des chevaliers spartes était identique à ce qu'il avait toujours été : une montagne abrupte émergeant d'un océan tournoyant de brume orangée. La jeune fille se transporta dans le palais de Léo Artéan où elle fut accueillie par le sénéchal Mashann. Le visage en lame de couteau de ce dernier exprima la plus vive inquiétude.

— Que vous est-il arrivé, Mademoiselle ? demanda-t-il en roulant des yeux inquisiteurs.

Ki remarqua avec horreur qu'elle était couverte de sang.

— Je n'ai rien ! lâcha-t-elle précipitamment. Ce n'est pas mon sang mais celui d'hommes-scorpions que j'ai combattus dans le port de Khotor. J'étais venue prendre des nouvelles de nos troupes.

Le taciturne gouverneur du palais sembla rassuré.

— Nos chevaliers ont quitté Karhold à bord des navires de Saldea, expliqua-t-il en retrouvant aussitôt son habituelle attitude réservée et doucereuse. Une estafette nous a annoncé la nouvelle avant-hier, dans la soirée.

— C'est bien ce que j'avais imaginé, souffla Ki, en sentant le soulagement lénifier ses muscles douloureux. La chute définitive de Kharold n'est pas une bonne nouvelle en soi, mais elle était prévisible. En revanche, l'aide inespérée du roi Alyate de Saldea est une excellente surprise, qui me donne des raisons d'espérer. Peut-être les souverains des Douze Royaumes vont-ils enfin prendre la mesure du péril et agir de concert...

— J'ai bon espoir également, affirma Mashann. D'autant que les armées de secours dépêchées par Caralain viennent de faire leur jonction avec celles de Merhangarh et d'Elwander sur les côtes de Saldea, avec l'accord du roi Alyate. Je ne serais pas étonné que les royaumes traditionnellement alignés sur celui de Saldea leur emboîtent le pas prochainement.

— Souhaitons-le, Mashann. Par le soleil, nous en avons sacrément besoin... Bon, je ne vais pas m'attarder ici. Où se trouve mon frère ? J'aurais aimé l'embrasser avant de rejoindre le roi Artéan.

— Il est dans sa chambre, sourit le sénéchal. À cette heure, il dort, comme tous les enfants du Sanctuaire. Mais je ne saurais trop vous conseiller de vous changer si vous ne souhaitez pas l'alarmer : vous avez une mine affreuse !

Ki ouvrit la bouche, penaude.

— Où ai-je la tête ? Merci pour le conseil et bonne nuit, sénéchal Mashann !

— Bonne nuit, Mademoiselle Ki.

La jeune fille gagna ses appartements, dans l'aile mauve du palais. Elle rentra discrètement pour ne pas réveiller immédiatement Kaël et se glissa dans la salle de bains où glougloutait en permanence une fontaine représentant un oiseau lanceur d'eau penché sur une vasque en pierre translucide. La jeune fille se débarbouilla rapidement puis observa d'un air vétilleux son reflet dans le miroir d'eau lente. Sur son visage au teint pâle, qui mettait en valeur le bleu et le vert de ses yeux, les traits anguleux de l'adolescence cédaient progressivement le pas à la plénitude de l'âge adulte.

— Plus de première jeunesse, ma vieille, grimaça-t-elle.

Elle brossa hâtivement ses longs cheveux d'un roux flamboyant et les natta en une tresse épaisse descendant jusqu'au milieu du dos. Elle se choisit dans la penderie de sa chambre une nouvelle tenue d'escrime en soie de loutre-araignée. Elle posa un regard ému sur les jambières de fourrure et la chemise en cuir de kaliko qu'elle conservait de son ancienne vie chez les nomades Kwaskavs. Les tenues d'escrime étaient plus confortables et surtout quasiment indéchirables. Elles étaient normalement destinées aux hommes, mais sa haute taille lui permettait de porter les vêtements des chevaliers spartes sans qu'il soit nécessaire de les retoucher.

Une fois changée, elle poussa la porte de la chambre de son petit frère. Il était roulé en boule au sommet d'un lit trop grand pour lui et semblait sourire dans son sommeil. Elle sentit une vague d'amour la submerger. Il était son havre de douceur, l'innocence qu'on lui avait arrachée trop tôt. Elle s'agenouilla, glissa une main sous le drap pour caresser son dos nu, laissa ses lèvres effleurer sa chevelure qui sentait une odeur de jeune animal. Il grogna et ouvrit les yeux. Elle reçut comme un don des dieux le sourire qu'il lui adressa.

— J'ai une épée en bois maintenant, dit-il de sa petite voix flûtée. C'est Trygg qui me l'a donnée. Lui, il a une lance avec des plumes de fragor attachées au bout.

Ki avait toujours été sidérée par la facilité du garçonnet à passer du sommeil à l'état de veille sans la moindre transition. Elle embrassa le bout de son nez.

— Bonjour, petit prince. Je suis contente que tu aies une épée ; comme ça, on va pouvoir s'entraîner ensemble.

— Tout de suite ?

— Non, sourit la jeune fille. C'est l'heure de dormir. Mais quand je reviendrai.

— Mais tu es déjà revenue puisque tu es là, protesta l'enfant d'un air sérieux.

— Je veux dire : quand je serai revenue pour longtemps. Là, je suis juste passée te faire des bisous. J'ai des choses à faire très loin d'ici, mais mes pensées sont toujours avec toi, ici et ici.

Elle toucha tour à tour son front et sa poitrine. Il attrapa ses doigts et les remonta contre sa joue. Il semblait soudain soucieux.

— C'est vrai que le roi Artéan va mourir ? demanda-t-il.

— Bien sûr que non, mon chéri. On est très prudents, et puis, on est suffisamment nombreux pour se protéger mutuellement.

— C'est pas ce que je veux dire. Je veux dire : parce qu'il est malade.

— Il n'est pas malade… Enfin si, mais pas gravement. Il cache son visage mais il est fort et en bonne santé. Ne crains rien. Qui t'a mis ces idées dans la tête ?

— Trygg. C'est son père qui lui a dit.

— Eh bien, son père s'est trompé ! Maintenant, tu vas me faire un énooorme bisou et je vais te laisser terminer ta nuit.

— Il fait jamais nuit ici, gloussa Kaël en s'accrochant au cou de son aînée.

— Il fait nuit quand on ferme ses petits yeux. Dors bien, petit prince, je reviendrai aussi vite que possible. Et surtout, ne t'inquiète pas pour moi… ni pour le roi.

— Je m'inquiète pas pour le roi. Si un jour il est mort, c'est toi qui seras le roi.

— Ce n'est pas tout à fait comme ça que les choses se passent... Dors et fais de beaux rêves. Je t'aime très fort.

— Je t'aime très fort. Et mon épée aussi...

Le garçonnet se blottit dans ses couvertures. Son souffle ne tarda pas à s'apaiser. À cet instant, la seule envie de Ki aurait été de s'allonger à côté de son frère et d'enfouir la tête dans son cou. Elle se secoua et éleva à regret son niveau de vibration. Un crachin glacial lui apprit qu'elle était de retour sur le Satalu.

Elle retrouva le roi Artéan dans le carré des officiers, à l'arrière du navire. Il jeta un regard surpris sur les vêtements de la jeune fille.

— Tu es repassée par le Sanctuaire ? s'étonna-t-il.

Elle lui expliqua l'évacuation de Khotor, le combat avec les hommes-scorpions et le détour par le palais du Sanctuaire. Elle resta évasive sur les raisons pour lesquelles elle s'était battue avec le petit contingent de Ténébreuse, mais elle savait que le monarque n'était pas dupe. Il ne fit pas de commentaire, toute son attention mobilisée par les conséquences de l'intervention inattendue du roi Alyate de Saldea.

— Je partage ton analyse de la situation, dit-il à la jeune fille avec un enthousiasme surprenant. Si Alyate a pris parti une fois pour les coalisés, il recommencera assurément. Et ses alliés suivront tôt ou tard. Je ne suis pas devin, mais je crois que la fuite de Khotor restera dans l'histoire comme un tournant important de la guerre. Linn va en être pour ses frais...

Il s'arrêta en pleine phrase, comme s'il réalisait qu'il devenait trop bavard. Ki sentit la curiosité l'aiguillonner.

— Qui est Linn ? demanda-t-elle en prenant un air candide.

Léo Artéan demeura silencieux de longues secondes, le regard vrillé sur la jeune fille. Dans ses yeux passaient des sentiments contradictoires, dominés par l'hésitation.

— C'est une longue histoire, soupira-t-il finalement. Allons dans ma cabine pour que je te la raconte.

Elle le suivit en silence, vaguement inquiète, consciente qu'elle allait certainement apprendre des choses lourdes de conséquences. Il l'invita à s'asseoir sur l'unique chaise de la cabine exiguë tandis que lui prenait place sur le bord de sa couchette. Elle chercha à se détendre mais conservait les épaules rigides de la bataille sur le port de Khotor. Un calme étrange avait pris le pas sur son impatience habituelle. Léo Artéan tardait à commencer, comme s'il ne savait pas trop par quel bout attaquer.

— L'amitié ne se construit pas sans preuve de confiance, dit-il sans élever la voix, comme s'il craignait les oreilles indiscrètes. Les confidences sont des preuves de confiance. Et ce que je vais te révéler ce soir est connu de seulement trois personnes au Sanctuaire. Et de guère plus du double dans tout Anaclasis…

Sa voix baissa encore. Malgré la température clémente régnant dans la cabine, Ki ne put réprimer un frisson. Le roi fixa le sol et se figea.

— Je t'ai dit que je n'avais ni frère ni sœur, dit-il. De frère ou de sœur que je considère comme tels, je maintiens mon affirmation. Mais si l'on s'en tient aux seuls liens du sang, j'ai menti car j'ai un frère jumeau !

Les yeux vairons de Léo étincelèrent de colère comme de la glace au soleil.

— Un frère que j'ai renié et que j'ai juré de tuer…

Le visage de Ki afficha un festival d'émotions : ahurissement, gêne, curiosité et, visible à la légère crispation de sa mâchoire, une attention soutenue. Le monarque masqué émit un son de dégoût ou peut-être de frustration.

— Nous avons partagé la même enfance heureuse à l'abri du Sanctuaire. Mêmes jeux, même éducation rigoureuse et bienveillante dispensée par une mère aimante et un précepteur formidable. Notre père était toujours absent ; il a fort peu contribué à notre éducation, du moins avant que nous ayons l'âge d'apprendre à nous battre. C'est vers l'âge d'une dizaine d'années que Linn a commencé à changer. Il se montrait de plus en plus inconstant, tantôt charmant et enjoué, et subitement détestable. Nous nous sommes alors mis à nous disputer à tout bout de champ, souvent au sujet des animaux de compagnie de ma mère qu'il prenait un malin plaisir à martyriser de la façon la plus odieuse. Puis il y a eu la mort de Klanis, le fils de l'un des conseillers de mon père, avec qui nous jouions souvent. Klanis a été retrouvé noyé dans le grand bassin des jardins du palais. Linn, qui jouait avec lui au moment du drame, a affirmé que le garçon était tombé dans l'eau et qu'il s'était noyé parce qu'il ne savait pas nager. Le temps pour Linn d'alerter les secours et il était trop tard…

Léo parlait comme si ses pensées étaient ailleurs, auprès de ses souvenirs d'enfance.

— Moi, je savais que c'était un mensonge, reprit-il. J'avais joué une fois avec Klanis dans le bassin. Il n'était pas très à l'aise dans l'eau, c'est vrai, mais il savait nager. Je n'ai pas eu le courage d'accuser mon frère, mais, à partir de ce jour-là, nos rapports ont changé radicalement. Nous sommes devenus des étrangers l'un pour l'autre, au grand désarroi de ma mère. Linn savait que j'avais compris et, au fond, je crois que ce jeu de dupes l'amusait beaucoup. Quatre années se sont écoulées. Mon frère a progressivement appris à dominer ses pulsions destructrices, mais son cœur est devenu plus sec qu'une poignée de sable. Il s'est fait de nombreux ennemis pendant cette période, au premier rang desquels Ptath, notre maître d'escrime. Le vieux maître d'armes était un ami personnel de mon père, aux côtés duquel il avait combattu. C'était un homme à la langue râpeuse comme une lime mais d'une droiture extrême, qui n'hésitait pas à dire ses quatre vérités à Linn. Mon frère le haïssait. Un jour, une explication houleuse entre Linn et son professeur a mal tourné et mon frère a tué Ptath d'un coup d'épée en plein cœur. Il a dit qu'il s'agissait d'un accident, mais plusieurs témoins ont affirmé le contraire. Cette fois, mes parents ont réagi avec la plus extrême fermeté. Ils l'ont interné dans la Tour des Exorciseurs pour qu'il y soit soigné. Cette tour, que l'on dit haute au point de se perdre dans les nuages, se dresse sur l'île de Styx, à un jet de pierre des côtes de Ténébreuse.

Au haussement de sourcils de Ki, Léo crut bon de s'étendre sur le sujet.

— Ténébreuse était alors le royaume des Djehals, réputés dans tout Anaclasis pour leur indépendance et leur ardeur au combat. Leur île était couverte d'immenses glaciers dans lesquels ils avaient creusé des villes souterraines, où ils élevaient leur bétail et vénéraient la Glace-Grande-Mère... Mais tout cela est terminé à présent...

Le regard du monarque brillait à nouveau d'une sourde colère.

— Rien ne s'est déroulé comme prévu avec Linn. Non seulement mon frère n'a pas été soigné par les Exorciseurs, mais il semble au contraire qu'il ait trouvé auprès d'eux une aide inattendue. Les magiciens de Styx avaient visiblement un contentieux très ancien avec les Djehals et ils avaient décidé de soumettre leurs ennemis par la force. Pour parvenir à leurs fins, ils avaient créé une armée de guerriers contre nature à partir de cadavres humains et de carcasses de scorpions marins. Il ne leur manquait qu'un chef pour porter la guerre au cœur de Ténébreuse. Linn fut cet homme providentiel qu'ils appelaient de leurs vœux. Un an après son arrivée à Styx, mon frère a envahi Ténébreuse avec le dessein d'exterminer les habitants des glaciers. Les Djehals n'ont rien pu faire face à l'armée contrefaite et immonde des magiciens. Les survivants ont gagné le continent et se sont exilés dans les Marches de l'Est, d'où ils ne sont jamais revenus...

Ki était atterrée par ce que le roi Artéan lui avait dit, et plus encore par ce qu'il ne lui avait pas dit. Elle rassembla son courage pour lui poser la question qui lui brûlait les lèvres.

— Linn est le... Dénommeur ?

— Linn est cet être abject. J'ai contribué à faire de lui ce qu'il est aujourd'hui en ne le dénonçant pas à la mort de Klanis et je n'expierai ma faute que le jour où je l'aurai tué. Si la maladie m'en laisse le temps...

Ki eut l'impression qu'un froid mordant avait envahi l'air. Elle se sentait glacée jusqu'à la moelle des os. Léo Artéan semblait vidé de toute sa substance. Son regard d'ordinaire si vif était comme brouillé derrière des idées noires et pesantes. Ki observa ses mains pendantes, ses paupières entrefermées. « Par le Soleil, qu'est-ce qui lui prend ? Il n'a jamais réagi de cette manière. Où est sa force ? Il ne peut pas se permettre le luxe d'être faible ! »

— Regarde-moi, Léo ! Regarde-moi ! Nous allons étriller les armées des demi-hommes et tu arracheras le cœur de Linn de tes propres mains ! Tu te laveras dans son sang si tu le souhaites. Et si tu renonces avant la fin, c'est moi qui le ferai. Personne ne se mettra en travers de ma route ! Ni Dénommeur... ni maladie !

Elle avait mis dans le dernier mot tout le mépris possible et fut soulagée que le monarque revienne d'un bloc du fond de son apathie. La force était toujours présente, ankylosée mais prête à bondir. Les yeux vairons d'Artéan flambaient de colère autant que les siens.

— Je n'abandonnerai jamais ! rugit-il sourdement, mais je ne sais pas laquelle, de la mort ou de la victoire, viendra la première ! Regarde ma mort en face puisque tu n'y crois pas...

Il émit un rire croassant et retira d'un geste vif son masque en or. Le métal se détacha avec un bruit mouillé et libéra une vision de cauchemar. Ki en reçut un choc plus violent que d'apprendre que le frère de Léo Artéan était le Dénommeur. Le visage était atrocement rongé ; du nez et des oreilles ne subsistaient que des moignons de chair putréfiée. Entre les crevasses rougies et purulentes se devinaient les os du visage, les tendons, les dents, le cartilage. L'image terrifiante pénétra l'esprit de Ki comme une vrille métallique chauffée à blanc. La jeune fille réprima une nausée soudaine mais ne parvint pas à endiguer les larmes brûlantes qui jaillirent de ses yeux.

— Je suis désolée, je... ne voulais pas ça, bafouilla-t-elle en se levant précipitamment.

La chaise bascula. Elle la redressa maladroitement.

— Ki !

La jeune Passe-Mondes s'immobilisa, osant à peine fixer le visage ravagé. La voix du roi des Spartes avait retrouvé toute sa profondeur. Elle était douce et enveloppante.

— Excuse-moi de t'avoir montré ce que je suis devenu, mais je voulais que tu comprennes. Je vais mourir et je vais avoir besoin de toi, plus que tu ne l'avais imaginé... Nous reparlerons de ça. Pour le moment, il faut te reposer. Nous avons un long périple devant nous jusqu'à la Frontière de la Terre des Géants. Nous devons être prêts pour les épreuves qui nous attendent !

Elle hocha la tête en pinçant les lèvres de dépit.
— À demain, Léo.
Elle referma la porte de la cabine et marcha rapidement jusqu'au pont du navire. Elle jaillit dans la nuit comme un saumon hors de l'eau et se téléporta aussitôt au fond de la petite vallée humide où le Satalu avait jeté l'ancre. Elle éprouvait un besoin irrépressible de marcher dans la nuit pour apaiser la fièvre qui faisait bouillir son sang, mélange de honte, de peine et d'inquiétude. Au petit matin, elle ne dormait toujours pas.

4.

Retour à Anaclasis

Progressant à bride abattue au son du cliquetis des harnachements et du martellement des sabots, la légion montée du commandeur Valendar aurait semé la terreur dans le cœur de quiconque l'aurait aperçue. Mille Parfaits et deux mille auxiliaires étoilés chevauchaient des galopeurs à la robe tigrée, sanglés dans d'étincelantes cuirasses en acier et de blanches capes ornées d'étoiles. Suivait une cohorte de palefreniers, qui conduisaient les montures de réserve et les animaux de bât transportant le matériel et le ravitaillement.

Mais il n'y avait personne à terroriser à travers les Marches de Torth. Les territoires sauvages de l'est déroulaient à perte de vue leurs mornes étendues de bruyères et d'ajoncs semées d'énormes pierres crevassées. Les seuls témoins du passage de la légion étaient quelques oiseaux maussades, qui croassaient en tournoyant dans l'air froid. Le soleil rouge et rond sombrait derrière les ondulations sombres de l'ouest lorsque la troupe retrouva un tronçon pavé d'une route de l'ancien temps. Un grand nombre d'ouvrages en pierre éboulés et de remblais de terre surmontés de moignons informes couvraient le paysage alentour. De rares arbres présentaient des formes bizarres, tourmentées, leurs troncs terminés par des touffes de feuillage couleur de poussière. L'Empathe traqueur qui chevauchait aux côtés de Valendar leva la main et le commandeur ordonna à l'immense colonne de faire halte.

— L'armée que nous pourchassons a passé la nuit dans ces ruines, grinça l'homme difforme caché sous la mante. Ils sont repartis au matin, en direction du couchant...

— Connais-tu le nom de cette ville ? demanda distraitement Valendar.

— Les noms des cités disparues de l'ancien royaume de Saldea se sont perdus avec leurs habitants, répondit l'autre.

— Par le souffle des Incréés, cet endroit me glace, gronda le commandeur. C'est comme si quelqu'un, quelque part, nous observait. Un regard chargé de... colère... ou de peur.

— C'est exactement cela, affirma l'Empathe. Des massacres ignobles ont été perpétrés ici au temps du Grand Fléau. Des âmes perdues se rassemblent en ce moment autour de nous. Certaines nous appellent à l'aide, d'autres nous accusent d'arriver trop tard. Cet endroit est maudit pour l'éternité...

Le galopeur du commandeur agita la tête avec nervosité, comme s'il ressentait le poids des damnés peser sur sa croupe. Valendar flatta son encolure trempée de sueur et pinça les lèvres d'un air suspicieux.

— L'armée mystérieuse que nous cherchons à intercepter a véritablement cantonné ici ? s'étonna-t-il.

— Aussi surprenant que cela paraisse, ils ont choisi cet endroit sinistre pour passer la nuit. Les perturbations résiduelles de la vibration fossile indiquent clairement qu'ils ont séjourné un certain temps ici, au milieu des fantômes... Pour moi, ce choix surprenant est un indice de plus : les inconnus sont bien des suppôts du Ténébreux, qui cherchent à prendre à revers nos armées en surgissant de nulle part...

— Ils se déplacent quand même sacrément vite pour des hommes-scorpions, marmonna Valendar dans sa barbe.

Il se redressa sur sa selle pour dénouer une crampe dans le bas de ses reins. Un coup d'œil en arrière lui montra ses capitaines figés dans l'expectative, sous les bannières ondulant dans la brise vespérale.

— Que je brûle, nous tuerons nos galopeurs s'il le faut, mais nous les rattraperons avant qu'ils ne surprennent nos soldats engagés sur les rivages de la mer de Drak ! dit-il avec détermination.

Il leva puis abaissa la main en direction du disque rouge et lugubre disparaissant derrière l'horizon. La légion s'ébranla au trot puis passa au galop, tandis que la chaleur évanouissante du soleil se dissipait dans l'absence de vie des Marches de Torth. Ils jouèrent des éperons durant le premier tiers de la nuit, faisant une seule halte au bord d'un marigot pour abreuver les galopeurs et remplacer les montures les plus fatiguées. Les lunes Sang et Or projetaient leur aube factice sur le paysage désertique lorsque Valendar commanda enfin, à contrecœur, d'installer le bivouac. Parfaits et Étoilés se mirent à allumer des feux, à planter des piquets pour entraver les galopeurs, à panser les montures exténuées avec des bouchons d'herbe, à réchauffer de grandes marmites de ragoût de baies d'airelles et de chair de crapaud-bœuf, avec une économie d'effort résultant de plusieurs mois de chevauchée commune.

Le commandeur Valendar demeura éveillé bien après que la plupart de ses hommes se furent effondrés sous leurs couvertures. Son esprit ne cessait de ruminer : « Qui sont ces mystérieux guerriers dont l'arrivée avait été prédite par l'assemblée des Devins de Villevieille et que nous traquons depuis douze jours ? Des hommes-scorpions ? D'autres alliés du Ténébreux ? Quels sont leurs desseins ? Couper nos armées et celles du monde libre de leurs bases arrières ? À ce rythme, nous les aurons rattrapés dans deux ou trois jours. Pourrons-nous tenir un tel train suffisamment longtemps ? Il faut que nous les interceptions avant d'arriver aux portes de la forêt de la Pluie. Tout serait plus compliqué dans le bourbier de la plus impénétrable forêt d'Anaclasis... »

L'épuisement amena finalement le sommeil, troublé par des rêves inquiétants et interrompu peu avant l'aube par les guetteurs du dernier quart.

*

Pierric avala le dernier chou à la crème de sa troisième tournée de pièce montée, puis il repoussa son assiette avec un air comblé.

— C'est dingue, que tu ne pèses pas cent kilos, s'esclaffa Thomas.

— Je fais du sport, moi, Monsieur ! riposta joyeusement son ami.

— Tout ce qui fait plaisir ne fait pas de mal, gloussa Romuald, assis de l'autre côté de la table.

Honorine tempéra les propos de l'homme qu'elle avait épousé quelques heures plus tôt par une moue dubitative.

— Vous vous êtes régalés, les enfants ? demanda-t-elle à la cantonade.

Thomas et ses amis, placés à la table des mariés, répondirent sans équivoque, par des pouces levés ou des sourires repus. Le milliardaire Pierre Andremi, que la vieille dame avait invité pour le dessert en apprenant qu'il logeait à Grenoble avant de repartir à Anaclasis en compagnie des adolescents, s'approcha de la vieille dame.

— Le plateau des desserts valait le détour à lui tout seul, certifia-t-il avec chaleur. Quel dommage que le cuisinier n'ait pas pu donner quelques conseils à mon ex-femme. Peut-être serait-on encore mariés, à l'heure qu'il est.

— Il n'est jamais trop tard pour bien faire, sourit la jeune mariée aux soixante-dix printemps révolus.

— Hélas, dans son cas, si, se désola le milliardaire en prenant un air faussement affligé. C'est qu'elle n'a pas votre jeunesse, ma chère Honorine. Je n'ai pas eu le temps de vous le dire tout à l'heure, mais vous formez avec Romuald un couple magnifique de fraîcheur et d'élégance.

— Vous allez me faire rougir, Monsieur Andremi…

— Appelez-moi Pierre.

Thomas se dit qu'Andremi avait fichtrement raison. Honorine était à la fois la grand-mère idéale que chacun rêverait d'avoir mais aussi une très belle mariée. Toujours vive et souriante, avec des cheveux blancs et un visage d'ange aux yeux noisette pétillants, elle était vêtue d'une robe blanche très simple qui mettait en valeur sa silhouette gracile. Romuald était à son image. Le visage plus marqué par le passage du temps, il possédait une élégance d'un autre siècle mise en valeur par un costume rayé et un chapeau haut-de-forme dont il n'avait consenti à se défaire qu'au moment du dîner. Lucille, la sœur cadette d'Honorine, possédait la même grâce mâtinée de gentillesse que son aînée. Les autres invités de leur génération étaient, par contre, plus conformes aux stéréotypes, avec quelques vieilles dames aux cheveux permanentés plus bleus que blancs et de vieux messieurs dignes et voûtés, qui ressassaient d'un ton nostalgique des histoires datant d'une époque que ni Thomas ni ses amis n'avaient pu connaître.

Andremi était un OVNI dans ce paysage, et pas seulement en raison de sa passion dévorante pour les phénomènes volants non identifiés. Dans tout le restaurant du château d'Herbelon, il était la seule personne attablée à avoir plus de vingt ans et moins de soixante-dix. Mais il n'avait pas besoin de se démarquer par son âge pour attirer l'attention. Sa haute stature élancée, ses avant-bras musclés et sa personnalité à l'avenant imposaient naturellement le respect. Seuls sa grâce tranquille et ses vêtements de bonne coupe – chemise blanche Armani et blazer Louis Vuitton – pouvaient éventuellement laisser deviner son statut social privilégié ; pour le reste, sa simplicité naturelle et sa capacité à s'adapter à son auditoire le rendaient sympathique aux yeux de tous.

— Il y a un truc qui me chiffonne, chuchota Ela à l'intention de Thomas.

— Tu te demandes si ton Passe-Mondes de chevalier servant va être aussi long que Romuald à se déclarer ? plaisanta Pierric à voix basse.

— Tu écoutes les conversations privées, maintenant ? s'offusqua la jeune fille.

— Non, mais tu sais bien que tout ce que tu dis me fascine. Alors, je ne veux pas en rater une miette...

— Très drôle. Et puis, qui te dit qu'il ne s'est pas déjà déclaré, d'ailleurs ?

La jeune fille avait pris un air minaudier. Les sourcils de Pierric s'arrondirent et un éclair de malice traversa son regard.

— Oh ! oh ! Est-ce qu'il y aurait du scoop dans l'air ? Tu crois qu'on doit réserver la salle dès ce soir ?

Thomas clappa de la langue d'un air faussement agacé.

— Dis-moi ce qui te chiffonne au lieu d'écouter les bavardages de ce monsieur !

Ela eut un reniflement dédaigneux tempéré d'un sourire en coin.

— Voilà. Cette nuit a été riche en découvertes : tu as compris que le Dénommeur était ton frère jumeau et, de son côté, Pierric a appris que le Dénommeur précédent était le frère jumeau de Léo Artéan. On s'est tous demandés longuement ce matin si c'était le fruit du hasard, ou bien si les destins antagonistes du Dénommeur et du Nommeur ne pouvaient être partagés que par des jumeaux. Mais ce qui m'a traversé l'esprit à l'instant, c'est que si ce pouvoir est partagé par les membres d'une même fratrie à un moment donné de l'histoire, c'est peut-être qu'il est en réalité présent dans toute la lignée des Artéan et qu'il ne s'exprime qu'à un instant donné. Peut-être à chaque naissance de jumeaux ?

— Tu veux dire que Léo et Linn seraient mes ancêtres ? sourcilla Thomas.

— C'est plutôt futé comme idée, intervint de nouveau Pierric.

Cette fois, Ela ne songea pas à le rabrouer.

— Ça se tient, souffla Thomas. Une famille dont le destin serait d'incarner le Bien et le Mal à chaque naissance de jumeaux… Mais pourquoi cet éternel recommencement ?

— Ça, c'est brouillard et purée de pois, reconnut la jeune fille.

— Peut-être que les précédents n'ont tout simplement pas terminé le job, suggéra Pierric.

— Quel job ? demanda Thomas.

— La guerre entre le Bien et le Mal, pardi !

— Le Grand Fléau s'est terminé par la victoire du Bien sur le Mal, affirma Ela.

Son accès soudain de véhémence attira l'attention de quelques convives. Honorine souleva les sourcils en signe de questionnement. Thomas la rassura d'un clignement d'œil enjoué. Pierric attendit une minute avant de relancer le sujet.

— Léo a-t-il vaincu son frère ou l'a-t-il seulement renvoyé dans ses vingt-deux mètres à coups de pied dans les fesses ?

— L'histoire ne le dit pas, convint Ela.

— De toute façon, ce qui se raconte sur le Grand Fléau tient autant de la légende que de l'Histoire, si vous voulez mon avis, rajouta Thomas. Mais tu as peut-être raison, Pierric. La lutte du Bien et du Mal est peut-être destinée à s'arrêter lorsque quelque chose aura été réalisé par l'un des Nommeurs...

— Ou l'un des Dénommeurs, grimaça Pierric.

— Peut-être lorsque tous les noms d'Incréés auront été retrouvés ? avança Ela.

— Cela supposerait que Léo Artéan n'ait pas réussi à les retrouver tous, réfléchit Thomas à voix haute. Ce qui est bien possible. Peut-être qu'il n'existait pas de moyens de voyager dans le temps, à son époque, auquel cas il n'aurait pas pu accéder aux Frontières disparues...

— Je pense qu'Ela a mis le doigt sur le nœud du problème, affirma Pierric. Tout tourne autour de ces sacrées Frontières... Il faut vite trouver les suivantes pour voir si l'eau des rivières se change subitement en miel et si des fanfares célestes se mettent à nous arroser de musiques sucrées...

Un grand sourire réjoui dessina un croissant de lune sur ses lèvres.

— On a encore du pain sur la planche, les enfants, soupira Thomas. Parce que, même en admettant que je sois l'heureux descendant d'une tripotée d'Artéan, on est loin d'avoir toutes les cartes en main. Et surtout, toutes nos hypothèses ne répondent pas à la principale question : qu'est-ce qui fait que ma famille ait signé un contrat à vie pour le premier rôle dans *La Guerre des Mondes* ? À chaque réponse une nouvelle question...

— Un clou chasse l'autre, quelle que soit la pourriture de la planche, marmotta Ela. Chut, je crois que ta grand-mère va prendre la parole !

La vieille dame s'était levée, sous les applaudissements de l'assistance. Ses joues étaient roses d'émotion, son sourire radieux.

— Je ne suis pas bien forte pour faire des discours, commença-t-elle d'une voix un peu tremblante. Alors, je vais faire aussi bref que possible.

Elle prit une grande goulée d'air et se lança.

— Je tenais à dire trois mercis. Merci à vous tous, pour commencer, qui me connaissez bien et dont l'affection indéfectible et la joie de vivre a illuminé mon existence, même aux plus mauvais jours…

Elle leva la main et l'agita, comme pour suggérer qu'ils étaient loin derrière à présent.

— Merci ensuite à mon petit-fils, dont la musique barbare et les jeans tombant sur les fesses n'ont toujours pas fini de me surprendre, mais qui est et demeurera le premier grand cadeau que m'ait fait la vie.

Quelques rires fusèrent. Le regard ému de la vieille dame croisa celui de l'adolescent, qui sourit en espérant que les larmes s'accumulant derrière ses paupières auraient la bonne idée d'y rester. Honorine tourna le regard vers Romuald, qui se tortillait dans le col amidonné de sa chemise.

— Merci enfin à l'amour imprévu, inespéré, qui a frappé un beau jour à mes volets pour me signaler que mon chien venait de sauter par-dessus ma palissade et qui m'a aidée depuis à le rattraper de nombreuses fois. Merci pour ses délicates attentions de tous les jours, merci pour ses discours passionnés sur l'astronomie et les lois de l'univers sur lesquelles je persiste à ne rien comprendre (de nouveaux rires). Merci enfin, d'offrir à une vieille dame une seconde jeunesse, bien plus belle que la précédente…

Romuald baissa pudiquement la tête pour cacher la larme qui avait roulé sur sa joue, tandis qu'un flot nourri d'acclamations résonnait dans la salle de restaurant. Honorine prit la main de son époux et l'entraîna au centre de l'espace dégagé faisant office de piste de danse. Les premiers accents d'une valse se déversèrent de deux enceintes habilement dissimulées au milieu de plantes vertes et les jeunes époux ouvrirent le bal.

*

La première chose que les sept adolescents et Pierre Andremi firent le jour suivant en rentrant à Anaclasis fut d'enfourcher les galopeurs que le père d'Ela entretenait au débarcadère de Tilé et de faire la course sur les rives du lac du Milieu. Les rires et les « *yaouh, yippie, yaouh* » retentissants en disaient long sur la joie de chacun. Ela et Duinhaïn faisaient littéralement corps avec leurs montures. Même Bouzin s'en tirait plutôt bien, lui qui avait eu tant de mal à suivre ses amis au moment de la fuite de Ruchéa. Le milliardaire n'était pas en reste. Il poussait sa monture en souriant comme un gosse. Sa position parfaite sur le dos de la licorne révélait une longue expérience de l'équitation.

Thomas avait accédé sans la moindre réticence à la demande du PDG d'Andremi Corporation de prolonger son séjour à Dardéa. Plus il apprenait à connaître l'homme d'affaires et plus il était agréablement surpris. Ce dernier avait dit souhaiter parfaire sa connaissance des Animavilles mais également échapper pour un temps à la cloche de Wall Street et aux discussions austères des conseils d'administration. Il avait avoué avoir songé plusieurs fois ces dernières années à faire une retraite dans un monastère tibétain, pour s'éloigner temporairement de ce monde bétonné dominé par l'argent, où les glaciers et la biodiversité disparaissaient à un rythme effréné et où la pensée unique occidentale s'affrontait à des groupuscules fanatiques assassinant au nom d'une volonté divine imaginaire. Sa découverte d'Anaclasis avait soudain donné corps à ses projets d'évasion et il avait annoncé à ses collaborateurs qu'il se mettait au vert pour un certain temps.

Thomas, de son côté, savourait toujours avec le même bonheur le plaisir de retrouver l'atmosphère riche et enivrante, presque capiteuse, de ce monde épargné par l'industrialisation. Il n'avait pas suffisamment de poumons pour la respirer, pour la humer à s'en donner le vertige. Des étincelles de plaisir lui couraient sur tout le corps ; l'impétuosité de son sang faisait sonner son cœur comme un carillon. Il franchissait des ruisseaux et des buissons sur le dos musculeux de sa monture avec l'impression d'être léger comme une bulle de savon, de renaître dans l'ivresse de cette course effrénée, d'être capable de toucher de la main l'anneau d'astéroïdes barrant le ciel.

Les cavaliers finirent par faire une pause dans la conque abritée d'une anse du grand lac. Pantelants et trempés de sueur, ils se laissèrent choir au milieu des fleurs chantantes que Thomas avait découvertes en compagnie d'Ela quelques mois plus tôt. Ils sortirent les provisions qu'Honorine avait préparées à leur intention et improvisèrent un joyeux pique-nique sur l'herbe. Le soleil des premiers jours de l'automne anaclasien promenait des baies de lumière sur le paysage, remodelées sans arrêt par une flotte en marche de petits cumulus joufflus, qui mettaient Pierric dans d'excellentes dispositions. De grandes libellules aux cocasses moustaches pendantes venaient observer les intrus assis au bord de l'eau, tandis que des passereaux facétieux pirouettaient au-dessus de leurs têtes. Son sandwich aux légumes avalé, Ela s'allongea sur le dos, les bras en croix. Thomas resta un moment à la contempler, un brin d'herbe coincé entre les dents. La brise venue du lac faisait frissonner la longue chevelure de l'adolescente et portait l'odeur de sa peau aux narines du garçon. Il se sentait troublé.

— À quoi penses-tu ? demanda-t-il pour tenter d'oublier ses pensées vagabondes.

— À mon dos, sourit-elle. J'ai dormi cette nuit calée sur un énorme oreiller en plumes et je me suis réveillée avec une douleur dans le haut des reins. La chevauchée n'a pas arrangé les choses.

— Ce n'est pas bon de vieillir, la brocarda le garçon.

Une idée soudaine germa dans son esprit.

— Tu veux que je t'en débarrasse ?

Elle le regarda sans comprendre. Il s'expliqua.

— Je t'ai dit que ma tante m'a appris à maîtriser la biokinésie, le pouvoir du nom de l'Incréé découvert à Avalom, qui donne aux Guérisseurs leurs facultés réparatrices…

Ela acquiesça en fronçant les sourcils. Elle se redressa sur les coudes.

— Tu as déjà eu l'occasion de t'entraîner pour de bon ? s'inquiéta-t-elle.

— J'ai eu quelques ratés, mais je n'ai tué personne, assura Thomas d'un air réjoui. Je dois être en mesure de te débarrasser d'un simple mal de dos !

— Je ne suis qu'à moitié rassurée, mais je veux bien jouer au cobaye…

— OK, ça ne va pas être long !

Le garçon évoqua mentalement le nom de l'Incréé découvert sur le Mont Saint-Michel et vit l'image d'Ela se brouiller, remplacée pour lui seul par une forme spectrale emplie d'une brume dorée. La silhouette de l'adolescente vacillait et ondulait ; des lignes plus claires, entrelacées, striaient la lumière blonde. « *Cherche les zones plus sombres* », lui avait conseillé Dune Bard. « *C'est là que se loge le mal-être. Si tu parviens à remonter le niveau vibratoire d'une tache sombre jusqu'à la fondre dans la clarté ambiante, le tour est joué !* »

Une auréole plus sombre occupait l'espace situé entre les omoplates de l'adolescente. Thomas savait qu'il n'était pas aussi simple de modifier de façon durable le degré de vibration d'une partie du corps que d'élever d'un coup le niveau de l'ensemble. Il s'attacha à gommer la partie sombre par petites touches, ranimant la lumière là où elle s'était estompée, fibre après fibre, en lançant des centaines de micro-décharges d'énergie. L'opération dura moins d'une minute. Lorsque Thomas fit de nouveau face à l'image visible de son amie, Ela ouvrait de grands yeux.

— C'est comme si la douleur n'avait jamais existé, commenta-t-elle d'une voix émerveillée. Tu as des talents exceptionnels, Thomas.

Elle eut un petit rire.

— Avec ça, tu pourrais faire danser un vieillard rhumatisant toute une nuit !

— Pense à ouvrir un cabinet de rebouteux, ironisa Pierric.

— C'est bien ce que je compte faire, affirma le garçon, pince-sans-rire. Mais chaque chose en son temps. D'abord, il faut commencer par sauver le monde, puis repeindre la clôture du jardin d'Honorine. On n'arrive à rien sans une bonne gestion des priorités !

— En parlant de ça, qu'est-ce que tu comptes faire, à présent ? demanda Andremi. Tu sais quelle Frontière rechercher ?

La gorge de Thomas se serra.

— Deux d'entre elles sont pour le moment inaccessibles, soupira l'adolescent. Celle qui s'est évaporée en mer Noire il y a 7 500 ans et celle de l'île de Ténébreuse. Deux restent à notre portée. Une en Roumanie et l'autre à Ayers Rock, en Australie. Celle de Roumanie sera facilement accessible par Anaclasis mais celle d'Australie nécessitera de repasser par le Reflet pour y prendre un avion.

— C'est également ce que je m'étais dit, approuva Andremi. Il faut que tu saches que, si tu le souhaites, je peux vous emmener en Australie d'un coup de jet privé et, surtout, vous introduire auprès de l'un de mes amis d'enfance, Henrique Serrao, qui mène actuellement une campagne de fouilles autour d'une grotte aborigène d'Uluru.

— Uluru ?

— C'est le nom donné par les Aborigènes au rocher sacré d'Ayers Rock. Je ne sais pas où se trouve la Frontière, mais Henrique connaît la région comme sa poche ; cela pourrait s'avérer utile.

Thomas hocha franchement la tête.

— L'Australie en jet privé, plutôt deux fois qu'une ! Merci pour la proposition, Monsieur Andremi.

Le milliardaire roula des yeux faussement furibonds.

— La proposition ne tient que si toi et tes amis cessez de me donner à tout bout de champ du *Monsieur* et que vous acceptiez enfin de m'appeler par mon prénom ! Ça... roule pour toi ?

— Ça roule pour moi... Pierre !

*

Ils empruntèrent la navette journalière qui reliait les débarcadères à Dardéa pour rejoindre l'Animaville. Ils n'avaient pas franchi Porte-Ronde depuis plus de cinq minutes, et traînaient encore au milieu des étals du marché, lorsqu'une troupe de Défenseurs s'approcha d'eux. Melnas était à leur tête, toujours aussi séduisant, sanglé dans son pectoral de cuir pourpre et drapé dans la cape bleu électrique des forces de sécurité dardéennes.

— Bonjour à tous, lança-t-il avec un sourire avenant.

Les adolescents lui rendirent joyeusement son salut.

— Laisse-moi deviner ce qui t'amène, railla Thomas. Dardéa est impatiente de me voir !

Le visage du maître Défenseur s'illumina.

— Elle veut certainement t'annoncer que tu changes de section à l'école, en passant de la classe des Passe-Mondes à celle des Devins, plaisanta-t-il.

— Et moi qui me voyais déjà en train d'infuser au fond de ma baignoire en sirotant un jus de sapin, soupira le garçon.

— C'est un boulot à temps plein, sauveur de l'Univers, ajouta malicieusement Pierric.

— Je dis à Smiley qu'il peut disposer de la baignoire ? pouffa Palleas.

— Bon... si c'est tout le réconfort que vous m'offrez, je file retrouver cette chère Dardéa, bouda Thomas.

— P-passe-lui le bonjour de notre p-p-part, lança Bouzin, d'un ton si neutre qu'il était impossible de savoir s'il plaisantait ou non.

— N'oublie pas que cette chère Dardéa entend et voit tout, intervint Duinhaïn. Tu peux lui faire tes commissions en direct !

— On se retrouve tous en fin de journée au Pois Chanteur ? suggéra Ela.

— OK pour moi, lâcha Thomas. Bon, là, je dois vous abandonner : j'ai laissé mon Animaville garée en double file ! À tout à l'heure !

Le rire de Tenna l'accompagna durant son court voyage à travers la vibration fossile. Le garçon se retrouva dans l'habituelle clarté neigeuse du campanile, au sommet de l'aiguille translucide dominant le palais. Il ferma les yeux et fut assailli par un tourbillon d'images montant de la cité, aussi insaisissables que des étoiles filantes.

— Bonjour, Dardéa, lança Thomas avec décontraction.

— Bonjour, Thomas, lui répondit la voix d'hôtesse de l'air de l'Animaville. Je suis rassurée que tu te soucies de me garer plus convenablement.

L'adolescent émit un rire étouffé.

— Je ne vais pas te retenir bien longtemps, le rassura-t-elle. Je sais que tu es épuisé et impatient de retrouver ton petit protégé, Smiley. Je t'ai convié pour te parler de la décision que mes semblables ont prise durant ton absence.

Thomas sentit les battements de son cœur s'accélérer.

— Nous allons nous engager aux côtés de la coalition qui se dessine aujourd'hui sous l'impulsion du roi Jadawin de Villevieille, déclara Dardéa d'une voix égale. Notre actuelle neutralité n'est de toute façon bientôt plus tenable. À l'est, Eolia est désormais en première ligne depuis que les cités-États de la péninsule de Kharold sont tombées. Des contingents d'hommes-scorpions auraient déjà traversé la baie de la Morsure pour établir des têtes de pont sur le continent, de part et d'autre de notre sœur du Nord. À l'ouest, la situation n'est guère plus brillante pour Aevalia : l'île de Mehrangarh a été prise, celle de Caralain est harcelée de toutes parts. Bientôt, les forces du Ténébreux seront prêtes là aussi à fondre sur le continent. Aevalia sera la première sur leur route. Sa situation est d'autant plus préoccupante que, plus au sud, les troupes biomécaniques de Colossea s'activent pour couper Aevalia du reste du continent.

Pendant un instant, la respiration de Thomas resta suspendue. « Les choses vont donc si mal… »

— La bonne nouvelle, reprit Dardéa, c'est que la résistance s'organise. Les Parfaits ne cessent de lever des légions d'Étoilés à travers tout Anaclasis et plusieurs cités ont dépêché des troupes pour renforcer les villes du Nord les plus exposées. L'armée d'Elwander se serait également mise en route, peut-être pour attaquer Colossea. Les nouvelles qui nous parviennent sont rares et parfois contradictoires. Le transport du courrier est interrompu depuis que la Guilde des Marchands s'est ralliée à Ténébreuse et la circulation des messagers Passe-Mondes à travers la vibration fossile est totalement interrompue par les Effaceurs d'ombre autour des zones de combat.

— Pourquoi ne pas utiliser les services de télépathes rédactifs pour acheminer les nouvelles ? s'étonna l'adolescent.

— Les Effaceurs ont trouvé un moyen de parasiter la circulation des pensées à travers la vibration fossile. Le réseau Tahn est impraticable pour le transfert de pensées à longue distance…

— Alors, il faut remettre en fonction les anciennes tours des Tambours, répliqua Thomas. Ela m'a expliqué qu'elles permettaient autrefois de transporter les messages à travers tout Anaclasis.

Dardéa resta silencieuse quelques secondes, visiblement surprise par la proposition.

— Ton idée est excellente, Thomas, finit-elle par dire.

Sa voix suave était empreinte d'enthousiasme.

— Pour être tout à fait honnête, je n'y avais pas songé, avoua-t-elle. Il suffirait de former en urgence des batteurs de tambours et d'effectuer des réparations de fortune sur les tours les plus abîmées, pour disposer à nouveau d'un système de communication digne de ce nom… C'est une proposition à évoquer au conseil de Perce-Nuage !

— Quel conseil ? releva Thomas avec vivacité.

Le rire cristallin de l'Animaville cascada autour du garçon.

— La fougue de la jeunesse est un baume rafraîchissant pour mes vieilles oreilles, assura-t-elle avec bonne humeur. J'allais t'expliquer ensuite la mission qu'Iriann et moi souhaitions te confier.

Thomas hocha la tête en fronçant les sourcils.

— Dans le contexte troublé que je t'ai évoqué, poursuivit Dardéa, la reine des Mères Dénessérites organise dans sa ville de Perce-Nuage une rencontre entre les représentants des principaux royaumes d'Anaclasis. Je pense qu'elle souhaite relayer la démarche du roi de Villevieille et donner à sa coalition le maximum de chances de succès. Elle doit aussi avoir des raisons personnelles pour organiser une telle rencontre : les Mères Dénessérites sont réputées pour leur goût de l'intrigue…

L'adolescent ouvrit la bouche mais l'Animaville ne lui laissa pas le temps de s'exprimer.

— Tu veux savoir qui sont les Mères Dénessérites, j'imagine ? demanda-t-elle d'un ton enjoué.

Il émit un son d'assentiment.

— L'ordre des Mères Dénessérites regroupe des magiciennes aux pouvoirs de divination très étendus, expliqua Dardéa. Elles ont longtemps conseillé toutes les grandes cours d'Anaclasis avant de se replier sur elles-mêmes, dans leurs nids d'aigle des monts Pélimère. Aujourd'hui, leur influence sur la politique du monde est devenue quasiment inexistante mais elles conservent suffisamment de prestige pour que la plupart des monarques leur prêtent encore une oreille attentive. Iriann Daeron et moi-même souhaitons que tu assistes à ce conseil exceptionnel… et que tu leur apprennes que tu es le nouveau Nommeur !

Thomas avait sursauté.

— Mais cela fait des mois que vous me dites d'être muet comme une carpe, protesta-t-il.

— C'était pour te protéger de tes ennemis, argumenta l'Animaville d'une voix chaude et vibrante. À présent qu'ils savent qui tu es et même où tu vis – souviens-toi de l'homme-chat qui te guettait dans la fête foraine de la Coupole –, tu vas avoir besoin d'une protection accrue. Et certainement besoin d'aide pour la recherche des quatre Frontières restantes.

L'effarement plein de méfiance qui s'était emparé de Thomas se dissipa en partie.

— Ça se défend, admit-il du bout des lèvres.

Se voir une fois de plus mis au pied du mur avait cependant douché sa bonne humeur.

— Quand a lieu ce conseil ? grinça-t-il.

— Dans cinq jours. Perce-Nuage est à trois jours de galopeur, à l'ouest de la Corne de Selidor. Ta tante Dune Bard t'accompagnera, pour garder un œil sur les Mères Dénessérites. Iriann Daeron a été choisi pour représenter les Guides et les Animavilles. Qu'en penses-tu ?

Les yeux du garçon se plissèrent. Sa décision était déjà prise, mais il conserva un air buté de longues secondes pour le seul plaisir de faire mariner Dardéa.

— Je ferai ce que vous attendez de moi, concéda-t-il finalement. Et mes amis seront également du voyage.

Son ton trahissait la ferme intention de ne pas céder.

— Leurs parents et leurs professeurs risquent de voir d'un mauvais œil qu'ils soient de nouveau soustraits à leurs cours, risqua l'Animaville.

— Ils n'ont séché que quelques jours pour m'accompagner dans le Reflet et, de toute façon, les vacances de la Lune Rousse débutent dans quatre jours. Le destin d'Anaclasis justifie bien quelques aménagements du calendrier scolaire, je suppose ?

Dardéa digéra cette réflexion. Puis sa voix éternellement douce emplit de nouveau le campanile.

— Tes amis t'accompagneront, s'ils le souhaitent. Après tout, cela ne t'a pas si mal réussi, les fois précédentes. Bonne fin de journée, Thomas.

— À bientôt, Dardéa.

Le garçon glissa dans la vibration fossile et se retrouva dans son appartement du palais. Un couinement l'avertit et il se retourna juste à temps pour recevoir dans les bras Smiley, trépignant de joie.

5.

Perce-Nuage

Une longue colonne de galopeurs déjà sellés s'alignait sur le quai du débarcadère de la Dent de l'Aigle.

En quittant le transport à voile immergée qui leur avait permis de traverser le lac du Milieu, les membres de la délégation de Dardéa avaient le regard fixé sur l'immense sommet en forme de molaire qui dominait le massif de Cayren. La montagne semblait osciller comme l'air chaud au-dessus d'un feu, disparaissant presque sous une nuée d'oiseaux criards aux ailes argentées.

— Ce sont des aigles-pêcheurs, expliqua Ela à Thomas. Ils nichent par milliers dans les falaises et paradent des jours entiers autour des nids pendant la saison des amours.

— Quel vacarme assourdissant, grimaça le garçon en suivant du regard l'un des oiseaux qui tournoyait au-dessus de leurs têtes.

— Ce n'est pas la saison des amours mais déjà celle des scènes de ménage, plaisanta Palleas. Ils piaillent plus que des commères sur le marché.

— Ouaip, m'étonnerait pas de voir quelques assiettes voler d'ici peu, renchérit Pierric.

— Je me demande qui, des aigles ou de vous, jacasse le plus, sourit le maître Défenseur Melnas.

Vous n'avez pas cessé de bavarder de toute la traversée. Avec vous, impossible d'achever sa nuit.

— C'est ça, de traîner toute la nuit rue Boisansoif, railla Ela. Après, tu as la tête comme une calebasse et tu ne supportes plus la conversation de personne !

— Et en plus, il y en a toujours une pour te clouer le bec, se désola Melnas. Le voyage vers Perce-Nuage promet d'être épuisant ! Allez, je vais me choisir un galopeur pour me reposer les oreilles…

Les adolescents emboîtèrent le pas au maître Défenseur, avec des mines réjouies. La délégation de Dardéa était composée de vingt-cinq personnes : Iriann Daeron, père d'Ela, le maître Devin Zarth Kahn, déplaisant à souhait mais fin négociateur, Melnas, accompagné d'une dizaine de ses Défenseurs, quelques employés du palais chargés de l'intendance et, enfin, Thomas et ses amis : Ela, Tenna, Pierric, Palleas, Duinhaïn, Bouzin et même Pierre Andremi, qui avait insisté pour accompagner les adolescents. Thomas lui avait offert le répéteur doté du sort de compréhension utilisé à Avalom, afin qu'il ne soit pas isolé par la barrière de la langue. Tous allaient rejoindre la délégation de la ville d'Épicéane un peu plus loin et chevaucher en leur compagnie jusqu'à la ville de Perce-Nuage.

La matinée s'annonçait belle, l'air était vif, le ciel lumineux. Le temps était si clair que Thomas avait l'impression de pouvoir toucher du bout des doigts les sommets des Hauts Blancs, saupoudrés des premières neiges. L'humeur générale était excellente, chacun semblant avoir oublié pour un temps la guerre qui faisait rage à l'autre bout du continent.

Après avoir rempli les fontes avec les provisions de bouche, réglé la position de quelques étriers et réparti les bagages sur les galopeurs de bât, les cavaliers s'engagèrent dans la prairie inondée de soleil qui dévalait des hauteurs de Cayren. Lorsque la Dent de l'Aigle et ses milliers d'oiseaux se furent estompés dans le lointain, ils s'engagèrent dans une nouvelle vallée, occupée par l'un des nombreux bras du lac. Thomas savait que, dans son monde d'origine, s'élevait à cet endroit la ville de Chambéry. Le cortège chevaucha une bonne heure sur une étroite bande de terre coincée entre une crête abrupte et une roselière dissimulant le rivage. La montagne s'abaissa progressivement et ils atteignirent finalement l'extrémité du lac. La délégation d'Épicéane les attendait au pied d'une tour des Tambours en partie éboulée.

Des guerriers cuirassés, une quinzaine au total, en armures à lames de bois et casques coniques à cimier, chevauchaient de lourds galopeurs à poil laineux. Le seul homme nu-tête parmi eux était le prince Fars, facilement reconnaissable à sa barbe frisée teinte en doré. Dune Bard était l'unique femme, drapée dans un manteau parme sur lequel cascadait sa longue chevelure blanche.

Fars et Iriann Daeron se saluèrent en portant à leur épaule le poing serré. Dune Bard approcha de Thomas et de ses compagnons avec un air surpris.

— Je ne pensais pas que vous seriez tous du voyage, dit-elle après leur avoir adressé un mot de bienvenue.

— J'ai un peu forcé la main à Iriann et Dardéa pour que mes amis m'accompagnent, expliqua Thomas. C'est avec eux que j'ai commencé cette aventure ; c'est avec eux que je la poursuivrai !

— Je reconnais bien là l'esprit buté de ta mère, sourit l'incantatrice. Mais je suis ravie que vous soyez tous de la partie. Cela m'évitera de devoir supporter des conversations de soldats durant tout le trajet.

Dune Bard adressa un regard entendu à Ela et Tenna, qui lui répondirent par des moues complices. Le prince Fars salua à son tour les adolescents, puis les deux groupes se mêlèrent pour prendre la direction du nord. La troupe s'engagea dans une passe encaissée qui la mena au bord d'un fleuve appelé Maramure – le Rhône, supposa Thomas. Il traversait un paysage de terres plissées où une bise aigre couchait les hautes herbes. La région était beaucoup plus rude et aride que les vallées autour du lac du Milieu. Toutefois, le moutonnement ininterrompu des prairies permit à la troupe de progresser à bonne allure au cours des heures suivantes. Le vent, qui faisait claquer les vêtements des cavaliers comme des voiles de navire, était étonnamment froid pour la saison. Ela et Tenna avaient enfilé des manteaux d'hiver, mais aucun vêtement ne semblait pouvoir protéger longtemps de ses sautes d'humeur pénétrantes.

Une nouvelle chaîne de hautes terres se dressait devant les voyageurs lorsqu'ils s'engagèrent dans un bourg au nom évocateur de Crêt-du-Bac, installé sur une colline isolée qui dominait un rétrécissement du fleuve Maramure. Les maisons aux façades pimpantes – ocre avec des volets verts – étaient dominées par des toitures pentues couvertes d'une herbe rase. Elles se groupaient à l'abri d'un rempart de faible hauteur, doublé à l'extérieur d'un fossé rempli d'eau communiquant avec le fleuve. Les cavaliers traversèrent au pas les ruelles pavées où régnait une joyeuse animation de petite ville prospère et sans histoires. Les habitants qu'ils croisaient semblaient surpris par l'importance de la troupe et son caractère hétéroclite, mais certainement pas par la présence d'étrangers dans leur ville. Crêt-du-Bac tirait sa richesse du transport des voyageurs et des marchandises sur le bac communal asujetti à un solide câble qui reliait les deux rives du Maramure.

L'embarcation était suffisamment vaste pour emporter la troupe entière en une seule traversée. Une fois tout le monde embarqué, une dizaine de passeurs tirèrent sur l'énorme cordage tendu au-dessus des flots afin de déhaler la lourde barge du rivage. Le courant saisit le bac au moment où il quitta la petite anse occupée par le quai d'appontage, l'entraînant vers l'aval et obligeant les passeurs à arpenter le pont sur un rythme plus soutenu.

— Les prix de la traversée ont presque doublé en un an, ronchonna l'économe de Dardéa à l'intention d'Iriann Daeron.

— Ils profitent de leur situation de monopole, reconnut le Guide de Dardéa. C'est cela ou perdre deux jours pour aller et revenir du gué de la Cluse.

L'économe maugréa dans sa barbe une appréciation inintelligible.

— Cette traversée me rappelle notre voyage à travers les monts Vazkor, déclara Ela, une expression pensive peinte sur le visage.

— Le fameux col du Bac et son lac lugubre, grimaça Tenna. Je n'ai jamais été aussi fatiguée de ma vie que durant cette diabolique ascension…

— On a eu drôlement chaud aux fesses, ce jour-là, renchérit Thomas. Avec toute une meute de malabars passablement énervés accrochés à nos basques.

— C'est p-p-plus calme cette fois, sourit Bouzin. Il y a du p-p-progrès.

— Je me demande s'il y a vraiment du progrès, souffla Pierric d'un ton anormalement rauque.

Duinhaïn souleva un sourcil.

— Comment peux-tu douter qu'il y ait du progrès ? demanda l'Elwil.

Pierric ne répondit pas. Il fouillait du regard la rive d'en face et ses yeux semblaient discerner quelque chose de visible par lui seul. Non, d'ailleurs, ce n'était pas la rive d'en face qu'il contemplait, mais les cumulus qui dominaient la chaîne de montagne fermant l'horizon. Thomas reprit à son compte la question de Duinhaïn.

— Comment peux-tu douter qu'il y ait du progrès ?

— Quelque chose… nous attend là-bas, je le sens.

Toute trace de malice avait disparu de son visage habituellement enjoué. Ses lèvres serrées clamaient qu'il ne s'expliquerait pas davantage. Ela le dévisagea avec nervosité, avant de décocher un regard aigu en direction de Thomas. Le garçon lui adressa un sourire qui se voulait rassurant. Plus personne ne pipa mot de toute la traversée. Le bac heurta la rive droite avec un choc sourd de son robuste bordage contre le ponton. Les adolescents débarquèrent en silence, ressassant sombrement l'intuition de Pierric. Tout le monde se remit en selle et la troupe remonta la berge à la suite d'Iriann Daeron et du prince Fars. Dune Bard parut deviner le malaise qui s'était emparé de son neveu et de ses amis. Elle tira sur ses rênes pour se retrouver à la hauteur de Thomas.

— La préoccupation plisse ton front, mon garçon. Tu veux m'en parler ?

L'adolescent regarda l'incantatrice et la sourde appréhension reflua devant la calme assurance du visage parcheminé. Il haussa les épaules.

— Pierric vient d'avoir une vision. Il est inquiet de ce qui nous attend là-bas.

Il avait donné un coup de menton en direction des hautes terres crêtées de neige où devait se dissimuler Perce-Nuage. Dune Bard le considéra en silence puis une flamme ironique traversa son regard.

— Je ne mets pas en doute les visions de ton ami prédicteur. Mais de quoi es-tu surpris ? Que des difficultés continuent à s'accumuler devant toi ? Que de grandes épreuves t'attendent d'ici à la fin de la guerre ? Que la vie n'est jamais simple pour un Nommeur ?

Allons, il n'y a rien de très surprenant à tout cela. Ma seule inquiétude à moi serait que tu courbes l'échine devant l'adversité, que tu abandonnes la lutte. Voilà quelle serait ma crainte. Tout le reste, nous saurons le gérer en temps utile, crois-moi !

L'amour-propre du garçon lança une pique dans sa moelle épinière.

— Je ne courberai jamais l'échine ! gronda-t-il sourdement. Plutôt mourir que de céder devant le monstre qui me sert de jumeau.

— À la bonne heure, mon garçon ! C'est ainsi que je t'aime : pugnace et combatif. Mais ne t'inquiète pas, je sais que de réels dangers nous guettent dans ces montagnes…

Elle éperonna sa monture pour la lancer en avant.

— … et je ne baisse pas ma garde !

*

Ils cheminèrent tout l'après-midi à travers une chaîne onduleuse de collines basses, jusqu'à apercevoir dans le lointain la lame brillante d'un lac immense. Les Anaclasiens appelaient cette étendue d'eau la Corne de Selidor : Thomas comprit qu'il s'agissait du lac Léman. Les cavaliers obliquèrent alors vers l'est, abandonnant progressivement les prairies herbeuses pour escalader les premiers contreforts boisés des monts Pélimère. Pour la première fois depuis qu'ils avaient traversé le Maramure, ils trouvèrent un chemin nettement marqué. Ils ne le quittèrent plus de la journée. Le soir venu, la compagnie établit son campement dans une vallée boisée où un torrent peu profond se précipitait contre des rocs émoussés. Le vent s'étant renforcé notablement avec la chute du crépuscule, de grandes tentes circulaires furent montées en un temps record et le souper expédié à la hâte. Les voyageurs ne tardèrent pas à se replier frileusement à l'abri des pavillons de toile.

Seuls Thomas, Duinhaïn et Andremi bravèrent la bise pour marcher un moment le long des rapides. La vallée prenait des couleurs d'encre sous la clarté couchante, partagée en deux par le trait d'écume des eaux bouillonnantes. L'homme et les adolescents suivirent silencieusement le torrent, luttant contre la bise qui soufflait en rafales en provenance des glaciers couvrant les plus hauts sommets. Il faisait froid, mais Thomas avait du plaisir à sentir cet air polaire caresser son visage. Il semblait plein de mystères, riche et pur, comme arraché aux premiers temps du monde. Il incitait à la liberté et à la sérénité. Lorsque les dernières lueurs rousses du ciel virèrent au bleu charbonneux, le chant des oiseaux s'assoupit à son tour.

— Si la promenade digestive a suffisamment duré pour vous, on va peut-être rentrer ? suggéra le milliardaire en remontant le col de sa parka. Je n'ai pas particulièrement envie de passer la nuit à la belle étoile… aussi belle soit-elle !

— Moi non plus, sourit Thomas. Revenons sur nos pas tant qu'on y voit quelque chose.

— Je vous aurais guidés, assura Duinhaïn. Ma vision est plus adaptée à la lueur des étoiles qu'à la lumière du soleil, trop éblouissante à mon goût.

— Je te crois sur parole, mais j'ai le nez et les oreilles qui ne vont pas tarder à geler, grimaça Thomas.

Ils repartirent d'un pas alerte en direction du campement. Soudain, le jeune Elwil stoppa et se courba vers le sol.

— Qu'as-tu trouvé ? demanda Andremi.

— Des traces de fers de galopeur, marmonna Duinhaïn. Plusieurs montures ont piétiné ici. Regardez… Ça ne remonte pas à plus d'une journée ; quelques heures, tout au plus.

Thomas balaya la vallée d'un regard perplexe.

— On voit la lueur de nos feux en bas... Tu crois que les cavaliers sont restés ici à nous observer, pendant que nous montions les tentes ?

— C'est possible...

— Ils étaient nombreux ?

— Deux ou trois... là où nous nous tenons. Mais peut-être que d'autres étaient plus loin, sous les arbres où la terre est trop caillouteuse pour trahir la moindre empreinte...

— Je vais sonder les alentours, annonça Thomas, gagné par l'inquiétude.

Il invoqua le nom de l'Incréé découvert à Hyksos et projeta son esprit à travers la vallée, cherchant à repérer d'éventuelles pensées étrangères. Il fut rapidement rassuré. Les seules émissions de pensées supérieures étaient celles de leurs compagnons de route, restés au campement.

— Il n'y a plus que nous, affirma le garçon.

— Sauf s'ils disposent de protecteurs de pensées, le contredit Duinhaïn.

— Tu as raison, se rembrunit Thomas.

— Retournons au bivouac sans perdre un instant, ordonna Andremi. Passons par les bois : ici, nous sommes visibles comme le nez au milieu de la figure.

— Suivez-moi, souffla le jeune Elwil. J'ouvre la route.

Dix minutes plus tard, ils étaient de retour sans encombre au milieu des grandes tentes. Un Défenseur de Dardéa et un soldat d'Épicéane assuraient le premier tour de garde. Une fois que Thomas eut décrit à Iriann Daeron et au prince Fars ce qu'ils avaient découvert, les deux hommes décidèrent de tripler l'effectif de guetteurs. Dune Bard sonda à son tour les alentours, mais sans plus de succès que son neveu. Cette nuit-là, Thomas dormit mal, réveillé plusieurs fois par le vacarme du vent qui malmenait les pavillons et par des cauchemars confus remplis de mystérieux inconnus tapis dans l'obscurité.

*

Au matin, le vent était tombé comme par magie et le soleil couvrait d'or les sommets et faisait chatoyer le torrent. Thomas en oublia ses inquiétudes de la veille et sentit l'exaltation du voyage courir dans ses veines. Une fois les tentes repliées et chargées sur les galopeurs de bât, il éprouva un réel bonheur à se retrouver sur le dos de sa monture et à regarder la longue chevelure d'Ela flotter dans le dos de la jolie cavalière. Ses amis semblaient partager son enthousiasme, caracolant les uns autour des autres pour discuter ou se chamailler et refrénant avec peine leur désir de lancer leurs montures au galop.

Le chemin mena les voyageurs dans une vallée plus large, occupée par un lac tout en longueur, et cernée par une forêt de saules et de bouleaux. Dans l'encaissement de son lit ourlé de berges douces, l'étendue d'eau reflétait la limpidité de l'azur profond ainsi que l'image d'une petite ville en terrasses, étagée sur les hauteurs et fermée par une enceinte de pierre. La route suivie par les voyageurs se faufilait entre le bas du bourg, où s'ouvrait une porte fortifiée, et l'extrémité du lac.

— Cet endroit s'appelle Enlad, expliqua Iriann Daeron aux adolescents. Au temps où les monarques d'Anaclasis venaient consulter les Mères Dénessérites à tout propos, Enlad était une prospère ville d'étape pour les pèlerins et les marchands. À présent, la moitié de ses maisons sont inhabitées. Elle ne s'anime plus qu'au moment de la transhumance des gekhs – des pachydermes à longs poils élevés par les habitants au pied des glaciers – qui donne lieu à une grande foire au bétail. Cette vallée est en voie de désertification, comme la plupart des vallées des monts Pélimère. Les hivers y sont de plus en plus rudes ; les gens préfèrent aller vivre plus au sud, à Blanchépine ou carrément sur les rivages de Petite Mer.

Les cavaliers longèrent les remparts d'Enlad, répondant aux saluts d'un groupe d'enfants qui se rendaient à la pêche en arborant fièrement de grandes épuisettes, puis s'éloignèrent en direction du levant. Après un coude de la vallée, ils découvrirent un rocher noir d'une cinquantaine de mètres de hauteur, qui obstruait à moitié le passage et scindait en deux le cours d'une petite rivière. Le prince Fars et ses soldats ainsi que certains Défenseurs de Dardéa tendirent la main, paume vers le haut, en direction du sombre monolithe. Ils avaient la mine recueillie.

— Que font-ils ? s'étonna Thomas.

Ela secoua la tête pour marquer son incompréhension. Dune Bard intervint.

— Ils témoignent leur respect aux braves qui sont morts ici pendant le Grand Fléau, dit-elle sans élever la voix. Ce geste de la main signifie littéralement : « *Que la dernière étreinte des Incréés vous accueille.* » C'est au pied de ce rocher, appelé le Roc-du-Guet, que l'avancée des troupes de Ténébreuse a été pour la première fois bloquée par une armée de coalisés. On dit que plusieurs dizaines de milliers d'hommes sont morts en une seule journée dans cette vallée, mais que leur sacrifice a infléchi définitivement le cours de la guerre. Les chevaliers spartes de Léo Artéan auraient payé un lourd tribut à cette victoire chèrement acquise...

— J'espère que, cette fois, les armées de Ténébreuse n'arriveront pas jusqu'ici, déclara Ela.

— Je l'espère aussi, reconnut l'incantatrice.

Sa voix sombra dans un murmure.

— Mais sans une réaction rapide de tous les peuples d'Anaclasis, notre situation pourrait bien se révéler plus catastrophique encore qu'elle ne l'était il y a mille ans…

Un silence atterré s'ensuivit. Le regard de Thomas resta longtemps accroché au sinistre rocher, qui lui faisait penser à un gigantesque morceau de charbon échappé au fourneau de l'enfer. Ses amis semblaient également perdus dans des réflexions pénibles.

Les adolescents n'échangèrent pas un mot avant d'avoir rejoint une autre vallée, qui s'infléchissait vers le sud. Un curieux bouquet d'arbres apparaissant au-dessus de l'épaulement d'une montagne les tira de leur apathie. Dune Bard leur adressa un sourire enjoué.

— Nous avons de la chance, dit-elle. La plus surprenante forêt de tout Anaclasis arrive par ici !

Pierric se pencha vers Thomas avec un air goguenard.

— Tu crois qu'on devrait lui faire remarquer que c'est nous qui arrivons vers elle ? ironisa-t-il.

— Tiens ta langue, Pierric Bontemps, croassa l'incantatrice sans se retourner. Apprends que mes mots sont toujours pesés.

Après avoir contourné le pied de la montagne couronnée de végétation, les jeunes gens ouvrirent des yeux stupéfaits. Les arbres ne couvraient pas les pentes du mamelon, comme ils l'avaient cru ; ils poussaient au fond de la vallée et dressaient leurs frondaisons parées d'une touche d'or plus haut que les sommets environnants.

— Ils sont encore plus imposants que ceux d'Elwander, souffla Duinhaïn, émerveillé.

— Ils… bougent ? balbutia Tenna.

Thomas aiguisa sa vision. La jeune fille avait raison, la couronne brillante de feuillage des géants s'agitait alors qu'aucun vent ne soufflait sur les montagnes.

Et puis... la terre semblait parcourue de petites vagues brunes au pied des fûts immenses. Comme si quelque chose remuait sous le tapis de feuilles mortes... Le garçon comprit. Les racines des arbres émergeaient et replongeaient dans le sol comme d'immenses serpents marins, pour faire avancer les titans végétaux, centimètre après centimètre.

— Ils viennent dans notre direction ? s'inquiéta Palleas.

— Les Saj'loers de Haute Futaie ne sont pas dangereux, assura Dune Bard. Ils sont trop lents pour bousculer un homme et évitent en général les vallées habitées. Je suis d'ailleurs surprise de les trouver à aussi basse altitude.

La troupe de cavaliers quitta la route et contourna prudemment la procession d'arbres en longeant le bord de la vallée plongée dans une nuit prématurée. Le spectacle des titans en marche était tout simplement prodigieux. Ils semblaient glisser sur un lit de racines aussi épaisses que des autobus, qui grouillaient lentement comme des asticots géants sur une charogne. Le tout dans un vacarme de rochers brisés et de terre éventrée et dans le chuchotis permanent des immenses chevelures de feuillages dépassant les sommets enneigés. Les fûts mesuraient près de cent mètres de diamètre et ils étaient striés de cannelures profondes aux allures de canyons. Pour avancer, ils oscillaient légèrement d'avant en arrière, faisant pleuvoir sans discontinuer des feuilles aux teintes chaudes de l'automne, grandes comme des moules à tarte. Au milieu du cortège des colosses venait une dizaine de jeunes arbres, déjà hauts comme des immeubles de plus de dix étages.

— Les teenagers de la bande, sourit Thomas.

— Faudrait pas avoir à rempoter un de ces colosses, estima Pierric.

Ela eut un rire réjoui.

— J'imagine nos amis Boisilleurs en train de calculer combien de villes ils pourraient construire avec un seul de ces géants !

— Ce serait un crime, protesta Tenna. Ce sont des êtres vivants !

— Tous les arbres sont des êtres vivants, remarqua Andremi avec bon sens. Même la salade que tu trempes dans ton lait de soja le matin a été vivante...

— C'est pas pareil, répondit la jeune fille avec une moue boudeuse.

— Est-ce qu'ils c-co-communiquent ? demanda Bouzin à Dune Bard.

— Oui, et puis ils dansent aussi des claquettes pour se dégourdir les racines, pouffa Pierric.

— Et pourtant, ils semblent bien posséder un langage, le contredit l'incantatrice avec une expression amusée sur le visage. Mais uniquement gestuel : des sortes de mouvements de branches, ponctués par des craquements.

— Un langage gestuel ? s'étonna Palleas. Mais il faudrait déjà qu'ils disposent d'yeux pour voir les mimiques de leurs congénères.

— Pas nécessairement, rétorqua Andremi. La surface des feuilles capte peut-être le déplacement d'air généré par les mouvements. Et ce n'est qu'une hypothèse parmi d'autres.

— Certaines plantes d'Elwander communiquent bien en émettant des odeurs, rajouta Duinhaïn. La nature est pleine de ressources insoupçonnées...

— Oh ! Regardez là-haut ! lança soudain Pierric en pointant du doigt l'enchevêtrement des branches, des centaines de mètres au-dessus de leurs têtes.

Tous levèrent les yeux, curieux de découvrir ce qui avait éveillé son attention.

— Qu'est-ce que tu as vu ? questionna Thomas après un instant.

Son ami lui adressa un regard hilare.

— Cet arbre ! Il vient de cligner des feuilles et de nous faire coucou de la branche !

Des rires et des soupirs amusés s'élevèrent.

— Pfffff ! Je ne vois vraiment pas ce qu'on va pouvoir faire de toi ! souffla Thomas.

— Rassure-toi, moi non plus !

Les cavaliers laissèrent bientôt derrière eux le dernier Saj'loer de Haute Futaie et retrouvèrent la lumière du soleil, encore émerveillés par la surprenante rencontre. Le reste de la journée les vit s'élever progressivement d'une vallée à l'autre, en croisant au passage de rares villages d'éleveurs et de petites chapelles en forme de pagode dédiées aux six montagnes de sagesse des Incréés.

Les voyageurs dressèrent leur campement en toute fin de journée. L'obscurité de la nuit montait dans la vallée, contrastant avec l'étroite bande lumineuse du ciel encore très clair. Contrairement au jour précédent, la température plus clémente incita les voyageurs à prolonger le repas par une veillée agréable au coin du feu. Malgré la bonne humeur ambiante, Thomas sentit à plusieurs reprises ses poils se hérisser sans raison apparente. Il lança son esprit à l'assaut des sommets environnants, sans plus de succès que la veille. Pourtant, son instinct lui disait qu'on les surveillait. Le regard aigu que lui jeta à plusieurs reprises Dune Bard le conforta dans sa certitude. Elle partageait avec lui la sensation d'être épiée. La nuit s'écoula pourtant sans que rien ne vienne justifier ses craintes.

*

À l'aube, la température avait perdu plusieurs degrés. Un vent tempétueux soufflait à nouveau, levant des nuages de poussière et de feuilles mortes et entraînant dans le ciel de lourds nuages chargés de neige. Les cavaliers s'emmitouflèrent dans leur cape et se coiffèrent de leur capuchon avant d'entamer la dernière étape de leur périple. Moins d'une demi-journée plus tard, ils arrivèrent dans une plaine encerclée de montagnes déchiquetées, pareilles à des cascades de pierres figées aux sommets enneigés. Au centre se dressait un pic isolé couvert d'une ville fortifiée, dominé par un château brillant de mille feux sur le ciel obscur.

— Perce-Nuage, souffla Dune Bard comme si elle se parlait à elle-même, une expression impénétrable peinte sur son visage.

Elle souleva les rênes de son galopeur, qui pressa l'allure en direction de la cité des Mères Dénessérites.

— Allons voir d'un peu plus près à quoi ressemblent ces magiciennes ! s'exclama Pierric en brochant sa monture.

Il souriait mais Thomas eut l'impression que son cœur n'y était pas. La route que les cavaliers suivaient depuis trois jours en rejoignait plusieurs autres, qui semblaient provenir des différentes vallées ouvrant sur la plaine enclavée. Des marchands et des paysans circulaient à présent à leurs côtés, à pied, en chariots ou montés sur des buffles aux flancs rebondis. La ville de Perce-Nuage couvrait la partie basse de l'immense piton, enfermée dans une muraille austère et grise flanquée de dizaines de tours couronnées de galeries en bois. Des étendards dorés suspendus aux toits en poivrière claquaient dans le vent, ce qui donnait la sensation que des flammes dansaient tout le long du mur d'enceinte.

Un petit détachement d'hommes armés de tridents et sanglés dans des manteaux en cuir orange gardait la porte devant laquelle se présentèrent les délégations de Dardéa et d'Épicéane. Iriann Daeron et Fars déclinèrent leur identité et le chef des gardes s'inclina profondément. Il avait une chevelure couleur de feu tombant librement dans son dos, des pommettes saillantes et des yeux légèrement bridés.

— Bienvenue dans la cité des Mères Dénessérites, dit-il d'un ton complaisant. La venue de vos grandeurs nous a été annoncée.

Il désigna l'un de ses hommes.

— Dumuki va vous guider jusqu'au beffroi des Nuages, nobles seigneurs. Que la magie d'or vous soit agréable tout au long de votre séjour.

Iriann et Fars remercièrent le soldat d'un mouvement de la tête et la troupe emboîta le pas au dénommé Dumuki, un homme immense au visage moins expressif que celui d'un bonze en méditation. Ils franchirent deux arches de pierre et pénétrèrent dans la ville. L'aspect rébarbatif et implacable du rempart n'avait pas préparé les voyageurs à ce qui se trouvait au-delà. Tous les bâtiments, séparés par des rues pavées tirées au cordeau, possédaient d'élégantes façades décorées de colonnes et de sculptures arachnéennes et brillamment illuminées comme un soir de Noël. Seulement, ce n'étaient pas des guirlandes d'ampoules qui dispensaient la chaude lueur clignotante, mais des bulles d'images de toutes les tailles, qui flottaient devant chaque maison. Très colorées, elles représentaient des paysages étranges et des formes en mouvement. C'était comme des milliers d'écrans de télévision, ronds comme des ballons de baudruche, que les habitants de la ville auraient accrochés devant leur demeure pour la décorer ou pour épater la galerie. Des boutiques aux vitrines chaleureuses, surchargées d'articles aux fonctions mystérieuses, occupaient le rez-de-chaussée de la plupart des constructions. Elles étaient signalées par des enseignes animées oscillant au-dessus des porches et, surtout, par le flot ininterrompu d'acheteurs et de badauds, étrangers et autochtones mêlés. Les habitants de Perce-Nuage étaient de loin les plus surprenants, vêtus d'élégantes redingotes et de chapeaux haut-de-forme pour les hommes, de jupes bouffantes et de corsages à queue-de-pie pour les femmes. Un certain nombre d'entre eux promenaient au-dessus de l'épaule une bulle d'image comme un drôle d'ange gardien.

— Dans ces échoppes, tout ce qui touche de près ou de loin à la magie de premier niveau peut s'acheter ou se vendre, expliqua Dune Bard aux adolescents. Quant aux décorations de Perce-Nuage... eh bien, on peut dire qu'elles surprennent toujours la première fois que l'on vient ici !

— Et aussi bien quand on les a vues dix fois, ma bonne Dune, sourit le prince Fars ironique. Ce que nous pouvons penser des Mères Dénessérites n'enlève rien au lustre de leur capitale.

L'incantatrice lui accorda un regard teinté de malice, mais ne répondit pas. La troupe emprunta une artère qui s'élevait lentement en tournant autour du piton rocheux, à l'image de la rue de la Spirale sur Dardéa. Thomas et ses amis admiraient au passage les placettes parfaitement entretenues, décorées d'arbres illusoires brillant d'une douce lumière et de fontaines d'où jaillissaient à gros bouillons des bulles d'images aux couleurs vives, qui éclataient comme du savon au contact du sol. Tout, dans cette ville, semblait destiné à charmer les sens. Et en particulier le jaillissement de tours gracieuses au-dessus des toitures, trop effilées pour être habitées mais reliées entre elles par des passerelles élancées au-dessus desquelles ondoyaient des féeries de lumière.

— De la magie d'or, expliqua Dune Bard à l'intention de son neveu. Au-delà de leurs pouvoirs de divination étendus, les Mères Dénessérites sont aussi les maîtresses incontestées de l'illusion. Elles ont plus de mal avec tout ce qui concerne la réalité...

L'attaque à peine voilée tira un nouveau sourire au prince d'Épicéane. Au-dessus de la ville, les pentes du piton devenaient progressivement plus vives et n'étaient plus couvertes que par quelques maisons éparses. « De bien étranges constructions », remarqua soudain Thomas. Elles faisaient penser à des maisons de poupée pimpantes, avec des rideaux derrière les fenêtres et de grandes flaques de soleil sur leurs toitures de chaume... alors même que pas un rayon de soleil ne filtrait à travers l'épaisse couverture nuageuse. Et puis, surtout... quelque chose d'incongru apparaissait sous ces petites maisons perdues dans la lande venteuse. On aurait dit de gros tuyaux noirs, repliés comme des... pattes ?

— Beurk, on dirait que les maisons ont été posées sur des cadavres d'araignées géantes, grimaça Tenna.

— Elles ne sont posées sur rien, intervint Zarth Kahn. Ces grandes pattes sont celles des maisons elles-mêmes. Ces maisons sont vivantes. Elles abritent les Mères Dénessérites !

— Vivantes ? hoqueta Ela.

— Incroyable, souffla Pierre Andremi.

— Les Mères ne vivent pas dans le château ? s'étonna Thomas.

— Seule la reine des Mères Dénessérites vit là-haut, répondit Dune Bard.

— Regardez ! glapit Palleas. Une des maisons remue...

Celle qui était la plus proche de la route frottait ses pattes antérieures, à la manière d'une mouche ou d'un avocat satisfait de sa plaidoirie. Elle se redressa soudain et gambada avec une insouciance apparente en direction de la délégation. Elle stoppa à quelques pas des galopeurs, qui se raidirent de frayeur.

— Elle est cu-curieuse ? demanda Bouzin.

— La Mère Dénessérite à l'intérieur est curieuse, corrigea Dune Bard d'une voix sourde.

— Vos Grandeurs n'ont rien à craindre, assura leur guide. Suivez-moi ; nous sommes presque arrivés au beffroi des Nuages.

La troupe se présenta bientôt sous l'arche monumentale d'un immense portail. Gardé par d'autres soldats armés de tridents, il donnait accès au château. Ce dernier était composé d'une tour imposante coiffée d'une surprenante toiture en forme d'oignon. L'immense donjon était cantonné aux points cardinaux par quatre ailes imposantes, vaguement circulaires et surmontées de terrasses crénelées. Les murs semblaient bâtis en briques de verre, illuminées de l'intérieur par une féérie de couleurs changeantes et mystérieuses. La tour ne comportait pas la moindre ouverture, à l'exception d'une imposante porte circulaire qui semblait taillée dans un bloc unique de cristal jaune veiné de bleu. Les ailes, pour leur part, étaient percées d'un grand nombre de baies cintrées laissant filtrer une vive clarté. Le beffroi des Nuages n'avait rien d'une forteresse imprenable, même si de nombreux gardes se déplaçaient derrière les créneaux des terrasses et qu'aucune des fenêtres n'était située à proximité du sol.

— Quelle drôle d'architecture, marmonna Ela, dubitative.

— Vu du ciel, le beffroi doit ressembler à un gros trèfle à quatre feuilles, jugea Pierric.

« Souhaitons qu'il nous porte chance », songea Thomas en sentant un frisson courir dans son dos. Il se sentait de nouveau observé, épié, et il n'appréciait pas du tout ce sentiment. Il ravala difficilement sa salive et descendit de son galopeur. Autour de lui, les autres mirent pied à terre, au bas d'un vaste perron en pierre bleue qui s'élevait jusqu'à la porte circulaire du donjon. La bise glaciale qui balayait le piton semblait sur le point d'emporter la multitude d'étendards dorés qui claquaient le long des façades.

Des valets d'écurie vinrent prendre leurs montures et le dénommé Dumuki les laissa aux mains d'un chambellan affable répondant au patronyme de Shukali. C'était un homme de haute taille, sec de corps, avec de longues moustaches aussi neigeuses que ses cheveux et des paupières étirées filtrant un regard aigu. Il était vêtu à la mode de Perce-Nuage, une longue redingote rayée noir et gris, et coiffé d'un chapeau qui aurait pu accueillir plusieurs lapins de magicien.

— Le sixième niveau de l'aile sud a été réservé à la délégation de Dardéa, indiqua-t-il obséquieusement, en retenant in extremis son couvre-chef emporté par une bourrasque. Le second niveau de l'aile ouest est pour sa part dédié à la délégation d'Épicéane. Des repas seront servis lorsque vous en exprimerez le désir dans le patio de votre étage. Le conseil extraordinaire se tiendra une heure avant la nuit, dans la Sphère Céleste située au sommet du beffroi des Nuages.

— Les autres délégations sont déjà là ? demanda Iriann Daeron, qui semblait s'étonner du calme régnant dans les jardins bordant le château.

— Nous attendons encore la délégation de Forges d'Est. Toutes les autres sont arrivées hier et aujourd'hui, seigneur. Elles profitent des distractions offertes à l'intérieur. Si vos Grandeurs veulent bien me suivre, à présent, je vais vous guider jusqu'à vos quartiers ; fassent qu'ils trouvent grâce à vos yeux.

— Je n'en doute pas, répondit avec urbanité le Guide de Dardéa.

Le chambellan les précéda dans le hall circulaire qui occupait le rez-de-chaussée de la tour. L'endroit était brillamment illuminé par une constellation de globes lumineux flottant dans les airs. Les murs disparaissaient presque entièrement derrière de magnifiques fresques animées, représentant des paysages alpestres baignés de soleil. Ela rabattit la capuche de sa cape avec un air satisfait.

— Je ne suis pas mécontente d'échapper au vent, glissa-t-elle à Thomas. Je suis frigorifiée.

— Et moi, je meurs de faim. Le froid excite mon appétit : je mangerais n'importe quoi !

— Ne parle pas trop vite, des fois qu'ils nous servent vraiment n'importe quoi !

Shukali précéda les visiteurs dans un escalier monumental, qui s'enfonçait dans l'épaisseur du mur pour desservir les étages de la tour et des ailes. La délégation d'Épicéane quitta en premier le grand escalier, prise en charge par une demi-douzaine de serviteurs qui s'inclinèrent au point que leur tête descendit presque au niveau de leurs genoux. La délégation de Dardéa eut droit au même accueil empesé, quatre volées de marches plus haut. Elle s'engagea dans l'aile sud, derrière les domestiques qui se montraient si prévenants et visiblement si anxieux à l'idée de déplaire aux invités de leur reine que Thomas en fut gêné. Même Ela, pourtant habituée de longue date à être servie, semblait dérangée par tant d'empressement.

Le sixième niveau devait être à l'image des autres étages : des dizaines d'appartements organisés autour d'un espace ouvert aux allures de patio. Mais quel patio ! Bordé par des centaines d'élégantes colonnes sculptées, il était dominé par un ciel illusoire qui rappela aux adolescents les paysages synesthésiques de Colossea. Un grand bassin rempli de lumière liquide occupait le centre de la cour, environné de petits bouquets d'arbustes entre lesquels circulaient des jongleurs et des musiciens. Dans un angle du patio, un kiosque élégant surmonté d'une toiture en cristal laissait apparaître une grande table en forme de fer à cheval, sur laquelle s'alignait de la vaisselle fine. D'autres domestiques, en redingote et tablier, se tenaient prêts à accueillir les premiers convives. L'estomac de Thomas laissa échapper un gargouillis désespéré qui tira un éclat de rire bien peu protocolaire à Ela. Son père la fusilla du regard avant de distribuer ses dernières consignes.

— Nous disposons de six bonnes heures avant le conseil. Occupez le temps comme il vous semblera, mangez, dormez, profitez des divertissements proposés à cet étage, mais, de grâce, je ne veux pas le moindre incident avant la rencontre de ce soir.

Regardant Thomas et ses amis, il ajouta :

— Tout le monde reste bien sagement à ce niveau. Personne ne cherche à visiter les parties du château réservées à la reine des Mères Dénessérites ni à sonder l'esprit de nos hôtesses. Quant à toi, Melnas, je compte sur toi et sur tes Défenseurs pour vous assurer que les lieux sont parfaitement sécurisés. Zarth Kahn et Thomas, je vous propose de me retrouver ici-même une demi-heure avant le conseil.

Tout le monde opina de la tête. Une fois le Guide parti en direction de son appartement, Pierric se frotta les mains.

— Qui m'accompagne pour casser une croûte ? demanda-t-il d'un air réjoui.

— Aujourd'hui, tu vas perdre ton titre de champion du monde des goinfres, prévint Thomas en se caressant la panse.

— Tu paries quoi ?

Fort heureusement, Thomas ne paria pas, car il aurait perdu une fois de plus. Son ami mangea comme s'il n'avait rien avalé depuis dix jours. Tant et si bien qu'une heure plus tard, il changea subitement de couleur et se rua dans les toilettes de sa chambre, plié en deux. Lorsqu'il retrouva ses compagnons, il leur interdit tout commentaire, d'un doigt posé sur ses lèvres marquées d'un pli amer.

6.

La prophétie d'Antialphe

À l'approche de la nuit, Thomas sentit le stress s'emparer de son corps. L'angoisse d'être présenté à l'assemblée des monarques d'Anaclasis en tant que Nommeur lui nouait l'estomac. Il savait qu'il fallait en passer par là, mais il aurait souhaité être n'importe où ailleurs. Étrangement, Pierric semblait aussi anxieux que lui. Il jetait de fréquents coups d'œil par les fenêtres de leur appartement, en direction des nuages massés au-dessus de la ville, de plus en plus noirs et menaçants à mesure que montait le crépuscule. Le garçon semblait se charger d'angoisse au même rythme que les nuées obscures se chargeaient d'électricité. Lorsque Thomas demanda à son ami s'il allait bien, Pierric répondit que quelque chose ne tournait pas rond ici. Il sentait une menace diffuse autour d'eux, comme une malveillance sournoise qui serait attachée au château lui-même. Les adolescents s'en ouvrirent au maître Devin Zarth Kahn, qui garda un moment son regard d'oiseau de proie dardé sur eux.

— Je ressens également une grande tension autour de nous, dit-il en hochant la tête. Mais je crois que c'est parfaitement normal, vu les circonstances. Toutes les délégations sont conscientes de l'enjeu immense du rendez-vous de ce soir. Ne vous tracassez donc pas inutilement.

Les adolescents le remercièrent. Pourtant, ni l'un ni l'autre n'avait recouvré la sérénité lorsque l'heure du conseil arriva. Iriann Daeron débita un flot continu d'instructions à Thomas : que dire et à qui, comment se comporter en présence des autres délégations, comment répondre lorsque des questions lui seraient posées.

— Mais le plus important est de demeurer humble, termina le Guide de la cité. Rappelle-toi qui sont tous ces gens que tu vas rencontrer et témoigne-leur le respect qui leur est dû, même si la réaction de certains venait à te surprendre ou à te mettre en colère. En particulier avec la reine des Mères Dénessérites, dont l'avis est très écouté. Allez, ne reste pas là bouche bée. (Le Guide prit un air ironique.) Ferme ton col et dompte ces mèches rebelles qui te donnent l'allure d'un sauvageon !

Ela vint au secours du garçon, dont elle coiffa les cheveux avec ses mains.

— Tu es très beau, mon petit sauvageon, murmura-t-elle contre son oreille.

— Que je me rappelle qui sont tous ces gens, souffla Thomas, à mi-chemin entre l'amusement et l'irritation. Justement, j'aimerais bien l'oublier, moi, qui ils sont !

— Cesse de râler. Regarde : ta tante vient d'arriver.

Dune Bard adressa un sourire réconfortant à son neveu avant de s'isoler pour discuter en aparté avec Iriann Daeron et Zarth Kahn.

— Et en plus, ils font des messes basses, grogna Thomas. Va pas falloir qu'elle me cherche, la Mère Dénessérite, parce que je commence à être remonté !

— Ne tire pas ton épée le premier, c'est tout ce que je te demande, riposta la jeune fille en parodiant le ton sentencieux de son père. Et surtout, essuie bien ta lame après t'en être servi, et ne mets pas tes doigts dans ton nez. Faudrait pas qu'on croie que tu es un Nommeur mal élevé !

Thomas éclata de rire et serra les mains de son amie.

— Si tu n'existais pas, il faudrait t'inventer, dit-il en sentant son cœur battre la chamade. Au fait... tu verrouilles la porte de ta chambre ce soir ?

L'adolescente lui adressa un regard suggestif à travers ses mèches brunes.

— Il m'arrive d'oublier, minauda-t-elle. Hum ! Attention, mon père revient vers nous !

Thomas se retourna pour se retrouver face au géant aux yeux verts.

— Nous y allons, lança le Guide. Je voulais aussi te dire...

— Je sais, le coupa Thomas malicieusement. Ela a terminé la liste : toujours essuyer mon épée après usage et ne pas me curer le nez en public !

— Très drôle... Je vois que l'éducation que j'ai donnée à ma fille est un cuisant échec ! Mais rassure-moi : tu n'emportes quand-même pas une arme avec toi ?

— Mon épée Excalibur ne me lâche plus d'une semelle, répondit le garçon d'un ton volontairement léger. Son fantôme vibratoire est contre ma cuisse pendant que je vous parle. Mais elle ne quittera la vibration fossile qu'en cas de force majeure. (La voix de Thomas devint un feulement provocateur.) Si la reine des Mères Dénessérites cherchait à me tuer, par exemple...

Le Guide de Dardéa aiguisa le regard qu'il gardait rivé sur l'adolescent.

— Plaise aux Incréés que pareil drame ne se produise pas, dit-il avec gravité. Allez ! On y va.

Au même instant, un coup de tonnerre roula sourdement au-dessus du beffroi, faisant trembler les carreaux aux fenêtres. Thomas rentra involontairement la tête dans les épaules, puis se détendit en se morigénant pour sa nervosité extrême. Ela lui adressa un clin d'œil d'encouragement.

— Hé ! Tu ne marches pas à ton exécution, lui lança Pierric au passage. Mais fais gaffe, quand même. Ne laisse par les Mémères Dénessérites te fourrer dans leur chaudron !

Le ton était léger, mais la lueur fiévreuse de son regard indiquait qu'il ne plaisantait qu'à moitié. Le vaste escalier du donjon était à présent emprunté par un grand nombre d'hommes et de femmes, qui convergeaient vers le dernier niveau. « Des rois, des reines, des diplomates, des seigneurs de guerre… », songea Thomas en coulant de furtifs regards sur les côtés. « Mais qu'est-ce que je fais, moi, au milieu de tout ce beau monde ? » Une dernière volée de marches, et les délégations de Dardéa et d'Épicéane surgirent sous la coupole démesurée de la Sphère Céleste, l'énorme toiture en forme d'oignon qui couvrait le beffroi des Nuages. Des rangées de fauteuils au tissu damassé grimpaient à l'assaut des cloisons sur trois côtés, le quatrième étant occupé par un trône majestueux en bois sculpté, pour l'heure inoccupé. Une vasque en pierre taillée, remplie de lumière liquide et soutenue par quatre pieds en forme de pattes de tigrours, occupait le centre de l'espace circulaire. Un sortilège donnait au plafond sphérique des allures de ciel nocturne, scintillant d'étoiles.

— Son Excellence Iriann Daeron, Guide de Dardéa, et Sa Majesté le prince Fars d'Épicéane ! annonça d'une voix de stentor un héraut posté au sommet des escaliers.

L'homme indiqua l'emplacement réservé aux deux délégations, sur la droite du trône. Le murmure étouffé qui se réverbérait tout autour de la Sphère

Céleste, semblable au cacardage assourdi d'un élevage d'oies, suscita un rictus sarcastique de la part de Zarth Kahn.

— Dans peu de temps, ce bavardage feutré va voler en éclats, jugea-t-il d'un ton railleur. Thomas, je crois que ton jeune âge est déjà en train de susciter bien des questions...

Le garçon se serait bien passé d'attirer l'attention. Il avait la désagréable impression d'être le point de mire de tous les regards et de sentir leur poids peser sur sa peau. Il s'efforça d'adopter une démarche décontractée en emboîtant le pas aux deux délégations, mais il se sentait plus tendu qu'un arc sur le point de décocher sa flèche. Il devinait des haussements de sourcils et des hochements de tête et percevait les remous de chuchotements générés dans son sillage. Une fois assis, l'impression d'être un animal de foire s'estompa en partie. Dune Bard se pencha vers lui.

— Regarde l'homme assis en face du trône, entre l'Empathe encapuchonné et le Parfait en armure : je pense qu'il s'agit du roi Jadawin de Villevieille.

Thomas suivit son geste et découvrit un bel homme svelte aux cheveux gris bouclés et aux traits émaciés, dont les yeux bleus étaient si pâles qu'ils en paraissaient presque dépigmentés. « Une vraie tête de prophète ! », songea le garçon. « Dangereux, en plus ! » Cette idée avait jailli spontanément. Peut-être à cause de l'expression indéchiffrable de l'individu qui découvrait légèrement ses dents, un rictus le faisant ressembler à une bête sauvage. Peut-être aussi à cause de son menton relevé, qui lui donnait l'air de considérer les autres avec une certaine charge de mépris.

L'arrivée de la délégation du peuple Elwil détourna l'attention du garçon. Il ouvrit des yeux étonnés : A-jaiah El'Sand, la reine d'Elwander en personne, venait en tête !

— Duinhaïn savait-il que sa mère était présente ? demanda Dune Bard, surprise.

Thomas haussa les épaules.

— Je ne crois pas. Je sais que Duinhaïn devait passer cet après-midi saluer les siens mais je ne l'ai pas revu depuis...

La gracieuse souveraine à l'immense chevelure passa devant la délégation de Dardéa. Sa démarche aérienne lui donnait l'air de flotter au-dessus du sol. Elle gratifia Thomas d'un sourire si fugace qu'il en fut presque imperceptible. Il n'échappa pourtant pas à l'assemblée et certains lancèrent des regards intrigués à l'adolescent, dont la persistance trahissait leur pensée : « *Qui est ce gamin à qui la reine du plus ancien royaume d'Anaclasis vient d'adresser un signe de reconnaissance ?* »

Dune Bard tira son neveu de l'embarras en commençant à énumérer à son intention l'identité des invités. Le plus haut en couleurs était sans conteste Arbannor, roi de la ville de Forges d'Est. Pratiquement aussi large que haut, engoncé dans un harnachement de guerre déplacé en ces lieux et qui amplifiait l'air farouche peint sur son visage, il appartenait visiblement à une race d'hommes de petite taille. Le colossal Gotar, souverain de Bleue, sur l'île de Caralain, n'était pas mal non plus dans son genre, avec ses vêtements de fourrure brodés de pierres précieuses et son visage aux durs méplats entièrement peint en bleu. Quant aux représentants de la ville de Hautjardin, les fameux Synchrones qui passaient cinquante pour cent de leur temps en hibernation, ils semblaient plus fragiles que des enfants avec leurs immenses silhouettes dégingandées flottant dans de grandes robes aux teintes pastel.

— Sa Grâce la Reine Mère Dénessérite Inaratti ! annonça soudain la voix puissante du héraut.

La salle de la Sphère Céleste s'était subitement inondée de clarté, la lumière liquide de la vasque aux pieds de tigrours projetant un rayon en direction de la coupole. Une centaine de visages se tournèrent vers la nouvelle venue. Thomas l'aperçut et en ressentit un choc. La reine des Mères Dénessérites était grande et sculpturale, avec une peau d'un blanc d'ivoire, une bouche sensuelle et provocante et des cheveux blond clair nattés au sommet de la tête. Elle avait quelque chose d'une déesse intouchable et éthérée. Mais ce n'était pas sa beauté à couper le souffle qui avait retenu l'attention du garçon. C'étaient ses yeux brillants aux prunelles dorées, étirés vers les tempes. Et puis, l'étrange costume à queue-de-pie qu'elle portait, d'un jaune chatoyant, qui irradiait comme s'il était couvert de diamants. La reine Inaratti ressemblait tellement à l'inconnue à qui, quelques semaines plus tôt, l'impérator Our Quox de Colossea avait fait découvrir le chronoprisme, qu'il ne pouvait s'agir d'une coïncidence ! Quatre Mères Dénessérites suivaient leur reine, aussi éblouissantes, avec les mêmes yeux ambrés. Seule différence : leurs costumes à elles étaient pourpres... en tout point identiques à celui de l'inconnue de Colossea... Our Quox avait donc bien reçu une Mère Dénessérite !

Thomas se sentit soudain nauséeux et tremblant. Il avait la langue collée au palais et son cœur commençait à battre trop vite. Qu'est-ce que cela signifiait ? Les magiciennes de Perce-Nuage avaient-elles elles aussi rejoint la coalition de Ténébreuse ? Ou bien ne s'agissait-il que d'une visite isolée ? Il n'eut pas le temps d'approfondir ses cogitations. La reine Inaratti avait fait sonner sur le dallage le bâton surmonté d'une lumière vive qu'elle tenait dans sa main gauche. Elle parcourut des yeux l'assistance et Thomas tiqua lorsque son regard croisa le sien ; il eut l'impression d'avoir été reconnu, fouillé au plus profond de lui-même. Mais les yeux de la Mère Dénessérite continuèrent leur revue et allèrent se poser sur le héraut qui les avait accueillis. Ce dernier s'inclina profondément et lança d'une voix forte.

— Que viens-tu faire ici, ô ma Reine ?

— Monter la garde en attendant le retour des Incréés, répliqua-t-elle d'un ton suave et impérieux.

— Qui monte la garde en ta compagnie, ô ma Reine ?

— Les puissants de ce monde, qui ont répondu en ce jour à mon appel, et que je remercie du fond de mon âme. Que la magie d'or les baigne éternellement.

Inaratti leva sa main droite et lui fit décrire une gracieuse arabesque en direction de ses invités, immobiles comme des pierres dans les gradins. Puis elle s'inclina à son tour. L'assistance répondit par des claquements de talons et des hochements de tête. Thomas imita ses voisins, en grinçant des dents. Il avait la furieuse impression d'être un poisson dans une nasse, enfermé en compagnie d'une meute de piranhas affamés.

La reine gagna son trône, tandis qu'un homme au crâne rasé, drapé dans une toge dorée recouverte de motifs entrelacés, s'avançait vers elle. Arrivé à deux pas, il tourna sur lui-même pour faire face à l'assistance. Il avait des joues creuses et imberbes, éclairées par des yeux immenses, qui semblaient brûler d'un éclat fanatique. Il sautilla un moment sur place, d'un pied sur l'autre, puis s'effondra brutalement sur le sol, comme si une rafale de vent avait arraché tous les os de son corps.

— Que lui arrive-t-il ? sursauta Thomas.

— Ne t'inquiète pas pour lui, chuchota sa tante. Il est en transe. C'est un raisonneur, une sorte d'oracle par la voix de laquelle s'expriment les prédictions des Mères Dénessérites.

Sur le trône, Inaratti s'agita.

— Vous m'honorez par votre présence, lança-t-elle sans forcer sa voix.

L'acoustique de la salle sphérique était surprenante. Ses paroles se répercutèrent contre les cloisons, comme des vagues déferlantes.

— Les jours sombres sont de retour, poursuivit-elle. Le Ténébreux est plus fort qu'il y a mille ans, bien décidé à abattre les uns après les autres tous les royaumes d'Anaclasis. C'est en unissant les peuples que Léo Artéan, en son temps, a repoussé le Grand Fléau. L'heure est venue d'unir nos énergies et de repousser, à notre tour, ensemble, les armées qui, sinon, causeront notre perte à tous. Je souhaite que chacun d'entre vous s'engage dans cette cause ultime et que nous décidions d'une stratégie commune pour abattre notre ennemi. Je cède la parole au roi Jadawin de Villevieille, dont les initiatives courageuses nous offrent aujourd'hui des raisons d'espérer.

Le monarque aux allures de prophète se leva et parcourut la salle de son regard d'aigle aux yeux bleu glacier.

— Je vous salue, dit-il, presque sans desserrer les lèvres.

Il avait une voix qui résonnait comme s'il criait à pleins poumons alors qu'il parlait normalement.

— L'île de Mehrangarh est tombée, Caralain est assaillie de toutes parts, les Marches Blanches et Karhold seront bientôt entièrement sous le contrôle du Ténébreux. La prochaine étape de notre adversaire va être de débarquer sur le continent, certainement à l'est et à l'ouest au même moment, pour diviser au maximum nos forces. Ce que je vous propose est de renforcer les défenses des villes qui vont être en première ligne et de masser secrètement deux armées près des côtes. Puis de laisser nos ennemis prendre pied sur le continent et s'enfoncer sans peine dans notre piège. Au moment où ils mettront le siège devant l'une de nos cités, nous les prendrons à revers en les coupant de leurs bases arrière et de la mer. Cela exigera de la rapidité, une grande coordination et aussi des troupes en très grand nombre. J'ai déjà levé vingt et une légions d'Étoilés, qui progressent en ce moment vers le nord sous le commandement de mes Parfaits. Cela représente plus de soixante mille combattants, mais c'est très insuffisant pour gagner cette guerre. J'ai besoin de votre aide, massivement et avant qu'il ne soit trop tard !

Le roi Gotar se leva à son tour. Ses yeux étaient deux cailloux noirs au milieu de sa face peinte en bleu.

— Si je comprends bien votre plan, Roi Jadawin, vous proposez purement et simplement d'abandonner les cités de Caralain et de Karhold qui résistent encore ?

Sa voix était grave et assurée, sans trace d'agressivité. La tension qui rigidifiait sa silhouette massive était le seul indice de son mécontentement.

— Ce que moi je propose, au contraire, poursuivit-il, est de porter tous les renforts disponibles au secours des villes assiégées et de ne plus céder un seul pouce de terrain aux pillards de Ténébreuse. La guerre doit se gagner en regardant nos ennemis dans les yeux, pas en leur offrant notre dos !

Plusieurs délégations approuvèrent bruyamment. La reine Inaratti leva son bâton d'un geste péremptoire et le silence retomba. Iriann Daeron se redressa.

— Que le souffle des Incréés vous baigne éternellement, dit-il posément. La parole que je vous apporte est celle des six Animavilles et de leurs populations humaines... (Il laissa passer quelques secondes, en parcourant d'un regard circulaire son auditoire.) Nous allons entrer en guerre à notre tour contre Ténébreuse ! (Un murmure de satisfaction enfla dans la Sphère Céleste.) Mais nous ne porterons pas la guerre là où elle est déjà presque perdue ! Ce serait la meilleure façon de disperser inutilement nos forces. En cela, notre position est proche de celle du roi Jadawin. En revanche... (Il laissa le temps au concert de protestations qui s'était élevé de s'apaiser.) En revanche, nos Animavilles d'Aevalia et d'Éolia vont franchir la mer pour évacuer tous ceux qui le souhaiteront, civils et militaires, et les rapatrier sur le continent. Elles feront autant de rotations que nécessaire pour mettre à l'abri le maximum de personnes. Ensuite, elles pourront se replier de façon à contribuer au piège évoqué par le roi Jadawin.

La reine des Mères Dénessérites intervint à nouveau.

— Tout ceci est encourageant, mes amis, mais je n'entends personne évoquer le péril constitué par Colossea. Pourtant, la ville Mécanique de la Guilde des Marchands est comme une épine plantée en plein cœur d'Anaclasis.

— Je dispose dans cette région de deux légions renforcées par l'armée des Sardokars de Fomalhaut, reprit Jadawin. Mais c'est nettement insuffisant pour envisager d'attaquer Colossea.

A-jaiah El'Sand, la reine d'Elwander, sollicita à son tour la parole.

— Que l'onde et la sylve favorisent vos seigneuries et nos entreprises, dit-elle d'une voix cristalline. Au moment où je vous parle, deux armées de mon peuple ne doivent plus être très loin de Fomalhaut. Elles ont quitté Aïel Tisit et Qenyal Tisit il y a quatre jours et progressent depuis à marche forcée en direction du royaume Sardokar. En unissant nos forces, légions étoilées, Sardokars et Elwils, nous prendrons la ville Mécanique. Une fois ce péril interne écarté, nous engagerons toutes nos forces plus au nord, aux côtés de la coalition du roi Jadawin et des Animavilles.

Un bruissement satisfait roula sur l'assemblée, troué par la voix enthousiaste du gouverneur de La Roque Percée.

— Sur mon honneur, j'engage également mes troupes aux côtés de la coalition ! lança-t-il avec détermination. Elles sont d'ores et déjà sur le pied de guerre et pourront rejoindre Fomalhaut en deux jours.

D'autres monarques engagèrent à leur tour leurs armées, parmi lesquels le prince Fars d'Épicéane et Arbannor, le roi des Nains de Forges d'Est. Lorsque Dune Bard se leva, Thomas sentit un nœud tomber au fond de son estomac.

— Il est plusieurs points que nous devons aborder ensemble, dit-elle d'une voix volontairement sourde, qui força l'assistance à faire silence. Des points d'ordre pratique, tels que celui de savoir qui commandera les troupes coalisées ou encore de déterminer comment les armées communiqueront entre elles. Mais je vous propose de les garder pour plus tard. Le point dont je veux vous entretenir en priorité est autrement plus important...

Thomas vit les paupières d'Inaratti s'entrefermer légèrement, comme si elle s'attendait à l'intervention de l'incantatrice.

— Je pense que la plupart d'entre vous ont entendu parler des prophéties d'Antialphe, le célèbre Devin contemporain de Léo Artéan. La plupart de ses prophéties ont été consignées dans *La Complainte du Temps et des Contrées*, dont l'exemplaire original est conservé à Perce-Nuage, si je suis bien renseignée...

La reine des Mères Dénessérites hocha imperceptiblement la tête, avec un sourire froid en direction de l'incantatrice. La voix de Dune Bard enfla, jusqu'à captiver tout son auditoire.

— Pour Antialphe, Léo Artéan n'était pas seulement le sauveur d'Anaclasis, il était avant tout le

Nommeur, c'est-à-dire celui qui possédait la faculté d'énoncer le nom des Incréés et d'utiliser le pouvoir qui en résulte pour faire le bien. Le roi de Ténébreuse était, pour sa part, le Dénommeur, son opposé en toute chose, doté des mêmes facultés hors normes mais désireux d'en user pour asservir le monde. Pour Antialphe, si Léo Artéan n'était pas parvenu à découvrir le nom des Incréés avant son rival, tous les efforts des armées d'Anaclasis auraient été vains et le Grand Fléau se serait achevé par la victoire définitive de Ténébreuse...

L'incantatrice demeura quelques secondes silencieuse, le corps légèrement penché en avant, comme pour mieux assener ses prochaines paroles.

— La treizième prophétie d'Antialphe parle de la millième année après la chute de Ténébreuse. Elle parle des temps que nous sommes en train de vivre et elle dit ceci :

> *L'an mil après l'établissement du bonheur*
> *Verra ressusciter le roi d'effrayeur,*
> *Le septentrional quitter son siège,*
> *Et transpercer du ciel les feux et neiges.*
> *De Reflet en chair resurgira un Nommeur,*
> *Qui cherchera au giron des Incréés*
> *Les fondements de l'ancestrale félicité,*
> *Et rendra au monde éprouvé l'oubli du malheur.*

Dune Bard écarta soudain les mains et nombre de rois eurent un sursaut de défiance.

— Antialphe savait qu'un nouveau Dénommeur allait régner sur Ténébreuse, clama la magicienne en scandant avec force chaque mot. Il savait qu'une guerre sans merci allait de nouveau opposer l'île du Nord à Anaclasis. Et il savait également que de ces nouveaux temps sombres allait éclore un autre... Nommeur !

L'incantatrice laissa aux membres de son auditoire le temps de digérer l'information.

— Qui est ce nouveau Nommeur ? demanda le roi Arbannor d'un ton où l'ironie le disputait à l'incrédulité. Est-il aussi insaisissable que les prophéties de ce vieux fou d'Antialphe ou bien est-il de chair et de sang ?

— Il est devant toi, Arbannor, siffla Dune Bard d'un ton cinglant. Lève-toi, Thomas...

L'estomac du garçon se souleva, noyé dans une violente nausée acide, mais il obéit sans rechigner. Il garda les bras le long du corps et leva les yeux vers le roi de Forges d'Est. Comme il s'y était attendu, l'incrédulité fit place à l'amusement sur le visage du monarque. Mais la raillerie jaillit d'autre part.

— Que nous amènes-tu là, ma chère Dune Bard ? demanda le roi Jadawin de Villevieille. Un adolescent arraché du sein de sa mère ? Bien jeune pour revendiquer une gloire égale à celle de Léo Artéan !

Le roi de Villevieille examina le visage de Thomas avec un léger sourire. En dépit de son sourire, sa voix était mordante et son regard d'une acuité dérangeante.

— Qui es-tu et d'où viens-tu, mon garçon ?

Thomas dut s'humecter les lèvres de salive avant de pouvoir parler.

— La lumière des Incréés vous baigne à jamais, noble Reine Inaratti et vous, Gentils Seigneurs et Grandes Dames, expulsa-t-il d'une même haleine. (Il pencha brièvement le buste en direction du trône de la reine des Mères Dénessérites, qui lui retourna un regard indéchiffrable.) Je m'appelle Thomas, Thomas Passelande, et j'arrive du Monde du Reflet où je suis né. Je n'ai découvert que très récemment ma capacité à comprendre de manière innée la langue des origines ainsi que le nom des Incréés...

— Tu dis que tu as découvert les noms des Incréés ? s'exclama Jadawin, interdit.

— Deux seulement, Mon Seigneur. Mais je compte bien découvrir les autres... avant le Ténébreux !

Il avait craché les derniers mots avec une rage palpable. Le roi de Villevieille sourcilla, visiblement surpris.

— Sornettes ! gronda Arbannor. Pareil destin, si tant est qu'il soit avéré, ne peut concerner un gamin ! Vous vous égarez, Dune Bard !

— Elle ne s'égare pas ! intervint la reine des Elwils d'une voix égale. Il est venu à Aïel Tisit et il a accompli la prophétie qui devait me permettre de le reconnaître. Il est le nouveau Nommeur, celui que mon peuple appelle Osgil'At. Et le Ténébreux le sait également, car il a lancé une attaque en plein cœur de ma capitale pour tenter de l'enlever.

— Je savais également que le garçon de la prophétie allait venir, décocha la reine Inaratti en se redressant.

Sa voix semblait subitement curieusement voilée. Elle inclina son bâton vers l'homme chauve étendu à ses pieds et la lumière jaune de la crosse scintilla. Des mouvements incontrôlés agitèrent l'oracle, comme si une main invisible réintroduisait un à un les os de son squelette. Il bondit soudain sur ses pieds et commença à tourner sur lui-même en produisant une inquiétante psalmodie gutturale. Après une bonne minute, il stoppa net et s'ébroua comme un chien après une baignade. Il braquait un regard d'aveugle dans la direction de Thomas et commença à parler d'une voix forte et aiguë, qui n'était visiblement pas la sienne.

— Apprenez que la guerre qui a commencé scellera définitivement le destin des hommes et des non-hommes à travers tout Anaclasis. Les présages de destruction et ceux de victoire s'amoncellent en ce moment même au-dessus de Perce-Nuage et de toutes les autres contrées. Ils sont en nombre égal et il revient au Nommeur et au Dénommeur de déterminer de quel côté tournera la roue. Les augures disent que la Dernière Bataille est proche et que ce sera le garçon venu du Reflet qui la mènera. Les augures disent encore que le garçon chevauchera à la tête des mythiques Djehals, jadis chassés de Ténébreuse par le premier Dénommeur et dont le retour d'exil annoncera la mêlée ultime. Ce garçon est le nouveau Nommeur ! Que personne n'en doute ! Louée soit sa venue ! Louée soit sa venue ! Et de tous nos corps et de toutes nos épées, faisons-lui rempart, pour l'aider à sauver le monde !

Un saut en arrière et l'oracle s'effondra à nouveau comme un pantin désarticulé. Les derniers mots avaient été hurlés avec l'énergie du désespoir. Un silence total s'ensuivit. L'effarement se lisait sur tous les visages, y compris celui de Jadawin de Villevieille. Thomas avait la chair de poule et la gorge sèche. Il avait du mal à accepter l'idée que le garçon de la prophétie, c'était bien lui. Il tenait ses mains serrées l'une contre l'autre pour que personne ne voie qu'elles tremblaient comme des feuilles. La voix de la reine des Mères Dénessérites fut comme un coup de tonnerre dans un ciel sans nuage.

— Thomas est le nouveau Nommeur ! lança-t-elle dans un rugissement.

Elle scandait les syllabes comme si elle voulait les inscrire en lettres de feu dans l'esprit de son auditoire.

— Il a besoin de nous comme nous avons besoin de lui. Nous allons nous battre en son nom et il nous conduira à la victoire lorsque la Dernière Bataille adviendra.

La sculpturale souveraine tourna ses yeux dorés vers l'adolescent.

— En attendant, il restera auprès de moi, au beffroi des Nuages, protégé par la magie d'or.

Le cœur du garçon rata un battement. Il ouvrit la bouche pour protester mais la voix de Dune Bard le devança.

— Thomas ne peut en aucun cas rester ici, Reine Inaratti. Son destin est de découvrir les quatre derniers noms d'Incréés, pour être en mesure d'affronter le Dénommeur. Nul autre que lui ne peut mener cette quête. C'est ce qui est dit dans la prophétie d'Antialphe !

— Ce n'est pas ce que dit la prophétie d'Inaratti ! trancha la Mère Dénessérite. Thomas court un grand danger et doit être protégé jusqu'au moment ultime. Il doit rester au beffroi, c'est l'affaire de quelques mois ! Passons aux autres points que tu voulais aborder, ma chère Dune Bard.

— Thomas ne restera pas à Perce-Nuage, gronda l'incantatrice.

La reine des Mères Dénesserites se raidit d'un coup en émettant un son d'exaspération. Elle considéra l'incantatrice d'un air glacial. Le silence dans la Sphère Céleste était total ; chacun semblait retenir son souffle. Thomas aurait pu jurer entendre tourner les rouages dans la tête de la reine Dénessérite. Finalement, la souveraine de Perce-Nuage demanda d'un ton mielleux :

— Qui va m'empêcher de le protéger ?

— Personne ne songe à t'empêcher de le protéger. Mais sache que je ne te laisserai pas lui faire perdre toute chance de NOUS sauver !

— Tu es dans l'erreur, ma chère Dune Bard... Et tu n'es pas de taille...

— En es-tu bien certaine ?

Les mains de la reine devinrent comme des nœuds serrés. Les secondes s'écoulèrent, sans qu'aucune parole ne résonne sous la coupole du donjon. La fixité du regard d'Inaratti glaça soudain le cœur de Thomas. « Elles s'affrontent mentalement ! » Iriann Daeron remua à côté du garçon, visiblement aussi mal à l'aise que lui-même. Thomas tourna le visage vers sa tante. Des gouttes de sueur perlaient sur son front, mais ses yeux brûlaient d'une lueur de défi. À mi-distance entre les deux femmes, la vasque aux pieds de tigrours se fêla soudain, dans un claquement assourdissant. Le rayon de lumière liquide scintilla d'un éclat plus vif, rendant la salle aussi éclatante qu'un plein midi sous un ciel sans nuages. Un vent de consternation et d'indécision souffla sur l'assistance.

— Ça va, Dune ? lança le prince Fars à mi-voix.

L'incantatrice ne sembla pas l'entendre. Elle était à présent aussi raide qu'un piquet, les traits crispés, tendue tout entière en direction de son adversaire. L'expression de la reine Inaratti avait conservé sa fermeté, mais Thomas la vit changer de posture, comme si elle était en train de... perdre pied ? Ses yeux dorés se plissaient sous l'effort ; un pli déformait sa bouche parfaite. Et puis, la situation s'inversa totalement, sans raison apparente. Dune Bard sembla se recroqueviller sur elle-même, chancelant un instant avant de retrouver son aplomb. Sa peau devint d'une pâleur mortelle, et de la buée s'échappa de ses narines, comme si un froid mordant l'enveloppait. Un rictus victorieux apparut au coin des lèvres de la reine. Thomas comprit dans un éclair : les quatre Mères Dénessérites qui encadraient Inaratti se liguaient pour attaquer sa tante ! Son sang ne fit qu'un tour.

— Arrêtez ça, bande de vipères ! hurla-t-il en bondissant comme un diable hors de sa boîte.

Tous les regards se tournèrent dans sa direction.

— Ne t'en mêle pas ! l'avertit Iriann Daeron.

Mais trop tard. L'adolescent avait déjà glissé à travers la vibration fossile, pour se retrouver devant Inaratti, qui ouvrit des yeux exorbités de stupeur. Il s'aperçut seulement à ce moment qu'Excalibur était dans sa main. Et que sa pointe piquait si profondément la gorge délicate de la reine qu'une goutte de sang perlait contre la lame.

— Arrêtez ça immédiatement ! aboya-t-il à l'adresse des Mères Dénessérites... Arrêtez ça ou je tue votre reine !

Il sentit l'attaque implacable des magiciennes se retourner d'un coup contre lui et toute force sembla déserter son corps. Seule sa volonté lui permit de rester debout et de ne pas lâcher son épée. NON ! Il ne tomberait pas à genoux ; il ne leur donnerait pas cette satisfaction ! Un froid glacial l'enserra de toute part, pesant sur sa poitrine et écrasant son crâne dans un étau. Des aiguilles de glace s'enfonçaient dans ses muscles, grinçaient contre ses os, brouillaient sa vue. Il serra les dents pour ne pas laisser s'échapper le hurlement angoissé qui montait des tréfonds de son être. Il se força au contraire à darder sur Inaratti un regard furieux, à travers les cristaux de glace qui germaient au coin de ses yeux. Elle lui sourit comme à un petit garçon qu'elle aurait grondé.

Thomas sentit la frustration éclater dans son ventre et flamber en une rage insensée. Une colère ardente et corrosive, qui sembla tout à coup entrer en résonance avec la vibration d'Excalibur. Une explosion silencieuse s'épanouit en lui, comme un soleil immense et brûlant. Il n'avait plus froid, il n'était plus faible. Il se sentait plus fort qu'il n'avait jamais été. Il allait leur faire payer leur impudence ! Il expulsa un cri inarticulé de bête ivre de vengeance, puissant comme les cris de bataille conjugués d'une armée de Défenseurs. Les quatre Mères Dénessérites s'envolèrent comme des fétus de paille. Elles poussèrent des cris de douleur en heurtant la cloison derrière elles et aucune ne se releva.

Inaratti esquissa un pas en arrière, mais Thomas la devança avec la vivacité d'un félin. Il immobilisa la pointe de son épée à un doigt de sa gorge. Ses mots claquèrent comme des bangs soniques.

— Nous allons faire EXACTEMENT ce qu'a dit Dune Bard, et ce n'est pas négociable !

Toute trace de condescendance avait déserté les traits de la reine de Perce-Nuage. Elle était plus livide qu'un bloc de marbre mais conservait toute sa majesté. Elle écarta d'un doigt manucuré la pointe d'Excalibur, qu'elle enveloppa d'un regard surpris. Sa voix s'éleva, claire et détachée, comme si rien de tout ce qui venait de se passer n'avait véritablement eu lieu.

— Il faudra que tu me dises, un jour, comment une épée des Grands Anciens a terminé entre tes mains, mon garçon. Mais, pour le moment, je ne peux que te féliciter. Tu as démontré ta capacité à assurer ta propre défense. Me voilà rassurée et prête à accéder à la demande de cette chère Dune Bard. D'autres exigences ?

— Non, elles s'arrêtent là, répondit l'adolescent d'un ton neutre.

La reine se tourna vers l'assistance médusée, qui n'avait soufflé mot. Seules Dune Bard et A-jaiah El'Sand étaient dressées dans l'hémicycle, l'une prête à poursuivre le combat, la seconde visiblement prête à l'engager. Les coups d'œil échangés entre ces deux-là et Inaratti furent dénués d'aménité, mais tout le monde finit par se rasseoir. Thomas traversa la vibration pour regagner sa place, sans un regard pour la reine des Mères Dénessérites ni pour ses disciples, que des serviteurs diligents évacuaient discrètement sur des civières de fortune. La rage grondait encore dans ses veines. Il jeta un coup d'œil furibond en direction du roi Jadawin, qui le détaillait sans vergogne. « Je suis le Nommeur », pensa le garçon en serrant les poings. « Que celui qui croit que je suis heureux de mon destin vienne m'en décharger ! »

— Reprenons, fit Inaratti avec une ferveur que l'on sentait de façade. Nous devions encore discuter des questions de commandement des troupes coalisées et de la communication entre les différentes armées…

*

Les débats se poursuivirent sans entrain une bonne partie de la soirée. Curieusement, l'altercation entre Dune Bard et Inaratti avait suffisamment refroidi les participants pour que les plus rétifs d'entre eux acceptent des compromis auxquels, en d'autres circonstances, ils n'auraient pas facilement consenti. Entre autres choses, il fut décidé que le roi Jadawin coordonnerait toutes les actions militaires, mais que chaque armée resterait sous le commandement de son peuple d'origine. Les liaisons entre les différents corps d'armée et l'état-major de campagne seraient assurées par des messagers Passe-Mondes lorsque cela serait possible mais aussi par la remise en fonction des antiques tours des Tambours. Dune Bard obtint des alliés que l'attaque sur Colossea n'intervienne qu'en présence de Thomas et d'elle-même et qu'elle soit menée de façon à mettre la main sur le chronoprisme en état de fonctionnement. De même, une fois que la Frontière située dans la région correspondant à la Roumanie aurait été découverte, une armée serait chargée de la protéger contre toute intrusion du Dénommeur, afin de tenter de donner à Thomas un avantage sur son adversaire. Enfin, la cité de Perce-Nuage fut choisie pour accueillir une nouvelle réunion des délégations coalisées d'ici à quarante jours, pour faire un point sur la situation.

En regagnant l'aile sud, la délégation de Dardéa était somme toute plutôt satisfaite des avancées substantielles réalisées. En voyant venir Pierric à leur rencontre, ses lunettes de travers et un pli soucieux en travers du front, Thomas sut que quelque chose était arrivé.

— Que se passe-t-il ?

— J'ai eu une vision, répondit son ami. C'était confus, mais je sais que nous ne devons pas dormir à cet étage. Sous aucun prétexte !

De nouveau, le froid saisit le cœur de Thomas. Il tourna les yeux vers Iriann Daeron. Le Guide de Dardéa hocha la tête d'un air préoccupé.

— Rejoignons nos amis d'Épicéane, dit-il d'un ton ferme. Ils nous feront un peu de place et ainsi nous serons plus nombreux… si les choses venaient à se gâter…

7.

Le village abandonné

Une violente rafale s'empara de Ki par surprise. elle s'accrocha au mât et perdit le souffle, toussa, cracha. Satanée pluie ! Cela faisait deux jours que le Satalu traversait grain sur grain et que l'humidité régnait en maîtresse à bord du navire volant. Mais, cette fois, la jeune fille comprit que c'était plus grave. Léo Artéan n'avait pas replongé dans la vibration fossile après le dernier saut et le tambour de Zubran avait cessé de battre la mesure. Tous les Passe-Mondes du bord attendaient son signal pour reprendre le vol alternatif.

Une pluie fine cinglait le visage de Ki, sans qu'elle y prête la moindre attention. Elle conservait le regard fixé sur la chaîne montagneuse au pied de laquelle les avait laissés le dernier saut. Une masse de nuages obscurs et tourbillonnants semblait glisser le long des pentes, en se rapprochant du navire à vive allure. Le vent forcissait à l'approche de la tempête.

Une nouvelle bourrasque ramena la jeune fille à l'étrange rencontre faite deux jours plus tôt. C'était l'après-midi et ils survolaient une mer turquoise, poussés par un vent modéré. Les Passe-Mondes du bord se reposaient en attendant de reprendre le vol alternatif. Ki était assise en compagnie de plusieurs aéronautes, qu'elle aidait à raccommoder une voile déchirée, lorsqu'elle avait senti une pression dans son cou. Elle s'était retournée mais n'avait vu personne. Un marin avait bondi sur ses pieds, en disant que quelque chose l'avait touché. Ki s'était redressée et avait buté... contre le vent ! C'était comme si l'air s'était soudain transformé en gelée et l'avait immobilisée dans des liens invisibles. La pression s'était relâchée et d'autres marins avaient vécu la même expérience surprenante. L'un d'eux avait alors pris une poignée de cendres froides dans un brasero et l'avait jetée en l'air. La poussière avait épousé fugacement les contours de quelque chose de grand, à la forme en perpétuelle évolution et qui tendait par moments des tentacules inquisiteurs vers l'un ou l'autre des aéronautes. Ils avaient compris qu'ils étaient en présence d'une forme de vie inconnue, une sorte d'ectoplasme fait d'air solidifié, que la curiosité avait poussé à leur bord. La créature amicale avait hanté le Satalu jusqu'au soir, puis on ne l'avait plus revue.

La voix puissante de Zubran troua soudain le hululement plaintif et dissonant du vent, ramenant la jeune fille au moment présent.

— On retourne en arrière d'un saut ! À mon signal !

Le claquement sourd du tambour égrena son compte à rebours. Au moment voulu, les Passe-Mondes du bord contribuèrent à déplacer le navire volant pour le ramener à la verticale d'une crique étroite située au bord d'une mer gris acier. Un village de pêcheurs se blottissait dans le port naturel. Ki retrouva Léo Artéan et Zubran sur le pont incliné du gaillard d'avant.

— Nous allons nous mettre à l'abri dans cette anse bien protégée, expliqua le roi masqué. La tempête qui arrive sur nous est trop violente pour envisager de la traverser. Ki, tu vas descendre à terre avec Zubran. Vous vous assurerez que la population du village n'est pas hostile et négocierez avec elle le fait de pouvoir nous abriter le temps de l'orage. Pendant ce temps, Ninive va manœuvrer pour amarrer son bâtiment au-dessus de la crique. Prenez avec vous dix de nos hommes et demeurez sur vos gardes. Nous ne connaissons rien des populations qui vivent sur les côtes sauvages de Palanque...

Zubran désigna dix guerriers spartes et tous se retrouvèrent sur le rivage étranger. Des rafales aigres annonçaient l'orage, giflant de pluie leur visage. Malgré leur cape étanche fermée sous le menton et leur capuchon ramené en avant, l'eau trouvait le moyen de pénétrer dans leur cou et n'allait pas tarder à détremper leurs vêtements.

— On reste groupés pour entrer dans le village ! aboya Zubran avec une crispation de mauvaise humeur.

— Et on offre notre plus beau sourire aux habitants pour ne pas les effrayer, rajouta Ki d'un ton amusé. Il ne manquerait plus qu'ils nous ferment leur porte et que nous soyons obligés de passer la nuit dans notre coque de noix humide et instable...

Zubran ne prit pas la peine de relever et s'avança sur la plage. Des dizaines de barques de pêche à balancier, peintes en rouge et surplombées d'un mât incliné vers l'arrière, étaient couchées sur le sable. Les premières maisons avaient presque les pieds dans l'eau. Juchées sur d'épais pilotis de bois, elles présentaient des façades blanches trouées de fenêtres rondes aux allures de hublots et des toits plats transformés en terrasses. Les Spartes s'engagèrent prudemment entre les curieuses bâtisses, la main sur la garde de leur épée. Ils durent rapidement se rendre à l'évidence : le village paraissait totalement désert.

— Peut-être ont-ils fui en voyant le Satalu apparaître, suggéra Ki. Peut-être qu'ils n'ont jamais vu de navire volant et qu'ils nous prennent pour des démons venus du ciel ?

Zubran maugréa quelque chose. Son regard passa sur la jeune fille puis se porta sur l'une des maisons, dont la porte claquait à chaque nouvelle bourrasque. Ses paupières s'étaient plissées.

— Je n'aime pas ça. Tout est en parfait état, comme si le village venait d'être évacué. Pourtant, mon instinct me dit qu'ils ne se sont pas enfuis à notre approche...

Il se tourna vers les autres Passe-Mondes.

— Fouillez toutes les maisons ! aboya-t-il. Par équipes de deux ; personne ne perd de vue son équipier. S'il reste des gens, amenez-les moi... en douceur !

Il avisa la plus grande maison, au centre de la bourgade.

— Nous allons nous installer dans celle-là. Si vous trouvez de la nourriture et des couvertures, amenez tout ici.

Il se retourna vers la jeune fille.

— Allons prendre possession des lieux.

Ils s'approchèrent de la bâtisse. Elle était la seule à adopter la forme d'un L et ouvrait sur une placette bordée d'arbres décorés de curieuses bandelettes de tissu de toutes les couleurs.

— Ils préparaient peut-être une fête ? supputa le Premier Soutien du roi sparte.

— À moins qu'il ne s'agisse d'un culte religieux, rajouta l'adolescente.

Un concert de bêlements s'éleva soudain du côté de la maison. Les deux Passe-Mondes dégainèrent vivement leurs épées, avant de se détendre.

— Des chèvres, soupira la jeune fille. Tout compte fait, ce village n'est pas totalement inhabité...

Les animaux aux longues cornes recourbées et à la

robe crème étaient parqués dans un enclos situé sous le bâtiment. Ki sourcilla en découvrant que les créatures étaient dotées d'une troisième paire de pattes faisant penser à deux bras malingres. Placées entre le cou et le poitrail, ces membres se terminaient par des doigts à l'aide desquels elles lissaient en permanence l'amusante barbichette ornant leur menton.

— On dirait de vieux messieurs grincheux, marmonna-t-elle.

— Tu as quelque chose contre les grincheux ? riposta Zubran avec une grimace qui aurait presque pu passer pour un sourire.

— Qui est grincheux ici ? lâcha malicieusement l'adolescente.

— Allez, on fait le tour du propriétaire…

L'intérieur de la maison ne livra pas le moindre indice sur la disparition mystérieuse de ses habitants. En bas se trouvaient une grande salle de réception aux murs lambrissés de bois sombre, des cuisines et des toilettes ; en haut, de nombreuses chambres au confort spartiate. Les lits étaient défaits, comme si les occupants de la maison avaient été tirés de leur sommeil en pleine nuit. Mais en l'absence de trace de lutte ou d'effraction, rien ne permettait d'imaginer ce qui avait pu arriver. Une voix monta de l'extérieur de la maison.

Ki et Zubran ressortirent et tombèrent nez à nez avec deux Spartes. Chacun d'eux tenait une couverture roulée en boule.

— Regardez ce que nous avons trouvé, dit le premier.

Il déplia l'étoffe, laissant apparaître le corps d'un bébé aux yeux fermés. L'autre couverture livra un enfant à peine plus âgé.

— Morts ? demanda Zubran.

— Pas ces deux-là. Nous en avons trouvé d'autres, sans vie.

Les deux enfants étaient d'une lividité spectrale. Leur petite poitrine se soulevait faiblement par à-coups.

— Par le soleil ! s'exclama Ki. Qu'a-t-il pu se passer ici qui pousse les habitants à abandonner leurs propres bébés ?

L'un des enfants ouvrit les yeux et poussa un cri étouffé en tendant ses petites mains.

— Ils doivent avoir faim, estima Ki. Mettez-les au chaud dans la maison. Pendant ce temps, je vais récupérer un récipient pour traire l'une des chèvres de l'enclos. En espérant qu'elles aient du lait…

La chance lui sourit. Plusieurs femelles avaient les pis si gonflés qu'elles se laissèrent traire avec un soulagement évident. Lorsque la jeune fille rentra dans la maison, elle y trouva un troisième bébé, amené entre-temps Les trois petits survivants pleuraient en gigotant sur la table où ils avaient été installés. Zubran et ses hommes semblaient soulagés de voir revenir l'adolescente. Elle découpa un morceau de couverture et trempa un coin dans le lait encore chaud, qu'elle donna à sucer au premier enfant, une petite fille de quelques mois.

— Faites comme moi, dit-elle aux soldats.

Deux d'entre eux l'imitèrent et le silence retomba sur la maison. Léo Artéan apparut peu après dans l'embrasure de la porte et eut un moment d'arrêt en découvrant le spectacle inattendu. Zubran lui expliqua en quelques mots que les enfants en bas âge avaient été abandonnés par les habitants et que seuls trois d'entre eux avaient survécu. Le bébé dont s'occupait Ki ferma les yeux, rassasié.

— À présent, elle va dormir, dit-elle au roi sparte. Mais le lait de la chèvre ne lui suffira pas longtemps. C'est du lait de sa mère dont elle va avoir besoin, et vite.

— Ou bien du lait d'une nourrice, estima Léo Artéan. Vous allez transporter ces enfants au Sanctuaire. Là-bas, les nourrices sont nombreuses ; elles s'occuperont d'eux le temps qu'il faudra.

La jeune fille acquiesça. Elle replia les pans de la couverture autour de sa petite protégée et glissa aussitôt dans la vibration. Une fois au sanctuaire, Ki et les deux Spartes qui lui avaient emboîté le pas remirent les bébés à la nurserie de la maison commune. Les Passe-Mondes réintégrèrent ensuite le village désert sur les rivages de Palanque. La bâtisse résonnait à présent de dizaines de voix et le roi Artéan distribuait ses ordres : trouver du bois pour alimenter les deux cheminées que comptait la plus grande pièce de la maison, aider les aéronautes à charger de l'eau douce dans le navire volant, descendre à terre certains bagages, reconnaître les alentours, organiser un tour de garde.

Ceux qui échappèrent momentanément aux corvées décidèrent de partir pêcher dans la petite anse, malgré le temps qui ne cessait de se dégrader. L'eau de la baie semblait très poissonneuse, des frémissements incessants signalant le passage des bancs de poissons. Pour sa part, Ki se joignit au groupe chargé d'explorer les alentours pour tenter de percer le mystère de la disparition des habitants du village.

Le vent poussait dans le ciel de grands nuages rapides au ventre de plus en plus lourd et secouait la forêt de fougères géantes qui surplombait le village. Plusieurs torrents aux eaux écumeuses coulaient au milieu des sous-bois, vernissant les grandes dalles rocheuses sur lesquelles s'accrochaient les arbres. Les immenses feuilles enroulées des fougères arborescentes échangeaient en permanence des nuées de passereaux comme des jets de pierres. Ki bondissait à travers la vibration fossile en compagnie des trois Spartes qu'elle accompagnait, avec une certaine forme de satisfaction.

Elle savourait l'instant, la caresse rude du vent dans ses cheveux, l'odeur de la végétation mêlée à celle de la mer, car elle savait que lorsque la tempête serait sur eux il ne serait plus question de mettre le nez dehors.

Ils trouvèrent un sentier suffisamment large pour permettre à deux chariots de se croiser. Le chemin quittait le village, côté terres, passait entre des champs cultivés en terrasse (où poussaient des artichauts gros comme des pastèques), puis se perdait au milieu des collines. Aucune trace récente de roue ou de fers à galopeurs n'indiquait que les habitants aient emprunté cette voie pour évacuer en urgence leur village.

— De toute façon, ils n'auraient jamais abandonné leurs bébés derrière eux, soupira Ki.

— C'est comme s'ils s'étaient purement et simplement évaporés, grogna l'un de ses compagnons. Je n'aime pas ça. Comment être certains que ce qui est arrivé à ces gens ne va pas nous arriver à notre tour cette nuit ?

— Nous sommes des chevaliers spartes, fanfaronna un autre. Et nous allons ouvrir l'œil.

L'autre fit la grimace.

— Que les Incréés t'entendent, grinça-t-il. Mais je préférerais quand même savoir ce qui est arrivé...

Une brusque rafale de vent tonna sur les hauteurs et un éclair sillonna le ciel en direction d'un relief proche. Surpris, les Passe-Mondes virent une grande fougère arborescente frappée par la foudre exploser dans un fracas formidable. L'instant suivant, la visibilité se réduisit d'un coup et la végétation se mit à trembler, martelée par la chute de petits glaçons qui sautaient de tous côtés, faisant grésiller et siffler l'arbre en flammes comme un monstre en furie.

— La foudre et la grêle : la nuit promet d'être charmante, tenta de plaisanter Ki en couvrant sa tête avec sa capuche. Allez, on rentre !

Personne ne se fit prier pour plonger dans la vibration fossile. Pas fâchée de trouver un bon feu et des visages connus, la jeune fille se pencha sur des chapelets de poissons qui grillaient à la flamme de l'une des cheminées.

— Il suffisait de jeter un filet dans la baie pour les ramener par dizaines, raconta celui qui s'occupait de les faire cuire. À croire qu'ils ne demandaient qu'à se faire manger !

— On dirait des anguilles, déclara l'adolescente avec un froncement de nez incertain.

— Place ! Place ! lança un aéronaute qui transportait un quartier de viande crue enfilé sur une broche.

Il l'installa derrière la grille qui supportait les poissons, sur deux supports prévus à cet effet.

— Moi, je te conseille plutôt mon cuissot de chèvre que ces drôles de poissons, dit-il à la jeune fille avec un clignement d'œil entendu.

— Parce que tu la trouves normale, ta chèvre ? riposta l'autre en prenant un air faussement vexé. Six pattes ! Et pourquoi pas des mamelles au bout des cornes ?

Ki s'éloigna des deux joyeux drilles pour jeter un coup d'œil à travers l'une des fenêtres en forme de hublot. Elle put à peine distinguer la silhouette du Satalu flottant au-dessus de la plage à travers les rideaux de pluie et la chute du crépuscule. La mer semblait avoir décidé de s'avancer jusqu'au village pour tout entraîner dans ses profondeurs. Le vent faisait tanguer le grand bateau et secouait violemment les fougères arborescentes. De fréquents éclairs ramifiés fendaient la noirceur des nuages, illuminant sporadiquement la baie, quelques instants avant le roulement grave du tonnerre.

La jeune fille frissonna et se retourna vers la bonne chaleur qui montait de la grande salle. La plupart des

Spartes et des aéronautes étaient réunis dans la lumière rousse du feu des cheminées et de quelques lanternes suspendues au plafond. Les uns installaient assiettes et couverts sur la longue table qui avait été prolongée avec une porte posée sur des tréteaux, d'autres discutaient par petits groupes, certains jouaient aux dés assis par terre. L'odeur de la viande et du poisson grillés chatouillait agréablement les narines de la jeune fille.

Léo Artéan rentra dans la salle à cet instant et vint à sa rencontre.

— Vous n'avez rien trouvé ? demanda-t-il à mi-voix.

La jeune fille secoua la tête avec un air ennuyé.

— Rien ne permet d'affirmer que les habitants se sont enfuis ou ont été emmenés de force. Nous n'avons pas relevé le moindre indice de leur passage autour du village.

— Alors, c'est qu'ils sont encore là, affirma gravement le monarque. Mais où ?

La jeune fille frémit à la perspective d'être peut-être épiée en ce moment même.

— As-tu songé à utiliser le nom de l'Incréé découvert sur Hyksos pour fouiller les alentours ? demanda-t-elle.

— Je l'ai fait, très soigneusement, même. Mais je n'ai pas repéré la moindre pensée étrangère. Juste des animaux dans les bois et des poissons dans la baie…

— Les habitants de ce village sont peut-être des Passe-Mondes. Ils auraient été surpris dans leur sommeil et se seraient égaillés dans la nature pour échapper au péril qui les menaçait.

— Les enfants retrouvés ne sont pas des Passe-Mondes, rappela Léo. Et puis, ceux qui sont morts ont été terrassés par la faim ; ils n'ont subi aucune violence. Non, c'est autre chose. Je sens que l'explication est à notre portée mais que nous n'avons pas su interpréter les indices.

Il émit un son de dépit et se retourna à moitié vers leurs compagnons, qui commençaient à s'attabler en devisant joyeusement.

— Bah, la lumière jaillira bien à un moment ou à un autre. Je vais vous laisser manger. Rien de tel qu'un bon repas pour se remettre les idées en place !

Sa voix était enjouée, mais la jeune fille sentit son cœur se serrer. Comme chaque fois, il allait s'isoler pour manger à l'abri des regards. Un élan de compassion la poussa à poser la main sur le bras de l'infortuné monarque. Il lui rendit fugacement sa caresse et tourna les talons.

La jeune fille trouva facilement une place au milieu des Spartes et des aéronautes veldaniens. Elle était respectée des uns et des autres pour ses talents d'escrimeuse et de meneuse d'hommes, mais suscitait également bien des convoitises auprès de la gent masculine. Elle avait découvert assez récemment que les petites attentions que la plupart des hommes lui témoignaient n'étaient pas désagréables, bien au contraire, mais elle se gardait de leur laisser espérer quoi que ce soit de sa part. Car son cœur n'était plus à prendre. Elle avait mis longtemps à l'admettre, elle n'en avait d'ailleurs jamais soufflé mot à qui que ce soit et évitait même d'y penser pendant la journée. Mais, chaque soir, en fermant les yeux pour trouver le sommeil, elle espérait ardemment que Pierric la retrouverait au bout de ses rêves. L'intimité particulière qui s'était installée entre eux, à travers l'abîme infranchissable d'un millier d'années, était quelque chose d'aussi improbable que frustrant. Elle savait qu'ils ne se rencontreraient jamais ; elle se disait même parfois qu'elle aurait dû tout faire pour tenter de rompre ce lien ténu entre leurs esprits, mais c'était plus fort qu'elle. Elle sentait son cœur accélérer sa marche aussitôt qu'elle pensait à lui et se réveillait habitée d'une joie ineffable chaque fois qu'elle le croisait dans les cavernes du rêve. Elle se savait captive de ce lointain futur et commençait à s'habituer à l'idée que son destin était de vivre à jamais séparée du garçon étrange qui s'était progressivement installé dans son cœur.

Le repas l'éloigna pour un temps de ses préoccupations. Ses compagnons de voyage étaient dans d'excellentes dispositions, aidés en cela par une nourriture abondante et un tonneau de vin veldanien mis en perce pour l'occasion. La chèvre se révéla succulente, accompagnée d'un ragoût de la veille et de pousses de fougères ramassées à l'extérieur du village. En revanche, peu se risquèrent à goûter aux poissons cylindriques pêchés dans la baie, malgré une odeur appétissante et les soupirs de satisfaction théâtraux poussés par celui qui les avait préparés.

Les grondements de la pluie cinglante sur la toiture couvraient par instant les conversations et la hauteur du son leur rappelait à tout moment la violence du déluge. Lorsque le mugissement du vent suspendait momentanément son fracas, les convives cessaient de parler pour tendre l'oreille, comme s'ils étaient subitement inquiets. Au cours du repas, les discussions animées roulèrent sur nombre de sujets, avant d'aboutir à celui qui occupait le plus les esprits depuis le début du voyage : la Terre des Géants, destination ultime de leur périple aérien. Ce continent mystérieux, situé au milieu d'un océan tout aussi méconnu, avait rarement été abordé par des équipages de marins ou d'aéronautes. La seule expédition à l'avoir survolé était celle du célèbre astronome aventurier Aldamar, frère du précédent roi d'Ueva, quarante-deux ans plus tôt. Il en avait ramené une vision surprenante et terrifiante à la fois, décrivant une faune de lézards gigantesques, dont certains faisaient selon lui la taille d'un aéronef. Difficile de savoir si le célèbre explorateur avait ou non enjolivé les choses, mais il n'en restait pas moins que les membres d'équipage du Satalu et leurs passagers spartes s'attendaient à une mission dangereuse et riche en surprises. D'autant plus que la Frontière que Léo Artéan recherchait sur cette terre sauvage était située en plein cœur de l'immense contrée. Pierric, grâce à qui la jeune fille avait appris l'existence et la position des Frontières, appelait ce lointain continent l'Australie. Ki n'avait pas encore assisté, par rêve interposé, à la découverte de cette Frontière australienne par Thomas, mais elle espérait que cela se produirait avant qu'eux-mêmes n'arrivent sur place. Elle souhaitait glaner le maximum d'informations pour donner toutes les chances de succès à leur expédition, sachant par ailleurs que deux Frontières au moins – celles qui avaient disparu dans le passé – leur seraient probablement à jamais inaccessibles.

Malheureusement, Ki ne rêva pas de Pierric cette nuit-là. Au contraire, ses rêves furent peuplés de lézards géants, qui tendaient leurs mufles hérissés de crocs en direction du Satalu. Au matin, la pluie avait cessé de tomber. La couverture de nuages n'était plus qu'une mince couche à travers laquelle apparaissait le fantomatique disque sans chaleur du soleil. En revanche, le vent n'avait pas molli et ses rafales tempétueuses continuaient à arracher l'écume des vagues pour maintenir un brouillard humide autour du village abandonné. Le capitaine Ninive jugea trop hasardeux de reprendre le vol dans ces conditions. Les membres de l'expédition firent contre mauvaise fortune bon cœur et la journée s'écoula sans qu'aucun événement majeur ne vienne troubler les travaux d'entretien du navire et les exercices d'escrime. Le repas du soir réunit à nouveau l'équipage autour du dîner, qui fut aussi festif que celui de la veille.

Cette nuit encore, Pierric ne s'invita pas dans les rêves de Ki. Mais d'obscurs cauchemars la tirèrent du sommeil au milieu de la nuit, le cœur battant et le corps trempé de sueur, avec la sensation aiguë d'un danger imminent. En promenant son regard autour d'elle, elle dut pourtant se rendre à l'évidence ; il n'y avait rien d'anormal. La clarté des deux lunes rentrait par l'unique lucarne de la petite pièce où elle avait installé sa paillasse. Elle se détendit progressivement, mais sans se résoudre à fermer les yeux. Elle comprit soudain ce qui n'allait pas : c'était le silence ! Le vent avait cessé de mugir au-dehors et le calme absolu de la nuit avait quelque chose de surnaturel. Il ne semblait troublé que par le vacarme de son sang contre ses tympans…

Elle s'assit sur son matelas et enfila ses bottes. Avec d'infinies précautions pour ne pas faire craquer le plancher, elle s'approcha de la lucarne et posa son front contre la vitre froide. Son haleine déposa une buée éphémère sur le carreau. Deux croissants de lune chevauchaient le plus grand mât du Satalu. Ils ne tarderaient pas à disparaître derrière les collines qui encerclaient la crique. Les étoiles, innombrables, reflétaient leur splendeur dans une mer parfaitement étale. Un mouvement attira soudain l'attention de la jeune fille : des ombres avançaient en direction du rivage. Une sorte d'appréhension la fit frémir et elle aiguisa sa vision. Les ombres se changèrent en vagues silhouettes puis en hommes. Ils étaient quatre, non, cinq, et semblaient bien décidés à se baigner. Le premier avait déjà atteint l'eau. Elle était trop loin pour reconnaître leurs visages, mais elle savait à leurs vêtements qu'il y avait trois aéronautes et deux Spartes. Elle remarqua alors que tous semblaient tituber. « Ils ont bu ! Ces imbéciles vont se noyer ! », pensa-t-elle.

Ki jeta sa cape sur ses épaules et ouvrit sa porte comme une furie.

— Hommes en danger sur la plage ! hurla-t-elle, avant de plonger dans la vibration fossile.

Elle se retrouva sur la plage, au milieu des cinq hommes. Celui qui avait de l'eau jusqu'aux genoux était l'aéronaute qui avait cuisiné les poissons le premier soir.

— Arrête-toi, Aldbi ! lança-t-elle en s'avançant dans sa direction.

Il ne sembla pas l'entendre, continuant à avancer en direction du large. Sa démarche était hésitante. Elle attrapa son bras et le força à se retourner vers elle. Il n'opposa pas la moindre résistance. Ki eut un haut-le-cœur. Son visage… Il était comme sans vie ! Ses yeux regardaient sans la voir, sa bouche était molle et pendante et un long filet de bave coulait de ses lèvres. Elle se tourna vers les autres. Ils avaient le même visage amorphe, la même expression absente. Tous s'engageaient dans l'eau noire avec des attitudes de somnambules. Ils n'étaient pas ivres : c'était autre chose !

— Arrêtez-vous ! cria-t-elle. Vous allez vous noyer !

Elle éleva son niveau de vibration ainsi que celui d'Aldbi. Elle déposa l'homme sur la plage et retourna aussitôt chercher un autre malheureux. En le déposant à son tour, elle eut la mauvaise surprise de voir qu'Aldbi était de nouveau en train de s'avancer vers l'eau.

— Fiente de kaliko ! jura l'adolescente. Attends voir…

Elle avisa un galet posé à deux mètres d'elle, s'en empara et en asséna un grand coup sur l'arrière du crâne du deuxième homme qu'elle avait tiré des flots. Il s'effondra sans un cri. Elle se retourna vers Aldbi, et sentit le soulagement l'envahir. Des Spartes surgissaient autour d'elle et s'élançaient à leur tour au secours des quatre hommes dans l'eau.

— Ce n'est pas trop tôt, marmonna-t-elle d'une voix grinçante.

Léo Artéan se matérialisa à ses côtés.

— Qu'est-il arrivé ? demanda-t-il en considérant l'homme effondré aux pieds de l'adolescente.

— J'ai aperçu ces cinq-là qui chancelaient en direction de la mer. J'ai pensé qu'ils étaient ivres et j'ai cherché à les écarter du danger. J'ai assommé celui-là. Mais je crois que la boisson n'y est pour rien. Ils sont comme... envoûtés !

De la défiance apparut dans les yeux du roi au masque d'or. Il contempla le visage dénué d'expression de l'un des hommes que ses guerriers venaient de ramener sur la plage. Il resta silencieux plusieurs secondes et Ki comprit qu'il sondait les pensées du miraculé. Le monarque tourna ensuite son regard en direction de la mer et le ramena vers la jeune fille. Ses yeux vairons étaient légèrement dilatés ; il semblait déconcerté. Pourtant, sa voix demeurait aussi calme qu'à l'accoutumée.

— Son esprit est comme hébété de fatigue, dit-il enfin. Il semble incapable d'aligner la moindre pensée cohérente. Un raisin dont on aurait aspiré la pulpe...

— Pourquoi cherchait-il à se noyer ?

— Ce n'est pas lui qui contrôle son corps. Quelque chose s'en est emparé. Quelque chose de terriblement frustre et d'incroyablement puissant à la fois. Quelque chose qui est vrillé dans son corps. Et qui est animé par une idée obsessionnelle : aller là-bas !

Le regard du monarque se porta de nouveau vers les milliers d'étoiles reflétées sur le miroir liquide de la crique. Une agitation fugace à la surface de l'eau brouilla momentanément le reflet des astres. Un banc de poissons ? « *À croire qu'ils ne demandaient qu'à se faire manger...* », avait dit Aldbi. Les entrailles de Ki la secouèrent. Elle avait compris.

— Ces cinq-là sont les seuls à avoir mangé du poisson pêché dans la baie ! pensa-t-elle à voix haute. C'est comme ça qu'ils ont été parasités. Et les choses qui les ont envahis ne veulent pas aller là-bas, elles veulent simplement y retourner !

Léo lui jeta un regard perplexe, puis opina de la tête avec gravité. La jeune fille considéra avec compassion l'homme couché sur le sable. Qu'est-ce qui l'attendait, tapi au fond de l'eau ? Elle aspira le parfum iodé de la mer, regarda l'image inversée des brassées d'étoiles sur la surface plate et noire. La curiosité planta son aiguillon dans sa moelle épinière.

— Je vais voir ce qu'il y a là-dessous ! lança-t-elle tout à coup.

— C'est trop risqué ! objecta Léo, d'un ton qui n'admettait pas de réplique.

Elle ne le contredit pas mais, comme à son habitude, n'en fit qu'à sa tête. Elle jeta son manteau sur le sable, remplit ses poumons d'air et glissa aussitôt dans la vibration fossile. Elle sentit le froid l'étreindre lorsqu'elle se matérialisa au milieu des eaux de la crique, à l'endroit où la surface avait été agitée de remous. Elle entendit un clapotis non loin et plongea avant d'être saisie par la peur, les yeux grand ouverts malgré la brûlure du sel. Dans un premier temps, l'obscurité lui sembla totale. Puis elle aperçut des formes qui filaient autour d'elle, éclairs d'argent zébrant la pénombre oppressante. Elle devina qu'il s'agissait des mêmes poissons aux allures d'anguilles que ceux qui avaient empoisonné les cinq hommes. Elle continua à battre des pieds pour descendre, la pression pesant de plus en plus sur ses tympans.

Soudain, elle se figea. Il y avait quelque chose au-dessous d'elle. Quelque chose de gros, de vivant, de dément. C'était trop imposant pour qu'elle le voie dans son intégralité, mais cela lui fit aussitôt penser à une sorte de tapis de laine à poils très longs. Sauf qu'ici, les poils auraient été remplacés par des sortes de tentacules... Elle reconnut les poissons cylindriques pêchés par Aldbi ! Le tapis géant était recouvert de milliers de poissons et il avançait lentement, agité de petites ondulations grasses et écœurantes. De temps en temps, un tentacule-poisson se détachait et partait rejoindre le banc qui tournait au-dessus de l'adolescente. Mais ce qui avait captivé toute l'attention de la jeune fille, c'étaient les ombres verticales flottant au milieu de la forêt de tentacules. Son esprit refusa un moment l'évidence, puis elle reconnut des hommes, des femmes, des enfants, pieds en l'air, la tête profondément enfoncée au milieu des tentacules. Par dizaines... LES HABITANTS DU VILLAGE !

Leurs corps étaient nus pour la plupart, mais quelques lambeaux de vêtements flottaient mollement autour de certains, comme de sinistres étendards. Leur peau était blanche et ridée ; ils semblaient comme vidés de leur substance, aspirés par l'horrible créature qui les dévorait lentement. Quel piège démoniaque ! Le monstre marin lâchait ses tentacules-poissons près de la surface afin qu'ils se fassent prendre par le premier prédateur venu, par exemple une paisible communauté de pêcheurs. Puis les parasites contenus dans les créatures serpentiformes prenaient le contrôle de leur hôte et le poussaient à s'offrir en pâture à l'horrible créature tapie sous les eaux. La boucle était bouclée.

Un mouvement tout près de Ki la fit sursauter : un petit bras flasque s'éloignait lentement du corps d'un enfant, sous l'effet des ondulations de l'immense tapis vivant. Il sembla tendre vers Ki un doigt accusateur. L'horreur de la situation fit soudain se contracter tous les muscles de la jeune fille. Oubliant où elle se trouvait, elle poussa un cri et se retrouva en train d'avaler de l'eau. Un dernier sursaut de lucidité la renvoya dans l'instant à travers la vibration fossile.

Elle se retrouva sur la plage, hoquetant pour reprendre son souffle, des larmes se mêlant à l'eau salée sur ses joues. La poitrine encore oppressée, elle se tourna vers Léo Artéan.

— Les villageois, ils sont tous là ! haleta-t-elle d'une voix pantelante.

— Je sais, trancha l'homme au masque d'or. J'ai suivi tes pensées…

Ki nota la crispation involontaire de ses poings. Sous son apparente impassibilité, il avait certainement été aussi horrifié qu'elle. Elle fit de nouveau face à la mer noire et paisible et ravala un sanglot, accablée par une immense tristesse.

8.

Nuit agitée

Biliaer, l'économe de Dardéa, n'était pas taillé pour la vie d'aventurier. Il était blême et on lisait une panique naissante au fond de ses yeux. La tension qu'il ressentait se voyait jusque dans les muscles de son visage, agités de soubresauts comme des grains de pop-corn dans une poêle chaude.

Thomas et ses amis venaient de lui ouvrir la porte de l'appartement dans lequel ils s'étaient entassés pour la nuit. Ils le regardaient avec des yeux remplis d'interrogation et de sommeil.

Biliaer déglutit péniblement et se décida à ouvrir la bouche.

— Iriann Daeron m'a chargé de réveiller tout le monde. Il semblerait que l'aile sud subisse en ce moment une attaque…

Les adolescents bondirent comme un seul homme.

— J'en étais sûr ! glapit Pierric.

— Qui attaque qui ? demanda Thomas.

— Je ne sais pas, avoua l'économe. Je crois que c'est Dune Bard qui a détecté l'intrusion et que les Défenseurs qu'elle a envoyés aux nouvelles ne sont pas encore revenus…

— Qu'a ordonné mon père ? s'enquit Ela.

— Que vous le rejoigniez dans le patio. Tout le monde doit se tenir prêt à une possible évacuation.

— On s'habille chaudement et on rassemble vite nos affaires, lança Duinhaïn.
— Tu es déjà prêt ? s'étonna Palleas en découvrant Pierric équipé de pied en cap.
— J'ai dormi tout habillé…
— Je vous laisse, lança Biliaer. J'ai encore du monde à avertir.

Il s'éclipsa et les adolescents s'égaillèrent dans tous les coins de l'appartement. Ela agrippa Thomas par la manche.

— C'est toi qu'ils veulent, chuchota-t-elle avec de la détermination dans le regard. Tu devrais filer d'ici immédiatement : ils ne doivent pas mettre la main sur toi !
— Et vous laisser derrière moi ? Pas question ! Et puis, rien ne dit que l'attaque sera couronnée de succès. Je suppose que les Mères Dénessérites ne vont pas se laisser faire comme ça. En plus, la vibration fossile doit être farcie d'Effaceurs d'ombre…
— Mettez le turbo, les jeunes ! les apostropha Pierric. On n'a pas toute la nuit !

Ela émit un « hum » préoccupé et fila dans la pièce où elle avait dormi en compagnie de Tenna. Pierric aida Thomas à jeter ses affaires dans un sac, en prenant un air railleur.

— Il faudra dire à ton frérot de Ténébreuse qu'il commence sérieusement à me courir sur le haricot à nous gâcher les nuits à tout bout de champ. Il est insomniaque ou quoi ?
— Sûrement, insomniaque et aigri à la fois…

Moins de cinq minutes plus tard, Thomas et ses amis rejoignaient les membres des délégations de Dardéa et d'Épicéane dans le patio du deuxième niveau de l'aile ouest. Iriann Daeron, Dune Bard, le prince Fars et le maître Défenseur Melnas discutaient avec un homme en redingote. L'allure de ce dernier disait que c'était un soldat, même s'il portait des vêtements civils : la rigidité de ses épaules, l'acuité de son regard et la manière dont sa main semblait prête à saisir une épée qui n'était pas là.

— Nous sommes tout disposés à vous prêter main-forte, disait Melnas à l'inconnu.

— Votre proposition est généreuse, répondit l'autre. Mais les Mères Dénessérites et mes soldats ont la situation bien en main, à présent…

À cet instant, l'homme prit conscience de la présence de Thomas et s'inclina profondément à son adresse.

— Désolé pour ce regrettable incident, Mon Seigneur.

— Je ne suis pas un seigneur, se défendit l'adolescent gêné. Juste Thomas…

— Comme il vous plaira, Mon Seigneur Thomas.

Le garçon choisit de ne pas relever et tourna les yeux vers sa tante. Elle devança sa question.

— Une troupe importante d'hommes-scorpions s'est introduite dans le sixième niveau de l'aile sud que nous occupions hier, dit-elle sombrement. Elle a ensuite gagné les autres niveaux avant d'être repoussée par l'intervention des Mères Dénessérites et des troupes du mégaron Korsaki.

L'homme en redingote hocha la tête d'un air martial.

— Comment des hommes-scorpions ont-ils pu prendre pied dans le château ? sourcilla Thomas.

— Il semblerait qu'il y ait des Passe-Mondes parmi eux, peut-être des Mordaves…

— Un Passe-Mondes ne peut s'introduire dans un lieu que s'il y a déjà été ; c'est donc qu'ils ont bénéficié d'une complicité intérieure, trancha le garçon.

Le mégaron Korsaki se raidit ostensiblement mais ne répliqua pas. L'idée avait dû aussi lui traverser l'esprit.

— Que faisons-nous, à présent ? demanda Ela.

— C'est justement ce que nous étions en train de nous demander, répondit son père d'un ton préoccupé. Deux choix s'offrent à nous : rester ici, avec le risque d'une nouvelle attaque, ou bien quitter Perce-Nuage immédiatement.

— Et peut-être nous précipiter dans la gueule du loup, rajouta Thomas.

Le garçon avait déjà pris sa décision. Il jeta un coup d'œil vers Pierre Andremi, qui regardait dans sa direction, et poursuivit avec une assurance qu'il était loin de ressentir.

— C'est moi que les serviteurs du Ténébreux recherchent, et personne d'autre. Moi loin d'ici, vous ne courrez plus de danger. C'est pourquoi je vais partir immédiatement pour le Reflet, où monsieur Andremi va m'aider à trouver la Frontière située en Australie, le continent que vous appelez la Terre des Géants.

— Tu vas te faire prendre par les Effaceurs d'ombre, répliqua Melnas.

— Je ne vais pas me déplacer à travers la vibration fossile mais juste la traverser pour passer d'un monde à l'autre. Aucun risque de me faire prendre.

— Attends l'arrivée des Veilleurs, suggéra Dune Bard. J'ai activé le sort d'alarme qui me relie à eux. Ils ne vont pas tarder à arriver et pourraient t'accompagner.

Thomas lui adressa un regard chargé de reconnaissance.

— Je n'ai besoin que de mes amis et de Pierre Andremi pour trouver cette Frontière, répondit-il. Mais je pourrais peut-être emporter ce sort d'alarme, à toutes fins utiles ?

— Je vais te donner mon répéteur ; je m'en confectionnerai un autre, acquiesça sa tante.

— Tu souhaites encore m'enlever ma fille, grogna Iriann Daeron. Cela devient une habitude.

Une ride marquée au-dessus de ses sourcils trahissait son inquiétude. Thomas déglutit.

— Nous veillons l'un sur l'autre, affirma-t-il d'un ton qu'il espéra convaincant.

Le Guide de Dardéa garda ses yeux rivés dans ceux de l'adolescent, comme s'il cherchait à éprouver sa détermination.

— Soit, dit-il finalement. Elle sera de toute façon certainement plus en sécurité dans le Reflet qu'à Anacl…

Un cri d'alarme emporta la fin de sa phrase. Tous les regards se portèrent vers une extrémité du patio : une trentaine de hautes créatures hybrides – mi-hommes et mi-scorpions – chargeaient en brandissant des haches et des épées. Elles étaient précédées par une puanteur suffocante. Les cris de bataille des Défenseurs de Dardéa jaillirent à la rencontre des assaillants, pulvérisant sans distinction des plaques d'exosquelette, des colonnes et des arbustes. Les soldats d'Épicéane bondirent à l'attaque, les lèvres retroussées sur un cri de guerre guttural :

— Embrassons la mort !

Les lames et les armures sonnèrent comme des dizaines de marteaux sur des enclumes et des hurlements de rage et de douleur explosèrent au même moment.

— THOMAS !

La voix d'Ela électrisa le garçon. Il découvrit au-delà de la jeune fille trois silhouettes immenses, drapées de la tête aux pieds dans des capes d'ombre remuant comme des ailes de chauves-souris.

— Des Mordaves !

Ses amis ainsi qu'Andremi refluaient précipitamment devant la menace. Les guerriers du Ténébreux avaient le visage en partie découvert, des visages d'un blanc cadavérique, poinçonnés par de sombres globes oculaires et de minces lèvres exsangues. Dune Bard proféra aussitôt une incantation et des boules de feu volèrent en direction des Passe-Mondes maléfiques. Ils évitèrent sans peine les projectiles et se ruèrent au combat, avec une grâce vipérine. « Ils sont là pour moi. Ils vont s'en prendre à Ela si je n'interviens pas immédiatement ! » Avec un grondement étouffé, Thomas plongea à leur rencontre, Excalibur subitement matérialisée dans sa main.

— Mourez, ordures !

Il entendit crier derrière lui, mais il n'écouta pas. Sa colère venait d'entrer en résonance avec la vibration de l'épée et il n'était plus qu'un bloc de rage secoué de mouvements accélérés.

La face blême du premier Mordave se fendit d'un sourire torve en le voyant accourir, puis aussitôt ses prunelles se dilatèrent et il leva son épée pour parer l'assaut du garçon. Le choc fut rude et les deux combattants virevoltèrent à une vitesse inconcevable pour le commun des mortels. Quelques mois plus tôt, Thomas aurait été tué au premier coup d'épée de la créature. À présent, c'est lui qui imposait son rythme. Ses mouvements étaient si vifs et imprévisibles que le Mordave en était réduit à reculer en se défendant. Un deuxième assaillant se présenta soudain sur le côté de l'adolescent et une attaque fusa. Thomas fit mine de ne pas la voir venir et, au moment ultime, il partit en arrière pour échapper à l'épée, qui ne transperça que le vide. Il abattit Excalibur à deux mains, coupant net le bras de son adversaire. L'arme du Mordave tinta en tombant au sol, les doigts en forme de serre toujours agrippés à la poignée. Le garçon tourbillonna sur lui-même et frappa de taille. Le corps du Mordave amputé se plia en deux et s'effondra lentement. Le regard de Thomas fila frénétiquement le long de sa lame, à la recherche du premier adversaire. Mais il avait disparu, de même que le troisième Mordave. Le garçon tourna encore une fois sur lui-même, frustré que le combat s'achevât si vite. Il vibrait à l'intérieur comme un avion de chasse sur le point de décoller. Il était incapable d'entendre autre chose que le tambour de son sang dans sa tête. Excalibur hurlait silencieusement dans sa main, prolongement de sa propre fureur. Il réalisa soudain qu'une voix s'adressait à lui.

— C'est terminé, Thomas, disait-elle. Abaisse ton arme. C'est terminé…

Il comprit que cette voix apaisante était celle de Dune Bard. Il cilla plusieurs fois en essayant de reprendre pied avec la réalité. Sa tante le contemplait d'un air préoccupé.

— Tu dois apprendre à contrôler tes émotions lorsque tu te bats avec cette épée, poursuivit-elle gravement. Elle amplifie ta colère ; ne la laisse pas t'aveugler.

Thomas acquiesça, sans réellement comprendre ce qui inquiétait l'incantatrice. Ela se serra contre lui, frémissante, le souffle court. Il ramena ses bras autour d'elle.

— Quand je t'ai vu foncer sur ces monstres, j'ai vraiment cru que tu allais te faire tuer, frémit la jeune fille.

— J'ai eu peur qu'ils s'en prennent à toi, chuchota-t-il. Rien n'aurait pu m'empêcher de te protéger…

Fars et Iriann Daeron s'approchèrent à leur tour. Ils portaient des estafilades et leurs vêtements étaient maculés d'éclaboussures douteuses.

— Les hommes-scorpions ont tous été éliminés, dit le père d'Ela. Nous ne comptons que des blessés, par la Grâce des Incréés. Ça va, Thomas ?

— J'en ai laissé deux s'échapper, répondit l'adolescent avec humeur.

— Oui, mais tu as tué un Mordave, répliqua le monarque d'un ton éloquent.

— C'est toi qui as zigouillé Dark Vador ? s'extasia Pierric. Ben mince... Respect !

L'adolescent salua d'une révérence, un chapeau imaginaire collé contre sa poitrine. Thomas eut un sourire sans conviction. Sa colère soudaine avait disparu, remplacée par une peur étrange et terrible. Les Mordaves l'avaient une fois encore retrouvé ! Et ils n'avaient pas hésité à l'attaquer en plein cœur d'un palais rempli de magiciennes de grande réputation. Ils se montraient un peu plus entreprenants à chaque fois. Leur pouvoir augmentait, inexorablement... Le garçon se morigéna. Il n'avait pas le droit de laisser l'abattement l'envahir ! Il allait simplement devoir se montrer plus prudent à l'avenir, plus... imprévisible. Et suivre sans hésiter les intuitions de Pierric. Il sentit son cœur se serrer : la paisible vie à Dardéa était terminée pour lui... pour le moment, en tout cas. L'adolescent leva les yeux vers le groupe qui s'était constitué autour de la dépouille du Mordave. Ils contemplaient l'immense silhouette brisée et ils le contemplaient également lui, immobiles, silencieux, encore sous le choc de ce qui venait de se passer.

— Tu crois qu'il y en a d'autres ? articula difficilement l'adolescent en regardant sa tante.

— J'ai sondé les environs : il n'y a plus d'activité suspecte dans tout le palais. De toute façon, la vibration est à présent saturée par des pièges mentaux érigés en urgence par les Mères Dénessérites. Elles sont furieuses de s'être laissé surprendre un tel jour...

Un sourire étira les lèvres de l'incantatrice.

— Leur amour-propre en a pris un coup...

Thomas aspira une grande goulée d'air.

— Nous allons partir, lança-t-il d'une voix forte.

Ses amis hochèrent la tête comme un seul homme. Ela, Tenna, Pierric, Palleas, Duinhaïn, Bouzin, tous semblaient impatients de quitter cet endroit. Pierre Andremi paraissait partager leur empressement, dardant un regard décidé sur Thomas.

— Prenez au moins le temps de vous restaurer, suggéra Iriann Daeron. Le jour est sur le point de se lever. À présent, nos ennemis ne tenteront plus rien.

Thomas jeta un coup d'œil en direction de Pierric. Le garçon acquiesça silencieusement. « Ça veut dire qu'il n'y a plus de risque ou bien que tu as déjà l'estomac dans les talons ? » se demanda Thomas. Il réprima le sourire qui menaçait d'envahir son visage.

— Un bon petit déjeuner nous remettra les idées en place, dit-il en se détendant.

Le mégaron Korsaki se chargea de faire évacuer les dépouilles des assaillants en un temps record, comme s'il tenait à faire disparaître au plus tôt les témoignages de l'incapacité de sa reine à assurer la sécurité de ses hôtes. Les délégations de Dardéa et d'Épicéane se serrèrent dans un angle du patio autour de la grande table en forme de fer à cheval et des serviteurs s'empressèrent de servir une collation digne d'un dîner de Nouvel An. La tension retomba d'un cran.

— Tu peux nous transporter tous d'un coup jusqu'au Reflet ? demanda Duinhaïn à Thomas.

— Sans problème. Passer d'un monde à l'autre me réclame moins d'énergie que de me déplacer à l'intérieur de l'un des mondes.

— Nous allons donc nous retrouver au même endroit mais dans notre monde d'origine ? interrogea Pierre Andremi.

— Exactement, confirma Thomas. Il suffira ensuite de trouver un moyen de locomotion pour retrouver la civilisation.

— Un téléphone suffira, assura le milliardaire. Je m'occuperai ensuite d'organiser notre transfert jusqu'en Australie. Par contre...

Une ombre passa furtivement sur son visage.

— Il va falloir quelques jours pour que nous obtenions les papiers nécessaires pour quitter l'Europe. Je vais faire jouer mes relations, mais cela risque quand même d'être difficile pour les ressortissants d'Anaclasis...

Les natifs d'Anaclasis froncèrent les sourcils, ne comprenant visiblement pas la nature du problème. Thomas intervint.

— Dans mon monde, on ne peut voyager d'un pays à l'autre que si l'on présente certains papiers, qui attestent de notre origine et donnent le droit de traverser les frontières.

L'adolescent se tourna vers Andremi.

— J'ai un passeport chez Honorine. Cela fait deux ans de suite qu'elle doit m'emmener passer Noël chez un de ses cousins qui vit en Afrique du Sud. Il ne me manque que le visa. Nous ferons le voyage tous les deux pendant que nos amis resteront chez Honorine. Je viendrai les chercher une fois que nous serons arrivés en Australie. Cela ne me prendra que quelques minutes à travers la vibration.

— Excellent, apprécia Andremi. Je pense pouvoir obtenir ton visa en moins d'une journée. Il suffira de ne pas faire trop de vagues là-bas pour éviter d'attirer l'attention des autorités sur nos sans-papiers !

— On fait rarement d-d-des vagues où q-que l'on aille ! affirma Bouzin pince-sans-rire.

— J'ai vu, soupira le milliardaire. Ça promet !

Dune Bard se pencha vers Thomas.

— Les Veilleurs d'Arcaba viennent de se présenter au portail du beffroi des Nuages, souffla l'incantatrice.

Le garçon ouvrit de grands yeux.

— Je les avais complètement oubliés ! Ils n'ont jamais été aussi longs…

— Je suppose qu'aucun d'eux n'avait auparavant mis le pied dans les monts Pélimères et qu'ils ont dû progresser par bonds successifs pour nous rejoindre. Allons les accueillir et les rassurer sur notre sort.

Thomas, Pierric et Ela emboîtèrent le pas à l'incantatrice.

La première clarté du jour les surprit lorsqu'ils mirent le nez au-dehors. L'aube se levait, terne et sinistre, comme si elle s'était imbibée des événements de la nuit. Les nuages pesaient à la manière d'un couvercle sur la ville, fuligineux, gonflés de pluies à venir ou peut-être de neige. Fëanor et cinq Veilleurs d'Arcaba arrivèrent vers eux à grands pas.

— Je suis soulagé de vous voir en pleine forme, lança Fëanor avec une grimace de dépit. Nous avons fait aussi vite que possible, mais aucun de nous n'avait jamais visité la cité des Mères Dénessérites.

— Nous savons que vous avez fait de votre mieux, assura Dune Bard, avec un sourire reconnaissant. Merci de vous être précipités à notre aide. Je suis désolée de vous avoir dérangés pour rien, cette fois-ci.

Les mâchoires de Fëanor se crispèrent.

— Nous arrivons trop tard pour vous porter secours, mais nous ne sommes pas venus pour rien. Car, cette fois, c'est nous qui avons besoin d'aide !

L'incantatrice haussa les sourcils.

— Expliquez-vous, Fëanor. Vous savez que mon soutien vous est acquis en toute circonstance.

Le Veilleur s'humecta les lèvres et hocha la tête.

— Je le sais et je vous en remercie du fond du cœur, mais, aujourd'hui, nous avons besoin de… Pierric !

La bouche du garçon béa de surprise.

— Moi ? Mais pourquoi… commença-t-il, puis il cligna des paupières. Comment puis-je être utile ?

Le Veilleur écarta les bras, dans une attitude exprimant la perplexité.

— Pour tout te dire, je n'en ai pas la moindre idée. Je sais simplement que ton aide a été requise explicitement.

— Par qui ? demanda Ela.

— Par… C'est un peu long à expliquer et le temps nous est compté. Faites-moi confiance ; c'est de la plus haute importance… pour nous tous ici présents. Acceptes-tu de nous accompagner ?

Pierric adressa un regard chargé d'incompréhension à Thomas – qui haussa les sourcils en signe d'effarement – puis à Dune Bard, avant de se retourner vers Fëanor. Il acquiesça puis déglutit avec vigueur comme s'il regrettait de l'avoir fait.

— Bien, fit le Veilleur, rasséréné. Cela ne prendra certainement pas bien longtemps ; une journée, peut-être deux. Je m'arrangerai pour te ramener auprès de tes amis aussitôt après.

Pierric tourna les yeux vers ses compagnons d'aventure. Il semblait avoir de la peine à croire au tour imprévu que prenaient les événements.

— On ne s'ennuie jamais dans ce drôle de monde, plaisanta-t-il sans réelle conviction. Bon… ne faites pas trop de bêtises au pays des kangourous. Et soyez prudents.

— Promis, assura Thomas. Reviens-nous entier : tu peux encore servir.

Son compère sourit fugacement. Ela esquissa un geste discret de la main. Dune Bard remua la tête avec un air impénétrable.

— On y va ? demanda Pierric à Fëanor.

Le Veilleur acquiesça silencieusement. Pierric posa sa main sur le bras du grand Veilleur, adressa un clin d'œil à ses compagnons... et s'évapora en compagnie des six Passe-Mondes d'Arcaba.

Dune Bard, Thomas et Ela demeurèrent immobiles sur le perron du beffroi des Nuages. La tête de Thomas bourdonnait de pensées aigres comme le vent qui soulevait ses vêtements et ses cheveux : « D'abord, Dardéa qui m'envoie en mission à Perce-Nuage, puis les Mères Dénessérites qui cherchent à m'imposer leurs volontés, ensuite ces foutus Mordaves qui tentent de m'enlever une fois de plus, maintenant les Veilleurs qui viennent d'emmener Pierric vers une destination inconnue. Tout le monde prend des décisions lourdes de conséquences pour moi et mes amis... Il est temps de reprendre l'initiative ! » Il serra les poings convulsivement et tourna le visage vers Ela.

— On monte chercher les autres et on gagne le Reflet immédiatement. Je vous laisse tous chez Honorine pendant que j'embarque avec Andremi pour l'Australie. Une fois à destination, je viens vous chercher. On met la main sur la troisième Frontière et, dans trois jours, tu dors dans tes draps à Dardéa !

En tout cas, c'était le plan : un aller-retour rapide dans son monde d'origine avant de rentrer au bercail.

*

Cela devenait une habitude. Thomas savait parfaitement qu'il dormait mais se sentait totalement sous l'emprise du rêve étrange qu'il était en train de faire. Il percevait pourtant la vibration lointaine du Boeing 747 dans son dos. Il se souvenait même avoir embarqué en classe Affaires sur un avion de la British Airway, pour ne pas avoir à attendre la fin de l'entretien annuel du jet privé d'Andremi. À présent, l'avion de ligne fonçait à pleine vitesse dans le ciel nocturne, des kilomètres au-dessus du continent asiatique. Savoir qu'il rêvait n'empêchait pas Thomas d'être subjugué par le paysage lugubre de toundra au-dessus duquel il avait l'impression de dériver.

Sa désolation glacée donnait à cette région un aspect surnaturel, barbare et sinistre. L'aura d'une incroyable antiquité planait telle une ombre grise sur chaque rocher moussu enraciné dans le lichen, sur chaque plaque de neige sale rappelant la proximité des glaciers, sur chaque mare d'eau thermale fumant son haleine fétide. Du côté d'où arrivait le vent, la plaine était coupée net par un ravin gigantesque. Deux falaises vertigineuses, qui descendaient à pic dans un vaste canyon et se faisaient face à mille mètres l'une de l'autre. Des brumes tourbillonnantes couvraient le fond de cette gorge, ondulant en vagues sinistres, trouées par de brèves apparitions de créatures sinueuses et gigantesques. Une ombre ondulant au-dessus des vapeurs se transforma lentement en une caricature de château fort, noir comme la nuit, hérissé d'un nombre incalculable de tours effilées. La construction paraissait flotter sur la brume. Thomas n'eut pas le loisir de pousser plus loin ses investigations.

Un rire dans son dos attira son attention. Un ricanement mauvais, venu d'un lieu qui ne connaissait pas la joie et que l'adolescent aurait reconnu entre mille. Un son qui le saisit comme un nœud coulant et déclencha un frisson le long de sa colonne vertébrale. Le garçon se tourna vers son frère jumeau, en battant lentement des pieds comme s'il était en train de nager. Le vieillard décharné flottait à une dizaine de mètres de lui, les pans de son immense manteau ondulant au ralenti dans la bise d'altitude. Derrière lui, comme s'il projetait une ombre immense sur les choses, le paysage semblait plongé dans un crépuscule prématuré. Le sourire grimaçant que lui tendait le vieil homme semblait sincère, quoique teinté de dérision. Parallèlement, Thomas eut le sentiment que le mal absolu qu'il dégageait était si concentré qu'il aurait pu le toucher en tendant la main.

— Mon petit coin de paradis, grinça le Dénommeur en roulant ses yeux caves en direction du canyon. Cet endroit s'appelle Inndoor, ce qui signifie « la Plaie » dans la langue des mythiques Djehals. C'est ici que je me retire lorsque l'exercice du pouvoir me pèse... (Il eut un rire ressemblant à du papier froissé.) C'est que je ne suis plus aussi jeune que toi ! Que dirais-tu de suspendre les hostilités et d'accepter quelques jours mon hospitalité ? Ce serait pour moi un honneur...

Thomas eut un haut-le-cœur et cracha sa réponse.

— Accepter l'hospitalité d'un monstre mégalo ? Plutôt mourir !

— Accepter l'hospitalité d'un frère qui constitue ton unique famille, répondit le Ténébreux avec une surprenante douceur. Je ne te veux aucun mal, crois-moi...

— C'est pour m'adresser un carton d'invitation que vous m'avez encore expédié vos tueurs la nuit dernière, ironisa Thomas d'un ton fielleux.

Le visage blafard exprima ce qui aurait pu passer pour de la surprise. Le parchemin craquelé de son front se creusa de nouvelles rides.

— Je n'ai jamais cherché à te nuire, répliqua-t-il d'un ton circonspect.

— Les Mordaves et les hommes-scorpions, c'était juste pour éviter que je perde la main à l'épée ?

La figure du Ténébreux devint lisse comme du verre. L'air siffla dans ses narines pincées. Pendant une fraction de seconde, Thomas aurait juré distinguer des flammes derrière ses pupilles dilatées.

— Kalarati ! cracha le vieillard, sa lèvre supérieure retroussée sur un rictus de bête malfaisante. J'aurais dû m'en douter...

Il vrilla un regard furieux dans celui de Thomas.

— Pour nous deux, ce n'est que partie remise ! Nous sommes liés comme les deux faces d'une pièce de monnaie...

Le cœur du garçon se serra à l'accent de certitude dans la voix de son jumeau. Puis il réalisa soudain qu'il était de nouveau seul au-dessus de la toundra. Un spasme d'angoisse lui contracta l'estomac, sans raison apparente. Avec un cri étranglé, il se redressa droit comme un I, s'efforçant désespérément de se réveiller. Il lui semblait encore entendre la voix de l'horrible vieillard, aussi nette que s'il se tenait à côté de lui. « *Pour nous deux, ce n'est que partie remise. Nous sommes liés comme les deux faces d'une pièce de monnaie...* »

Les yeux écarquillés, il fouilla la pénombre pour se convaincre qu'il était toujours là où il pensait être : sur le siège en position allongée d'un Boeing 747. La faible lueur émise par les plafonniers de l'allée centrale lui permit de voir le profil d'Andremi, endormi. Soulagé, le garçon se détendit. Son esprit embrumé s'arrêta sur le nom prononcé avec colère par le Dénommeur : Kalarati. Qui était ce Kalarati ? Pourquoi cette colère soudaine du vieillard ? Les questions n'avaient pas fait un tour dans sa tête qu'il glissa à nouveau dans le sommeil.

9.

Australie

La course de l'avion à la rencontre du soleil avait abrégé la nuit et une lumière généreuse pénétrait par les hublots lorsque Thomas ouvrit les yeux. Il avait l'impression que sa gorge était remplie de sable, irritée par l'air climatisé, froid et sec, qui baignait la carlingue.

— Bien dormi ? demanda Pierre Andremi en trempant un croissant dans une tasse fumante.

— J'ai connu mieux, bâilla l'adolescent. Mais je ne vais pas me plaindre…

Il tapota le siège confortable de la classe Affaires et ramena le dossier en position verticale. Un coup d'œil par le hublot lui montra l'immense lame courbe de l'océan, d'un bleu vaporeux.

— Nous sommes encore loin ?

— On ne devrait pas tarder à apercevoir la côte australienne, affirma Andremi. La ville de Darwin, où nous allons atterrir, est située tout au nord du continent. Tiens, l'hôtesse t'apporte ton petit déjeuner.

Une femme aux cheveux auburn portant un plateau approchait, un sourire accroché aux lèvres.

— *Hello, would you like to eat something ?*

Thomas hocha la tête, en se gardant bien de répondre. Son anglais était tout juste suffisant pour commander un Coca-Cola et il avait un peu honte d'afficher son accent déplorable devant le milliardaire, qui parlait couramment l'anglais, mais aussi l'espagnol et, dans une moindre mesure, le chinois.

— *Tea or coffee ?*
— Du thé, s'il vous plaît.

L'hôtesse le servit puis lui dédia un nouveau sourire.

— *I wish you an excellent breakfast. I remain at your disposal.*

Le garçon balbutia un « *Thank you* » approximatif puis croqua à pleines dents dans une brioche au sucre. À la troisième bouchée, il se tourna vers Andremi.

— Au fait, où est passé Xavier ? demanda-t-il en désignant le siège vide de l'autre côté de l'allée centrale.

Xavier Acker était le garde du corps personnel d'Andremi. Le milliardaire préférait le définir comme son secrétaire particulier. Mais le visage bronzé taillé à la serpe et le mètre quatre-vingt-dix de cet ancien du GIGN[1] n'abusait personne. Discret et sympathique, l'homme avait toujours l'air sûr de lui de ceux qui possèdent une compétence sans arrogance. Andremi prit un air railleur.

— Il se dégourdit les jambes du côté des cuisines, répondit-il. L'hôtesse qui nous a servi le repas hier au soir, la jolie rousse aux taches de rousseur, est visiblement en pause...

Thomas sourit à son tour. Il trempa un croissant dans le thé en s'abîmant dans la contemplation de l'océan. Le rêve de la nuit refit subitement surface et, avec lui, une ribambelle de questions : qui était ce Kalarati dont avait parlé son frère jumeau ? Qu'avait-il fait pour mettre le vieillard dans une telle colère ? Se

---

1 GIGN : Groupe d'Intervention de la Gendarmerie nationale, unité d'élite de la Gendarmerie française.

pouvait-il que ce Kalarati soit, d'une manière ou d'une autre, responsable de l'attaque de Perce-Nuage ? Son frère était-il sincère lorsqu'il disait ne lui vouloir aucun mal ? Que se passerait-il s'il acceptait son invitation ? Le château flottant dans les brumes d'Inndoor existait-il véritablement ou était-il une simple illusion créée par son rival ? La région qu'il avait vue en rêve était-elle située sur l'île de Ténébreuse ? À cette dernière question, il décida qu'il pouvait raisonnablement répondre par l'affirmative. Pour toutes les autres, il ne pouvait que se perdre en conjectures. Andremi le tira de ses réflexions.

— Regarde : on voit la côte en bas.

L'adolescent suivit son regard et aperçut un mince liseré ivoire au-delà du bleu éthéré. La large courbure du rivage semblait s'étendre à l'infini.

— On dirait une plage, à perte de vue.

— C'est un peu ça. Les plages australiennes sont interminables et souvent ne se distinguent pas vraiment de l'intérieur des terres : mêmes paysages arides, mêmes reliefs. L'Australie est le continent le plus plat du monde. Le plus sec aussi, avec son fameux désert, le bush, grand comme plusieurs fois la France. Et, au milieu, le célèbre rocher d'Ayers Rock, le plus grand monolithe du monde, où travaille mon ami Henrique Serrao.

— Sur quoi travaille-t-il exactement ?

Le milliardaire prit une expression dubitative.

— Je crois qu'il s'intéresse à l'histoire de l'artisanat aborigène. Il effectue ses recherches dans des grottes de la région d'Ayers Rock, si j'ai bien compris. Mais je ne l'ai pas vu depuis bientôt un an et je ne suis pas plus au courant que cela.

À cet instant, le signal sonore annonçant l'obligation de boucler sa ceinture retentit.

— On va entamer la descente, jugea Andremi.

Xavier ne tarda pas à réapparaître, visiblement d'excellente humeur. Il adressa un sourire à Thomas avant de se sangler sur son siège. Le Boeing 747 amorça une courbe sur la droite puis plongea en direction de la ville de Darwin, qui alignait dans les terres ses bâtiments modernes. Thomas avait lu durant le vol que cet endroit avait été découvert en 1839 par l'équipage du navire britannique Beagle et avait reçu le nom du plus illustre passager du bord, le naturaliste Charles Darwin, devenu célèbre grâce à ses géniales intuitions sur l'évolution des espèces.

L'avion toucha le sol australien puis roula jusqu'au terminal international. Une fois l'appareil immobilisé sur le tarmac, il fut demandé aux passagers de ne pas quitter leurs sièges, le temps pour des employés de l'aéroport de parcourir les allées du Boeing en pulvérisant des aérosols désinfectants.

— Sympa, l'accueil, toussa Thomas. Bienvenue en Australie mais laissez bien dans l'avion les microbes de votre pays d'origine !

Après les incontournables formalités administratives, l'adolescent et les deux hommes qui l'accompagnaient se dirigèrent vers la zone dédiée aux vols intérieurs. Là, ils embarquèrent sur un petit bimoteur à hélice transportant moins de vingt passagers. L'avion s'arracha à la piste, survola les paysages tropicaux de Darwin puis mit le cap en direction des immensités semi-désertiques conduisant au centre du pays, le fameux Red Heart (Cœur rouge). Trois heures plus tard, les roues de l'avion heurtèrent le bitume d'un petit aérodrome installé en plein désert. À proximité se trouvait l'énorme complexe touristique de Yulara, créé de toutes pièces en 1984 pour loger les trois cent mille visiteurs annuels du rocher d'Uluru et devenu en quelques années la troisième ville du Nord de l'Australie.

Un taxi conduit par un homme obèse, boudiné dans une chemise à fleurs, les mena en ville, en roulant à gauche comme en Angleterre. Andremi avait réservé depuis la France des chambres aux Uluru Gardens, un hôtel élégant abrité derrière des jardins arborés. Situé à l'extrémité de la localité, il faisait face au désert rouge couvert de buissons chétifs. Au loin apparaissait le profil reconnaissable entre mille du célèbre monolithe géant, orangé par le soleil déclinant. Les voyageurs récupérèrent à l'accueil de l'hôtel les badges magnétiques de leurs chambres en échange de leurs passeports.

— Je vais tâcher de trouver un moyen de transport pour demain, annonça le milliardaire. Mon ami Serrao a installé son campement de l'autre côté du rocher, à une vingtaine de kilomètres d'ici. Il m'a informé par mail qu'il disposait d'assez d'espace pour nous loger, nous et nos amis restés en France. Mais ne retourne pas les chercher ce soir, Thomas. Il est préférable d'être prudent, les autorités australiennes sont réputées pour ne pas plaisanter avec les ressortissants étrangers en situation irrégulière.

— Pas de problème, j'irai juste les avertir que nous sommes bien arrivés lorsque je serai seul dans ma chambre. Je les ramènerai demain, une fois installés dans le désert.

— Vous êtes sûr de la discrétion de votre ami ? demanda Xavier à son patron.

— Comme de moi-même. C'est un homme droit et honnête en qui j'ai toute confiance. Nous nous sommes rencontrés sur les bancs de la faculté de Bordeaux et nous sommes toujours restés en contact depuis. Il faudra quand même se montrer plus méfiants avec son équipe, on ne sait jamais.

Le garde du corps hocha la tête d'un air entendu.

— Le jour se couche dans une heure, dit Andremi. Profitez-en pour vous relaxer. L'hôtel dispose d'une piscine, de saunas et même d'un salon de massage...

Le milliardaire répondit au regard sarcastique de Xavier par une moue amusée.

— Rien à voir avec le salon de massage de Macao auquel tu penses, Xavier. Les Australiens sont plus puritains que les Chinois ! À tout à l'heure...

Thomas gagna sa chambre et jeta son sac de voyage sur un lit grand comme une voiture. Une grosse coupe remplie de fruits – Thomas crut reconnaître des mangues – trônait sur la table de chevet. Le garçon se sentait vidé par vingt-six heures de vol et aussi fripé que ses vêtements. Une douche rapide et un jus d'orange pioché dans le minibar réfrigéré de la chambre le remirent en partie sur pied. Il attrapa une mangue dans la coupe et s'accouda à la rambarde du balcon pour profiter des derniers rayons du soleil. La soirée était calme. Des arroseurs automatiques dodelinaient de la tête sur les pelouses impeccables de l'hôtel. Ils lançaient des jets d'eau que la lumière rasante habillait d'éphémères arcs-en-ciel.

Au loin, un avion décolla soudain dans un bruit assourdissant, déplacé dans ce paysage épuré. Le garçon se demanda quelle était sa destination. Alice Springs, la grande ville la plus proche ? Grenoble et Dardéa lui parurent subitement bien loin. Un cafard inexplicable le saisit aux tripes, la solitude lui paraissant tout à coup oppressante. Que faisait Ela en ce moment ? Dormait-elle encore ? Ce devait être le petit matin en France. Honorine se penchait peut-être sur la vieille cuisinière pour préparer le déjeuner. « Je ne vais pas me morfondre dans cette chambre ! », s'ébroua l'adolescent. « Un petit aller-retour, ni vu ni connu... »

Des cris rompirent le fil de ses pensées. Cela semblait provenir des jardins. Thomas vit apparaître un vieil Aborigène aux cheveux gris crépus qui filait à toutes jambes devant un grand gaillard en uniforme de l'hôtel. Le poursuivant poussait des imprécations en levant un poing menaçant. Le frêle vieillard allait se faire rattraper lorsqu'il buta littéralement contre un nouveau venu, qui venait de surgir de derrière un bosquet d'eucalyptus. Xavier ! Le garde du corps de Pierre Andremi était en maillot de bain, une serviette en travers des épaules. Après un instant d'hésitation, l'employé de l'hôtel s'avança pour saisir le bras du vieil homme. Xavier s'interposa. Les deux hommes se toisèrent puis échangèrent quelques phrases lapidaires, s'adressant à plusieurs reprises au vieil Aborigène. Le ton monta et Thomas eut la certitude que l'échange allait se terminer en rixe. Au lieu de cela, l'employé australien écarta les bras dans un geste excédé et tourna les talons avec raideur.

Thomas se transporta en un éclair derrière le rideau d'eucalyptus. Il rejoignit l'ancien gendarme en quelques pas.

— Tu étais là ? s'étonna l'homme en le voyant surgir de la végétation.

— J'étais sur le balcon de ma chambre lorsque cet homme est arrivé, poursuivi par l'autre costaud. Je viens de me... transporter !

— Ah, ça...

Xavier tordit la bouche d'un air entendu. Son patron l'avait mis au courant du talent particulier de l'adolescent, mais il répugnait à parler de ce qu'il semblait considérer comme une sorte de tare congénitale. Thomas tourna les yeux vers le vieil homme. L'Aborigène le regardait d'un air amical. Petit, légèrement courbé par l'âge, il flottait dans un pantalon trop court de vingt bons centimètres et une chemise plus crasseuse qu'un chiffon de garagiste. Ses jambes poussiéreuses, épaisses comme des allumettes, plongeaient dans des baskets en toile partiellement déchirées. Toutefois, l'aspect dépenaillé de l'individu était oublié sitôt que l'on plongeait le regard dans ses yeux noirs et veloutés, où apparaissait une lueur d'amusement. Thomas n'en avait jamais vu de plus doux. L'Aborigène respirait la gentillesse. Le garçon lui adressa un sourire et l'homme lui rendit la pareille, révélant des gencives passablement édentées.

— Qu'est-ce qu'il a fait ? demanda Thomas à Xavier.

Celui-ci eut un rire ironique.

— Apparemment, rien de bien méchant. Il a dit qu'il courait après un nuage – si, si, c'est bien ce qu'il a dit – lorsqu'il a senti une odeur de nourriture provenant de l'hôtel. Il a cherché à s'introduire dans les cuisines pour « cueillir » ce dont il avait besoin, ce sont ses propres mots, et il est tombé sur un employé visiblement peu compréhensif… Bref, il a failli se prendre une bonne raclée !

— Qu'as-tu dit à l'employé en question pour qu'il se calme ?

— Ce qui allait lui arriver s'il levait la main sur ce pauvre homme !

Xavier souriait en disant cela, mais sa décontraction était plus dissuasive qu'une menace.

— *Hello, Altjina-Tjurunga, my friend*, dit soudain le vieil homme d'une voix sourde et nasillarde.

Il contemplait Thomas comme s'il attendait une réponse.

— Qu'est-ce qu'il a dit ? demanda le garçon à Xavier, en haussant les sourcils pour faire comprendre à l'Aborigène qu'il n'avait pas compris.

— Il t'a salué, répondit le garde du corps.

— Merci, jusque-là, j'avais compris. Qu'est-ce qu'il a dit après ?

— Je ne sais pas, ce n'était pas de l'anglais. C'était peut-être la traduction de « mon ami polyglotte » dans sa langue ?

— Très drôle !

Thomas inclina le buste en direction du vieil homme.

— *Hello*, dit-il à son tour. (Il posa l'index sur sa poitrine.) *My name is Thomas.* (Il pointa son doigt en direction de l'Aborigène.) *What's your name ?*

L'autre hocha la tête plusieurs fois, d'un air réjoui.

— *My name is Bahloo*, fit-il à son tour. *I'm happy to meet you, Thomas Altjina Tjurunga.*

— C'est comme ça qu'il t'appelle ? s'étonna Xavier. Peut-être un qualificatif… Ou une formule de politesse ?

— *I'm hungry*, gloussa le vieil homme en caressant sa panse d'un air comique.

Il roula des yeux gourmands en direction de la main de Thomas. Le garçon réalisa soudain qu'il tenait toujours la mangue prise dans sa chambre. Il la tendit à l'Aborigène. L'homme sortit une longue tirade dans la langue de son peuple, certainement des remerciements. Ses yeux sombres étincelaient de plaisir. Il tira soudain de sous sa chemise un curieux petit pendentif en forme de serpent taillé dans ce qui semblait être du verre. Il passa le lacet au-dessus de sa tête et tendit le collier au garçon.

— Il te fait un cadeau en échange ! marmonna Xavier incrédule.

— Merci… *Thank you*, remercia le garçon surpris. Mais… ce n'est pas la peine. *It's not…* Oh, et puis flûte, de toute façon, je ne sais pas le dire en anglais !

Le vieil homme invita d'un geste Thomas à enfiler le collier. L'adolescent s'exécuta de bonne grâce et l'Aborigène battit des mains comme un enfant. Puis ses yeux se plissèrent légèrement, sa bonne humeur semblant s'évaporer d'un coup. Il pointa du doigt le profil lointain du monolithe d'Uluru, dont seul le sommet tabulaire restait ensoleillé. Sa voix était subitement voilée, presque un murmure.

— *Numereji waits for you in Uluru... But be careful to the painted man, he looks for you*, Thomas *Altjina-Tjurunga. Good luck. Goodbye, my friends...*

Et, sans transition, il partit d'un éclat de rire sonore, qui s'acheva en divagation tranquille et railleuse. Il adressa un regard profond à Thomas puis à Xavier, coinça la mangue sous son bras et partit d'un pas léger en direction d'Uluru.

— Quelle drôle de rencontre, laissa échapper l'ancien gendarme. Qu'est-ce qu'il a voulu dire, à ton avis ?

— Aucune idée... Qui est ce Numereji censé m'attendre à Uluru ? Et puis, il m'a dit de me méfier d'un homme peint, c'est bien ça ?

— Tu vois, tu n'es pas si mauvais que ça en anglais !

— Mouais... Tu crois qu'il était sérieux ou tout simplement... siphonné ?

— Peut-être un peu les deux à la fois, sourit le garde du corps. Bon, avec tout ça, je n'ai toujours pas piqué une tête dans la piscine ! Je te laisse, Thomas... Altjina Tjurunga ! Ça fait un peu long mais c'est très couleur locale...

L'adolescent haussa les épaules. Il hésitait entre l'incrédulité et l'amusement. Il s'enfonça au milieu des eucalyptus avant de se fondre dans la vibration fossile pour réintégrer sa chambre. Sans perdre un instant, il griffonna sur le premier papier qui lui tomba sous la main les mots inconnus prononcés par l'étrange vieillard : Numereji et Altjina-Tjurunga. Il chercherait plus tard la signification de ces mots, si tant est qu'ils en aient une. Pour l'heure, il n'avait qu'une seule envie : rendre une petite visite à Ela.

*

Lorsqu'il rejoignit Pierre Andremi et Xavier Acker sur la terrasse du restaurant de l'hôtel, la nuit allumait ses premières étoiles. L'adolescent se sentait parfaitement détendu. Retrouver Ela et ses amis chez Honorine et Romuald lui avait remis les idées en place. Ses compagnons d'aventure étaient impatients de découvrir l'Australie et il leur avait raconté par le menu le fastidieux voyage et ses premiers pas dans le pays de Crocodile Dundee.

Le milliardaire et son garde du corps étaient installés à une table au bout de la terrasse. Pierre Andremi fit un signe de la main à Thomas, qui les rejoignit.

— J'ai pris la liberté de te commander le même menu que pour nous, dit Andremi. Gambas et mascarpone au wasabi en entrée, filet de kangourou au chutney de tomates en plat principal. Mais tu peux encore changer.

— C'est parfait, assura Thomas, en passant sous silence le fait qu'il venait de « petit déjeuner » chez Honorine. Tu as trouvé notre moyen de transport de demain ?

Andremi fit une moue d'enfant déçu.

— Pas d'hélicoptère de disponible dans toute la région d'Ayers Rock. J'ai dû me contenter d'un 4x4 avec chauffeur. Il nous conduira dans la matinée au French camp ; c'est comme ça qu'on désigne ici le campement de mon ami Serrao.

— Je suis pressé d'être là-bas, avoua Thomas. Pour trouver rapidement la Frontière et pour voir d'un peu plus près ce fameux rocher d'Uluru.

L'ancien gendarme prit un air ironique.

— Qui est-ce qui t'attend là-bas, déjà ?

Thomas déplia la feuille de papier qu'il avait fourrée dans sa poche.

— Le vieil Aborigène a dit que... Numereji m'attendait à Uluru. Et il m'a appelé Thomas Altjina Tjurunga. J'espère qu'un membre de l'équipe d'Henrique Serrao sera en mesure de traduire ces mots.

— Certainement, affirma le milliardaire.

Son regard s'attarda sur l'objet qu'arborait Thomas par-dessus sa chemisette.

— C'est le pendentif qu'il t'a offert ?

Le garçon acquiesça. Il retira le lacet de cuir de son cou et tendit au milliardaire le petit zigzag de pierre.

— Curieux, ça ressemble à du verre. C'est peut-être une sorte de pierre volcanique. Il t'a dit ce que cela représentait ?

— Il a dit quelque chose, mais dans sa langue. Je pense qu'il s'agit d'une sorte d'amulette.

— C'est possible, en effet... Xavier m'a dit qu'il t'a mis en garde contre un homme peint ?

— Je crois surtout que dans la famille « Araignée au plafond », on a pioché le grand-père, plaisanta Thomas.

— Peut-être... Mais plus rien ne m'étonne depuis que j'ai visité Anaclasis. Du coup, j'ai tendance à considérer avec beaucoup moins d'a priori les événements que j'aurais jugé farfelus en d'autres circonstances.

— En parlant de farfelu, regardez ce qui nous arrive, dit Xavier.

Un homme vêtu d'un costume à paillettes et de lunettes à faire pâlir d'envie Elton John venait de surgir au centre de la terrasse. Il porta un micro devant sa bouche et Thomas crut comprendre qu'il souhaitait la bienvenue aux convives et leur proposait un petit récital pour accompagner leur repas.

— C'est bien notre veine, railla le garde du corps. Adieu, silence du désert...

Les premières notes de musique du générique de la série télévisée *La croisière s'amuse* résonnèrent sur la terrasse. Un spot illumina le chanteur et sa voix sirupeuse entonna le célèbre : « *Love, exiting and new...* »

— Honorine adore cette vieille série, se réjouit Thomas. Je lui ai téléchargé la plupart des épisodes, l'été dernier...

Le repas se prolongea agréablement. La nourriture était excellente et le fond sonore somme toute plutôt plaisant. Une fois le dessert avalé, Thomas étouffa un bâillement.

— Je crois qu'il est temps que j'aille tester la literie des Uluru Gardens, avoua-t-il.

— Et pour nous d'éprouver la bière australienne, rétorqua Xavier avec un sourire goguenard destiné à son patron.

Andremi hocha la tête.

— J'ai repéré un pub à deux pas d'ici...

10.

Uluru

Le lever de soleil trouva Thomas et ses compagnons en train de jeter leurs bagages dans le coffre d'un Land Rover qui avait connu des jours meilleurs. La chaleur faisait déjà crépiter les insectes dans les jardins de l'hôtel. Le conducteur du 4x4, un rouquin efflanqué, d'une vingtaine d'années, leur demanda de bien claquer les portières pour réussir à les fermer… mais pas trop fort quand même ! Puis il lança sa machine pétaradante sur la route d'Uluru.

Arrivée à un ou deux kilomètres du rocher sacré, la voiture quitta le ruban d'asphalte pour s'engager sur un chemin truffé de nids-de-poule qui donnaient l'impression de rouler sur de la tôle ondulée. Ses passagers se cramponnaient tant bien que mal à leur ceinture de sécurité ainsi qu'à leur petit déjeuner. Thomas avait l'impression que son estomac tournait dans le tambour d'une machine à laver. Il fut infiniment soulagé lorsque leur chauffeur claironna « *We're arrived !* » une demi-heure plus tard. Un campement de grandes toiles beiges s'alignait dans une petite dépression, à une centaine de mètres du jaillissement orange de l'immense monolithe. Le rouquin serra le frein et, l'espace d'un moment, Thomas demeura assis à contempler Uluru.

Il avait été déçu d'apprendre que le titan de pierre n'était pas le résultat de la chute d'une météorite géante dans le désert australien, mais plus simplement le vestige d'une couche de roche formée par accumulation de sable au fond d'un océan peu profond, 540 millions d'années dans le passé. Cette strate avait été basculée quasiment à la verticale, 150 millions d'années plus tard, à l'occasion d'intenses plissements de la croûte terrestre. Le vent s'était ensuite chargé de raboter les montagnes environnantes, ne laissant subsister que quelques fragments de l'immense couche de roche dressée, dont Ayers Rock était le plus important. Avec ses trois cent cinquante mètres de hauteur et ses dix kilomètres de périmètre, le monolithe de grès donnait l'impression d'avoir jailli des entrailles de la terre et de s'être brusquement pétrifié au contact de l'air. Il dégageait incontestablement quelque chose de mystique, d'irréel. Pas étonnant que les Aborigènes le vénèrent comme une divinité !

Extasié, Thomas descendit enfin du 4x4 et fit quelques pas le nez en l'air, avant de constater que leur arrivée au French camp n'était pas passée inaperçue. Un homme de grande taille, débordant de muscles et coiffé d'un chapeau de cow-boy, s'approchait d'eux.

— Vous êtes les amis de monsieur Serrao ? lança-t-il d'une voix de fausset, qui ne collait pas au personnage.

Thomas réprima difficilement le sourire qui lui venait aux lèvres.

— Je suis Pierre Andremi et voici Thomas Passelande et Xavier Acker, annonça le milliardaire avec politesse. Monsieur Serrao est-il disponible pour nous recevoir ?

— Venez, il est dans l'atelier de nettoyage.

L'homme les précéda à l'entrée d'une tente ouverte sur trois côtés, sous laquelle était installée une grande table couverte de trouvailles archéologiques, fragments de poteries, pierres coupantes, et tout un fatras impossible à identifier par un néophyte. Quatre hommes et deux femmes munis de masques médicaux travaillaient autour de la table. Ils étaient occupés à libérer les vestiges de leur gangue de terre, les nettoyant avec une précision chirurgicale à l'aide de pinceaux et de bâtonnets aux allures de cure-dents. Personne ne leur prêtant attention, le cow-boy s'approcha de l'un des hommes portant de petites lunettes rondes et lui glissa un mot à l'oreille. Celui-ci leva subitement les yeux en direction des nouveaux venus. Il ôta son masque et dédia un sourire chaleureux à Andremi.

— Ce cher Pierre ! Tu ne peux pas savoir à quel point cela me fait plaisir de te voir ici !

Il serra des deux mains celle que lui tendait le milliardaire. L'archéologue avait un visage hâlé auréolé d'une masse de cheveux blancs et une barbe poivre et sel qui mettait en valeur ses yeux bleus pleins de vivacité.

— Salut, Henrique ! répondit Andremi avec de l'émotion dans la voix. Cela fait vingt ans que tu m'invites sur tes chantiers ; il était temps que je vienne enfin voir en quoi consiste ton travail ! Et, pour tout te dire, l'idée de découvrir Uluru me taraude depuis l'enfance ; alors, l'occasion était trop belle...

— T-t-t, rétorqua l'archéologue. On ne prononce pas U-lu-ru mais Ou-lou-rou, en faisant rouler le « r » du bout de la langue.

Andremi répéta plusieurs fois, jusqu'à ce qu'Henrique Serrao lève le pouce avec un air réjoui.

— Tu me présentes tes compagnons de route ? demanda l'archéologue en se tournant vers Thomas et Xavier.

— Voici Thomas, que j'ai rencontré dans des circonstances un peu particulières, commença le milliardaire. Je te raconterai tout ça ce soir, devant une bonne bière. Thomas doit faire certaines choses dans la région et je me suis dit que cela pouvait être l'excuse qui me manquait pour laisser tomber mes affaires quelque temps. Et voici Xavier, mon secrétaire particulier. Il est de toutes mes escapades à l'étranger.

— Bienvenue à Uluru, dit Serrao en serrant tour à tour la main de l'adolescent et du garde du corps.

Andremi posa la main sur la poitrine de l'archéologue et tourna un visage malicieux vers Thomas et Xavier.

— Et voici mon ami Henrique Serrao, déclara-t-il avec emphase. Le Howard Carter du vingt et unième siècle. S'il vous dit que les pyramides égyptiennes étaient des pas de tir pour des fusées spatiales, vous pouvez le croire. Cet homme est un génie !

Le scientifique secoua la tête en riant.

— Ne l'écoutez pas. Laissez-moi plutôt vous présenter mon équipe : vous avez déjà croisé Franck, notre cuisinier toulousain (le cow-boy hocha la tête)... les autres sont Odile, Noémie, Roger et Fernando, tous les quatre de brillants archéologues qui ont consenti à m'accompagner dans cette folle aventure. Mookoi (le seul Aborigène du groupe) est détaché par le centre culturel du parc pour veiller à ce que les fouilles se fassent dans le respect des traditions de son peuple. Deux personnes manquent encore à l'appel : Pete, chargé de l'intendance et des chevaux, et puis ma fille, Virginie.

— La petite est ici ? s'étonna Andremi. Sa mère doit être aux quatre cents coups de l'avoir laissée partir.

— Je ne te le fais pas dire. Mais Virginie n'est là que depuis le début des vacances scolaires. Tiens, d'ailleurs, quand on parle du loup...

Thomas suivit son regard et découvrit une adolescente de seize ou dix-sept ans, vêtue simplement d'un short kaki et d'un haut de maillot de bain noir. Elle avait des cheveux blonds qui retombaient en carré sur ses épaules bronzées et des yeux noisette pétillants. « Et de très jolies fesses », remarqua Thomas. Elle tourna le regard vers le garçon et il releva vivement la tête, coupable.

— Bonjour à tous ! lança-t-elle avec désinvolture. Coucou, Pierre, cela fait drôlement plaisir de te revoir.

Elle s'approcha d'un pas dansant qui donna à Thomas l'impression d'avoir quelque chose de bloqué en travers de la gorge. Elle embrassa le milliardaire sur les deux joues. Son nez se plissa et un air ironique voltigea sur ses lèvres.

— Tu es venu en soucoupe volante ou bien tu as pris l'avion comme tout le monde, cette fois ?

— J'ai renoncé à la soucoupe volante depuis que j'ai trouvé mieux, répondit-il du tac au tac. Mais tu n'en sauras pas plus.

Elle fronça les sourcils, se demandant visiblement s'il se moquait d'elle. Andremi l'enveloppa d'un regard mystérieux et elle éclata de rire. Le milliardaire présenta Thomas et Xavier. Le garçon se sentit rougir jusqu'à la racine des cheveux lorsqu'elle tira sur le bas de son short en lui décochant un regard malicieux.

— Vous restez longtemps ? demanda-t-elle à Andremi.

— Quelques jours. Cela dépendra du temps qu'il faudra à Thomas pour régler ses affaires dans la région.

— Quel genre d'affaires ? sourcilla la jeune fille.

— Voyons, Virginie, protesta son père. Tu es bien indiscrète ! Nos invités vont penser que j'ai complètement échoué à t'enseigner les bonnes manières.

L'archéologue sembla penser à quelque chose et pivota vers Andremi.

— Vous ne deviez pas être plus nombreux ?

— Si, mais le 4x4 est parti les chercher, mentit le milliardaire, sans la moindre hésitation. Hier au soir, nous n'avons trouvé à louer qu'une voiture.

— Je comprends. En cette saison, Yulara est littéralement assiégée par les touristes. Je vous propose de vous montrer vos quartiers. Une fois vos amis arrivés, je pourrai vous emmener visiter l'endroit où nous menons nos recherches, si vous vous sentez d'attaque.

— Excellente idée, approuva Andremi. C'est loin d'ici ?

— Deux kilomètres. Nous prendrons les chevaux pour aller plus vite.

*

Une fois leurs bagages déposés dans une tente imposante comportant plusieurs chambres dotées de lits pliants et d'armoires métalliques, Thomas s'isola pour s'immerger dans la vibration fossile. Le trajet jusqu'à la maison d'Honorine dura plusieurs minutes. Ela, Tenna, Palleas, Duinhaïn et Bouzin l'attendaient dans le salon, leurs sacs posés par terre et la mine impatiente. La nuit tombait sur la région grenobloise.

— J'ai cru que tu n'allais pas revenir, bougonna Ela en déposant un baiser sur sa joue.

— Là-bas, la matinée n'est pas encore très avancée, protesta le garçon. Vous vous sentez le courage de repartir pour une nouvelle journée sans avoir dormi ?

— Nous avons passé notre temps à dormir depuis que nous sommes arrivés chez ta grand-mère, plaisanta Palleas. Pas de risque de tomber de sommeil avant, disons, deux ou trois jours…

— OK. Où sont Honorine et Romuald ?

— Au restaurant avec une association du quartier, répondit Ela. Ils ont dit qu'ils te faisaient des bisous mais qu'il ne fallait pas les attendre.

Thomas songea fugacement à Pierric, qui manquait à l'appel, et se demanda pour la centième fois où les Veilleurs avaient bien pu l'emmener. Il balaya la question : il serait bientôt parmi eux et leur expliquerait de vive voix pourquoi les guerriers Passe-Mondes avaient eu besoin de lui.

— Vous avez tous activé votre sort de compréhension ? demanda Thomas. Bon, alors laissez-moi vous dire ce que nous allons faire...

Il leur expliqua qu'il allait les déposer à proximité du campement d'Henrique Serrao et qu'ils devraient ensuite terminer à pied et raconter à qui voudrait l'entendre que le chauffeur du 4x4 était tellement pressé qu'il n'avait pas pris le temps de les amener jusqu'au campement.

Juste avant d'élever leur niveau de vibration, Thomas eut une illumination.

— Duinhaïn, tu n'as pas oublié quelque chose ?

L'autre fronça les sourcils puis fit la grimace.

— Si, mes oreilles...

Il tira de son sac un répéteur à sort fourni par Dune Bard et souffla dedans avec un air résigné. Aussitôt, ses oreilles pointues s'arrondirent comme celles de ses compagnons. Il haussa les épaules de dépit et Thomas plongea dans la vibration. Une demi-heure plus tard, il présentait ses amis à Henrique Serrao. Ce dernier fut surpris d'apprendre qu'un chauffeur de taxi local ait pu abandonner des touristes sur une piste isolée du parc, mais il ne sembla pas mettre en doute la version des jeunes gens.

Peu après, chacun se choisit un cheval dans un corral de fortune, aménagé entre trois eucalyptus, avant de s'engager dans le bush en compagnie de l'archéologue et de l'employé du parc, le fort peu loquace Mookoi. Les adolescents étaient heureux de se retrouver : les rires et les plaisanteries qui fusaient l'attestaient. Thomas respirait profondément. Le léger bercement des pas de son cheval lui rappelait ses nombreux voyages à Anaclasis. Retrouver la silhouette d'amazone d'Ela était un pur bonheur. Remarquant la facilité avec laquelle Andremi dirigeait sa monture, le garçon régla son allure sur la sienne.

— Où as-tu appris à monter aussi bien ? demanda-t-il.

— Oh, ça…

Le milliardaire sembla se replonger dans de vieux souvenirs, avec un sourire incertain sur les lèvres.

— J'ai appris à monter à Genève. J'avais un professeur particulier d'équitation, une jeune femme charmante, Julie, qui m'a donné des cours pendant une année.

Le garçon avait remarqué la façon singulière dont Andremi avait prononcé le prénom de la jeune femme. Il pencha le visage de façon à voir le visage du milliardaire : un pli barrait son front. « Il est amoureux de cette Julie ? »

— Pourquoi as-tu cessé de la voir ?

Andremi tourna un regard surpris vers l'adolescent, puis se détendit.

— Je suis un excellent élève qui assimile très vite, répondit-il. Elle n'avait plus grand-chose à m'enseigner après une année, voilà tout. Et puis, elle avait un projet de ranch du côté d'Aix-les-Bains. Elle a déménagé peu après.

— C'est elle qui te l'a dit ?

— Oui… enfin, je ne sais plus. Mais, dis-moi, que me vaut ce soudain accès de curiosité ?

— J'ai envie de mieux te connaître, sourit Thomas. Et je suis heureux de voir que ton cœur ne bat pas seulement pour la finance et les OVNI.

— Tu parles de l'équitation, je suppose ? ironisa le milliardaire.

— Tu sais très bien de quoi je parle. Comment est-elle ?

Andremi soupira en secouant la tête.

— Toi, quand tu as une idée derrière la tête... Elle est blonde avec des yeux noisette. Elle a la trentaine et une spontanéité bien à elle, qui me mettait souvent dans l'embarras. Son franc-parler me changeait du bavardage hypocrite des financiers et des politiciens que je fréquente en général. C'est d'ailleurs à son contact que j'ai commencé à relâcher la pression côté travail, à passer plus de temps à mes recherches sur les OVNI...

— Cela fait combien de temps que tu ne l'as pas revue ?

— Deux ans.

Il se tut, visiblement prêt à clore la conversation. Thomas ne l'entendait pas de cette oreille.

— Pourquoi n'as-tu pas cherché à la revoir ?
— Si tu t'intéressais plutôt au paysage ?
— S'il te plaît...
— À cause de la différence d'âge, je pense...
— Pffff ! Je me doutais que tu allais sortir une excuse aussi pathétique. La vérité, c'est que tu as eu la trouille de t'engager, pas vrai ?

Le milliardaire se tourna vers le garçon, de l'exaspération au fond des yeux. Thomas ne lui laissa pas le temps de répliquer.

— Depuis que je te connais, je suis scié par ta capacité à relever les défis, à toujours trouver une parade, une idée, à décider vite. Je me suis même dit un jour que j'aurais aimé avoir un père comme toi. Mais là, il faut que tu arrêtes de te cacher derrière tes cheveux gris ou ton emploi du temps de ministre et que tu la rappelles dare-dare !

Andremi tarda à répondre, visiblement touché par les paroles du garçon.

— D'accord, fit-il en souriant.
— D'accord quoi ?
— D'accord, je la rappellerai à notre retour d'Australie... Mais j'ai moi-même une condition.
— Laquelle ?
— Que tu me parles plus souvent comme un fils à son père. Je ne suis pas habitué, mais j'aime bien ça...

Thomas hocha la tête, ému à son tour par la franchise de cet homme qui pesait plusieurs milliards d'euros mais qui avouait sans pudeur qu'il souffrait de la solitude.

— Avec plaisir.

Les cavaliers venaient d'arriver au pied de l'immense rocher et longeaient à présent le titan géologique. Des pans d'Uluru étaient baignés de soleil tandis que d'autres disparaissaient dans l'ombre, un contraste presque douloureux à l'œil. Des bosquets d'eucalyptus poussaient contre les parois rougeâtres, tandis que la terre sablonneuse qui s'entassait au pied des falaises était parsemée d'herbe fraîche et de fleurs du bush. Des oiseaux voletaient en nombre dans les feuillages et d'autres jaillissaient des saillies du rocher pour chasser les insectes qui remplissaient l'air de leur bourdonnement monotone. L'hiver austral avait des allures de printemps dans le Red Heart.

Thomas se demanda fugacement à quoi pouvait ressembler le monolithe, côté Anaclasis. Était-ce la réplique parfaite de celui-ci ou bien était-il radicalement différent ? Il sourit intérieurement : « Te bile pas, mon garçon ! Tu ne vas pas tarder à le savoir. Cette nuit, tu passes de l'autre côté, tu trouves ta Frontière et tu mets la main sur le troisième nom d'Incréé ! » Le moral gonflé à bloc, Thomas donna une impulsion à son cheval pour rejoindre Henrique Serrao. L'archéologue donnait des explications à ses amis.

— Le monolithe est composé de grès, mais il contient également des oxydes de fer qui lui donnent sa couleur rouge si particulière. Cet endroit est une véritable oasis au milieu du désert. On y trouve de la végétation en abondance, un point d'eau permanent, et toute une faune très originale s'y est établie. Elle comprend des chauves-souris, des reptiles, des marsupiaux, des oiseaux, des tas d'insectes...

— Est-ce que l'on va monter sur le rocher ? demanda Tenna.

— Non. Il existe un chemin qui permet de le faire, mais seulement à pied. Cependant, ce rocher est sacré pour les Aborigènes et, pour ma part, je ne me permettrais pas de le fouler des pieds. Ce serait un peu comme de monter sur les toits du Vatican ou sur la Kaaba à la Mecque.

— Que représente Uluru pour les habitants de ce pays ? demanda Duinhaïn.

— C'est un peu compliqué à expliquer... Dans leur conception du monde, chaque événement laisse une trace sur terre. Et, à ce titre, certains lieux remarquables constituent des vestiges de la création de l'univers. Cette création s'est déroulée à une époque que les Aborigènes appellent le Temps du Rêve, car tout serait né du rêve de plusieurs créatures magiques appelées les hommes-éclairs. Uluru serait l'un de ces vestiges privilégiés. Il posséderait encore certains pouvoirs de rêve, entendez par là des pouvoirs de création ; c'est ce qui le rend si sacré. Ne me demandez pas de quels pouvoirs il s'agit, je n'en ai pas la moindre idée...

L'archéologue tira sur ses rênes pour stopper à l'entrée d'un minuscule canyon, en partie dissimulé derrière des broussailles. Il se tourna vers Andremi.

— Nous sommes arrivés. Nous allons attacher les chevaux à ces buissons et remonter dans la faille qui débute derrière.

— Rien ne laisse deviner qu'il y a quelque chose à voir ici, fit remarquer Thomas.

— C'est voulu, répondit Henrique Serrao. Nous ne souhaitons pas attirer l'attention des touristes sur notre grotte. Nous l'avons découverte par hasard, après deux mois passés dans le coin à scruter en vain les parois du rocher, mètre après mètre, à la recherche d'hypothétiques peintures rupestres. Un coup de chance ! La découverte n'a pas encore été ébruitée. Seuls quelques responsables du centre culturel du parc ont été mis au courant. Suivez-moi...

La fissure mesurait deux mètres de large à la base, et s'évasait si rapidement vers le haut qu'elle devait passer pour une simple ondulation de la roche vue de loin. La fente courait sur cinq mètres puis bifurquait si subitement sur la droite qu'elle donnait l'impression de se terminer en cul-de-sac. Après le coude, elle se transformait en un étroit boyau qui plongeait au cœur du rocher. L'archéologue alluma la puissante lampe torche qu'il avait emportée.

— Attention à vos têtes : l'entrée de la grotte mesure moins d'un mètre soixante !

Le passage de la lumière à l'ombre priva un instant Thomas de ses perceptions visuelles. Il se contenta de suivre le pinceau lumineux de l'archéologue, les mains tendues en avant pour ne pas heurter Ela qui le précédait. En humant l'air, il constata qu'il était frais. Il sentit même une très légère brise. Après une quinzaine de mètres, Serrao s'arrêta et demanda aux visiteurs de se répartir autour de lui. Sa voix était étrangement sourde, comme si les parois du boyau s'étaient soudain écartées. L'archéologue, qui avait soigneusement pris soin de garder le faisceau de sa lampe pointé vers le bas, balaya soudain le monde souterrain où ils avaient pénétré. Des « oh » de stupeur s'élevèrent.

— C'est immense, laissa échapper Thomas.

La grotte dans laquelle ils avaient débouché était si vaste qu'il était impossible d'en distinguer le fond. La voix d'Henrique Serrao vibrait de fierté lorsqu'il reprit la parole.

— La grotte mesure environ cent cinquante mètres de diamètre et le point le plus haut de son plafond culmine à près de soixante mètres. Mais le plus remarquable ne réside pas dans ses dimensions.

Il éclaira le sol sablonneux devant eux. On l'avait creusé de plusieurs fosses carrées, des piquets et des ficelles délimitant les côtés de chaque trou. Des pelles et des brosses trônaient sur une caisse, à proximité.

— Cet endroit a été le cadre d'un culte très ancien. Nous avons trouvé de multiples objets et des fresques murales stupéfiantes qui l'attestent (le faisceau de la lampe laissa apercevoir des peintures ocre représentant des empreintes de mains, des hommes et des animaux stylisés). Nous avons fait réaliser des datations par thermoluminescence sur des tessons de poteries, des datations par hydratation superficielle sur des pointes de flèches, des datations par le carbone 14 sur des ossements d'animaux. Et toutes donnent la même plage d'occupation pour la grotte : elle a été fréquentée à partir de vingt mille ans avant Jésus-Christ et n'a été abandonnée que récemment, au début du dix-neuvième siècle. Rendez-vous compte, presque vingt-deux mille ans d'occupation !

— Inouï, souffla Andremi dans un murmure. As-tu une idée du culte qui était célébré ici ?

— Aucune. Le seul indice est la présence d'un nombre incalculable de fulgurites, dans toutes les strates couvrant cette période. Il y en a partout, sauf au centre de la salle. J'ignore pourquoi.

— Que s-sont des f-f-fulgurites ? demanda Bouzin.

— Mille excuses, soupira l'archéologue. Mon quotidien est tellement rempli de fulgurites qu'il m'arrive d'oublier que la plupart des gens n'en ont jamais entendu parler. Il s'agit de pierres, faites de sable vitrifié par la foudre. Avant d'apprendre à fabriquer le verre, il y a 4 000 ans, l'homme a de tout temps taillé ses outils ou ses parures dans du verre naturel fabriqué par les volcans, par la chute des météorites et, plus rarement, par la foudre. Les fulgurites se trouvent en général dans les déserts, là où la foudre a le plus de chance de trouver de la silice, le constituant principal du sable. Les éclairs élèvent la température du sable à plus de 3 000 degrés, ce qui le fait fondre sur le tracé de l'arc électrique. Une fulgurite est littéralement l'enregistrement d'un coup de foudre dans le sol. Le plus gros spécimen connu a été retrouvé en Libye et il mesurait quinze mètres de longueur ! En comparaison, ceux que nous avons trouvés dans cette grotte sont des lilliputiens. Aucun ne dépasse la dizaine de centimètres. Mais ce qui est étonnant, c'est que nous en avons retrouvé des quantités prodigieuses, une centaine par mètre cube de terre remuée. Je vais vous en montrer ; la caisse en est pleine...

Thomas sursauta. Il venait de se souvenir du pendentif que lui avait offert le vieil Aborigène de Yulara. L'amulette ressemblait aussi à du verre naturel. Il sortit le petit zigzag de pierre de sa chemisette.

— Est-ce que ça ressemble à cet objet ? demanda-t-il d'une voix étranglée.

L'archéologue interrompit son mouvement. La lumière de la lampe torche illumina la pierre que tenait l'adolescent, la faisant scintiller d'un éclat rouge qu'il n'avait pas remarqué jusqu'à présent. Les yeux de Serrao s'arrondirent de surprise.

— Où as-tu acheté cette fulgurite ? demanda-t-il.

— Je ne l'ai pas achetée ; c'est un cadeau.

— Celui qui te l'a offerte t'a-t-il signalé sa provenance ?

— Non, c'est juste un colifichet qu'un vieil Aborigène de Yulara portait autour du cou et qu'il m'a offert. Pourquoi ?

— Tu me permets de regarder cette pierre de plus près ?

Thomas tendit le collier à Serrao. Le scientifique fit passer la pierre entre son visage et la lampe, sourcils froncés. Même Mookoi s'était rapproché de l'archéologue pour étudier la fulgurite. Son œil généralement impavide s'éclaira et il contempla le garçon avec un respect tout neuf. Serrao ramena son regard sur Thomas. L'adolescent constata que, malgré la fraîcheur de la grotte, de la sueur perlait sur le front de l'archéologue. Il était livide.

— Que se passe-t-il ? s'inquiéta Andremi. Pourquoi sembles-tu si perplexe ? C'est aussi une fulgurite, c'est bien ça ? (L'autre acquiesça d'un hochement de tête.) Alors, où est le problème, puisque tu viens de nous dire que c'était relativement fréquent dans les déserts ?

— Ce n'est pas si fréquent que cela, corrigea Serrao. Mais surtout, les fulgurites découvertes dans cette grotte sont uniques, car le verre est veiné de filaments sombres avec des reflets rubis. C'est déjà un mystère en soi, car nous ne savons pas du tout de quelle partie de l'Australie elles peuvent provenir. J'ai fait des recherches et aucune autre fulgurite recensée dans le monde ne présente ces caractéristiques... Sauf la tienne, Thomas ! Ce qui veut dire que le vieil homme qui te l'a offerte connaît l'emplacement de notre grotte...

L'archéologue restitua le collier à son propriétaire. Le garçon hésita à le remettre à son cou, le gardant à prudente distance, comme si l'éclair responsable de sa création risquait de frapper à nouveau. Ses compagnons fixaient la fulgurite, sidérés.

— Tu saurais reconnaître le vieil homme ? demanda Ela.

— Oui. Je connais même son nom : Bahloo. On pourrait essayer de le retrouver.

Serrao sembla reprendre des couleurs.

— Je doute que l'on y parvienne, mais cela vaut sans doute la peine d'essayer.

Thomas se décida à repasser le cordon autour de son cou. En relevant la tête, il remarqua quelque chose de grand et de coloré au plafond de la grotte.

— Qu'est-ce qu'il y a, là-haut ?

Le faisceau lumineux de la lampe suivit son regard, révélant une sorte d'arche peinte de plusieurs couleurs.

— Il s'agit de la plus grande peinture de la grotte, répondit Serrao d'une voix absente. Elle mesure une vingtaine de mètres et représente la principale divinité des Aborigènes, à l'origine des hommes-éclairs qui ont créé le monde. On l'appelle le Serpent Arc-en-Ciel, Numereji en langue aborigène…

Thomas se retourna vivement vers Andremi et Xavier et s'étrangla presque avant de pouvoir sortir un mot.

— Numereji… Le vieil homme a dit que Numereji m'attendait à Uluru !

Andremi secoua la tête sans un mot. Cela commençait à faire beaucoup : la fulgurite et, maintenant, la divinité peinte. Il ne pouvait pas s'agir d'une coïncidence. L'instinct de Thomas hurlait que le vieil homme ne s'était pas trouvé par hasard dans les jardins des Uluru Gardens la veille au soir. Et que, d'une manière ou d'une autre, leurs chemins allaient se croiser à nouveau.

— Quel nom t'a donné l'Aborigène ? glapit Xavier.

Il examinait soupçonneusement la fresque au plafond, comme s'il s'attendait à la voir prendre vie à tout instant. Thomas tira le papier griffonné de sa poche et le porta fébrilement devant ses yeux.

— Altjina Tjurunga ! Il m'a appelé comme ça. Qu'est-ce que cela veut dire, Monsieur Serrao ?

Le scientifique souleva ses lunettes pour éponger la sueur qui coulait dans ses yeux. Il sourcilla plusieurs fois puis serra les lèvres d'un air dépité.

— Je ne sais pas, avoua-t-il.

Pour la première fois depuis le début de la visite, la voix de Mookoi retentit.

— *Altjina means celestial spirit*, chuchota-t-il, comme s'il craignait de troubler la quiétude de la grotte. *And Tjurunga corresponds to the bullroarer.*

Thomas interrogea du regard l'archéologue.

— Altjina veut dire l'esprit céleste, traduisit ce dernier. Et Tjurunga désigne le *bullroarer*... On appelle ça un rhombe en français. C'est à la fois un instrument de musique et un moyen de communication, vieux comme le monde. Chaque Aborigène en possède un. Il est composé d'un cordon tenant un morceau de bois, sculpté de façon à produire une vibration caractéristique lorsqu'il est mis en rotation. En modifiant la longueur du cordon et la rapidité de la rotation, la modulation du son peut être contrôlée, ce qui permet de produire de la musique ou de transmettre un message sur de très longues distances.

— « L'esprit céleste du *bullroarer* », marmonna Andremi dubitatif. Cela ne veut pas dire grand-chose.

Ela émit un claquement de langue.

— Il ne faut pas traduire littéralement, affirma-t-elle. Je pencherais plutôt pour quelque chose comme « l'esprit de la vibration »...

Les yeux de Thomas s'écarquillèrent, grands comme des soucoupes.

— Ça veut bien dire que notre ami aborigène en sait beaucoup plus qu'il ne l'a dit, conclut le garçon. Je crois que les prochains jours vont se révéler passionnants !

11.

La Terre des Géants

Ki traversa le pont du Satalu et s'accouda au bastingage. Le calme était extraordinaire. Parfois, le cri rauque d'un oiseau-lézard retentissait dans le lointain, soulignant le silence sans le rompre pour autant.

La jeune fille regarda autour d'elle. La brume matinale s'éclaircissait. Le soleil dessinait un halo à l'est, qui semblait hésiter à se détacher de la ligne d'horizon.

Quelque chose bougea, cinquante mètres au-dessous de la coque du navire flottant dans les airs. Quelque chose de bruyant. Ki n'arrivait pas à discerner quoi. Le mouvement, qui s'était interrompu, reprit et elle repéra un certain nombre de silhouettes noires, qui se déplaçaient lentement à terre. Le soleil darda un premier rayon à travers les vapeurs nonchalantes, révélant l'exubérance végétale de la Terre des Géants : ce n'était que plantes aux formes fantastiques, de toutes les tailles, enchevêtrées, épanouies, croulant sous les lianes et les mousses parasites. La jeune fille identifia soudain les créatures qui forçaient le passage. C'étaient de grands lézards, longs d'une vingtaine de mètres. Leur crâne pointu était entouré d'une collerette d'os et leur front s'ornait de trois cornes effilées. Ils étaient des dizaines et avançaient les uns derrière les autres, en broutant au passage des buissons entiers.

Cette lente transhumance fut comme une bouffée familière, éveillant les souvenirs de sa vie nomade chez les Kwaskavs, avec en toile de fond le bruit de piston des longues pattes segmentées des kalikos du clan, qui parcouraient à la queue-leu-leu l'immensité austère des Marches Blanches. L'oreille aux aguets, elle sentit monter en elle un étrange contentement. Pour la première fois, elle n'était pas assaillie par l'amertume et la violence en évoquant son passé. Les chaudes images de sa jeunesse n'éveillaient rien d'autre qu'une nostalgie paisible, comme une présence amicale à ses côtés. « Je commence à faire la paix avec moi-même... », se dit-elle.

Elle remarqua une forêt de fleurs immenses, d'un rouge vif, qui ouvraient soudainement leurs milliers de corolles en réponse aux premières sollicitations du soleil. Quel continent surprenant ! C'était la seconde nuit qu'ils passaient dans le ciel de la Terre des Géants et ils avaient déjà assisté à nombre de spectacles prodigieux, parfois dangereux. Le premier d'entre eux avait été la grande barrière d'îles volcaniques, qui semblait monter la garde le long des côtes du mystérieux continent. Un geyser de feu jaillissait par moments au-dessus des cratères, dans un grondement terrifiant ponctué de détonations assourdissantes. Sous les immenses nuages gonflés de cendres apparaissaient des puits de magma en fusion, desquels s'écoulaient des rivières de lave. Pour ne prendre aucun risque, le Satalu avait longé la ligne de volcans en activité jusqu'à trouver une passe, dans laquelle il s'était engagé. Mais à peine étaient-ils sortis des tourbillons mugissant de poussière et de vapeur, qu'un nouveau danger fondait sur eux.

Soudain, la surface de la mer avait semblé bouillonner au-dessous de la coque de l'aéronef. Des centaines de filaments verts avaient crevé la surface des flots pour atteindre le Satalu. Cela ressemblait à des algues, de l'épaisseur d'un bras et parsemées de vésicules mauves de la taille d'une pomme. L'improbable forêt verte avait commencé à flageller les flancs rebondis du navire, d'abord lentement, puis de plus en plus vigoureusement. À chaque choc, certaines vésicules crevaient, laissant s'échapper un liquide gluant, qui collait les algues au bateau. Le capitaine Ninive avait ordonné de prendre de l'altitude, mais l'allonge des végétaux marins était surprenante. Il en arrivait toujours plus et le Satalu fut bientôt immobilisé par des milliers de câbles vivants. Lorsque le navire avait commencé à descendre, tracté inexorablement en direction des vagues par les monstres marins, les aéronautes avaient cru leur dernière heure arrivée. C'était sans compter sur les Passe-Mondes du bord, qui avaient dématérialisé le navire, quelques secondes avant qu'il n'atteigne les flots.

Fort heureusement, le survol du continent s'était déroulé plus sereinement, jusqu'à présent du moins. L'équipage avait découvert une terre chaude et détrempée, couverte d'une végétation luxuriante, qui tendait ses lourdes frondaisons au-dessus des eaux glauques d'un labyrinthe de rivières. Ce paysage leur avait moins rappelé celui d'une jungle que celui de fonds marins, en partie parce que le ciel tournait en permanence au gris-vert dans la transparence laiteuse d'un air trop humide, mais aussi parce que la prodigieuse croissance des végétaux les faisait ondoyer comme sous l'effet d'un hypothétique ressac. Le bourdonnement sourd de milliers d'insectes montait en permanence de la canopée, mais aussi des craquements sonores, qui ne pouvaient être que le fait de créatures de grande taille. De temps en temps, une clairière laissait apercevoir le dos bardé de pics de reptiles aux dimensions effarantes. L'astronome aventurier Aldamar n'avait pas menti :

certains des lézards étaient presque aussi grands que le Satalu lui-même. Mais la plupart semblaient n'être que de paisibles végétariens, tellement occupés à ingérer les immenses quantités de nourriture nécessaire à leur subsistance, que l'ombre mouvante du Satalu ne les distrayait pas une seconde de leur gloutonnerie. Seuls quelques oiseaux-lézards, grands comme des hommes, avec des ailes rappelant celles des chauves-souris, tentèrent de se poser sur le pont du navire, mais des cris suffirent à les en dissuader.

Le paysage le plus surprenant qu'ils découvrirent depuis le ciel fut sans conteste un immense cratère météoritique, aux parois vertigineuses et au fond dénué de toute végétation. En le voyant depuis les airs, les voyageurs avaient eu du mal à imaginer la force colossale qu'il avait fallu pour marquer une telle empreinte dans l'écorce terrestre. Le navire s'était engagé au-dessus de la plaine désertique et les aéronautes avaient constaté qu'une brise torride balayait l'intérieur du cratère. Une brise étrange, car son souffle semblait parfaitement constant. Elle tourbillonnait autour de points particuliers où l'air était comme figé, totalement immobile. Ces zones de calme absolu étaient marquées au sol par d'étranges pitons effilés, hauts d'une centaine de mètres et pratiquement translucides. Zubran fut le premier à comprendre l'origine de ces curiosités géologiques : les vents tourbillonnants devaient concentrer les chutes de pluie au cœur des mini-cyclones et le calcaire contenu dans les gouttes d'eau construisait progressivement ces stalactites démesurées.

Un bruit de pas dans le dos de Ki détourna subitement la jeune fille du panorama des jours écoulés. Elle fit volte-face et tomba nez à nez avec Léo Artéan. Quelque chose dans l'attitude du roi sparte trahissait un sentiment d'urgence.

— Que se passe-t-il ? s'inquiéta-t-elle.
— Quelqu'un a besoin d'aide !
— Tout est calme, s'étonna la jeune fille.
— Pas ici, quelque part en bas. J'explorais les environs, à travers les pensées frustes des créatures de la Terre des Géants, lorsque je suis tombé par hasard sur une bouffée de terreur, émise par quelque chose d'incontestablement... intelligent ! Ce n'était pas humain, mais cela avait peur. Je l'ai perdu au bout de quelques secondes. Je crois que cela venait du canyon, là-bas.

Ki jeta un regard circonspect sur l'étroite vallée noyée de brume. La rivière, qui déployait ses méandres huileux sous le Satalu, sortait de ce passage dominé par des falaises de grès et des pitons aux formes acérées.

— Allons voir ! proposa l'adolescente, impulsive.
— Il vaudrait mieux rassembler quelques hommes, tempéra l'homme masqué.
— Alors, autant oublier cet inconnu ! riposta Ki. Nous arriverons peut-être trop tard pour le sauver !

Léo plissa les yeux puis émit un soupir. Il attrapa le bras de la jeune fille.

— On y va !

Il éleva leur niveau de vibration qui les déposa tous deux dans le défilé. L'eau couleur de terre coulait rapidement sous des écharpes de vapeur, au milieu de rives abîmées par d'innombrables crues éclair. La main de l'homme masqué se crispa sur le bras de l'adolescente.

— Je le sens de nouveau ! Il est tout proche... attaqué par des prédateurs !

Sans lui laisser le temps d'ouvrir la bouche, il entraîna Ki par trois fois à travers la vibration fossile. Le dernier saut les déposa au pied d'un escarpement vertigineux, en partie dissimulé derrière un épais brouillard. La brise balaya le canyon, et trois oiseaux-lézards passèrent en planant, portés par les courants. La brume sembla tourbillonner sur elle-même, se déchirant soudain au pied de la falaise. Ki et Léo découvrirent tout à coup les protagonistes du drame.

À cent pas environ, une sorte de reptile bipède aux couleurs chatoyantes – un dégradé allant du rouge vif au bleu nuit de la tête au bout de la queue – était dressé au sommet d'une pile d'arbres morts, déposés là par les flots. Haut comme trois hommes, il avait des ailes membraneuses repliées dans le dos, un crâne triangulaire et deux cornes pointant entre ses oreilles. Il brandissait une branche énorme pour tenir à distance ses agresseurs : deux reptiles, également bipèdes et d'une taille sensiblement équivalente à la sienne. Mais la ressemblance s'arrêtait là. Eux étaient démunis d'ailes et leur teinte irisée, d'un ton jaune et vert, luisait d'un éclat vénéneux. Leurs membres postérieurs étaient beaucoup plus massifs que ceux de leur proie, hérissés d'ergots et de griffes immenses, tandis que les antérieurs étaient ridiculement atrophiés, avec de petites mains crochues tendues avidement vers leur victime. Leur tête était énorme, ouverte sur une gueule bardée de dents longues comme des pointes de lances.

— C'est lui ? chuchota Ki, une fois revenue de sa stupeur.

— C'est lui. Eux ne sont que des bêtes sauvages, mais lui pense, comme toi et moi.

— Tu le comprends ?

— Pas sa langue, mais je comprends le sens de ses pensées. Il s'apprête à mourir en psalmodiant une sorte de cantique... On dirait de la poésie...

La jeune fille remarqua que les lèvres du lézard ailé étaient agitées d'un mouvement rapide, qu'elle avait pris dans un premier temps pour un tremblement convulsif.

— Pourquoi ne s'envole t-il pas ?

— Il s'est blessé à l'aile, il y a plusieurs jours...

Un glapissement assourdissant déchira l'air. L'un des prédateurs passait à l'attaque. D'une détente prodigieuse, il bondit sur sa proie, toutes griffes dehors. Le reptile ailé évita la charge d'un coup de rein désespéré. Il accompagna l'assaillant du regard et de sa mâchoire étroite jaillit soudain... une flamme de plusieurs mètres ! Le brasier aux reflets cuivrés roussit le flanc de l'imprudent, qui roula sur lui-même pour éteindre l'incendie. Il se redressa comme une furie en poussant un sifflement terrible. Ses yeux farouches s'étaient réduits à l'état de fentes. Son mufle sinistre oscillait de droite et de gauche comme s'il cherchait le meilleur angle d'attaque. Son congénère se ramassa sur lui-même, prêt à passer à son tour à l'attaque.

— On intervient ! exhorta Léo. Tu prends celui de droite ; moi, celui de gauche. L'endroit le plus fragile doit être l'œil... Maintenant !

Fermant son esprit à toute spéculation concernant les risques de l'entreprise, Ki bondit à travers la vibration pour surgir sept mètres au-dessus du sol. Elle poussa à deux mains son épée dans un globe oculaire de la taille d'une tête humaine, qui éclata comme un fruit trop mûr. Elle se retrouva aussitôt à son point de départ, couverte de la tête aux pieds d'une humeur visqueuse et nauséabonde. Léo n'avait pas été épargné : des fils gluants pendaient de son masque. Au pied de la falaise, les deux carnivores s'étaient affaissés, le corps parcouru de tremblements nerveux. Ils basculèrent en arrière avec un ensemble presque parfait. Leur chute produisit un choc sourd, que la jeune fille ressentit jusque dans ses jambes.

Le reptile ailé considéra le corps agité de spasmes de ses agresseurs avec une expression de totale incompréhension. Il sembla humer l'air autour de lui, d'un air incertain, puis, soudain, leva les yeux en direction de l'homme et de la jeune fille. Il abaissa son gourdin, comprenant visiblement qu'il n'avait rien à craindre de ses sauveurs.

— Approchons-nous, décida le monarque sparte.

Les Passe-Mondes se transportèrent à une dizaine de mètres du reptile multicolore. Le monstre eut un mouvement de recul et battit rapidement des paupières. Il s'arrêta net, comme stupéfait. Sa bouche s'ouvrit de stupeur, ses arcades sourcilières couronnées de pointes se dressèrent comme des accents circonflexes. Il fixa le roi masqué de ses yeux clairs, en amande, et sembla se détendre. Ses naseaux s'ouvraient et se fermaient au rythme paisible de sa respiration.

« Léo s'adresse à lui par la pensée », songea Ki.

Un dialogue télépathique parut s'engager entre l'homme et le saurien, dont la jeune fille était totalement exclue. Parfois, la grosse tête de l'animal oscillait lentement, dans ce qui ressemblait à un acquiescement silencieux. D'autres fois, ses oreilles pointues s'agitaient frénétiquement et son regard se voilait de tristesse. La bouche de l'animal semblait capable d'autant d'expressions que celle d'un être humain, ce qui était surprenant de la part d'une créature à l'aspect aussi effrayant. De même, vue de près, sa peau écailleuse aux couleurs chatoyantes avait l'air aussi souple que de la soie, ce qui tranchait avec le blindage rugueux qui couvrait les prédateurs gisant à ses pieds.

Une dizaine de minutes s'étaient écoulées lorsque Léo se retourna vers l'adolescente. Il semblait gagné par une euphorie singulière.

— Cette rencontre est une véritable bénédiction, assura-t-il avec force. Cet... ce saurien que nous avons tiré d'affaire est un Mixcoalt. Il se désigne lui-même sous le nom de Catal. Ses semblables vivent à l'intérieur d'un immense monolithe creux, dressé au centre du continent, qu'ils appellent Terre-Matrice...

— Le rocher où se trouve la Frontière ? s'enflamma soudain l'adolescente.

— Exactement ! La Frontière, qu'il appelle l'Aedir, semble être au cœur d'un rite essentiel dans la culture Mixcoalt. Elle se trouve à l'intérieur du monolithe. Il y a cependant un problème...

Ki émit un rire ironique.

— Ça semblait trop simple, aussi...

— Le problème, c'est que notre ami est un fugitif ! Son peuple est profondément pacifique mais, depuis peu, certains d'entre eux ont subi une transformation – je n'ai pas bien compris sa nature – qui les a rendu agressifs et vindicatifs. Ceux-là ont fait main basse sur le pouvoir et Catal s'est enfui car il a comploté contre eux.

— Il a été blessé en s'enfuyant ?

— Non. Depuis sa fuite, il cherche à gagner la côte, où vivent d'autres Mixcoalts. Mais il a été attaqué par un oiseau-sangsue il y a trois jours, une sorte d'horrible ver géant bardé de dents et doté de deux paires d'ailes. Il s'en est tiré en se jetant au milieu des branches d'un grand arbre et il pense s'être fracturé un os de l'aile à cette occasion. Depuis, il poursuit son périple à pied. Cependant, les chances de survie à terre d'un Mixcoalt sont proches de zéro, m'a-t-il dit... C'est pourquoi je lui ai proposé un marché...

Le visage de Ki s'épanouit par avance.

— Il nous aide à nous introduire dans Terre-Matrice et nous le déposons ensuite sur la côte, au milieu de ses congénères.

— Il a accepté ?

— Plutôt deux fois qu'une ! Je crois que revoir une dernière fois sa cité troglodytique lui fait le plus grand plaisir.

— Excellent !

L'adolescente tourna un visage souriant vers l'énorme créature, qui les contemplait d'un regard attentif. Elle tendit un doigt vers le reptile.

— Catal, lança-t-elle d'une voix forte.

Puis elle posa la main sur son sein gauche.

— Ki ! dit-elle en inclinant légèrement le buste.

Le saurien secoua la tête et ses oreilles se redressèrent comme s'il avait compris. L'énorme créature s'inclina à son tour dans ce qui pouvait passer pour une révérence ou un salut rituel. Les troncs d'arbres sur lesquels il était toujours campé grincèrent et craquèrent si fort que l'adolescente crut qu'ils allaient s'effondrer sous son poids.

— *Tlimm Ki al't kimch'liann Catal nia Caelnn*, prononça une voix de basse grondante avec des résonances de grosse caisse.

Le souffle âcre de l'animal suffoqua littéralement la jeune fille. Elle se força quand même à sourire et inclina de nouveau son corps, plus profondément que la première fois.

— Il vient de dire quelque chose comme « le nom de Ki chante aux oreilles de Catal, fils de Caelnn », traduisit le roi masqué.

— Il n'a pas dit ce qu'il a mangé, par hasard ? grimaça l'adolescente, en tentant de calmer les protestations de son estomac. Parce qu'il faut qu'il arrête : ça va le rendre malade !

Ki devina le sourire de Léo sous son masque. Le Mixcoalt porta l'une de ses mains immenses à sa gueule. Elle comptait trois doigts opposables et ressemblait à une pince à sucre géante. Le reptile fourra ses doigts dans sa gueule et en retira un objet visiblement métallique, de la taille d'un poing humain. Il le glissa discrètement sous une rangée d'écailles de son ventre.

— Qu'est-ce que c'est ? demanda l'adolescente.

Après quelques secondes, le Mixcoalt cligna des yeux et se frotta derrière les oreilles. Il semblait gêné. Léo se tourna vers Ki.

— Apparemment, c'est quelque chose d'assez intime. Il l'appelle son briquet-totem. Chaque Mixcoalt en possède un, sur lequel est gravé son poème fétiche. Le briquet se coince dans la gueule, en cas de danger. Un mouvement de la mâchoire permet d'enflammer le souffle du Mixcoalt, ce qui explique la flamme de tout à l'heure…

— Un briquet-totem, souffla la jeune fille, stupéfaite. Quelle drôle d'idée, quand même. Est-ce que tu peux lui demander si…

— Plus tard, l'interrompit le monarque, un sourire dans la voix. Pour le moment, il est préférable de ne pas s'attarder dans ce canyon.

D'un geste, il montra le cadavre des deux prédateurs.

— Des dizaines de tonnes de viande offertes à toutes les convoitises. Tous les nécrophages du coin vont rappliquer : je préfère me trouver ailleurs à l'heure de la curée…

— D'accord. On ramène notre nouvel ami sur le Satalu ?

— Je lui ai dit que nous allions le transporter. Il n'est pas très rassuré mais il est prêt à nous accompagner…

Catal se pencha vers les Passe-Mondes et tendit ses énormes mains.

— À mon signal, on le transporte sur le château arrière du Satalu, indiqua Léo.

— J'en connais qui ne vont pas en croire leurs yeux, jubila la jeune fille.

Sa main disparut dans celle du Mixcoalt, d'une surprenante douceur.

L'instant d'après, les deux humains et le reptile ailé s'évanouirent dans les airs.

*

— Le Sanctuaire ! laissa échapper Pierric, stupéfait.

La montagne émergeant d'un océan de brume, le ciel velouté couleur d'abricot mûr, la ville en terrasses émergeant d'une végétation luxuriante... Tout était comme dans le rêve qu'il avait fait quelques mois plus tôt. Il ne manquait que Ki et Léo Artean pour se croire revenu en arrière...

— Comment connais-tu l'existence du vortex ? sourcilla Fëanor.

— Je l'ai vu dans un rêve, lui répondit Pierric. Mais j'ignorais qu'il existait encore...

Il repoussa d'une pichenette ses lunettes sur l'arête de son nez et se tourna vers le Veilleur.

— Je peux vous retourner la question. Que faisons-nous ici ?

L'homme le regarda gravement, ses yeux vairons semblant chercher à percer tous ses secrets.

— Que sais-tu sur le Sanctuaire ? demanda-t-il, éludant volontairement la question du garçon.

Pierric sourit, d'un air d'audace et de dérision.

— Vous devriez faire de la politique, railla-t-il tout en fixant intensément le Passe-Mondes, réalisant soudain qu'il ne savait rien de lui.

Ni sur les Veilleurs en général. Et malgré la franchise et la vigueur avec laquelle Fëanor s'adressait à lui, malgré l'aide indéniable qu'il avait déjà apportée à Thomas, il n'en était pas moins vrai qu'un voile de mystère entourait les guerriers Passe-Mondes drapés de gris. Pierric ne répondit pas davantage que le Veilleur, intrigué autant que soupçonneux.

— On raconte que vous veillez sur la dépouille de Léo Artéan. Est-ce vrai ?

Fëanor ne desserra pas immédiatement les lèvres, son regard scrutateur soutenant celui de Pierric. Puis il hocha la tête d'un air calme.

— Léo Artéan est bien enterré ici, mais ce n'est pas sur sa dépouille que nous veillons, fit-il en souriant, bien que son visage demeurât grave. Après le Grand Fléau et la mort du roi Artéan, un grand nombre de Spartes ont définitivement quitté le Sanctuaire, pour s'installer dans les Villes Mortes ou dans les Animavilles. Seuls sont restés ceux dont le Sinfel — le destin — était d'attendre la venue du prochain Nommeur, annoncée par la prophétie d'un oracle nommé Antialphe. Trois cents Spartes dorment depuis cette époque dans le puits du sommeil, ne s'éveillant qu'à l'occasion de courtes périodes, le temps pour eux de vérifier si le moment de reprendre les armes est venu. Je suis l'un d'eux. J'ai quitté mon narcovaisseau depuis moins d'un an et j'ai eu le privilège de trouver le nouveau Nommeur : Thomas, ton ami...

Pierric resta muet de surprise. Il considérait Fëanor comme s'il le voyait pour la première fois. Son beau visage viril en lame de couteau, sa chevelure noire répandue sur de larges épaules, sa haute silhouette, svelte et robuste. Cet homme était un Sparte ! Un héros du Grand Fléau ! Et il avait dormi mille ans...

— Tu... tu as combattu aux côtés de Léo Artéan ? balbutia Pierric.

Sa voix sonnait de façon inhabituelle, grêle et haut perchée.

— J'ai eu cet insigne honneur, avoua l'homme humblement. J'étais aussi à ses côtés le jour où il a rendu son dernier souffle.

Il serra les lèvres, peut-être pour les empêcher de trembler. Pierric était partagé entre l'effarement le plus total et une excitation grandissante. Son cœur battait à toute vitesse contre ses côtes, car une idée folle venait de germer dans son esprit.

— Parmi les Veilleurs, je veux dire les Spartes, qui dorment dans le puits du sommeil, est-ce qu'il y a une certaine Ki ?

Fëanor fronça les sourcils comme s'il recherchait dans ses souvenirs.

— Ce nom ne me dit rien, dit-il d'un ton détaché.

La réponse heurta le garçon comme une porte rabattue à toute volée par un courant d'air. L'espoir insensé qui s'était levé en lui, l'espace d'un instant, fut aussitôt anéanti. Il sentit son cœur se racornir et ses traits s'affaisser. C'était une chose, de se douter qu'il ne rencontrerait jamais la jeune fille de ses rêves, et une autre, bien différente, d'en avoir un jour la certitude.

— Quelque chose ne va pas ? s'inquiéta le Veilleur.

Pierric lutta contre une envie furieuse de tourner les talons pour aller pleurer dans un coin. Il n'avait pas le droit de baisser les bras. Ki n'aurait jamais abandonné.

— Tout va très bien ! Comment puis-je vous aider ?

Sa voix s'était faite dure et plus épaisse. Fëanor tiqua mais ne releva pas le changement de ton du garçon.

— Avant le Grand Fléau, l'entretien des narco-vaisseaux était assuré par une caste de prêtres, que nous appelions les Hermétiques. Lorsque nous avons choisi d'attendre la venue du prochain Nommeur, un seul Hermétique a accepté de rester sur place. Comme il ne pouvait pas rester mille ans à attendre le moment de nous réveiller, il a choisi de se plonger également dans le sommeil artificiel. Cela n'avait jamais été tenté mais, en théorie, un dormeur est capable de se réveiller tout seul, alors pourquoi un Hermétique n'aurait-il pas été en mesure de réguler le puits du sommeil depuis un narcovaisseau ?

La tension qui rigidifiait le visage du Veilleur laissait entendre que tout ne s'était pas déroulé comme prévu.

— De fait, cela a fonctionné parfaitement pendant presque mille ans. Mais à présent que le temps est venu de tirer tous les Spartes de l'animation suspendue, quelque chose semble s'être détraqué. L'Hermétique et les guerriers ne répondent plus aux sollicitations extérieures. Leurs fonctions physiologiques ne sont pas affectées et, pourtant, ils paraissent incapables de revenir du fond d'eux-mêmes. C'est comme s'ils s'étaient tous égarés dans le même rêve.

Les yeux de Fëanor flamboyèrent entre ses paupières mi-closes.

— Hier, finalement, l'Hermétique a émergé quelques secondes, par deux fois. Et par deux fois, il a prononcé ton nom, Pierric Bontemps...

Le Veilleur se tut. Chacun suivit un moment ses propres pensées. Puis Fëanor reprit la parole, chuchotant presque comme s'il craignait d'être entendu.

— Je n'ai pas la moindre idée de ce que tu es censé faire. Ni même si tu es en mesure de faire quoi que ce soit... Es-tu prêt cependant à prendre le risque de plonger à ton tour dans le sommeil pour tenter de leur porter assistance ?

Pierric avala péniblement sa salive. Il avait déjà pris sa décision.

— Qu'est-ce qu'on attend ? railla-t-il sans réelle conviction.

Il se mit à fredonner mentalement la musique de *Mission Impossible* pour se donner du courage.

12.

État de siège

— Vous venez de rater votre ami ! déclara Franck, navré.

Thomas regarda le cuisinier toulousain d'un air surpris.

— Quel ami ? demanda-t-il, en époussetant machinalement son pantalon de toile, imprégné de la forte odeur de son cheval.

— Je ne connais pas son nom. Il m'a juste dit que vous sauriez qui il était, mais qu'il n'avait pas le temps d'attendre votre retour de balade.

— Alors, pourquoi est-il venu s'il n'avait pas le temps d'attendre son retour ? s'étonna Ela.

Franck sembla surpris de ne pas s'être posé la question lui-même.

— Je ne sais pas, avoua-t-il avec une grimace dépitée.

— Tu attendais quelqu'un ? demanda Duinhaïn à Thomas.

— Personne. À quoi ressemblait cet ami ? Il parlait français ?

— Non, anglais. Il était grand, la trentaine, avec des lunettes de soleil Ray Ban…

Le cuisinier plongea ses mains dans ses poches et regarda son auditoire comme s'il cherchait autre chose à rajouter.

Ela eut un sourire goguenard, qui sembla le déstabiliser.

— Ah ! Il avait aussi un drôle de tatouage tout autour du cou !

Thomas le toisa avec stupéfaction. Xavier s'approcha, adressant un regard entendu au garçon, qui semblait dire : « Voilà, tu l'as, ton homme peint ! »

— Dans quelles circonstances exactes avez-vous rencontré l'ami de Thomas ? demanda le garde du corps. C'est lui qui est venu vous chercher dans le camp, ou bien c'est vous qui êtes tombé sur lui par hasard ?

— C'est moi... J'allais chercher des boîtes de tomates dans la réserve lorsque je l'ai aperçu... (Son visage se contracta.) Aucun de vous ne connaît cet homme, c'est bien ça ? Et vous pensez que si je ne l'avais pas vu, il serait reparti sans demander son reste ?

— C'est tout à fait ça, confirma Xavier, avec un sourire en coin. Un sale fouineur, qui s'intéresse à vos fouilles et qui a pris l'excuse de l'arrivée de plusieurs Français pour se tirer d'affaire quand vous l'avez coincé ! Va falloir ouvrir l'œil et ranger vos trouvailles, à partir de maintenant.

Franck ouvrit la bouche, penaud comme un écolier recevant une mauvaise note. Puis il la referma et hocha vigoureusement la tête.

— Quel baratineur, ce Xavier, gloussa Ela à l'oreille de Thomas.

— Mouais. Quoi qu'il en soit, le moins qu'on puisse dire, c'est que notre arrivée n'est pas passée inaperçue. Le vieil Aborigène d'abord, et maintenant ce type tatoué...

— Tu penses que le tatoué pourrait être un allié de ton frère ?

— Comment savoir... Non, je ne pense pas. Mon petit doigt me dit qu'un nouveau joueur est en train de pousser ses pions dans la partie !

— Un nouveau joueur ?

Henrique Serrao surgit à côté d'eux, une expression indéfinissable sur le visage. Il sembla sur le point d'adresser la parole à Thomas puis se ravisa. Il tourna le visage en direction de Pierre Andremi, le dernier à revenir du corral où ils avaient enfermé leurs montures.

— Est-ce que tu n'as pas omis de me parler de certaines choses ? demanda-t-il d'un ton renfrogné.

— Une année ne se résume pas en quatre heures, plaisanta le milliardaire.

Voyant que l'archéologue n'avait pas l'air de goûter son humour, Andremi reprit son sérieux.

— Que s'est-il passé ?

— Apparemment, un homme rôdait autour du camp. Lorsque Franck est tombé sur lui, l'individu a dit être un ami de Thomas. Xavier pense, au contraire, que l'homme serait un curieux attiré par nos recherches. Mais c'est la première fois que cela se produit... le jour même de votre arrivée ! Ce qui m'amène à te poser cette question : est-ce que tu n'as pas omis de me parler de certaines choses ?

Le milliardaire toisa son ami de faculté quelques secondes, avant de répondre.

— Si tu as une heure de plus à nous accorder, Thomas et moi avons effectivement des éclaircissements à t'apporter...

L'adolescent et le milliardaire s'étaient mis d'accord la veille : ils raconteraient la vérité à l'archéologue si la nécessité s'en faisait sentir. Mieux valait une personne de plus dans la confidence plutôt que d'éveiller des suspicions susceptibles de nuire à leur mission.

— Allons dans ma tente, proposa l'archéologue, en se déridant enfin. Je suis impatient de connaître la véritable raison de ta présence à Uluru... en dehors du plaisir de revoir un vieil ami, bien entendu !

Il pivota vers Franck.

— Peux-tu nous apporter trois repas sous ma tente, s'il te plaît ?

— Pas de problème... C'est comme si c'était fait.

Remarquant que le cuisinier jetait des coups d'œil furtifs autour de lui, l'archéologue se fendit d'un large sourire.

— Franck, nous n'avons pas découvert l'Arche d'Alliance ou la momie de Bouddha. L'homme de tout à l'heure n'est pas un dangereux espion prêt à tout pour mettre la main sur une malheureuse caisse de fulgurites. Et quand bien même ce serait le cas, je pense que notre ami Xavier n'a pas un simple diplôme de secrétariat en poche. Est-ce que je me trompe ?

Le garde du corps adressa un regard ironique à l'archéologue.

*

Le repas se prolongea deux bonnes heures sous la tente d'Henrique Serrao. Thomas commença par parler de sa capacité à se déplacer à la vitesse de la pensée. Il fit une démonstration pour couper court à l'incrédulité de l'archéologue. Après quoi, il enchaîna par sa découverte fortuite d'Anaclasis. Il s'attacha à donner une image fidèle du monde parallèle : les Animavilles, les Villes Mortes, l'anneau dans le ciel, les deux lunes, le temps filant six fois plus vite que dans le Reflet. Ensuite, Thomas en vint à décrire l'histoire d'Anaclasis, depuis le Grand Fléau jusqu'à la nouvelle confrontation entre l'île de Ténébreuse et le continent. Il évoqua la félonie des Colosséens et le blocage partiel de la vibration fossile par les Effaceurs d'ombre. Il termina par son destin hors normes, ses liens avec le Dénommeur, et, bien entendu, sa quête des Frontières, à l'origine de sa présence en Australie. Lorsqu'il se tut enfin, Henrique Serrao resta longtemps silencieux, faisant tourner un reste de Bordeaux dans son verre à pied. Puis il engloba ses deux invités d'un regard interrogateur.

— Vous me promettez que vous ne vous êtes pas foutus de moi ?

— Craché juré, sourit Pierre Andremi.

L'autre se renversa en arrière dans sa chaise pliante.

— Alors, nom d'un Graal, tout ceci est la plus incroyable histoire que j'ai jamais entendue ! Ce monde parallèle... cette guerre... et puis, le vieil Aborigène et sa prophétie... Par contre, je ne vois pas du tout ce que vient faire le type tatoué, dans toute cette histoire !

— Nous non plus, admit Thomas.

L'archéologue regarda en l'air, comme s'il cherchait une réponse.

— Quand est-ce que tu vas aller dans ce monde parallèle, pour tenter de trouver la Frontière ? demanda-t-il.

— À la tombée du jour, pour ne pas risquer d'éveiller l'attention.

— Bien... Vous me tiendrez au courant de l'avancée de votre affaire ?

— Naturellement, répondit Pierre Andremi. Et merci encore pour le temps précieux que tu nous consacres... et pour ta compréhension, également...

— Je t'en prie. Ce n'est pas tous les jours que mon vieil ami vient me rendre visite, et peu importe la raison.

— Vous repartez à la grotte cet après-midi ? interrogea Thomas.

— Non, aujourd'hui est consacré au nettoyage et à l'identification de nos dernières découvertes. Vous pouvez vous associer à nous, si vous le désirez. Mais votre séjour risque d'être bref ; je vous conseille plutôt de vous promener autour d'Uluru. Le tour complet du rocher prend trois bonnes heures. Ma fille pourrait vous servir de guide. Vous ne serez pas seuls, de toute façon. Des cars entiers de touristes déferlent en fin d'après-midi dans le bush, pour découvrir le monolithe à l'heure où le soleil déclinant fait rougeoyer la roche.

— Merci pour la proposition, nota Thomas avec reconnaissance. Je vais demander à mes amis ce qu'ils veulent faire.

Ela, Tenna, Duinhaïn, Palleas et Bouzin optèrent sans hésiter pour la balade autour du rocher. Xavier aurait volontiers fait une sieste digestive mais, vu les circonstances, il jugea préférable d'assurer la sécurité rapprochée des jeunes gens. Pierre Andremi choisit, pour sa part, de rester avec l'équipe d'archéologues, pour profiter de la présence de son ami Henrique.

Virginie sembla enchantée à l'idée d'accompagner les adolescents en promenade. Pour une jeune fille de son âge, les distractions ne devaient pas être bien nombreuses dans le désert. Pendant que Tenna et Ela enfilaient des chaussures de randonnée prêtées par les jeunes femmes archéologues de l'équipe, Virginie s'approcha de Thomas, un sourire mutin flottant sur les lèvres.

— Ton amie est très jolie, souffla-t-elle, en coulant un regard entendu en direction d'Ela.

Le garçon n'eut pas le temps de répondre : la jeune fille s'éloignait déjà, en repoussant ses cheveux d'un geste à la fois innocent et séduisant, pour les couvrir d'un bandana bariolé. « T'es pas mal non plus, dans ton genre », songea Thomas, amusé, en suivant du regard l'agréable déhanché.

— Ce sont mes énormes chaussures ou les fesses de Virginie qui te donnent cet air béat ? demanda soudain la voix d'Ela contre son oreille.

Le ton furibond de la jeune fille était démenti par la lueur ironique qui brillait dans ses yeux.

— Ben... les deux, mon colonel, sourit le garçon.

— Tu n'as pas honte ?

Elle le pinça, en arborant une moue boudeuse. Il immobilisa ses mains et l'attira contre lui.

— Ce n'est pas parce qu'on est au régime qu'on n'a pas le droit de consulter le menu, ajouta-t-il malicieusement.

Alliant le geste à la parole, il promena ses yeux sur la poitrine en pente douce de l'adolescente, mise en valeur par un simple débardeur de coton.

Elle eut un gloussement et le repoussa sans conviction.

— Bah ! Quel dégoûtant personnage tu fais ! dit-elle à mi-voix.

Ses yeux clairs vinrent s'enferrer dans le regard de voyeur du garçon. Ils étaient tellement remplis de sensualité que Thomas en eut le souffle coupé, et l'impression de flotter dans une bulle au large du temps. L'échange s'éternisa, repoussant peu à peu les rires et les discussions de leurs compagnons à des kilomètres de distance. L'adolescent sursauta lorsque la jeune fille mêla étroitement ses doigts aux siens. Ils étaient légers comme des flocons de neige mais semblaient plus chauds que des braises. Ils allumèrent un incendie dans son cerveau, lançant un frisson incontrôlable le long de son épine dorsale.

— Vivement qu'on ait du temps rien que pour nous, murmurèrent les lèvres framboise de l'adolescente.

Le garçon hocha la tête, la gorge trop serrée pour répondre.

— Vous restez ou vous nous accompagnez ? railla soudain la voix profonde de Xavier. Parce que les autres viennent de partir !

Thomas cilla et entraîna Ela derrière leurs amis.

— J'espère qu'un froid polaire règne à l'ombre du rocher, lança-t-il d'une voix rauque. Sinon, je vais me consumer et il ne restera de moi qu'un tout petit tas de cendres !

Ela mêla son rire à celui de Thomas. À défaut de fraîcheur, les adolescents trouvèrent des cohortes de touristes au pied d'Uluru, lancés comme eux dans la randonnée la plus célèbre d'Australie. Cela ne gâcha en rien leur plaisir et ils revinrent de cette longue promenade avec des images magnifiques plein les yeux. L'obscurité s'était faite dans le bush lorsque les archéologues et les adolescents se réunirent autour d'une table dressée en plein air pour le dîner. Au-dessus d'eux, le ciel restait encore douloureusement lumineux. Le désert était comme suspendu entre le jour et la nuit, pris dans cet état mystérieux que l'on ne rencontre en général que dans les profondes vallées alpines.

Au terme d'un repas délicieux – Franck était un remarquable cuisinier –, les convives s'installèrent autour d'un feu de camp pour prolonger la soirée. Rompue de fatigue après leur double journée, Tenna fut la première à aller se coucher. Les membres de l'équipe de Serrao suivirent, en ordre dispersé. Thomas et ses compagnons d'aventure restèrent les derniers à se serrer frileusement autour du feu. La température avait chuté de façon spectaculaire depuis la disparition du soleil et tous avaient enfilé des vêtements chauds. Thomas claqua soudain ses mains contre ses cuisses.

— Il y a une Frontière qui se languit de nous voir ! lâcha-t-il.

— Tu nous transportes tous les six en une seule fois ? demanda Pierre Andremi.

— Tous les cinq, grimaça Xavier. Je ne me transforme pas en ectoplasme pour changer de monde. Je vous attends ici…

— Comme tu veux, sourit Thomas. Transporter cinq personnes est un jeu d'enfant. Cramponnez-vous à moi... C'est parti !

Le brouillard informe de la vibration fossile remplaça fugacement les ténèbres, avant de céder la place à une pénombre glauque. Les voyageurs découvrirent avec étonnement qu'ils avaient atterri au milieu d'une jungle d'une luxuriance invraisemblable. Des troncs imposants, couverts d'écailles olivâtres, montaient à l'assaut de l'inextricable enchevêtrement d'un ciel de frondaisons et de lianes moussues, uniformément vert. De l'eau, ou peut-être était-ce des sucs végétaux, gouttait en permanence de toutes parts. Pas un centimètre carré de couleur bleue n'apparaissait à travers le couvercle végétal, pas un rayon de soleil ne rayait l'exubérance émeraude. Pourtant, c'était le jour sur Anaclasis, sinon l'obscurité aurait été totale.

— Bouh ! Ça pue le moisi ! s'écria Ela en fronçant le nez.

— C'est bien notre chance, râla Thomas. Aucun moyen de se repérer au milieu de cette purée verte !

— En p-p-plus, il doit y avoir des t-t-tas d'horreurs carnivores par ici, jugea Bouzin en roulant des yeux inquiets.

— Je pulvérise la première chose qui bouge ! assura crânement Palleas.

— Le monolithe doit être dans cette direction, indiqua Duinhaïn d'un coup de menton. Mais nous ne pourrons jamais y arriver à pied...

Il considérait les alentours avec défiance. Le sol était un patchwork de fondrières aux eaux croupissantes et de bandes de terre détrempées, colonisées par des champignons ressemblant à des morilles grosses comme des ballons de football.

— L'odeur douceureuse qui monte de ces champignons ne me dit rien qui vaille, expliqua l'Elwil. Elle ressemble bougrement à celle des floques-humeurs, qui poussent dans les forêts d'Elwander. Il suffit d'effleurer du pied ces saletés pour qu'elles éclatent en libérant un gaz foudroyant. Les floques-humeurs sèment leurs spores sur les cadavres d'animaux qui se sont laissé surprendre.

— Génial ! souffla Palleas. Tu me rappelleras de ne jamais te rendre visite !

— Retournons dans le Reflet, suggéra Pierre Andremi à Thomas. Tu nous transportes à deux pas d'Uluru avant de revenir à Anaclasis.

— Bonne idée ! approuva le garçon. Tenez-vous, on fait machine arrière !

Ils retrouvèrent Xavier à l'endroit où ils l'avaient laissé, occupé à tisonner le feu.

— Déjà ? s'étonna le garde du corps.

— On avait le mal du pays, plaisanta Thomas. On ne fait que passer. À tout à l'heure !

Il replongea dans la vibration fossile pour émerger au pied du monolithe, à l'endroit où s'ouvrait la grotte fouillée par l'équipe d'Henrique Serrao.

— On grimpe sur le bas du rocher, suggéra Duinhaïn. Comme ça, pas de risque de se matérialiser de l'autre côté sur un champignon !

Tous s'exécutèrent. Thomas replongea pour la seconde fois en direction d'Anaclasis. Cette fois, ils eurent la bonne surprise d'être accueillis par de somptueuses draperies de soleil, filtrées par les frondaisons d'une forêt tenue en échec aux abords du titan rocheux. À peine avaient-ils fait ce constat qu'un énorme coup frappa le flanc du monolithe, semblable au fracas d'un marteau titanesque manié par un géant. Thomas rentra la tête dans les épaules. Ses amis se raidirent autour de lui, comme les chevaux de bois d'un drôle de manège dont il aurait été le mât central.

— C'était quoi ? gémit Palleas.

Une ombre glissa tout à coup sur la forêt, juste avant de disparaître au-dessus d'Uluru. Un nouveau coup de boutoir gigantesque ébranla le monolithe. Les falaises craquèrent sinistrement et des pierres dégringolèrent, à une centaine de mètres de leur position.

— Cette chose volante s'est écrasée au sommet du rocher ! affirma Ela. Je n'ai pas eu le temps de voir ce que c'était.

— Un lézard v-vo-volant, assura Bouzin.

— Un dragon ! souffla Pierre Andremi.

Thomas le regarda, d'un air ébahi.

— Un autre arrive ! avertit Duinhaïn.

Une étonnante créature ailée apparut à travers les arbres : elle mesurait certainement plus de quinze mètres d'envergure et tenait autant du lézard pour le corps que de la chauve-souris pour les ailes. Elle serrait quelque chose entre ses pattes griffues. Elle plana avec une lourde lenteur, avant de disparaître à l'aplomb du monolithe. Un instant plus tard, une nouvelle explosion résonna jusque sous leurs pieds.

— Un bombardement ! comprit Thomas. Ces espèces de... dragons lâchent des rochers au sommet d'Uluru.

— Mais pourquoi ? s'étonna Palleas.

— Je vais fouiller leurs pensées pour tenter de l'apprendre !

Le garçon invoqua le nom de l'Incréé découvert à Hyksos. Il repéra l'esprit du reptile qui venait de les survoler et s'y engouffra sans peine. Son étonnement fut grand de découvrir une structure mentale aussi complexe que celle d'un humain. Il embrassa soudain le paysage du point de vue de la créature dont il avait envahi l'esprit. La forêt moutonnait jusqu'à l'horizon, où elle se perdait dans les brumes du lointain. Elle faisait penser à un océan ondoyant, sur lequel les méandres d'une rivière formaient des serpentines argentées.

Le bastion d'Uluru, qu'enflammait un soleil ardent, était la seule île émergeant au milieu de cet océan de verdure. Thomas remarqua aussitôt que le sommet du rocher était couvert d'une étrange structure circulaire, visiblement taillée à même la roche. Cela ressemblait vaguement à un énorme bunker, sur le pourtour duquel se répartissaient des portes rocheuses hermétiquement closes. C'est cette construction qui semblait être la cible du bombardement, des rochers brisés jonchant pêle-mêle son toit passablement défoncé.

Pourquoi ? Thomas trouva la réponse dans l'esprit du reptile ailé : pour contraindre les Réincarnés à livrer la cité troglodytique de Terre-Matrice ! Visiblement, dans ce monde-ci, le rocher d'Uluru était creusé d'une immense caverne, appelée Terre-Matrice et occupée par la plus grande et la plus sacrée des villes construites par les reptiles ailés, qui se désignaient eux-mêmes sous le nom de Mixcoalts. La construction circulaire au sommet de l'escarpement était l'entrée fortifiée de la ville souterraine. Qui étaient les Réincarnés ? Des congénères du reptile dont Thomas effeuillait en ce moment l'esprit. À la différence près qu'eux avaient choisi de… mourir ! Pour être ensuite ramenés à la vie par la magie. Cela les avait rendus quasiment immortels, mais avait dans le même temps asséché leur cœur, les rendant en particulier insensibles à la poésie, qui avait été de tout temps la préoccupation centrale des pacifiques Mixcoalts. Cela faisait un millier d'années que les Réincarnés avaient pris le pouvoir par la force à Terre-Matrice, et qu'ils en avaient banni toute forme de poésie. C'était pour libérer leurs frères opprimés que les Mixcoalts des cités côtières assiégeaient depuis peu leur ancienne capitale. Ils étaient menés par un très vieux Mixcoalt portant le nom de Catal, qui avait réussi à fédérer les tribus de la côte et tentait à présent de libérer Terre-Matrice, où il avait vu le jour onze siècles plus tôt.

« Et la Frontière, dans tout ça ? », s'interrogea Thomas.

Il plongea plus profondément dans l'esprit de son hôte involontaire pour tenter d'obtenir un indice. Et ce qu'il trouva le laissa stupéfait. La Frontière était tout simplement à l'origine du drame qui se jouait sous ses yeux ! Contrairement aux Frontières d'Hyksos ou d'Avalom, elle n'était pas immobile. Elle oscillait en permanence de bas en haut, à l'intérieur d'un tunnel vertical qu'elle avait foré dans la roche, sous Terre-Matrice. Elle n'apparaissait aux yeux des habitants du rocher qu'un jour sur dix, au moment où elle approchait du sommet de sa course et s'apprêtait à replonger sous terre. L'apparition était brève, moins de deux heures à chaque fois. Mais elle avait de tout temps donné lieu à des festivités rituelles, au cours desquelles les Mixcoalts psalmodiaient les meilleurs poèmes composés durant la décade précédente. La Frontière, que les reptiles ailés appelaient l'Aedir, entrait alors en résonance avec les vers déclamés et produisait une sorte de chant profond, qui s'accompagnait d'un véritable feu d'artifice de lumières colorées.

C'est à l'occasion de l'une de ces cérémonies, plus de mille ans dans le passé, qu'un Mixcoalt avait glissé malencontreusement et avait été englouti par le cube obscur. Sa queue dépassait encore de l'Aedir et ses congénères s'en étaient saisis pour tenter de soustraire le malheureux au piège mortel. Hélas, ils n'avaient sorti qu'un corps sans vie de la Frontière. Toutefois, la puissante magie des guérisseurs Mixcoalts avait réussi à faire repartir le cœur du défunt : c'est ainsi que le premier *Né-deux-fois* était apparu à Terre-Matrice. Par la suite, tout le monde avait remarqué que le caractère du miraculé s'était profondément modifié : le Mixcoalt, jadis l'un des poètes les plus doués de Terre-Matrice, s'était subitement détourné de son art. Il était devenu sombre et belliqueux. Mais ce détail inquiétant avait été complètement éclipsé par une autre découverte. Le miraculé ne vieillissait plus ! Dès lors, un grand nombre de Mixcoalts avaient souhaité devenir immortels à leur tour. Personne ne s'était opposé à leur projet contrenature, personne n'avait compris le péril immense qui menaçait la société Mixcoalt. Lorsque certains avaient enfin pris conscience du danger, il était déjà trop tard. Les *Nés-deux-fois* étaient des centaines et ils avaient remplacé le paisible conseil des anciens par une dictature brutale et sanguinaire. Ils ne tardèrent pas à interdire purement et simplement les lectures publiques de poésie et détournèrent l'usage de l'Aedir au seul bénéfice de leur caste, pour initier de nouveaux Mixcoalts désireux de rejoindre la nouvelle élite des Réincarnés.

Le reptile volant que Thomas parasitait croisa plusieurs de ses semblables, chargés de lourds quartiers de roc. Le garçon remarqua pour la première fois les couleurs chatoyantes des immenses créatures, bleu nuit au niveau de la tête, vert et jaune sur le corps et rouge vif tout le long de la queue. Son hôte leur lança un cri d'encouragement puis piqua en direction d'une clairière aménagée au centre de l'immense forêt. Des centaines de Mixcoalts abattaient les arbres à l'aide de cognées plus grandes que des hommes, tandis que d'autres bâtissaient des sortes de tentes d'indiens gigantesques à l'aide des troncs, qu'ils couvraient ensuite de brassées de feuillages. Les lézards multicolores aménageaient avec une discipline toute militaire le campement de leur armée en campagne.

Thomas considéra les lézards multicolores affairés et frissonna sans raison apparente. Des lézards multicolores… multicolores… Le garçon pensa soudain à l'Aborigène des Uluru Gardens et il en eut le souffle coupé. « *Le Serpent Arc-en-Ciel t'attend à Uluru* », avait dit en substance le vieil homme. Parlait-il de la fresque de la grotte d'Henrique Serrao ou bien… des dragons multicolores de Terre-Matrice ? Thomas eut tout à coup la certitude que la peinture d'Uluru était une représentation stylisée d'un Mixcoalt anaclasien. Mais comment les Aborigènes pouvaient-ils avoir eu vent de la présence des reptiles ailés ? Existait-il un lien entre Terre-Matrice à Anaclasis et la grotte d'Uluru fouillée par les archéologues dans le Monde du Reflet ? Ne trouvant pas de réponse à ces questions dans l'esprit du lézard volant, Thomas rompit le contact et réintégra son propre corps. La mine soucieuse de ses compagnons s'éclaira en le voyant revenir à lui. Un roulement d'avalanche faisait vibrer l'air au-dessus de leurs têtes.

— Il faut filer d'ici ! glapit Duinhaïn. On risque de finir ensevelis sous une montagne de pierres…

— On y va ! Attrapez-moi !

La vibration fossile les engloutit. Ils se retrouvèrent aussitôt sous la clarté bleue des étoiles. Uluru semblait être un domino géant, blême, dressé au-dessus d'eux. Ela sourit à Thomas.

— Pas fâchée de me retrouver dans ton monde, pour une fois, souffla-t-elle.

— Qu'as-tu découvert ? le pressa Pierre Andremi.

Thomas leur expliqua qui étaient les reptiles ailés et la raison qui les avait amenés à s'entredéchirer.

— Cela ne simplifie pas nos affaires, conclut sinistrement Palleas.

— C'est le moins que l'on puisse dire, médita Duinhaïn. Notre problème n'est plus seulement de trouver la Frontière ; il est aussi de forcer le passage à une armée de reptiles sanguinaires…

— Il faut p-peut-être attendre q-q-que leurs congénères aient p-pris la ville ? suggéra Bouzin.

— Et s'ils ne la prennent pas ? se désola Ela.

— Nous disposons quand même d'un avantage de taille sur eux, rétorqua Thomas.

Il pointa le pouce en direction du minuscule canyon, au fond duquel s'ouvrait la grotte fouillée par l'équipe d'Henrique Serrao.

— Un passage secret qui doit ouvrir tout droit sur Terre-Matrice !

Des sourires accueillirent son idée.

— Nous ne sommes pas certains que la grotte corresponde avec la ville souterraine, tempéra Duinhaïn.

— Le mieux est encore d'essayer, proposa le milliardaire.

Toute l'équipe approuva.

— Je nous transporte dans la grotte aborigène puis, de là, à Anaclasis, expliqua Thomas. Ne me lâchez surtout pas. Nous pourrions être amenés à déguerpir en quatrième vitesse !

— Et si la grotte d'Uluru correspond à de la roche pleine de l'autre côté ? s'inquiéta Palleas. Allons-nous être emmurés vivants ?

— Ne t'inquiète pas pour ça. La vibration fossile est suffisamment élastique pour nous permettre d'émerger à quelques mètres du point de départ. Et si c'est impossible, eh bien, on n'arrive nulle part et on revient automatiquement en arrière. Allons-y.

Le premier saut les déposa dans la grotte aborigène, plongée dans une obscurité totale. Le second, dans une nouvelle grotte, tellement vaste qu'ils ne réalisèrent pas immédiatement qu'ils étaient sous terre. Ils avaient surgi sur une esplanade circulaire, illuminée par la clarté bondissante de dizaines de flambeaux, avec un puits en son centre. Cette place dominait d'une dizaine de mètres un ensemble de bâtiments de couleur verte, aux formes curieusement arrondies. Et aussi loin que portait le regard, sur les côtés mais aussi vers le haut, il était immanquablement arrêté par une invraisemblable muraille rocheuse.

— Terre-Matrice, marmotta Ela, les yeux écarquillés de stupeur. C'est… immense !

— Tire-larmes ! s'étrangla Palleas. On a de la visite !

Deux reptiles ailés gigantesques venaient de prendre pied sur l'esplanade. Leurs teintes irisées brillaient d'une maléfique beauté à la lueur des torches. Les Mixcoalts se figèrent de surprise en découvrant les petits bipèdes qui leur faisaient face. Ils avaient des yeux dénués de toute expression, sur lesquels battaient des membranes visqueuses. « Des yeux qui ont vu la mort », trembla Thomas. Les créatures éructèrent subitement des sons d'une puissance dévastatrice, dont les humains sentirent l'impact leur claquer douloureusement contre les tympans. Thomas éleva frénétiquement leur niveau de vibration, emportant au moment de se dématérialiser l'image d'une colonne de feu bondissant à leur rencontre.

Tous tombèrent sur les fesses en ressurgissant dans la paisible nuit australienne. Thomas peinait à reprendre son souffle. Ela tremblait de tous ses membres. Bouzin cherchait à quatre pattes son monocle qui avait roulé par terre. Pierre Andremi toussa plusieurs fois avant de lâcher d'une voix éraillée.

— Ce sont des dragons, Thomas. Ils crachent des flammes…

— Numereji, grimaça l'adolescent. Le Serpent Arc-en-Ciel des Aborigènes représente un Mixcoalt ; j'en mettrai ma main au feu… sans mauvais jeu de mots !

Palleas partit d'un éclat de rire libérateur.

13.

Le comte de Lapérouse

— Remarquable, répétait Henrique Serrao.
C'était au moins la dixième fois qu'il employait ce qualificatif depuis que Thomas avait entamé le récit des événements de la nuit.

— Du coup, vous n'êtes pas plus avancés qu'en début de soirée ?

— Malheureusement, grogna le garçon. Et à moins de trouver une nouvelle voie d'accès, je crains que la Frontière de Terre-Matrice ne reste à jamais inaccessible…

L'archéologue prit un air mystérieux.

— C'est à mon tour de vous surprendre, reprit le scientifique. J'ai reçu un appel téléphonique passionnant, ce soir !

Thomas et ses amis se figèrent, dans l'expectative.

— Est-ce que le nom de Lapérouse vous dit quelque chose ? demanda l'archéologue.

Tous secouèrent négativement la tête.

— Le comte de Lapérouse vivait juste avant la Révolution française, commença le scientifique. À cette époque, la France et l'Angleterre se disputaient le monde à coups d'expéditions maritimes. Le plus célèbre de ces explorateurs était le britannique James Cook, le premier à avoir cartographié les îles du Pacifique. Le malheureux a terminé dévoré par les cannibales d'Hawaï, en 1778.

Ela fit une moue dégoûtée.

— En France, le roi Louis XVI ne voulait pas être en reste. Il monta une expédition concurrente, qui appareilla en 1785, sous le commandement du comte de Lapérouse, un héros de la guerre contre les Anglais. L'expédition comptait deux navires, la Boussole et l'Astrolabe, et emportait les meilleurs savants français de l'époque. Elle devait parcourir près de cent milles en quatre ans. Lapérouse commença par traverser l'Atlantique, puis il franchit le cap Horn, débarqua sur les îles de Pâques et d'Hawaï, rejoignit l'Alaska, la Chine, les Philippines. Après deux ans et demi d'une incroyable odyssée, Lapérouse fit escale en Australie, pas très loin de Sydney, puis il mit le cap en direction de la Nouvelle-Calédonie et, à partir de là, on n'entendit plus jamais parler de lui.

Henrique Serrao fit une pause. Sa voix baissa d'un ton, devint presque un murmure.

— C'est ainsi qu'est né le mystère Lapérouse, une énigme légendaire qui fera fantasmer des générations de navigateurs pendant un siècle et demi. En 1964, les épaves des navires ont finalement été identifiées, dans les récifs des îles de Vanikoro, situées dans l'archipel des Salomon, à quelque cinq cents milles de la Nouvelle-Calédonie. Les premières recherches ont permis de comprendre que les deux vaisseaux de l'expédition se sont fracassés contre les brisants et qu'un certain nombre de survivants ont ensuite survécu à terre pendant une trentaine d'années…

Brillants d'excitation, les yeux de l'archéologue sautaient d'un visage à l'autre.

— Le mois dernier a débuté une nouvelle campagne de fouilles sous-marines des épaves, la neuvième engagée depuis les années soixante. Elle est financée par je ne sais quel riche armateur japonais mais elle est conduite sur le terrain par un dénommé Richard

Mercier, avec lequel j'ai travaillé deux ans à la Direction des Recherches Archéologiques Sous-Marines de Marseille. C'est lui qui m'a appelé ce soir, pour me faire part d'une découverte susceptible de m'intéresser : une fulgurite possédant les mêmes reflets rubis que celles de la grotte d'Uluru. Elle a la forme d'un serpent et sa surface polie présente des gravures d'une grande finesse. Mercier pense qu'il s'agit d'une carte indiquant l'entrée d'une grotte au pied d'une structure rocheuse... qui ressemble bougrement à Uluru !

Thomas avait involontairement porté la main à la fulgurite suspendue à son cou, le cœur battant, la tête bourdonnante. Ainsi existait peut-être une chance de découvrir un autre accès au cœur du monolithe !

— C'est une coïncidence incroyable, laissa échapper Pierre Andremi. Qu'il découvre justement aujourd'hui cet objet qui pourrait se révéler d'une importance cruciale pour nous...

Henrique Serrao opina doucement du chef.

— Ils l'ont découvert hier, mais cela dit, tu as raison. En même temps, tu serais étonné de connaître la succession d'événements bien plus improbables encore qui ont conduit à quelques-unes des plus célèbres découvertes archéologiques de notre histoire.

— Est-ce que nous pourrions voir sa fulgurite ? demanda Thomas.

L'archéologue arbora un sourire réjoui.

— Le premier avion pour Brisbane, sur la côte est de l'Australie, part de Yulara à dix heures demain matin. De là, il ne nous restera plus qu'à trouver un vol pour les îles Salomon !

*

Un quart d'heure plus tôt, les deux îles de Vanikoro avaient surgi à l'horizon, comme quelque apparition mythique. Le ciel était clair mais un vent modéré poussait des écharpes de brume au-dessus du bleu profond de l'océan Pacifique. Thomas, le nez collé à la verrière de l'hélicoptère Super Puma, avait l'impression d'être un explorateur du dix-huitième siècle tombant par hasard sur un monde perdu. Les îles étaient les vestiges d'un très ancien volcan effondré, dans les entrailles duquel l'océan s'était engouffré. Escarpées, voilées de nuages, couvertes d'une végétation luxuriante, elles paraissaient d'une incroyable sauvagerie. Pour couronner le tout, une ceinture de récifs presque infranchissable encerclait les deux îles, bien visible depuis les airs, mais piège mortel pour tout navire à fort tirant d'eau. Ces bouts de terre coupés de toute civilisation appartenaient au minuscule État des îles Salomon, situé à l'est de la Nouvelle-Guinée.

— Il tombe six mètres d'eau par an sur Vanikoro, grinça le pilote de l'hélicoptère. Pas un jour sans pluie dans cet enfer !

— L'endroit idéal pour se retirer du monde, ironisa Xavier.

— Un Occidental ne survivrait pas un mois seul sur cette île, trancha le pilote. S'il échappait aux crocodiles, aux serpents et aux scorpions, le climat ou les maladies lui régleraient rapidement son compte.

— Les survivants de l'expédition Lapérouse ont bien tenu plusieurs dizaines d'années, hasarda Pierre Andremi.

— Ils étaient nombreux, habitués aux conditions difficiles d'une expédition maritime, et puis, surtout, ils ont été aidés par les indigènes.

— Combien d'habitants vivent aujourd'hui sur l'île ? demanda Henrique Serrao.

— Quelques centaines. Les plus âgés se souviennent encore de l'histoire que leur racontaient leurs aînés, parlant de deux pirogues géantes remplies d'hommes blancs qui se seraient fracassées sur la barrière de corail avant de couler. Le baise-main que font aujourd'hui les habitants aux visiteurs semble être une survivance des coutumes apportées par les Français. La langue des autochtones conserve aussi quelques empreintes de la présence étrangère. La plante locale qui donne des haricots, par exemple, s'appelle encore la plante à cassoulet !

— On va se sentir comme à la maison, sourit Xavier.

L'hélicoptère décrivit un arc de cercle pour longer la ligne de brisants.

— Voilà la Coureuse, annonça le pilote.

Incliné en avant, leur appareil leur permettait de découvrir un bâtiment élancé peint en blanc et surmonté à la poupe par une hélistation circulaire. Sous le bateau océanographique, le bleu profond de l'océan devenait subitement blanc, à cause des hauts-fonds coralliens.

— L'épave de la Boussole, le navire amiral de Lapérouse, est coincée dans une faille, à une centaine de mètres derrière la Coureuse. L'épave de l'Astrolabe est située plus loin, dans une fausse passe au milieu des récifs où les marins ont cru pouvoir se mettre à l'abri avant de sombrer à leur tour.

Le pilote relâcha les commandes et le Super Puma s'immobilisa à l'aplomb du bateau océanographique. Il rajusta le casque sur ses oreilles, échangea quelques mots avec un interlocuteur à bord de la Coureuse, puis opéra un atterrissage en douceur dans le cercle orange de l'hélistation.

Thomas n'était pas fâché d'être arrivé. Le trajet depuis Uluru avait nécessité de prendre pas moins de trois avions successifs avant que l'hélicoptère de la Coureuse ne les récupère sur le minuscule aérodrome de l'île voisine de Nendo. Sans papiers d'identité, les amis de Thomas originaires d'Anaclasis avaient malheureusement été contraints de rester en Australie. Le garçon avait promis à Ela de lui rendre visite dès qu'il en aurait la possibilité.

Thomas eut le sentiment que quelqu'un venait d'ouvrir la porte d'un four lorsqu'il quitta la cabine climatisée de l'hélicoptère.

— Le vent est toujours aussi chaud par ici ? lança-t-il au pilote.

— Bienvenue à Vanikoro ! acquiesça l'autre avec un clignement d'œil.

Le garçon se tourna face au large et remplit profondément ses poumons. La brise charriait la rumeur des vagues à travers les récifs et le cri des oiseaux marins. Un homme de forte corpulence vint à leur rencontre en souriant. Il avait le visage rose d'un chérubin avec des yeux noirs pétillants. Il saisit la main que lui tendait Henrique Serrao et la secoua comme s'il activait une pompe pour vider les cales d'un navire en perdition.

— Richard Mercier, annonça-t-il en adressant un regard amical aux autres passagers du Super Puma.

Avec son chapeau à larges bords, ses immenses lunettes démodées et son bermuda à fleurs, il avait quelque chose de comique qui ne cadrait pas avec son statut de directeur de fouilles.

— Je suis heureux de vous accueillir sur la Coureuse, poursuivit le gros homme. J'espère que vous n'êtes pas trop épuisés par votre voyage, parce que nous avons mis le SMR à l'eau il y a dix minutes et les images valent le détour…

— Le SMR ? sourcilla Serrao.

— Le Sous-Marin Radioguidé, un petit bijou ultra maniable de la taille d'une boîte à chaussures. Il se faufile à peu près n'importe où et permet d'effectuer l'essentiel du travail de repérage avant d'envoyer les plongeurs sur zone. On a aperçu plusieurs requins blancs autour du bateau ce matin, alors on va limiter les plongées au strict nécessaire pendant les prochaines heures. Vous m'accompagnez en salle de contrôle ou préférez-vous souffler un peu ?

— On te suit, répondit Serrao après avoir obtenu d'un regard l'assentiment de ses compagnons de voyage.

La salle de contrôle était située dans les profondeurs du navire. Trois hommes y travaillaient, environnés par des cartes sous-marines et des écrans d'ordinateurs. Sur le plus grand d'entre eux se déployaient les escarpements d'un canyon sous-marin aux couleurs chatoyantes. Mercier présenta ses collaborateurs aux visiteurs puis se laissa lourdement tomber sur une chaise. Pendant qu'il scrutait impatiemment la console, un membre de son équipage fit signe aux nouveaux venus de s'installer à leur tour. Ils récupérèrent des tabourets empilés contre une cloison et s'agglutinèrent autour de leur hôte. Un homme émacié à la barbe descendant jusqu'à la poitrine actionnait un levier relié à un boîtier de commande. L'angle de prise de vue de l'image sous-marine se modifiait chaque fois qu'il inclinait la manette. Une étrange structure allongée, à demi enfouie sous le corail, surgit soudain sur l'écran.

— Voici la coque de la Boussole, posée par trente mètres de fond, indiqua l'archéologue en bermuda. La partie enfoncée dans le sol est l'arrière du navire, le bateau a coulé par la poupe. C'est sur cette partie que nous avons concentré nos recherches jusqu'à présent.

Mercier se tourna vers l'homme aux commandes du sous-marin miniature.

— Hiram, tu nous emmènes à la cabine de Lapérouse, s'il te plaît ?

L'homme poussa un « hum » d'acceptation et actionna le levier vers l'avant. L'épave grossit démesurément, puis bascula lorsque le SMR plongea derrière la coque. La lumière diminua, obligeant le barbu à allumer les projecteurs dont était muni le mini-sous-marin. La pénombre s'anima de dizaines de taches brillantes.

— Des particules de limon, expliqua Mercier, en posant ses deux mains croisées sur son ample estomac.

Le SMR passa sous un mât cassé, évita des cordages enveloppés d'une couche spectrale de limon, qui faisaient penser à une sinistre toile d'araignée. Une porte ouverte apparut au-dessus de ce qui devait être le pont du navire. L'image d'un couloir étroit, colonisé par un banc de poissons jaunes et bleus, succéda à celle du canyon sous-marin. Thomas en avait le souffle coupé. Il avait l'impression d'être à bord de la Calypso et de remonter le temps aux côtés du commandant Cousteau.

— La cabine de Lapérouse est au fond du quartier des officiers, indiqua Mercier. Elle a déjà été fouillée par l'expédition précédente et ne comporte plus d'objet de valeur. En revanche, nous avons trouvé des ossements humains appartenant à deux individus différents ainsi que les débris d'un instrument de navigation sous un amas de planches, coincés entre le bateau et le corail. C'est aussi là que nous avons découvert la fulgurite gravée…

— Richard ! l'interrompit le dénommé Hiram. Nous avons de la compagnie…

Mercier bondit sur sa chaise, qui oscilla en grinçant.

— Regarde, dit le barbu. J'éteins les projecteurs.

Le couloir retomba dans une obscurité étouffante, mais pas totalement. Une lueur jaune filtrait à travers les lattes disjointes d'une cloison.

— Ça vient de la cabine de Lapérouse, s'étrangla Mercier.

— Je crois qu'on a des pilleurs d'épaves, dit Hiram.

— Avance un peu, qu'on voie à qui on a affaire !

Il y avait trois plongeurs en combinaisons noires au milieu des vestiges de la cabine. Ils paraissaient fouiller méthodiquement chaque recoin à la lumière de la lampe incorporée à leur équipement de plongée. La turbidité créée par le mouvement de leurs palmes troublait l'image relayée par le SMR. Soudain, l'un des plongeurs tourna son masque dans la direction du sous-marin miniature. Sans hésiter, il leva ce qui ressemblait à un fusil sous-marin et l'écran ne fut plus animé que de parasites. Au juron poussé par Hiram répondit un mouvement interloqué des huit personnes présentes dans la salle de contrôle.

— Ils n'ont pas le droit ! s'insurgea Mercier. Nous avons la concession exclusive jusqu'à la fin du mois.

— Je m'équipe avec les gars et on descend les mettre dehors à coup de palme dans les roustons ! rugit un homme de la Coureuse, bâti comme un taureau.

— Est-ce que vous avez des notions de combat sous-marin ? intervint Xavier.

— Non, mais j'ai ça, répliqua l'autre en brandissant un poing fermé.

— Et eux sont dotés de fusils d'assaut étanches de fabrication russe, affirma l'ancien gendarme du GIGN. Et d'appareils respiratoires qui éliminent les bulles expirées par leurs détendeurs pour ne pas être repérés en surface. Je ne sais pas qui ils sont, mais ils sont équipés comme de véritables commandos des Marines. À votre place, j'éviterais de me précipiter dans la gueule du loup…

Le costaud ne répliqua pas, visiblement sensible aux arguments de Xavier.

— À quelle distance se trouvent les autorités les plus proches ? demanda Pierre Andremi.

— Sur l'île de Nendo, répondit Mercier d'un air accablé. Mais je doute qu'elles disposent d'autre chose que de vélos pour se déplacer rapidement.

— Ce genre d'événement est-il déjà arrivé depuis que vous êtes ici ? interrogea Henrique Serrao.

— Non, c'est la première fois. Même les autochtones ne se risquent pas au-delà de la barrière des brisants.

Serrao posa un regard préoccupé sur Thomas. Le garçon devina qu'il se demandait si leur arrivée avait quelque chose à voir avec la présence de ces hommes. Ou encore si le tatoué d'Uluru comptait des nageurs de combat parmi ses relations. Thomas invoqua le nom de l'Incréé découvert à Hyksos et projeta son esprit en direction de l'épave. Contre toute attente, il ne capta rien d'autre que les pulsions primitives d'un requin nageant près de la surface. La transmission de pensée était-elle bloquée par les trente mètres d'eau ? Décontenancé, il reporta son attention sur ce qui l'entourait.

— Je te conseille de contacter les autorités, même si tu sais qu'elles n'interviendront pas de sitôt, dit Serrao à Mercier.

— Et de lever l'ancre pour le reste de la journée, compléta Xavier. On ne sait jamais. Les plongeurs viennent certainement de la côte ; éloignez-vous le temps qu'ils terminent ce qu'ils sont venus faire. Il y a quelque chose de valeur à bord de cette épave ?

— Pas à ma connaissance, répondit le scientifique avec une moue dépitée. Des vestiges doivent encore traîner de-ci de-là. Mais rien qui justifie la présence de pilleurs d'épaves…

— Est-ce que vous avez un deuxième SMR à bord ? demanda Thomas.

— Oui, mais il faudra des heures pour le rendre opérationnel.

— Alors, autant vous y atteler immédiatement, suggéra Pierre Andremi. Je pense qu'il serait prudent de vérifier que la voie est libre avant la prochaine plongée.

Mercier acquiesça silencieusement en faisant trembler son double menton. Il poussa un soupir et se composa un visage affable.

— Hiram, je te laisse adresser un message aux autorités de Nendo pendant que je montre à nos invités notre découverte d'avant-hier. Au moins, celle-là, les braconniers ne mettront pas la main dessus !

*

La fulgurite que leur tendit le gros homme un instant plus tard était tout simplement splendide. Elle adoptait la forme d'un S, avec une tête de serpent stylisée d'un côté et une queue effilée de l'autre. Sa surface était parfaitement polie et recouverte de gravures d'une grande finesse. Mercier leur tendit une loupe et les visiteurs la détaillèrent à tour de rôle.

— On reconnaît parfaitement Uluru, se réjouit Henrique Serrao.

— Et une grotte, dans laquelle des hommes semblent danser, sourit Thomas. C'est bien un plan !

— J'ai l'impression que l'entrée de la grotte est repérée par rapport à ce point noir, situé au pied du rocher, raisonna Pierre Andremi. Il y a huit ou neuf traits, qui représentent peut-être des failles, avant d'arriver à la grotte.

— Le tout est de trouver à quoi correspond ce point noir, dit Serrao.

Il se tourna vers Mercier.

— Tu nous autorises à prendre des photographies de la pierre ? J'ai apporté un appareil numérique permettant de réaliser des vues macro de haute qualité.

— Aucun souci, répondit son ami d'un air las. Du moment que tu me promets qu'elles ne seront pas publiées.

— Tu as ma parole. Je vais photographier la fulgurite sous toutes les coutures. Une fois de retour en Australie, je ferai un montage des différentes vues, de façon à obtenir une image complète du plan.

— Vous repartez quand ?

— Il faudrait que l'hélicoptère nous redépose à Nendo demain après-midi. Nous avons un avion pour Noumea sur le coup des seize heures.

— J'espérais que vous resteriez plus longtemps, soupira le gros homme. Le temps de vous faire découvrir le climat redoutable de Vanikoro ainsi que le site émouvant où les survivants de l'expédition de Lapérouse avaient établi leur campement. Mais c'est vous qui voyez. En attendant, vous êtes ici chez vous... tant que l'US Navy ne décidera pas du contraire !

Le rire de Serrao sonna faux.

— Est-ce qu'il y a des armes à bord ? demanda Xavier d'un ton volontairement léger.

— Un pistolet automatique, que je conserve dans ma cabine. Pourquoi ?

— Pour préparer le siège, plaisanta le garde du corps.

De nouveaux rires. Pourtant, Thomas aurait juré que l'ancien gendarme ne plaisantait qu'à moitié. Il ramena les yeux sur la fulgurite aux reflets chatoyants. Il savait que la petite sculpture n'était rien de plus qu'un morceau de verre naturel, mais, pour une étrange raison, l'objet paraissait posséder une force vitale. La roche semblait scintiller dans la pièce sombre où étaient entassées les autres trouvailles faites à bord de la Boussole, comme si elle était illuminée de l'intérieur et libérait un flot d'énergie contenue depuis des siècles. « Encore ta foutue imagination qui te joue des tours », pensa-t-il. Son regard s'arrêta sur un détail auquel il n'avait pas fait attention.

— Vous avez vu tous ces petits zigzags autour du rocher ? fit-il en se retournant vers les autres. Vous avez une idée de ce que l'artiste a voulu représenter ?

— Peut-être les écailles du serpent, suggéra Andremi.

— Je ne crois pas, dit Serrao avec un drôle de regard. Mon explication va peut-être vous sembler saugrenue... Je crois qu'il s'agit d'éclairs. Ceux-là mêmes à l'origine des fulgurites retrouvées dans la grotte...

Ses compagnons l'observèrent un moment en silence.

— Qu'est-ce qui aurait pu donner autant d'éclairs ? s'étonna Thomas.

— Rien, en théorie, avoua Serrao. Mais depuis que je t'ai rencontré, je ne m'arrête plus à ce genre de détail.

L'adolescent sourit à l'air malicieux de l'archéologue, sentant se dissiper la tension de la dernière demi-heure.

*

La Coureuse ne tarda pas à lever l'ancre et passa le reste de l'après-midi en haute mer. Pendant que Serrao déballait son matériel pour une longue séance photo, Thomas rendit visite à ses amis restés à Uluru. Il les trouva dans l'une des tentes, en train de jouer aux cartes en compagnie de Virginie. Cette dernière ouvrit de grands yeux en voyant s'approcher le garçon, qui était censé se trouver avec son père à des milliers de kilomètres de là. Thomas soupira : ils allaient devoir la mettre également dans la confidence. À l'extérieur, un raz-de-marée de poussière malmenait le campement dans un grondement de bêtes aux abois.

— Ça souffle comme ça depuis ce matin, râla Ela. Pas moyen de mettre le nez dehors. Comment ça se passe à Vanikoro ?

Thomas leur raconta leurs dernières péripéties puis expliqua à Virginie comment il avait pu revenir aussi vite. La jeune fille ne crut pas un mot de ses explications. Thomas se transporta dans la vibration fossile sous ses yeux et, à compter de cet instant, elle ne mit plus en doute le moindre élément de son récit. Une fois la curiosité de la jeune fille assouvie, Thomas et ses amis explorèrent une nouvelle fois toutes les hypothèses au sujet de la grotte d'Uluru. Quel culte y était rendu jadis par les Aborigènes ? Pourquoi tant de fulgurites occupaient toutes les strates géologiques ? Quel lien pouvait unir la grotte avec Terre-Matrice et les Mixcoalts ? Le Serpent Arc-en-Ciel peint au plafond était-il bien une représentation des reptiles ailés d'Anaclasis ? La seconde grotte, celle qui figurait sur la fulgurite de l'expédition Lapérouse, allait-elle leur permettre de pénétrer plus discrètement dans Terre-Matrice ? Mais cette présumée seconde grotte n'était-elle pas tout simplement celle déjà fouillée par l'équipe d'Henrique Serrao ? Auquel cas tous leurs espoirs seraient réduits à néant. Lorsque Thomas décida de quitter ses amis, trois heures plus tard, ils en étaient toujours au même point mais avaient passé un agréable moment.

— Pourquoi ne ramènes-tu pas tout le monde immédiatement à travers la vibration fossile, maintenant que vous avez obtenu ce que vous cherchiez à Vanikoro ? demanda Ela.

— Pour rester un tant soit peu discrets, répondit le garçon. Mais c'est vrai que l'idée de me retaper une journée de voyage ne m'emballe pas beaucoup...

Il caressa la joue de la jeune fille.

— En fait, c'est une ruse pour que tu te languisses de mon retour, ajouta-t-il malicieusement.

— Objectif atteint, chuchota l'adolescente avec un air furibond.

— Et puis, ça permet de laisser à Palleas le temps de mieux connaître Virginie, chuchota Thomas en souriant. J'ai l'impression qu'ils ne se quittent plus d'une semelle, ces deux-là !

— Je pense qu'Anaclasis ne va pas tarder à compter une habitante de plus, plaisanta à moitié Ela.

*

À son retour sur la Coureuse, Thomas monta sur le pont pour assister au coucher du soleil. L'astre s'enfonçait dans la mer parmi les nuages rougeoyants, colorant la crête des vagues d'une touche écarlate. La brise apportait un soupçon de fraîcheur.

— C'est magnifique ! lança le garçon à Xavier, qui était accoudé face au crépuscule.

— Pas mal, répondit le garde du corps presque sans desserrer les dents.

Thomas remarqua qu'il avait le teint blafard, malgré la lumière cuivrée du soleil.

— Ne me dis pas que tu as le mal de mer ? demanda Thomas, amusé.

— Alors, je ne le dis pas, tenta de plaisanter l'ancien gendarme. Tu as vu tes amis ?

— Oui, ils sont immobilisés sous les tentes par une véritable tempête de sable.

— Les veinards ! Au moins, ils n'ont pas à supporter ce fichu roulis.

Thomas sourit. Il s'abîma dans la contemplation de l'océan, qui déroulait paisiblement ses vagues à l'infini. Un reflet du soleil attira son attention, près de l'horizon.

— C'est quoi, là-bas ? demanda-t-il.

Xavier suivit son regard.

— Un bateau, je crois... Il a l'air gros.

Les yeux fixés sur la réverbération, il sembla se rembrunir.

— Je vais chercher une paire de jumelles sur la passerelle.

Il revint une minute plus tard et scruta l'horizon à travers d'énormes jumelles kaki en métal. Il haussa les épaules d'un air soulagé.

— Ce n'est qu'un vieux cargo, dit-il en tendant la paire de jumelles à Thomas.

Il avait certainement craint qu'il y ait un lien entre le navire et les plongeurs inconnus. L'adolescent fixa à son tour la tache lointaine qui avait cessé de scintiller. C'était un bateau de grande taille, visiblement ancien, à en juger par la couleur rouillée de la coque, avec une cheminée inclinée vers l'arrière d'où s'envolait un filet de fumée.

— Je préfère être à bord de la Coureuse que sur cette poubelle flottante, apprécia Thomas.

— Mouais, pour moi, c'est du pareil au même, bougonna Xavier.

Pierre Andremi surgit à leurs côtés.

— Le repas du soir va être servi... pour ceux que ça intéresse !

— J'arrive, dit Thomas en décochant un regard navré au garde du corps. Je te mets de côté quelque chose ?

— Merci, ce n'est pas utile, assura Xavier.

Thomas suivit le milliardaire en direction de la salle commune où les scientifiques du bord et l'équipage prenaient leurs repas.

— Henrique a terminé ses photos de la fulgurite ? demanda l'adolescent.

— Oui, mais il est bon pour recommencer demain matin. Je crois qu'il a eu un problème technique en transférant les images sur son PC et qu'il a tout perdu. Il était vert de rage contre lui-même, tout à l'heure !

Lorsqu'ils retrouvèrent l'archéologue, ce dernier semblait s'être fait une raison. Il discutait joyeusement avec ses collègues du bord, un verre de vin rouge à la main. Le repas fut l'un de ces rares moments de convivialité, où l'on oublie toutes ses préoccupations autour de quelques bouteilles d'un honnête vin australien. Personne n'aborda la question des pilleurs d'épaves ou tout autre sujet polémique. Thomas se laissa entraîner par l'esprit festif et but plus que de raison, sous le regard compréhensif de Pierre Andremi. Une fois la table débarrassée, le garçon se dirigea d'une démarche légèrement chancelante vers la cabine exiguë qui lui avait été attribuée. Il s'endormit comme un bébé, bercé par l'alcool et la légère oscillation du bateau.

14.

Le Seasword

Thomas se réveilla en sursaut, avec le sentiment d'étouffer. Il avait dormi d'un sommeil si profond qu'un instant il ne sut plus où il se trouvait. Il se redressa, pris de panique. C'était toujours la nuit. Le vin de la veille, qui n'était peut-être pas si honnête que ça, vint battre contre ses tempes, lui remettant les idées en place.

« On étouffe par ici », songea l'adolescent. Il chercha à déverrouiller l'unique hublot de sa cabine, mais y renonça. Il était tellement grippé qu'il risquait de réveiller tout le bateau si jamais il parvenait à l'ouvrir. « Autant faire un tour sur le pont : il ne doit pas y avoir âme qui vive à cette heure-ci. »

Il enfila son jean et ses baskets et se transporta à l'avant de la Coureuse, à l'endroit où il avait laissé Xavier au moment du repas. Il sursauta en découvrant le garde du corps, roulé en boule contre une cloison. Un ronflement lui apprit que l'homme avait trouvé l'apaisement dans le sommeil. Amusé, Thomas se laissa tomber à ses côtés et s'adossa contre le métal.

La lune à son coucher diffusait sur l'océan un sillon lumineux, qui naissait à l'horizon et venait mourir sur les vagues proches. L'eau clapotait très doucement contre la coque. La température demeurait clémente, malgré la brise nocturne qui faisait pivoter le fanion de proue aussi vite qu'une brindille entre les mains d'un scout déterminé à allumer un feu.

Une rumeur assourdie monta soudain de l'arrière du bateau. Thomas dressa l'oreille. Un moteur ? Est-ce que des systèmes automatiques fonctionnaient à bord pendant la nuit ? Un nouveau bruit transperça le premier : les turbines de l'hélicoptère se mettaient en marche ! Qui pouvait vouloir décoller au milieu de la nuit ? Thomas bondit sur ses jambes et projeta son esprit en direction du Super Puma, invisible à l'autre bout du navire.

Le garçon sut aussitôt que l'homme aux commandes de l'hélicoptère n'appartenait pas à l'équipage de la Coureuse ! Cela lui fit l'effet d'un pic à glace planté dans son cerveau.

— Qu'est-ce que tu fais là ? demanda Xavier d'une voix pâteuse.

Thomas pivota vers le garde du corps qui émergeait péniblement du sommeil.

— Un homme est en train de voler l'hélicoptère ! glapit l'adolescent. Il veut nous interdire de nous lancer à la poursuite… de ses complices !

Xavier écarquilla les yeux.

— À la poursuite de qui ? Et comment sais-tu ça, d'abord ?

— Je lis dans ses pensées ! Vite, il se tire avec l'hélico !

— Reste là ! intima rudement Xavier. Il est armé, ton inconnu ?

— G36 ! trouva instantanément Thomas dans l'esprit du pilote.

— Fusil d'assaut ! gronda l'ancien gendarme. On a un gros problème à régler. Attends-moi ici, je vais récupérer le pistolet de Mercier dans sa cabine.

Un instant plus tard, le garde du corps resurgissait, arme au poing.

Il prit une grande goulée d'air avant de s'adresser à Thomas.

— Ces fumiers ont arrosé l'intérieur du bateau avec du gaz soporifique : Mercier dort comme un gros bébé ! On fonce à l'arrière, mais tu restes derrière moi…

L'homme et l'adolescent s'élancèrent en direction de la poupe. Au moment où ils surgirent sur l'hélistation, le Super Puma était sur le point de s'arracher à la plateforme circulaire. Xavier arrêta Thomas en lui mettant la main sur la poitrine, puis se précipita devant le nez de l'appareil. La suite se déroula en un éclair. L'ancien gendarme se jeta sur le côté au moment où la verrière de l'hélicoptère volait en éclats. Des impacts de balle illuminèrent le pont d'envol, à l'endroit où il se tenait un instant plus tôt. Xavier roula sur la piste en vidant d'une traite son chargeur sur l'hélicoptère. Lorsqu'il se releva, les pales du Super Puma tournaient toujours à pleine vitesse mais plus rien ne bougeait à l'intérieur. Thomas sonda la cabine et ne capta rien.

— Il est mort ! cria-t-il au garde du corps à travers le vacarme de l'hélicoptère.

Tout avait été trop vite pour qu'il ressente le moindre sentiment d'horreur à l'idée de ce qui venait d'arriver.

— Ce type devait couvrir la fuite de qui ? lança Xavier en approchant à grands pas. À présent, il risque d'être moins bavard qu'une huître. (Il donna un coup de menton en direction de l'hélicoptère.) Tu peux repérer ses acolytes ?

— Je vais essayer…

Thomas localisa sans peine deux îlots de pensées, à un kilomètre de distance. Six hommes sur deux zodiacs. Ils n'avaient pas entendu l'échange de coups de feu à bord de la Coureuse, car ils avaient les oreilles remplies par le rugissement des moteurs hors-bord dont étaient équipées leurs embarcations. Ils ramenaient vers un navire appelé Seasword l'objet qu'ils venaient de dérober... Thomas eut un serrement de cœur désespéré en découvrant qu'il s'agissait de la fulgurite ! Il bouillonna d'un coup de colère : il était inconcevable que le plan de la grotte leur échappe ! Il expliqua au garde du corps ce qu'il venait d'apprendre.

— Monte dans l'hélico ; on va les rattraper avant qu'ils aient rejoint leur bateau. Une fois dans les eaux internationales, aucune autorité maritime ne pourra plus les intercepter ; on va s'en charger nous-même !

— Tu sais piloter ça ? s'étonna le garçon.

— J'ai su, à une époque. C'est comme le vélo, ça ne s'oublie pas !

Xavier attrapa la dépouille du pilote – vêtu d'une tenue militaire et d'une cagoule noires – et la poussa sans ménagement à l'arrière du cockpit. Il vérifia le chargeur du fusil d'assaut tombé par terre et suspendit l'arme à son épaule. Il s'installa aux commandes.

— Ces types n'ont pas l'air d'être des enfants de chœur, bougonna l'ancien gendarme. Ce sont certainement les petits copains des pilleurs d'épaves. Je serais curieux de savoir pourquoi ils ont mis la main sur un simple bout de verre...

— Le plan d'une grotte ! corrigea Thomas.

— Même... Bon, tout a l'air de fonctionner. On verra bien si quelque chose lâche une fois en l'air. Accroche-toi, on décolle !

Il tira sur le manche. Le sifflement du rotor monta d'un cran et l'appareil s'éleva dans les airs. Il tangua un peu, le temps que l'ancien gendarme prenne ses marques. Xavier attendit d'être à une trentaine de mètres pour plonger en avant dans la nuit claire.

— Tu les as repérés ? demanda Thomas en plissant des paupières dans les tourbillons d'air qui sifflaient à travers les trous de la verrière.

— Eux, non, mais le Seasword, oui. Regarde droit devant nous.

Thomas découvrit la silhouette fantomatique d'un navire au ras de l'horizon, sa cheminée inclinée scintillant faiblement dans la clarté lunaire.

— Le cargo d'hier au soir ? hoqueta le garçon.

— Si c'est un cargo, moi je suis danseuse étoile...

— Regarde ! Les zodiacs sont à côté. Ils vont arriver avant nous !

Il devinait à peine les pneumatiques à coque rigide mais voyait distinctement le double sillon en forme de V qui filait en direction du navire.

— Ça, c'est la moins mauvaise des deux nouvelles, rugit Xavier en prenant subitement de l'altitude.

— C'est quoi, la pire ? blêmit Thomas.

— Le Seasword vient de nous tirer dessus !

Thomas se pencha pour apercevoir le bateau. Il eut un sursaut de terreur : deux points de lumière arrivaient droit sur eux ! Des missiles ! Il eut juste le temps d'attraper le bras de Xavier et de plonger dans la vibration fossile. Au moment précis où ils se rematérialisaient sur le pont du Seasword, les fusées percutaient le fuselage du Super Puma en le transformant en une boule de feu. Un silence surnaturel suivit le grondement de l'explosion. Les débris tombèrent dans l'océan Pacifique, sous le regard médusé des deux miraculés.

— C'était moins une, souffla Thomas pétrifié.

— Comment est-ce qu'on a pu se mettre dans un tel merdier en cinq minutes ? râla Xavier. Ces enfoirés ne s'embarrassent pas de sentiments, on dirait...

— Comment ont-ils pu savoir que ce n'était plus un des leurs aux commandes ?

— Je l'ignore.

Il tourna les yeux vers le garçon.

— On est bien là où je pense ?

— Je nous ai transportés sur le Seasword, confirma Thomas.

Une lueur froide et malveillante passa dans le regard de l'homme.

— Jusqu'à présent, ces empaffés se sont bien amusés, dit-il, la bouche déformée par un sourire cruel. Maintenant, c'est notre tour.

Il désenclencha la sécurité du G36.

— Pas de quoi soutenir un siège, mais, cette fois, la surprise va jouer en notre faveur.

Thomas sentit une même détermination remplacer la peur dans son cœur. Excalibur se matérialisa dans sa main.

— Moi, j'ai ça, déclara-t-il. Je peux apparaître et frapper n'importe où avant que ces salauds songent seulement à appuyer sur la détente !

Xavier lui adressa un clin d'œil entendu.

— Viens !

Il louvoya silencieusement entre des fûts métalliques éventrés pour arriver au bastingage lézardé. Si le cargo avait semblé délabré vu de loin, il se révélait bien pire lorsque l'on se tenait sur le pont principal. La rouille et la crasse recouvraient tout. Un camouflage parfait pour dissimuler l'activité illégale de ses occupants, comprit Thomas.

— Les zodiacs arrivent, avertit Xavier.

Thomas se pencha et repéra les deux embarcations lancées à pleine vitesse.

— Ils vont s'écraser contre le Seasword s'ils ne ralentissent pas, jugea le garçon.

— T'inquiète pas pour eux. Fouille plutôt dans les pensées de ces hommes pour savoir ce qu'ils comptent faire de ta fulgurite.

Thomas relança son esprit en direction des commandos. Il trouva celui qui détenait la pierre dans un sac à dos. Il vit à travers ses yeux qu'une partie de la coque du navire s'était ouverte, révélant à l'intérieur un hangar à bateaux brillamment illuminé. Mais c'était quoi, à la fin, ce fichu rafiot ? La réponse surgit de l'esprit du sergent dénommé Len Carrington dont Thomas parasitait le cerveau : le Seasword était l'un des bâtiments d'intervention rapide d'une organisation secrète internationale appelée Projet Atlas. Long de cent trente mètres et jaugeant cinq mille tonneaux, il était grimé pour ressembler à un cargo vieux d'un demi-siècle alors qu'en réalité c'était un navire de guerre ultramoderne. Il était équipé de canons et de rampes de missiles dissimulés sous les superstructures des grues et dans les cales, mais également d'un hangar abritant des vedettes rapides et un petit submersible, ainsi qu'une plateforme d'où pouvaient s'envoler les deux avions de combat Harrier à décollage vertical embarqués. Deux cent cinquante marins et soldats recrutés sur les cinq continents composaient son équipage.

Si l'esprit du militaire regorgeait de détails sur le bâtiment sur lequel il servait, il était en revanche curieusement dépourvu de toute information sur l'organisation qui l'employait. Tout ce que le sergent Len Carrington savait, c'est qu'il exécutait les missions que lui donnaient ses supérieurs sans se poser de questions, et empochait pour cela une solde dix fois supérieure à celle qu'il touchait à l'époque où il servait le gouvernement américain. La contrepartie était une clause de confidentialité draconienne, qui lui interdisait d'évoquer son activité et son employeur, et ce, jusqu'à la fin de ses jours.

Sa mission de la nuit s'était déroulée sans anicroche jusqu'au moment où il avait vu l'hélicoptère de la Coureuse se désintégrer en plein vol. Si le Seasword avait jugé bon de détruire l'aéronef, cela signifiait que son acolyte Louis Lopez, qui avait été chargé de ramener l'appareil sur le Seasword, avait été tué et remplacé aux commandes par un membre de l'équipage français. C'était un sacré coup de malchance, parce qu'ils n'avaient pas été avares sur le gaz soporifique avant de déclencher l'opération d'exfiltration. Mais c'était la règle du job : il y avait parfois de la casse et personne n'entendrait plus jamais parler du malheureux Louis Lopez. La mission avait été couronnée de succès : c'était tout ce que le sergent Len Carrington voulait garder à l'esprit. Mais elle ne s'achèverait tout à fait que lorsqu'il aurait remis la fulgurite au commandant Andrew, dans la salle des opérations militaires.

Thomas imprima instantanément dans sa mémoire le plan de l'incroyable navire : il quitta l'esprit du mercenaire en sachant parfaitement où ils allaient pouvoir l'intercepter. Il raconta brièvement ce qu'il venait d'apprendre à Xavier.

— Parfait, estima l'ancien gendarme. Tu nous guides en te tenant prêt à nous ramener d'urgence ici si les choses venaient à mal tourner. Lorsque nous aurons récupéré ta pierre, tu nous renverras directement à bord de la Coureuse. Pas d'héroïsme inutile, surtout. C'est parti !

L'homme et l'adolescent filèrent comme des ombres le long de cloisons à la peinture écaillée, en se baissant chaque fois qu'ils passaient devant un hublot aux vitres fêlées. Ils empruntèrent une échelle d'écoutille puis poussèrent une porte pour se retrouver dans un couloir aussi miteux que l'extérieur, faiblement éclairé par des globes grillagés autour desquels vrombissaient une noria de mouches. Thomas fit appel à ses souvenirs : ce couloir menait à l'un des nombreux sas conduisant aux quartiers protégés. Ils atteignirent sans encombre la porte, que rien ne distinguait de toutes celles qu'ils avaient déjà croisées : même couleur jaune pisseux, même bouton de poignée à la propreté douteuse. L'adolescent l'ouvrit et tomba sur une seconde, identique à la première. Il se tourna vers Xavier.

— À partir de là, je fouille en permanence la vibration fossile pour repérer les pensées des gens que nous risquons de croiser. Une chance que ce soit la nuit : la plupart des membres d'équipage sont en train de dormir !

Une fois la seconde porte ouverte, le décor changea du tout au tout : la coursive suivante était brillamment illuminée, d'une propreté absolue et baignée par un air climatisé parfumé d'une agréable odeur végétale. Thomas entraîna de nouveau le garde du corps, tous les sens en alerte. Ils se déplaçaient sans bruit sur le revêtement caoutchouteux qui couvrait le sol. D'autres couloirs, un escalier, encore un couloir. Soudain, le garçon se figea sur place.

— Deux hommes arrivent vers nous ! souffla-t-il.

— On rentre ici, lâcha Xavier en le poussant dans une salle plongée dans l'obscurité.

Ils devinèrent des voix à travers la porte, qui s'éloignèrent aussitôt. La progression reprit. Un escalier en colimaçon les amena dans un couloir très large, éclairé a giorno. Les cloisons étaient en partie vitrées et donnaient sur des bureaux, pour le moment inoccupés.

— Le sergent Len Carrington doit forcément passer par là pour se rendre dans la salle des opérations militaires, annonça Thomas.

— Alors, on s'introduit dans l'une de ces pièces et on reste tapi derrière un meuble en l'attendant. Une fois qu'il se pointe, on tente de le désarmer pacifiquement et on file d'ici en quatrième vitesse !

Ils n'eurent pas longtemps à attendre. Moins de deux minutes plus tard, des rires et les éclats d'une discussion animée attirèrent leur attention.

— Mince, ils arrivent tous les six, gémit Thomas.

— Ça ne va pas faciliter nos affaires, mais on ne change rien à ce qu'on a dit, intima Xavier. À mon signal, on surgit devant eux. Surtout pas derrière : il faut qu'ils nous voient et comprennent qu'on ne leur tirera pas dessus s'ils optempèrent.

Il pencha la tête en direction du garçon.

— Tu te sens d'attaque ?

— Je suis prêt !

Thomas observa les phalanges de ses doigts, blanches tellement il serrait fort la poignée de son épée. Il attendit, sans bouger un muscle, écoutant s'amplifier la conversation. Son pouvoir télépathique lui permettait d'entendre ce que ses oreilles n'étaient pas en mesure de capter, en traduisant directement l'anglais dans lequel ils s'exprimaient.

« ... *je savais qu'on aurait dû détruire l'hélicoptère sur le bateau* », plastronnait l'un d'eux.

« *Si ça n'avait tenu qu'à moi, on aurait bourré ce fichu bateau de C4 et on l'aurait envoyé par le fond rejoindre cette épave pourrie !* », jugea un autre.

« En voilà un dont la conversation est stimulante », pensa Thomas. « Il me soulage de tous mes scrupules... »

— Maintenant ! lança le garde du corps.

L'homme et l'adolescent surgirent comme des diables dans le couloir, à seulement dix mètres des soldats, qui écarquillèrent les yeux de surprise. Xavier brandit ostensiblement son fusil d'assaut.

— *Everybody raises hands very friendly, and there will be no problem !* hurla-t-il de sa voix de stentor, froide comme du marbre.

Il y eut un moment de flottement, durant lequel on aurait pu entendre une mouche fredonner. Puis l'incrédulité laissa place à de la détermination et même au mépris sur certains visages. « Ils vont attaquer ! »

réalisa Thomas, à l'instant précis où les six mercenaires se jetaient sur leurs armes. Le G36 de Xavier produisit une détonation assourdissante et trois commandos furent violemment projetés en arrière, comme des poupées de chiffon. Un quatrième riposta, les balles fendant l'air avec un bruit strident et rebondissant avec une extrême brutalité dans la coursive. Thomas et Xavier se replièrent vivement dans le bureau d'où ils avaient surgi.

— Il en reste trois, grimaça Xavier. Et je n'ai plus que quelques balles dans mon chargeur.

— C'est à mon tour d'intervenir ! dit Thomas.

— Tu es certain que le jeu en vaut la chandelle ? hésita le garde du corps.

Une série de détonations saccadées fit soudain voler en éclats la cloison au-dessus de leurs têtes. Les coups de feu claquaient comme un assourdissant barrage d'artillerie.

— Certain ! rugit le garçon en s'évaporant dans les airs.

Il se matérialisa devant le mercenaire qui avait copieusement mitraillé le couloir. Il abattit son épée avant que son adversaire n'ait eu le temps d'esquisser le moindre geste. Le commando s'effondra en crispant le doigt sur la gâchette de son arme. Les balles tracèrent un arc de cercle sur le mur avant de frapper un autre soldat, qui bascula en arrière en poussant un cri étouffé. Thomas se volatilisa, une fraction de seconde avant qu'une volée de projectiles ne siffle à l'emplacement où il s'était tenu. Il surgit dans le dos du dernier militaire valide, qui venait de vider son chargeur dans sa direction, et l'assomma d'un coup violent porté sur le sommet de son crâne.

Le silence qui suivit prit Thomas au dépourvu. L'odeur âcre de la poudre lui piquait les yeux et il avait encore les oreilles qui bourdonnaient.

— Pas de bobo ? demanda Xavier en apparaissant à ses côtés.

— Non, ça va, répondit l'adolescent d'une voix sourde.

Il balaya le carnage du regard, une nausée acide contractant subitement son estomac.

— J'en ai juste plein le dos de toute cette violence…

Il ouvrit les doigts et son épée plongea d'elle-même dans la vibration fossile. Xavier ne fit pas de commentaires, se contentant de passer rapidement d'un corps à l'autre pour s'assurer que leurs adversaires étaient hors d'état de nuire. Il dépouilla au passage l'un des mercenaires de son sac à dos et en tira avec un sourire carnassier la fulgurite dérobée. Il ouvrit la bouche pour parler, mais le son de sa voix fut couvert par le mugissement tonitruant d'une sirène d'alarme. Il signala d'un geste qu'il était temps de filer et attrapa l'épaule du garçon. Tous les deux se retrouvèrent d'un coup sur le pont de la Coureuse. Thomas regarda dans la direction où devait se trouver le Seasword, sans rien voir d'autre que l'océan noir sous le semis d'étoiles.

— Tu crois qu'ils vont revenir ? demanda-t-il à Xavier.

— Tout dépend de la valeur qu'ils accordent à cet objet.

L'ancien gendarme leva la sculpture de verre au niveau de ses yeux.

— Cela n'a pas de sens, dit-il en secouant la tête. Déplacer un navire de guerre et monter une opération commando pour récupérer… ÇA !

— Je me demande bien qui se cache derrière ce projet Atlas. Quels sont leurs buts ?

— Rien de bien joli joli, si tu veux mon avis. Qu'ils disposent de navires de combat pour gérer leur tripot ne plaide pas vraiment en leur faveur. Bon, en attendant, l'urgence est de réveiller nos Belles au Bois dormant du bord et de contacter les autorités du coin et tous les bâtiments de guerre qui croiseraient dans les parages et seraient disposés à nous venir en aide !

— Je pense qu'il faut passer sous silence notre petite escapade sur le Seasword.

— Sûr ! On va se contenter de raconter à l'équipage de la Coureuse qu'on a vu des zodiacs repartir avec des types armés à bord et que j'ai tiré sans résultat sur celui qui nous volait l'hélicoptère. J'ai quand même dû détraquer quelque chose parce qu'une minute plus tard, le Super Puma s'est transformé en feu d'artifice. Ça te va, comme version ?

— Parfait. Retournons mettre la fulgurite à sa place, histoire que personne ne fasse le lien entre la pierre et l'attaque de cette nuit.

*

Par bonheur, les dernières heures avant l'aube ne furent troublées par aucune nouvelle tentative en provenance du Seasword. Une demi-heure après l'apparition du soleil au-dessus des îles de Vanikoro, les passagers de la Coureuse virent avec soulagement approcher une frégate de la marine française. Normalement basée à Nouméa en Nouvelle-Calédonie, elle croisait dans les parages au moment où elle avait capté l'appel à l'aide du navire océanographique. Elle fut rejointe, deux heures plus tard, par un autre bâtiment de guerre, australien celui-là. Les autorités des îles Salomon arrivèrent en fin de matinée, à bord d'un hydravion provenant de l'île de Nendo. L'enquêteur en chemise hawaïenne se contenta d'une brève déposition de Thomas et de Xavier et laissa entendre que l'acte de piraterie pourrait avoir été perpétré par les marins d'un navire indonésien suspect, signalé dans les parages deux semaines plus tôt. Personne ne chercha à le contredire, d'autant que le brave fonctionnaire s'était proposé de ramener les quatre Français à Nendo pour qu'ils puissent y attraper leur avion de seize heures.

En aparté, Henrique Serrao avait raconté à Richard Mercier ce qui s'était réellement passé pendant la nuit. Ce dernier avait décidé de ne pas conserver la dangereuse fulgurite à son bord et de la remettre à son ami pour qu'il l'emporte en Australie. Le commandant de la frégate française avait accepté de demeurer quelques jours dans les parages, afin d'assurer la protection de la Coureuse. Mais Mercier doutait que le bâtiment de la marine française soit en mesure de résister aux missiles et aux avions du Seasword, si ce dernier tentait quelque chose pour faire main basse sur les trouvailles du navire océanographique. Pierre Andremi offrit généreusement à Richard Mercier de prendre en charge le remplacement du Super Puma, dès qu'il arriverait dans un endroit civilisé où son téléphone cellulaire serait de nouveau utilisable. Le directeur des fouilles accepta l'aide du milliardaire, mais exigea de pouvoir le rembourser une fois que l'argent des assurances serait tombé.

Lorsque l'hydravion s'arracha aux eaux du Pacifique, en début d'après-midi, Thomas sentit le soulagement de s'en tirer à si bon compte le disputer à la frustration de n'avoir pas pu visiter cette île du bout du monde, où s'était achevée tragiquement l'une des plus célèbres expéditions maritimes de l'histoire. Une fois à Nendo, les trois hommes et l'adolescent décidèrent d'un commun accord de ne pas embarquer à bord du DC3 de la compagnie Salomon Airlines qui patientait sur la piste de l'aérodrome, mais de filer en douce à travers la vibration fossile. Ils s'isolèrent dans les toilettes pour hommes du terminal et se retrouvèrent en un instant à proximité du French camp d'Uluru. Le vent de sable de la veille avait cessé ; le soleil était de nouveau brûlant au fond du ciel.

Franck était seul au campement ; tous les autres étaient partis travailler à la grotte pour la journée. Le cuisinier s'étonna du retour prématuré des quatre voyageurs. Henrique Serrao, qui avait anticipé la question, expliqua qu'ils avaient trouvé ce qu'ils étaient venus chercher à Vanikoro dès leur arrivée et pris un vol retour le jour même. L'archéologue et Pierre Andremi s'attelèrent immédiatement à l'examen des photos de la fulgurite, afin de disposer au plus tôt d'un plan exploitable. De leur côté, Thomas comme Xavier optèrent pour une sieste réparatrice, bienvenue après la nuit mouvementée qu'ils venaient de passer.

*

Thomas ne se souvenait pas s'être endormi lorsqu'il ouvrit subitement les yeux. Un moment, il se crut sur sa couchette, à bord de la Coureuse. Puis il remarqua le dais de toile au-dessus de sa tête et se souvint qu'il était de retour à Uluru. Une intuition soudaine l'avertit qu'il n'était pas seul. Au même instant, un bâillon s'abattit sur sa bouche. Il bondit en avant mais des bras puissants le repoussèrent sans ménagement sur le lit de camp. Un pur réflexe l'incita à aspirer une goulée d'air à travers le tissu pressé contre son visage. Il perdit aussitôt connaissance.

*

Pour la seconde fois en moins de vingt heures, il se réveilla avec le sentiment d'étouffer. La panique surgit avec le souvenir de ce qui venait d'arriver, bloquant un instant ses réflexes. Puis il fit deux constats : il rebondissait en tous sens sur quelque chose de mou et ses poignets étaient entravés derrière son dos. Il ne sentait plus ses mains. Un coup d'œil lui apprit qu'il était couché sur la banquette arrière d'un véhicule, certainement un 4x4, lancé à pleine vitesse sur une piste du bush. Le vent sifflait comme une bouilloire à travers une vitre arrière entrouverte. La lumière sanglante qui illuminait l'habitacle indiquait que c'était le soir. Le premier moment de terreur passé, l'adolescent se détendit : il pouvait s'échapper à tout moment en plongeant dans la vibration fossile. La curiosité l'emporta sur toute autre considération.

Qui l'avait enlevé ? Et surtout, pourquoi ? Il projeta son esprit à l'avant du véhicule et rencontra les pensées de deux hommes. Tous les deux, Blake Lasky et Warren Yelland, étaient australiens. En voyant l'image mentale que chacun d'eux se faisait de lui-même, Thomas comprit que le premier était le tatoué qui avait rencontré Franck au campement, l'homme peint évoqué par le vieil Aborigène. Le garçon fut à peine surpris d'apprendre que ses ravisseurs travaillaient également pour le mystérieux Projet Atlas. Ils l'avaient pris en filature dès son arrivée à l'aéroport de Yulara et devaient, dans un premier temps, se contenter de consigner ses faits et gestes, en enregistrant ses conversations à l'aide du matériel sophistiqué d'écoute dont ils disposaient. Ils transmettaient le tout, par liaison satellite, à leur QG de Sydney. Quelque chose avait dû se produire entre-temps, dont ils ignoraient la teneur, car l'ordre était tombé quelques heures plus tôt d'enlever l'adolescent et de l'emmener dans le désert où un hélicoptère allait le récupérer. À l'image des militaires du Seasword, Blake Lasky et Warren Yelland ne savaient rien sur l'organisation pour laquelle ils travaillaient. Ils se contentaient de faire ce que le bureau de Sydney leur ordonnait, sans jamais poser de question. C'était un travail grassement payé, qui offrait plus d'avantages que d'inconvénients.

— Le gosse a bougé ? demanda Lasky.

— Impossible, répondit l'autre sans même accorder un regard à Thomas. Pas avec la charge de tranquillisant qu'on lui a injectée. On est encore loin ?

— Moins de deux kilomètres, d'après le GPS. Pas fâché d'arriver : cette piste est une catastrophe !

Comme pour lui donner raison, le 4x4 fit une embardée avant de retrouver pesamment son axe.

— Ralentis, tu vas finir par nous foutre dans le décor ! gronda Yelland.

Thomas digéra les informations. Une question le turlupinait : pourquoi le tranquillisant ne faisait-il pas effet sur lui ? La même chose s'était produite sur la Coureuse. Il avait alors imaginé que sa position excentrée dans le navire l'avait tenu à l'écart des gaz soporifiques. Mais peut-être était-il naturellement protégé ? Il chassa cette question de son esprit. Le plus important était de décider ce qu'il allait faire durant les prochaines minutes. Trois options s'offraient à lui : fausser immédiatement compagnie à ses ravisseurs, tenter quelque chose pour essayer de les capturer ou encore se laisser transporter à bord de l'hélicoptère pour tenter d'en apprendre d'avantage.

Il en était à ce stade de ses réflexions lorsqu'un cahot plus violent que les précédents le projeta contre la portière. Les deux Australiens poussèrent des cris, presque couverts par le rugissement du moteur. Thomas ressentit un second choc. Le 4x4 partit en tête-à-queue avant de se soulever de terre. Un instant, le garçon eut l'impression de rester immobile, suspendu dans les airs. Puis la voiture bascula en arrière. Le ciel fila derrière la vitre entrouverte et le cœur du garçon se décrocha. Il hurla et entendit un énorme bruit sourd au moment de sombrer dans l'inconscience.

*

En revenant à lui, il fut surpris d'être encore en vie. Sa joue droite lui faisait un mal de chien, à croire que c'était elle qui supportait tout le poids de son corps. De petites pierres pointues s'étaient incrustées dans sa chair enflammée. C'étaient les élancements qui l'avaient ramené vers le monde conscient. Il remua. Tout compte fait, ce n'était pas seulement sa joue qui lui faisait un mal de chien. Il se sentait perclus de douleurs : sa tête le lançait, ses yeux le brûlaient, ses épaules étaient raides, il avait dans les extrémités des frémissements douloureux comme s'il était pris d'un violent accès de fièvre. Il se frotta la joue et ouvrit les yeux. Ce qu'il vit le réveilla tout à fait.

Une dizaine d'hommes et de femmes étaient assis en cercle autour de lui, éclairés faiblement par un feu de brindilles. C'étaient des Aborigènes, tous habillés plus pauvrement les uns que les autres. Ils le regardaient en souriant, comme s'ils venaient de lui jouer un bon tour.

Parmi eux, le garçon repéra un visage connu... Bahloo ! Le vieil homme aux cheveux gris crépus rencontré à Yulara.

L'homme le salua d'un hochement de tête amical, avant de lui adresser une longue tirade dans sa langue maternelle, à laquelle Thomas ne comprit rien. L'adolescent se redressa péniblement sur les coudes, en se contentant de lui rendre un sourire grimacier. Il écarquilla les yeux en réalisant que ses pieds étaient enfouis sous un dôme de terre. Cette découverte le surprit tellement que son cerveau ne fut pas tout de suite capable de l'analyser. Bahloo secoua le doigt en direction du monticule, en expliquant quelque chose. Thomas haussa les épaules d'un air affligé... avant de réaliser qu'il lui suffisait d'invoquer le nom de l'Incréé pour lire directement les pensées de l'homme. Il s'exécuta.

— Nous t'avons couvert les pieds avec du sable frais pour sortir la fièvre de ton corps, expliqua de nouveau l'Aborigène.

« J'ai compris, cette fois », émit Thomas mentalement en direction du vieil homme.

Il se garda bien de laisser paraître son incrédulité.

« Que faisons-nous ici ? », poursuivit-il.

— Nous t'avons sorti des débris de la voiture, Thomas Altjina Tjurunga. Nous t'avons conduit dans cette grotte pour t'éloigner des yeux de l'oiseau de métal.

Thomas remarqua pour la première fois qu'ils étaient sous une voûte souterraine. Une brise soufflait d'une voix caverneuse, prêtant vie aux flammes capricieuses du foyer.

« Que sont devenus les hommes qui m'avaient enlevé ? », demanda le garçon par la pensée.

— Le Serpent Arc-en-Ciel a jugé bon de les rappeler à lui.

« Morts ? »

— On peut exprimer les choses ainsi. Nous les avons remerciés longuement de t'avoir guidé jusqu'à nous.

« Guidé jusqu'à vous ? On peut... exprimer les choses ainsi... Comment m'avez-vous trouvé ? »

— C'est toi qui nous as trouvés. Cela fait deux jours que ma famille et moi nous t'attendions au bord de la piste.

L'adolescent se demanda si son interlocuteur était totalement sain d'esprit. Les yeux remplis de douceur du vieil homme se plissèrent d'amusement. Il lança quelques boules terreuses dans le feu : l'adolescent lut dans son esprit qu'il s'agissait d'excréments séchés de chiens du désert, un excellent combustible, totalement inodore.

— Je ne suis pas fou, Altjina Tjurunga, sourit Bahloo. Cela fait plusieurs lunes que les fumées du feu à augures nous ont appris ton arrivée. Tu es celui qui va ramener l'attention du Serpent Arc-en-Ciel sur notre peuple. Notre rôle à nous consistait à t'attendre, là où tu allais avoir besoin de nous. À présent, c'est à ton tour de nous aider.

Thomas secoua la tête avec un sourire éberlué, teinté d'incrédulité.

« Je ne comprends rien à cette histoire. Comment croyez-vous que je vais vous aider ? »

— Si je le savais, je te le dirais. Mais je ne suis pas Altjina Tjurunga. Ne t'encombre pas les idées avec ça pour l'instant. Tu trouveras le moyen de le faire. Est-ce que tu as soif ?

« Euh… oui, merci. En fait, je meurs de soif. »

Le vieil homme lança quelques mots à une jeune femme qui se pencha sur un roseau planté dans le sol. Elle le prit entre ses lèvres et aspira quelques secondes, avant de se relever vivement. Une mini-fontaine jaillit en glougloutant du végétal. Elle plaça un récipient en bois sous le jet d'eau, si vite que pas une goutte ne tacha le sol. Au moment de retirer le bol, elle bloqua l'arrivée d'eau avec le doigt. Ils siphonnent la source comme on siphonnerait un réservoir d'essence ! comprit Thomas. Il remercia ses hôtes et but avec délice. L'eau était fraîche et son goût était pur.

« Où sommes-nous ? », demanda le garçon.

— Nous nous trouvons dans la région des Olgas, à un jour de marche d'Uluru. Nous appelons cette grotte Berlku. C'est ici que nous honorons nos ancêtres qui ont rejoint les sources du Temps du Rêve. Les hommes blancs ne connaissent pas son emplacement, car ils nous interdisent de conserver les dépouilles de nos morts.

Tout en parlant, Balhoo s'était légèrement écarté et Thomas découvrit avec stupeur des silhouettes momifiées, assises les unes contre les autres au fond de la grotte. Le garçon avala péniblement sa salive. Les dépouilles émaciées étaient dans un état de conservation remarquable. Les traits de leurs visages et leurs cheveux étaient parfaitement intacts, de même que les tissus de leurs vêtements dont les teintes bariolées se discernaient encore parfaitement. Toutes portaient autour du cou des colliers, ornés de ce que Thomas reconnut aussitôt comme étant des fulgurites. La roche, au-dessus des momies, était couverte de toutes sortes de formes mystérieuses, peintes ou taillées dans le grès, qui tiraient profit des motifs naturels de la pierre. Au milieu de ces formes innombrables et difficiles à interpréter, l'adolescent reconnut immédiatement des éclairs. Les mêmes que ceux qui figuraient sur la fulgurite découverte à bord du navire de Lapérouse. Il tourna les yeux vers Bahloo, tellement excité qu'il en avait complètement oublié ses courbatures.

« D'où viennent les pierres suspendues à leur cou ? »

L'autre lança une nouvelle crotte dans le feu puis s'époussetta les doigts. Il vrilla subitement un regard mystérieux dans celui du garçon.

— Elles viennent toutes de la grotte de Numereji où travaillent actuellement les gens de ton pays. Elles datent de l'époque bénie où le Serpent Arc-en-Ciel rendait fréquemment visite à mon peuple, au cœur du rocher sacré. Les pierres rouges sont les larmes de Numereji, le feu du créateur. Grâce à toi, bientôt, le Serpent Arc-en-Ciel sera de retour à Uluru...

Thomas resta sans voix. Il avait le sentiment que les pièces du puzzle se mettaient progressivement en place, même s'il ne parvenait pas encore à discerner le

motif qu'elles s'apprêtaient à dessiner. Il serra les lèvres, refusant d'avouer aux Aborigènes qu'il n'avait pas la plus petite idée de ce qu'il pouvait faire pour eux. Bahloo avait peut-être le même don que Pierric, capable de percevoir à l'avance des bribes de l'avenir. Et s'il était convaincu que Thomas allait les aider, c'était peut-être bien ce qui allait se produire...
« Attendons de voir... »

« Je vais repartir pour Uluru », dit le garçon. « Je vous remercie, toi et ta famille, pour ce que vous avez fait pour moi. Je vais tâcher de vous aider à mon tour... »

Le vieil Aborigène hocha la tête d'un air satisfait.

Il adressa un regard aux membres de sa famille qui se mirent à chanter, en se balançant d'avant en arrière. C'était une mélopée apaisante, douce comme une berceuse chantée par une femme à son bébé. Thomas comprit vaguement que le chant parlait du Serpent Arc-en-Ciel, à qui le peuple aborigène demandait pardon pour une faute qui l'avait détourné de ses créatures. Deux jeunes garçons s'approchèrent à quatre pattes et commencèrent à pelleter à deux mains pour libérer les pieds de Thomas. Lorsque ce fut fait, l'un d'eux lui apporta ses chaussures. Thomas les enfila puis chercha le regard de Bahloo afin de lui adresser un salut. Mais le vieillard avait fermé les yeux pour mêler sa voix à celle de ses proches.

L'adolescent hésita. Il jeta un dernier coup d'œil aux Aborigènes en transe, s'emplit les oreilles de leur chant syncopé qui paraissait vieux comme le monde. Puis il éleva son niveau de vibration et se retrouva au milieu du campement des archéologues, illuminé par les phares clignotants de plusieurs voitures de police. Visiblement, les autorités avaient été averties de son enlèvement. Le garçon tourna la tête pour protéger ses yeux de la lumière vive. Son regard rencontra Uluru, île brumeuse émergeant d'un océan de sable. Au-dessus s'étendait le ciel clouté d'étoiles, au milieu duquel scintillait la Croix du Sud, la fameuse constellation représentée sur le drapeau australien.

Un cri retentit dans son dos, puis des gens se précipitèrent dans sa direction. Brusquement, Ela fut à ses côtés. Elle jeta ses bras autour de Thomas, avec un sanglot bref. L'adolescent vacilla sous le choc et oublia aussitôt toutes les mésaventures des dernières heures.

15.

Terre-Matrice

Catal marmonnait infatigablement de la poésie de son timbre caverneux. À l'image de l'équipage du Satalu, Ki avait cessé de prêter attention à ses paroles incompréhensibles et chantantes et sa voix n'était plus pour elle qu'un vague fond sonore. Seul l'irascible Zubran pestait régulièrement contre celui qu'il traitait de rimailleur à l'haleine fétide.

Cela faisait maintenant six jours que le Mixcoalt avait rejoint les Spartes. Ils lui avaient aménagé un abri à sa taille avec une voile tendue horizontalement au-dessus du gaillard d'arrière du navire volant. Catal avait guidé ses alliés humains jusqu'au monolithe de Terre-Matrice, et, depuis lors, tous se terraient à proximité en attendant le moment propice pour passer à l'action. Le Satalu avait été dissimulé tant bien que mal au milieu d'une clairière, si étroite qu'il avait fallu scier de nombreuses branches pour parvenir à s'y réfugier.

Le ciel de l'après-midi avait perdu son aspect menaçant pour accueillir les derniers rayons dorés du couchant. Déjà, l'obscurité de la nuit nappait le cœur de l'immense forêt. La pluie, qui s'était abattue sur la canopée en rideaux serrés, avait libéré les parfums de la sylve : la terre humide, l'odeur suave des arbres (que Catal appelait des eliodules), la note acidulée des vire-voles (des graines entraînées dans les airs à la moindre brise), mêlée à celle du bois de corail bien sec qui se consumait dans un grand feu allumé en prévision du repas.

Une cascade permanente, alimentée par les pluies incessantes, tombait depuis les hautes frondaisons, jusqu'à l'étang qui occupait l'essentiel de la trouée dans la forêt. Des tourbillons de brume chaude montaient de la surprenante cataracte, donnant à la clairière des allures de source thermale. L'humidité avait créé un étrange microclimat de mousses et de fleurs pendantes, au milieu duquel voletaient des oiseaux couverts d'écailles.

Ki tordait sa longue chevelure rousse pour l'essorer, après s'être baignée dans le petit bassin, à quelques mètres du rideau humide de la chute d'eau. Elle contemplait d'un œil amusé les Spartes et les aéronautes veldaniens qui se détendaient en batifolant dans l'eau, vêtus simplement d'une bande-culotte. Tous semblaient rivaliser d'adresse en jouant avec une balle de cuir. Ki voyait bien que bon nombre d'entre eux cherchaient à l'épater. Elle évitait généralement de les encourager dans cette voie, mais elle prenait réellement plaisir à applaudir leurs exploits et à rire de leurs pitreries.

Le jeu trompait l'ennui et éloignait l'inquiétude, à quelques heures du moment fatidique. Catal avait annoncé que c'était cette nuit que l'Aedir allait surgir des entrailles de la terre. Il estimait cela à l'éclat du collier d'Atiane, qui barrait le ciel du nord au sud. Selon lui, la luminosité de l'anneau variait de façon cyclique, suivant une période de dix jours, et la Frontière surgissait invariablement lorsque le collier arrivait au maximum de son éclat. Léo Artéan avait imaginé une stratégie particulièrement audacieuse pour s'introduire dans la ville souterraine. Il avait découvert récemment qu'il pouvait se transporter dans tout endroit qu'il appréhendait à travers le regard d'une créature dont il occupait les pensées. Catal allait donc se présenter aux portes de la cité souterraine, en clamant que sa tentative de fuite avait échoué et qu'il était tout disposé à encourir la justice des Réincarnés. Une fois à l'intérieur, il lui faudrait s'approcher au maximum de la Frontière pour permettre aux chevaliers spartes d'intervenir. La mission de ces derniers serait alors de sécuriser les abords de la Frontière, le temps pour leur roi de récupérer le nom de l'Incréé. La tâche promettait d'être particulièrement périlleuse.

Un flash de lumière blanche éclaira fugacement la forêt, à une centaine de mètres du bassin. Spartes et Veldaniens se raidirent et scrutèrent la touffeur oppressante du sous-bois, prêts à bondir sur leurs armes. Mais, à présent, tout semblait paisible : un de ces lézards gigantesques qui hantaient la forêt avait dû se prendre les pieds dans les fils d'alarme tendus par les Veldaniens autour de la clairière et déclencher la décharge de lumière d'un cligneluire, qui l'avait mis en déroute. Les cligneluires étaient de paisibles plantigrades originaires des montagnes de Veldane, dont certaines parties du corps avaient la particularité d'être bioluminescentes. Enfermés dans des cages en bois le long du périmètre de défense, ils émettaient d'aveuglantes bouffées de lumière lorsqu'un prédateur venait à s'approcher d'un peu trop près.

Ki se redressa en rejetant d'un coup de tête ses cheveux par-dessus son épaule. L'air était dense, chaud et étonnamment humide. Elle était impatiente de se battre puis de reprendre l'air à bord du Satalu. Au moins, là-haut, l'atmosphère serait un peu moins irrespirable. Deux Veldaniens accrochèrent une marmite pansue au-dessus du feu de camp. La plupart des hommes cessèrent leurs ébats aquatiques et commencèrent à regagner paisiblement la zone située au-dessous de la coque du navire volant. Ils allumèrent des torches, posèrent des planches sur des tréteaux, tirèrent des bancs devant les tables improvisées. Ki commença à disposer les écuelles et les couverts pendant que deux Spartes approchaient un tonneau rempli d'eau claire. Il n'y aurait pas de vin, ce soir-là.

Contrairement à son habitude, Léo Artéan se mêla à ses hommes au moment du repas. La plupart en furent ravis. Ki interpréta sa présence comme un indice de l'inquiétude qui devait l'habiter. Il craignait certainement que nombre d'entre eux ne voient pas l'aube suivante. Catal lui-même, d'ordinaire si réservé, quitta le gaillard d'arrière du Satalu, pour manger en compagnie de ses alliés bipèdes. Il demeura à une certaine distance – il avait parfaitement compris que les humains ne supportaient pas son haleine – mâchant avec application la pulpe verte d'une grosse liane qu'il désignait sous le nom de claque-fouet. L'os brisé de son aile s'était ressoudé miraculeusement de lui-même, sans qu'il ait été besoin de placer une atelle ni d'appliquer le moindre emplâtre. Le grand reptile n'était pas encore en mesure de voler, mais ce n'était visiblement plus qu'une question de jours. Catal avait expliqué que cette faculté était normale chez les jeunes de son espèce. Lui-même n'avait que cent trois ans, soit moins du dixième de l'espérance de vie moyenne d'un Mixcoalt.

La voûte céleste, pailletée d'argent, tourna lentement au-dessus de la clairière. Lorsque les lunes Sang et Or effilèrent leurs rayons à travers les branches, Catal leva les yeux vers le collier d'Atiane. Son regard semblait d'une mélancolie sans borne, mais ses babines retroussées paraissaient défier les étoiles. Les hommes se turent. Le Mixcoalt prononça des mots dans sa langue et tout le monde comprit que l'heure était venue.

— On se rassemble autour de Catal ! ordonna Léo Artéan en marchant vers le saurien.

Les Passe-Mondes s'avancèrent à leur tour. Ils tirèrent leur épée et posèrent une main sur le Mixcoalt. Leur cercle d'acier paraissait bien dérisoire face à la stature du reptile ailé, mais Ki savait qu'il ne fallait pas se fier aux apparences.

— On transporte notre ami au sommet du rocher, poursuivit le roi masqué. Puis on attend qu'il rentre, dissimulés sur le toit de la construction qu'il nomme la Rotonde des Portes. Que la force des Incréés arme vos bras !

Le rugissement de la vibration fossile répondit à celui des guerriers spartes. Ils se retrouvèrent sur le dos de l'immense récif rouge. Catal leur adressa un regard chargé d'empathie, sourcils froncés, avant de se tourner vers une porte gigantesque taillée dans la roche. Les Passe-Mondes bondirent trente mètres plus haut et s'armèrent de patience. Léo Artéan fixait la ligne d'horizon, mais chacun savait que son regard contemplait bien autre chose.

— La porte vient de basculer, dit-il soudain d'une voix désincarnée. Deux Mixcoalts viennent à la rencontre de Catal. Ils pointent des lances sur son ventre. Ils le poussent à l'intérieur...

Ki étira les muscles de son dos, précipitant des gouttes de sueur au creux de ses reins. La chaleur montait de la jungle par vagues humides. L'adolescente sentait la vibration fossile trembler dans son ventre, comme une invitation à la bataille.

— Ils refusent de l'emmener contempler l'Aedir une dernière fois... Catal insiste. Ils l'emmènent, sans violence, mais sans lui laisser une chance de s'approcher de la Frontière...

Chaque détail du paysage apparaissait avec une acuité extrême aux yeux de Ki. Les lunes immobiles dans le ciel noir, les menues torches des étoiles, le frémissement de l'océan de frondaisons, le jaillissement sanglant du rocher, l'ombre projetée par ses compagnons d'armes...

— Ils suivent des ruelles peu éclairées, les maisons sont vertes... Ils ne croisent presque personne... Les Mixcoalts qu'ils rencontrent détournent le regard... D'autres ruelles... Une porte. Ils l'emmènent dans un bâtiment construit en briques végétales...

Ki murmura le nom de son père, sa main serrant à la broyer la poignée de son épée. À côté d'elle, Zubran fixait d'un air farouche la roche sous ses pieds. Sa bouche se tordait d'un rictus mauvais.

— Ils s'engagent dans une tourelle. Un escalier en colimaçon, ils montent... À gauche, une baie ouverte sur l'extérieur... Catal s'est précipité ! Il se penche par l'ouverture... Cette terrasse surélevée au loin... C'EST L'AEDIR !

Léo Artéan bondit sur ses jambes.

— SUIVEZ-MOI !

Les Passe-Mondes déferlèrent du néant à travers l'escalier en colimaçon. Les deux Mixcoalts perdirent la vie avant même d'avoir eu le temps de voir leurs agresseurs. Les hommes attrapèrent Catal et traversèrent la vibration pour surgir sur la terrasse entraperçue par le Mixcoalt. C'était une vaste esplanade circulaire, surélevée par rapport au reste de la ville troglodytique. Plusieurs rangées de braseros l'illuminaient et une centaine de reptiles ailés étaient massés sur son pourtour. Au centre, surgissant à moitié d'une sorte de puits obscur, apparaissait le cube de néant, l'Aedir. Trois Mixcoalts en tenaient un quatrième, revêtu d'une cape en fibres tressées, à un mètre de la Frontière. S'agissait-il de la cérémonie d'initiation d'un nouveau Réincarné ?

Les chevaliers spartes engagèrent le combat sans état d'âme, bondissant dans les airs pour plonger leurs épées dans les yeux ou la gorge de leurs victimes. Un mouvement de panique s'empara aussitôt d'une partie de l'assistance, qui se transforma en terreur aveugle lorsque certains Mixcoalts passèrent à leur tour à l'attaque, en projetant à l'aveugle d'énormes colonnes de flammes meurtrières. Des Passe-Mondes retombèrent au sol, complètement carbonisés. D'autres furent écrasés par des reptiles paniqués, qui se jetaient à terre pour tenter d'éteindre les flammes qui noircissaient leurs chairs. De son côté, Ki tuait avec une régularité de métronome, disparaissant avant chaque langue de feu, échappant de justesse à chaque claquement de dents nauséabond. Elle tourbillonnait follement, moissonnant les globes oculaires, perforant les gorges pantelantes, arrachant des morceaux de chair à chaque coup d'épée, sans se soucier des humeurs visqueuses et du sang transparent comme une laque qui l'engluaient progressivement.

Le pacifique Catal n'était pas en reste. Il grillait ses semblables avec une efficacité redoutable, se protégeant derrière la carcasse d'un Mixcoalt pour faire progressivement le vide autour de lui. Les chevaliers spartes accentuaient la pression, virevoltant comme d'implacables oiseaux de proie autour de la Frontière, afin de laisser à leur roi le temps de mener à bien sa mission. Léo Artéan s'était engouffré dans le cube de noirceur dès le début de l'engagement : Ki se fit la remarque qu'il tardait à ressortir. Elle sentit l'inquiétude l'envahir, car plusieurs dizaines de Mixcoalts armés arrivaient au pas de course en contrebas de la terrasse. Ceux-là étaient des soldats. Une fois qu'ils auraient gravi les marches, la situation deviendrait intenable pour les Passe-Mondes !

La jeune fille évita facilement un coup de griffes et plongea son arme dans la gorge d'un reptile géant. Elle vit du coin de l'œil son adversaire, fou de terreur, s'arroser lui-même de flammes pour tenter de la tuer. À cet instant surgirent les premiers renforts Mixcoalts, casqués et protégés de cottes en lianes tressées. Ils repoussèrent sans ménagement les cadavres désarticulés ou charbonneux de leurs congénères et se ruèrent à l'assaut. Leurs rugissements terrifiants précédèrent d'une fraction de seconde un mur de flammes.

« Repli immédiat ! On retourne au Satalu ! »

Le message mental de Léo Artéan avait claqué dans toutes les têtes comme un message d'espoir inespéré. Ki et Zubran bondirent sur Catal pour l'entraîner avec eux dans la vibration fossile.

La plupart des Passe-Mondes s'affaissèrent en surgissant sous le ventre noir du Satalu, blessés ou tout simplement à bout de forces. Ki sentit ses jambes se dérober sous elle. Seule la poigne ferme du Premier Soutien Zubran évita qu'elle ne s'écroule sur place. Elle tourna un visage anxieux vers Léo Artéan.

— J'ai le nom de l'Incréé, dit le roi masqué. Nous avons réussi...

Sa voix était empreinte d'une grande lassitude. Il contemplait d'un œil navré les chevaliers spartes revenus de Terre-Matrice. Ils avaient réussi, mais à quel prix : ils n'étaient plus que huit !

*

Thomas avait commencé par sentir le désespoir le submerger, mais, à présent, il jubilait littéralement. Assis en tailleur face au feu de camp, avec ses cheveux en bataille pleins de brindilles et son visage taché de poussière et de bleus, il avait l'air d'un clochard sans logis. Ela ne lâchait plus sa main, comme si elle craignait qu'il ne disparaisse à nouveau. Tous les amis du garçon s'étaient rassemblés autour de lui après le départ des policiers.

Lorsque Henrique Serrao lui avait appris que la grotte indiquée sur le plan de la fulgurite était celle qu'ils connaissaient déjà, le garçon avait eu le sentiment que le ciel lui dégringolait sur la tête. Tout ça pour ça ! Leur dernier espoir s'envolait en fumée et il n'avait pas le plus petit plan B à se mettre sous la dent ! L'adolescent avait bien cherché une faille dans le raisonnement de l'archéologue, mais sans succès : l'unique élément remarquable qui pouvait correspondre au tracé circulaire du plan était le point d'eau naturel présent à Uluru. Il suffisait ensuite de compter neuf fissures dans le rocher – les neuf hachures verticales figurant sur la fulgurite – pour tomber sur la grotte du Serpent Arc-en-Ciel.

Alors, que faire ? Pénétrer dans la cité n'était pas un problème en soi : la grotte de Serrao y menait directement. Mais trois difficultés demeuraient : trouver la Frontière dans le dédale de la cité troglodytique, savoir à quel moment elle surgirait de son tunnel vertical et, surtout, survivre suffisamment de temps pour accéder au nom de l'Incréé. Les deux premières difficultés pouvaient être facilement résolues en sondant les pensées des autochtones. Mais il ne pourrait jamais surmonter la troisième sans une aide extérieure. Thomas était occupé à ruminer sombrement sa frustration lorsque l'un des chevaux de l'enclos poussa un hennissement. L'adolescent eut alors eu une illumination : l'image du célèbre cheval de Troie venait d'envahir son esprit ! IL LE TENAIT, SON PLAN B ! Il allait proposer aux Mixcoalts assiégeant Terre-Matrice d'être leur cheval de Troie ! Il allait leur offrir le moyen de s'introduire dans la grotte et leur réclamer en échange une protection !

Jubilant, il exposa son idée à ses amis. Elle suscita des sourires et des hochements de tête enthousiastes.

— Comment comptes-tu trouver leur chef ? interrogea Pierre Andremi.

— J'ai vu leur campement à travers les yeux du Mixcoalt, je peux donc m'y transporter à tout moment. J'utiliserai la télépathie pour demander à être présenté à leur chef, qui s'appelle Catal.

— Trop risqué, riposta Ela.

— Je ne crois pas. Une armée de géants ne sera pas inquiète de voir surgir un moustique désarmé. Et puis, s'il y avait le moindre pépin, je m'éclipserais illico !

La jeune fille pinça les lèvres d'un air buté, mais s'abstint d'exprimer son scepticisme.

— Tu penses pouvoir transporter tout seul les Mixcoalts ? s'étonna Duinhaïn.

— C'est là que le bât blesse, concéda l'adolescent. Je ne suis même pas certain de pouvoir en transporter un tout seul alors qu'il faudrait en faire rentrer un maximum d'un coup pour éviter qu'ils ne soient massacrés à l'arrivée.

— Fais-toi aider par les Veilleurs ! suggéra Tenna.

— J'y ai bien pensé, mais je ne sais pas où j'ai fichu le sort d'alarme que Dune Bard m'avait confié à Perce-Nuage... En outre, ils semblaient avoir d'autres chats à fouetter la dernière fois qu'on les a rencontrés...

— Alors, demande l'aide des élèves de l'école des Deux Mains ! proposa Ela.

La contrariété s'évapora du visage de Thomas.

— Tu as raison, c'est la solution ! Je vais leur rendre visite immédiatement.

— Je t'accompagne, affirma la jeune fille. Le concours de mon père pourrait s'avérer précieux pour décider Balbusarnn à lâcher ses précieux chérubins !

— Attendez demain, intervint Palleas. Vous n'en êtes pas à quelques heures près. Si les Mixcoalts qui assiègent Terre-Matrice venaient à prendre la ville entre-temps, cela ne ferait que simplifier nos affaires...

— Mmm, fit Thomas, dubitatif. D'un autre côté, on augmente le risque de voir surgir de nouveaux excités travaillant pour le Projet Atlas. Je crois préférable de ne pas perdre une minute.

— Pas faux, confirma Pierre Andremi. On sait qu'ils disposent de moyens considérables ; il ne faut pas leur laisser le temps de reprendre l'initiative. Dès notre retour en France, je me renseignerai très sérieusement sur cette société secrète...

Ela regarda Thomas avec un air ironique.

— Prends au moins le temps de te débarbouiller, souffla-t-elle. Tu ressembles à un flaire-poubelles avec cette dégaine !

*

Leur passage à Dardéa fut comme une accalmie inattendue au milieu d'une tempête. L'Animaville resplendissait dans son écrin d'eau et de montagnes, sous un ciel bleu lavande qui brasillait de chaleur. Les ruelles étaient toujours aussi paisibles et pimpantes, comme si les rumeurs de la guerre n'avaient pas le pouvoir de franchir les remparts de la cité.

Étrangement, Thomas avait l'impression d'être de retour chez lui. Son corps et son esprit, encore agités par la lutte et le péril, s'apaisaient à mesure qu'il arpentait d'un pas léger la rue de la Spirale. À mi-montée, le garçon entraîna Ela vers les jardins suspendus où ils avaient été attaqués par les libelames, des mois plus tôt.

— Je n'en reviens toujours pas de tout ce que nous avons vécu ensemble, murmura-t-il.

La jeune fille accentua la pression de ses doigts sur ceux du garçon.

— Ce n'est qu'un début, assura-t-elle.

Ils restèrent un moment à contempler le lac du

Milieu, savourant un bonheur instantané, sans passé ni futur. Un orgueil obscur et profond vibrait en Thomas ; un bonheur ineffable roulait dans ses veines avec l'impétuosité d'un torrent de printemps. Tout ce qu'il avait jamais désiré se trouvait réuni ici : il tourna les yeux vers l'adolescente et lui sourit.

— Tu viens ?

— Tout ce que tu veux, répondit-elle avec un regard ambigu.

— Le temps presse, dit-il, incertain.

— Je sais, grimaça-t-elle. Allons trouver mon père…

Iriann Daeron les accueillit avec un soulagement évident. L'absence de nouvelles commençait à lui peser. Il écouta avec attention le récit des derniers événements puis accéda sans peine à la requête des adolescents.

— Je vais expliquer à Balbusarnn la situation et le besoin urgent que vous avez de trouver des Passe-Mondes, conclut le Guide de la cité. Je suppose que vous souhaitez repartir le plus rapidement possible…

Contre toute attente, le directeur de l'école ne se fit pas prier pour réquisitionner ses élèves. Le calamiteux voyage scolaire à Colossea lui avait fait prendre conscience que la menace était désormais aux portes de l'Animaville et qu'il était du devoir de chacun de contribuer à l'effort de guerre. Les six élèves Passe-Mondes que comptait l'école assistaient à un cours du maître Passe-Mondes Lebanenn. Tous, le vieux professeur en tête, se portèrent volontaires pour aider Thomas à transporter les Mixcoalts.

— Depuis Colossea, nous ne rêvions que de repartir, se réjouit Zerth Pest. Nous pourrions aussi demander l'aide de ceux de nos parents qui possèdent notre pouvoir. Je suis certain que mon père serait partant pour nous accompagner.

— Excellente idée, jugea Iriann Daeron. Prenez une heure pour retourner dans vos familles puis revenez avec autant de Passe-Mondes que vous aurez pu en convaincre. Emportez quelques vêtements de rechange : votre mission ne devrait pas durer plus d'une demi-journée, mais on ne sait jamais.

Ce ne furent pas moins de quinze Passe-Mondes qui accompagnèrent Thomas et Ela sur le chemin du retour. Ils s'entassèrent tant bien que mal dans la tente d'Uluru (ici, c'était encore la nuit) pendant que Thomas, accompagné de Zerth Pest – le meilleur Passe-Monde de Dardéa avec lui-même – filait vers la jungle de Terre-Matrice. Thomas avait choisi d'être accompagné par un autre Passe-Mondes pour être en mesure de faire aux sauriens une démonstration probante de leur pouvoir et tenter ainsi d'emporter leur adhésion.

La lumière de l'aube teintait de rose les nuages au-dessus du campement Mixcoalt. Plusieurs reptiles ailés aux couleurs vives circulaient entre les immenses tentes de branchages. L'un d'eux se dressa soudain devant les adolescents. Il poussa un feulement caverneux en promenant un regard rempli de défiance sur les petits bipèdes. Zerth tordit le nez, assailli par la puanteur immonde qui se dégageait de la gueule bardée de dents. Thomas eut un haut-le-cœur – il avait lu dans l'esprit de la créature qu'elle n'hésiterait pas à les carboniser au premier mouvement suspect. Il projeta sa pensée en direction du saurien :

« Nous sommes des amis et nous souhaitons rencontrer Catal, pour nous entretenir avec lui. »

Le Mixcoalt sursauta, ses ailes s'écartant de surprise dans son dos. Ses yeux mouvants glissaient d'un garçon à l'autre.

« Je communique par la pensée » poursuivit vivement Thomas.

Il hocha la tête pour que son vis-à-vis sache à qui il avait affaire.

« Est-ce que vous me comprenez ? »

L'énorme créature regarda alentour avec anxiété puis sembla se résoudre à l'idée que c'était bien le petit singe au visage rose qui parlait à l'intérieur de sa tête. Ses arcades sourcilières hérissées de pointes s'abaissèrent un peu.

— Je vous comprends, gronda le reptile en hésitant encore à replier ses ailes. Qui êtes-vous et que voulez-vous au Kabirou Catal ?

« Nous sommes des humains et nous arrivons d'au-delà de l'océan. Nous connaissons un moyen sûr d'envahir Terre-Matrice, nous avons un marché à proposer à... au Kabirou Catal ! »

Les naseaux du Mixcoalt se pincèrent de stupeur. Ses doutes furent engloutis par un soudain flot d'espoir – l'espoir que ces drôles de petites créatures puissent leur permettre de pénétrer dans l'inviolable forteresse des Réincarnés.

— Poésie des Sans-Pareils, si cela pouvait être vrai, mugit le saurien en montrant les crocs de contentement.

— Tu l'as indisposé ? grommela Zerth entre ses dents.

— Au contraire, sourit Thomas. Je t'accorde que ce n'est pas évident au premier abord, mais il est ravi de nous avoir rencontrés...

— Suivez-moi, tonna le Mixcoalt, avec un net assouplissement de son ton.

Il partit vers le centre du campement, en adressant des signes d'apaisement à ses congénères intrigués qui s'attroupaient autour d'eux. La tente couverte de feuillages dans laquelle il entraîna les visiteurs ne différait en rien de toutes les autres. L'arôme de sève et de bois ne parvenait pas à couvrir l'odeur de décomposition exhalée par la respiration des reptiles. Un Mixcoalt voûté était assis au bord d'une couche composée de lanières de cuir tendues sur un cadre en os. Il marmonnait à haute voix des paroles chantantes, en contemplant à la lueur d'un gros ver luisant encagé un feuillet de métal posé sur un lutrin de bois. Il suffisait de voir sa peau totalement dépigmentée et ses iris couverts d'une taie blanche pour comprendre qu'il était au crépuscule de son existence. « Onze siècles, c'était un âge plus que respectable », songea Thomas. Le Mixcoalt qui avait introduit les adolescents s'inclina profondément.

— Je suis désolé de vous soustraire aux poèmes de l'aube, déclara-t-il avec une infinie déférence. Mais ces deux... humains souhaitent vous entretenir d'un sujet de la plus haute importance... selon eux.

Un éclair traversa les pâles prunelles du Kabirou Catal. Sa voix jaillit, énorme, mais aussi claire et chantante qu'une source sourdant de la roche.

— Merci, Leotal. Laisse-nous à présent, s'il te plaît.

Il tourna sa grosse tête vers ses visiteurs. Sa gueule s'entrouvrit sur ce qui ressemblait à une forme de sourire et ses oreilles s'agitèrent comme la queue d'un chien satisfait. Il garda quelques secondes un silence concentré, comme si le refoulement d'une excitation croissante accaparait toute son énergie. Puis il lança non pas des paroles mais une pensée en direction des garçons.

« Que l'inspiration vous inonde, amis humains. Je suis heureux de constater que votre peuple n'a pas oublié le chemin de Terre-Matrice. Où est votre navire ? »

Thomas le contempla avec stupeur. « Il connaît les humains et semble heureux de nous voir... »

« Bonjour Kabirou Catal », répondit mentalement le garçon. « Nous n'avons pas de navire : nous sommes arrivés à travers.... »

« ... la vibration fossile ! », termina malicieusement le Mixcoalt. « Je sais à la couleur de vos yeux que vous êtes des Passe-Mondes ! Et je vois également à ton expression ébahie (Catal fixait Thomas d'un air attentif) que tu ne sais pas que d'autres humains ont jadis visité cet endroit. »

Thomas confirma d'un mouvement de la tête. Zerth roulait des yeux inquisiteurs en direction de son camarade, sans toutefois oser interrompre l'échange télépathique. Le Mixcoalt poussa une sorte de gloussement.

« Je n'étais encore qu'un jeune écervelé... en bien fâcheuse posture... Tes semblables m'ont aidé et je les ai aidés en retour. L'homme qui parlait dans les esprits comme toi s'appelait Léo Artéan. Il recherchait l'Aedir, qu'il appelait Frontière. Cherches-tu aussi l'Aedir ? »

Thomas tarda à répondre, tant son effarement était total.

« Oui... Je suis à la recherche de l'Aedir... Vous avez rencontré... Léo Artéan ? »

« Je viens de te le dire, mon jeune ami. Il était accompagné d'un certain nombre de valeureux compagnons et voyageait à bord d'un navire construit dans un bois spécial, qui lui permettait de flotter dans les airs. Nous sommes restés de nombreux jours ensemble. Nous avons même combattu côte à côte... »

Catal secoua la tête, comme pour chasser un souvenir importun. Il reporta sur Thomas et Zerth un regard désolé.

« Pourquoi faut-il toujours se battre pour obtenir le simple droit de vivre libre ? »

Sa grosse tête s'épanouit subitement.

« Mais oublions cela ! Je crois avoir compris l'objet de votre démarche : vous m'offrez la possibilité de m'introduire à Terre-Matrice et d'envahir ma cité natale, ce qui vous donnera du même coup l'occasion de rencontrer l'Aedir en toute quiétude. »

Thomas sourit au regard perçant sorti de ce corps massif en partie brisé par l'âge. Il sentit le traverser un élan de sympathie pour le vieux Mixcoalt.

« C'est exactement ça ! Nous sommes seize Passe-Mondes et nous pourrons transporter huit d'entre vous à chaque voyage… »

« C'est parfait. Un coup de pouce inespéré du destin… Il suffira de surgir dans un endroit reculé de la cité puis de passer à l'attaque dès que nous serons en nombre suffisant… Vous savez que l'Aedir n'apparaîtra que dans deux jours ? »

« Je l'ignorais, mais ce n'est pas un problème : j'attendrai. »

Catal émit un grognement de satisfaction. Il se leva, en dépliant son corps avec un rictus que Thomas interpréta pour une grimace de douleur. Malgré sa posture voûtée et la maigreur de ses membres antérieurs, il semblait encore vigoureux. Il braqua son mufle busqué vers les deux adolescents et les regarda avec une intensité fiévreuse. Il ouvrit la gueule, pour la première fois depuis le début de l'échange mental.

— Avec votre aide, Terre-Matrice va recouvrer sa liberté et les bourreaux seront châtiés !

Sa voix tonnante était chaude et vibrante. Ses énormes mains griffues s'ouvraient et se fermaient comme si elles agrippaient le cou d'un Réincarné.

— Qu'est-ce qu'il a dit ? demanda Zerth, qui n'en pouvait plus de patienter.

— Il a dit que Terre-Matrice va tomber ce matin, gronda Thomas.

Excalibur faisait ronfler la vibration fossile autour de ses doigts.

16.

En rêve inconnu

Pierric avait emporté dans le demi-sommeil l'odeur froide de tombe ouverte qui imprégnait l'intérieur de son narcovaisseau. « Ma tombe, si je ne trouve pas ce qui interdit aux Spartes de quitter l'animation suspendue ! »

L'état de songe éveillé dans lequel se trouvait le garçon était pour le moins surprenant : il se souvenait parfaitement de là où il était et de ce qu'il était venu faire ; il avait même la possibilité de s'orienter au milieu des paysages issus de son subconscient. En revanche, il était incapable d'estimer le temps écoulé depuis que la lentille de cristal pourpre de son narcovaisseau s'était refermée sur lui. Quelques minutes ou peut-être des semaines. Il était comme privé de toute perception temporelle.

Le rêve conscient ressemblait en tous points à ce que Fëanor lui avait annoncé : des contrées paisibles, fabriquées dans le creuset de ses fantasmes à partir de bribes de son passé. Il avait commencé par découvrir une adorable chaumière, sur laquelle de larges draperies de lumière tombaient en diagonale à travers les branches d'un gigantesque marronnier. Le paysage alentour était plein de douceur et de beauté, parsemé de fleurs jusqu'à l'horizon. Des oiseaux chantaient sous la futaie, des lapins mâchonnaient sur l'humus semé de lumière émeraude. À peine Pierric s'était-il dit qu'il ne manquait à l'appel que Bambi, qu'aussitôt des chevreuils étaient apparus, déambulant gracieusement sur l'herbe en fixant l'adolescent de leurs grands yeux liquides.

Le garçon avait souri aux animaux et s'était éloigné paisiblement en direction de la ligne d'horizon. L'air était rempli du doux parfum d'un éternel printemps. Le ciel s'ornait de petits cumulus joufflus, qui accrochaient les rayons du soleil et scintillaient comme la barbe à papa de son enfance. Les nuages avaient le bon goût de ne pas dissimuler l'œil rouge placé au centre du ciel : le couvercle lenticulaire de son narcovaisseau semblait l'observer, mystérieuse présence rappelant à tout instant que rien dans tout ce qu'il voyait n'existait vraiment.

« *Surtout, ne perds jamais de vue la lentille au-dessus de toi* », lui avait précisé Fëanor. « *Elle est ton cordon ombilical avec le monde réel. Tant qu'elle est là, il te suffit de le souhaiter pour t'éveiller aussitôt. Si le lien était rompu, alors tu plongerais dans le sommeil profond et seule l'intervention d'un Hermétique permettrait de te ramener à l'état de veille. Et, vu que le dernier Hermétique est prisonnier de l'animation suspendue, tu serais irrémédiablement perdu…* »

Comme un écolier faisant l'école buissonnière par la plus belle journée de la semaine, Pierric prenait plaisir à marcher sur l'herbe élastique qui lui chatouillait les chevilles. Ici, pas de ville, pas de routes, pas de pollution. Juste cet océan de verdure, un monde du dimanche, fait pour musarder ou pour s'allonger sur le dos, les yeux mi-clos, en somnolant dans l'odeur enivrante de l'herbe, du thym et des fleurs. L'adolescent évitait le moindre geste qui puisse troubler la quiétude absolue de ce paysage idyllique. Il se contentait de flâner en se laissant porter par l'inspiration du moment, tantôt suivant un couple de papillons jaunes et bleus, tantôt répondant aux clins d'œil d'un millier de fleurs agitées par le soupir d'une brise indolente.

— Je n'aimerais pas avoir à tondre tout ça, rit-il.

Le son de sa voix résonna étrangement... comme s'il se trouvait dans un endroit exigu... Il se rappela soudain que c'était le cas ! « Tu n'es pas là pour faire du tourisme virtuel », se morigéna-t-il. « Tu as une mission ! Entrer en contact avec les chevaliers spartes endormis. » Mais comment faire ? Marcher jusqu'aux confins de ce monde, si confins il y avait, ou au contraire rester sur place pour tenter de percevoir à travers les apparences un indice de la présence d'autres dormeurs ? Il n'avait pas l'amorce d'une réponse. Il s'assit pour réfléchir.

Comme s'il suivait le cours de ses pensées, le paysage passa par toutes les couleurs du crépuscule. Le soleil s'enfonça derrière des nuages rougeoyants et la nuit se leva, allumant des myriades d'étoiles au-dessus de la prairie. La lentille du narcovaisseau ressemblait désormais à une grosse braise rouge au milieu du ciel, attisée par un hypothétique vent d'altitude. Pierric se rappela subitement une nuit de l'été précédent, passée dans le jardin d'Honorine en compagnie de Thomas. Ils avaient contemplé jusqu'à l'aube les étoiles à travers la petite lunette astronomique reçue pour son anniversaire, en piochant leurs noms mystérieux dans un vieux livre d'astronomie prêté par Romuald : Capella, Sirius, Bételgeuse, Arcturus, Antarès... Tous ces noms exotiques les avaient fait rêver. Cela avait été une grande nuit, la meilleure de l'année et, maintenant qu'il y pensait, une des meilleures de sa vie. Ici, en revanche, pas besoin de lunette astronomique, tant la lumière des astres semblait intense. Le ciel nocturne ruisselait littéralement de lumière ; la voie lactée faisait penser à une longue flaque phosphorescente cerclée de brasiers blancs, jaunes, rouges.

Puis ce fut le matin, vivifiant, d'une transparence cristalline. Un petit vent vif faisait scintiller des gouttes de rosée sur les hautes herbes. Le bruit des cigales peuplait le silence. Pierric se fit la remarque qu'il aurait bien mangé quelque chose. « C'est idiot d'avoir faim en dormant », pensa-t-il avec un gloussement réjoui. Il découvrit sur sa droite une petite mare d'eau bouillante et, juste derrière, un nid rempli de trois œufs de belle taille. Sans se poser plus de questions, il déposa les œufs dans l'eau, compta jusqu'à cent quatre-vingts puis les récupéra à l'aide de plusieurs brindilles entrecroisées. Les œufs étaient cuits à point, mais aurait-il pu en être autrement dans un rêve ?

Une fois restauré, Pierric décida d'avancer toujours tout droit, afin de voir s'il existait une limite à cet endroit. Il marcha, enfoncé à mi-corps dans un flot d'herbes folles, marcha sous le soleil resplendissant qui semblait n'avoir jamais brillé avec une telle douceur, marcha au milieu de fleurs extravagantes qui sentaient bon de toutes leurs forces, marcha au milieu d'un paysage mauve de bruyère, bourdonnant d'abeilles facétieuses, marcha encore et encore. Le temps semblait aboli, la marche aisée, la température idéale. Il n'y avait rien de menaçant dans ce paysage idyllique. Pourtant, Pierric finit par frissonner. Sans raison apparente.

Il pivota sur lui-même, avec l'impression désagréable d'être épié. Mais non. Il était seul, à perte de vue. Il haussa les épaules, se força à siffloter insouciamment malgré l'écho étrange renvoyé par la lentille du narcovaisseau et repartit d'un bon pas. Mais le cœur n'y était plus. Quelque chose clochait, il l'aurait juré. Oui, mais quoi ? Rien ne paraissait différent. Le paradis demeurait le paradis, la plaine moutonnant à l'infini ressemblait toujours à un immense champ de blé. L'unique nouveauté était la présence de brumes de chaleur, lointaines, qui brouillaient l'horizon. La belle affaire ! Ah, et puis un vol de grues qui traversait majestueusement le ciel. Ainsi qu'un faucon, visiblement plus haut. Le rapace tomba soudain en piqué pour plonger sur la volée des grues sauvages. Il heurta l'une d'elles et l'emporta, pantelante et désarticulée. Le plumage hirsute de la malheureuse flottait encore derrière elle dans l'air immobile et sombre.

Sombre ? Pierric sourcilla. Les brumes de chaleur repérées l'instant d'avant avançaient dans sa direction, en glissant entre lui et le soleil. La luminosité chutait rapidement. L'adolescent réalisa soudain qu'il ne s'agissait pas de nuages mais d'oiseaux. Des milliers d'oiseaux, des moineaux, des hirondelles, des pigeons, des hiboux, des corbeaux, des grues et même des faucons. Et puis, d'autres encore, que le garçon ne connaissait pas. Ils volaient aile contre aile, sans se soucier les uns des autres, comme s'ils avaient quelque chose de très urgent à faire de l'autre côté de la plaine. Le nuage palpitant couvrait maintenant la moitié du ciel et commença à passer au-dessus de Pierric. Il perdait des plumes au passage, qui tombaient comme de la neige. C'est alors que le garçon remarqua quelque chose qui lui fit froid dans le dos : cette masse gigantesque et palpitante, qui tirait son dais obscur entre lui et le ciel, progressait dans un silence total, incompréhensible. Aucun des oiseaux ne poussait le moindre cri ; le battement de ces dizaines de milliers d'ailes ne produisait pas le plus petit claquement, le sifflement le plus ténu. Un silence… de mort !

C'était comme si… ce n'était plus tout à fait son rêve à lui ! Comme si quelque chose de l'extérieur venait de s'introduire dans son espace pour gâcher son

Eden privé. Il n'était plus seul, à présent. Et il n'était pas très sûr d'en éprouver la moindre satisfaction. Il resta un moment le nez en l'air, à contempler cet étonnant tsunami de becs et de plumes déferler à travers l'espace. Puis un constat le paralysa d'horreur : il ne voyait plus la lentille de son narcovaisseau ! Cette intrusion inexplicable l'avait précipité malgré lui dans le sommeil profond… irrémédiablement !

Il tomba à genoux, contemplant toujours la marée de volatiles, profondément choqué, et pris de tremblements comme s'il avait de la fièvre. Il était prisonnier de l'animation suspendue, comme tous les chevaliers spartes dans le puits du sommeil. Il avait échoué. Il ne savait pas si le froid qui lui prenait la gorge dans un étau était bien réel ou s'il lui venait d'ailleurs, de ses propres entrailles. La panique nouait ses réflexes, engourdissait son cerveau, écrasait ses poumons sous une chape de plomb. Il resta pétrifié un temps sans durée mesurable, s'identifiant à ce morne paysage devenu gris sur lequel roulaient les nuages d'oiseaux fantômes. « Toi aussi, tu es un fantôme, à présent… »

Finalement, un frémissement secoua son échine à cette pensée, comme le craquement de la glace au printemps. L'amorce d'un dégel. Comme à chaque fois où la volonté lui manquait, l'image de Ki l'inonda, telle une lumière vive. Son visage apparut devant lui, plus merveilleux que jamais. Sa voix résonna en secret dans ses oreilles, le suppliant de reprendre courage, de ne pas abandonner. Il sentit une force se lever, qui balaya sa peur et le laissa émerger de son hébétude. La détermination resurgit comme un bouchon de liège à la surface de l'eau, plus forte et plus tenace à chaque instant. La rage remplaça le désespoir, tout aussi excessive.

« Rien n'est perdu. Si ce quelque chose a envahi mon rêve, c'est que je peux aussi envahir le sien ! Et le détruire ! » Il sauta sur ses pieds et leva un regard menaçant en direction des oiseaux. Réduit aux plus folles conjectures, son esprit déployait soudain une activité inouïe, passant en revue toutes les hypothèses sur le phénomène dont il venait d'être victime. Attaque extérieure ? Phénomène naturel inconnu ? Panne de son narcovaisseau ? Manifestation de son propre inconscient ? Événement imprévu survenu dans le Sanctuaire ?

Une certitude s'imposa à lui : cette intrusion était le résultat d'un esprit malfaisant ou tout simplement malade. L'esprit d'un autre voyageur du sommeil ! Le rêveur dérangé avait échappé aux barrières de son propre espace mental et avait parasité inexorablement tous les autres dormeurs, comme un virus implacable passant d'un individu sain au suivant. C'est ce qui était arrivé aux Spartes. Tous avaient vu la lentille de leur narcovaisseau s'effacer derrière des nuages d'orage, des nuées d'oiseaux, des vols d'insectes, des fumées d'incendie ou des cendres volcaniques… Pierric le savait, il le sentait jusqu'au plus profond de ses tripes. Cette certitude ne devait rien au hasard : elle était la simple expression de son talent de prédicteur. L'unique nouveauté était qu'il ne l'avait pas lue dans la forme d'un cumulus ou d'un cirrus mais à travers les volutes ondulants de ce raz-de-marée d'ailes et de plumes surgi de l'horizon.

« Je dois remonter aux sources de la contamination ! », comprit le garçon. « Remonter le fil d'Ariane jusqu'à son auteur et trouver un moyen de le mettre hors d'état de nuire. Peut-être en le tirant du sommeil, peut-être en retournant sa folie contre lui-même ? » Il aviserait le moment venu en suivant son intuition. Pierric s'élança à contre-courant du vol des oiseaux. Il ne marchait plus, il ne courait même pas, il flottait au-dessus de la prairie, à ras de terre, soulevant des tourbillons de pollen dans son sillage. Il filait à la vitesse de la pensée, devançant d'une tête une vague de surpression de plusieurs dizaines de mètres de hauteur, pareille à un rideau de brume qui courait sur l'étendue déserte.

Et puis, soudain, il aperçut une lueur devant lui. Une filtration de vif-argent au bas de l'horizon, comme si le soleil s'apprêtait à se lever. Mais le soleil était déjà présent dans le ciel, au-dessus des nuées de volatiles. Alors quoi ? La lumière brillante sembla soudain lui sauter au visage. Il arrêta sa course folle, le cœur battant. Il sut qu'il était arrivé au bout du territoire du rêve ! Un rideau brillant lui barrait le chemin, comme un store métallique gigantesque isolant du monde de l'éveil le monde de son inconscient. Loin au-dessus de sa tête, les oiseaux apparaissaient comme par magie le long de cette barrière démesurée. Pierric tendit la main pour toucher la surface argentée et eut un haut-le-cœur. Ses doigts étaient passés à travers le rideau aussi facilement que s'il s'agissait d'un écran de fumée. Qu'y avait-il de l'autre côté ? La meilleure façon de le savoir était encore d'y aller. Il emplit ses poumons au maximum et s'avança résolument dans la lumière. La lueur argentée se diffusa dans un éclair métallique le long de ses flancs et sur sa tête, et il se retrouva aussitôt... à l'endroit exact qu'il venait de quitter ! Mais, cette fois, il regardait dans la direction d'où il venait et non plus vers le rideau brillant, qui s'était reformé dans son dos. Visiblement, traverser ne menait nulle part ! Il n'y avait qu'ici. Mais alors, d'où provenaient les oiseaux ? Ils semblaient surgir directement du néant, sans traverser la barrière argentée. Refusant de baisser les bras, le garçon supposa qu'il devait exister une sorte de passage entre ce monde-ci et celui d'où provenaient les envahisseurs. Un tunnel, une fissure ou quelque chose d'autre qu'il reconnaîtrait lorsqu'il le verrait et qui permettait aux oiseaux d'exister ici.

Il s'élança de nouveau, au-dessus du sol, cette fois parallèlement au rideau de lumière. Le temps s'écoula, des heures, peut-être des jours entiers, avec toujours le même paysage privé de soleil. Il finit cependant par noter une modification : la trajectoire des oiseaux au-dessus de lui se modifiait insensiblement. Dans un premier temps à peu près perpendiculaire à la surface argentée, elle formait progressivement avec elle un angle de plus en plus aigu. L'adolescent s'arrêta net lorsqu'il comprit l'origine du phénomène : le territoire du rêve devait adopter une forme arrondie, comme un moule à tarte dont la couronne aurait été la barrière lumineuse. En suivant le bord, il tournait progressivement autour du centre, alors même que le flot des envahisseurs suivait un itinéraire parfaitement rectiligne. Si l'explication était la bonne, alors cela signifiait qu'il allait dans la mauvaise direction, s'éloignant de la fissure par où le rêve de l'intrus avait contaminé le sien. Son intuition lui disait que la faille se situait à l'endroit exact où le vol des oiseaux formait un angle droit avec la frontière lumineuse.

Il fit demi-tour et fila à la vitesse d'un avion de chasse, sans cesser de scruter le déferlement d'oiseaux au-dessus de lui. Il repéra la brèche des kilomètres à l'avance, énorme tache noire corrompant le voile argenté, comme une tumeur maligne proliférant sur un tissu sain. Aucun oiseau ne surgissait directement de ce lac de noirceur mais, pour Pierric, il ne faisait pas de doute que la contagion venait de là. Il plongea sans réfléchir dans l'inquiétant bâillement obscur, craignant par-dessus tout que la brèche ne se referme subitement à son approche. Une exhalaison froide d'humidité et de moisi lui bondit au visage. « Il fait aussi noir que dans un sachet de réglisse, ici ! », frissonna le garçon. Mais avant que l'angoisse n'ait eu le temps de le gagner, il surgit sous la clarté tragique d'un sinistre crépuscule. Des nuages oppressants pesaient comme un couvercle sur une inquiétante forêt automnale. Les arbres tendaient leurs branches nues en direction du ciel glauque, comme les doigts tordus de suppliciés implorant la grâce de leurs bourreaux. Pas de doute : il était dans le rêve cauchemardesque de l'intrus !

Pierric se retourna face au rideau brillant qui fermait ce nouveau territoire mental. Il découvrit que la noire gangrène dont il venait de jaillir n'était pas isolée : d'autres ternissaient le voile argenté, aussi loin que portait le regard. Chacune devait donner accès au rêve d'un autre voyageur du sommeil. Où pouvait se trouver l'esprit malfaisant à l'origine de tout ça ? Pierric leva les yeux vers les nuages. Leur masse compacte semblait glisser à vive allure contre le rideau brillant, comme un infâme brouet tournant dans le bol d'un mixer géant. Leur texture était étrange, à la fois vaporeuse et grasse, comme un animal en décomposition au fond d'une mare. Même leur couleur était dérangeante. Les dernières lueurs du jour semblaient subir un infime décalage en les traversant, qui semblait corrompre la clarté à la manière de ces photographies rattrapées par le temps. Malgré son écœurement, Pierric lut à livre ouvert dans les nuages. L'individu au subconscient torturé qu'il recherchait se tenait au centre de sa création, sous le cœur tournoyant des nuées obscures.

L'adolescent s'enfonça dans la forêt, perpendiculairement au voile argenté, tantôt marchant, tantôt glissant au-dessus des parterres moussus séparant les arbres torturés. Il sentit une goutte froide de transpiration couler sous sa chemise. La première. D'autres allaient suivre, mais il n'avait pas peur, pas encore. Cela surgirait et emporterait tout, peut-être, mais, pour l'instant, il tenait. Il évitait de penser, en cherchant à se concentrer sur la direction à suivre. Il ne fallait surtout pas dévier, ne pas tourner en rond. Bien entendu, c'était plus facile à dire qu'à faire au milieu de ce paysage funèbre rempli d'obstacles imprévus et noyé d'une obscurité de plus en plus épaisse. Sans les intuitions qui l'assaillaient parfois, il aurait été incapable de tenir le cap, il aurait été perdu à jamais.

Le temps s'abolit de nouveau. L'adolescent franchit des torrents boueux ronflant au fond de défilés encaissés, traversa des clairières parsemées de blocs erratiques semblables à des formes d'ours tapies dans l'ombre, foula des landes fantomatiques survolées par d'énigmatiques squelettes d'animaux géants, enjamba des plaies béantes de la croûte terrestre au fond desquelles s'écoulaient des rivières de lave, glissa au milieu d'arbres carbonisés aux branches tendues comme des serres au-dessus d'une terre vitrifiée. La noirceur de la nuit n'était rien en comparaison de celles des contrées traversées, désespérément froides et mortes. Et plus Pierric avançait en direction de l'inconnu au centre du rêve, plus les choses semblaient empirer. La respiration du garçon se condensait et se déposait en gouttelettes givrées autour de ses lèvres. Il avait froid mais n'éprouvait aucune fatigue : juste une inquiétante lassitude dans laquelle il commençait à s'enliser, une torpeur telle qu'il se demanda à plusieurs reprises s'il ne ferait pas mieux d'abandonner. À chaque fois, il ramenait du fond de son apathie le visage de Ki et son image chaude et vigoureuse lui donnait la force de continuer.

Puis survint le brouillard, d'un jaune maladif, agité parfois de bouillonnements inexplicables. Pierrick marchait d'un pas prudent en gardant le regard rivé sur ses pieds, avec parfois les mains tendues en avant lorsque la visibilité se réduisait à quelques mètres. Il croisa à plusieurs reprises des empreintes, larges et griffues, sans oser faire d'hypothèses sur son auteur. Le sol devint progressivement marécageux, gluant, produisant d'écœurants bruits de succion à chaque pas. La lèpre mentale du dormeur habitant ce territoire semblait sans limites. Des bras difformes et élastiques, parsemés d'ignobles bubons purulents, émergeaient à présent du sol, oscillant par saccades, comme pour tenter d'extirper du cloaque des corps impossibles à imaginer. Ils s'entrecroisaient comme des algues flottant dans le ressac, s'inclinaient dans des parodies de révérences, en émettant des gargouillis de choses gorgées de liquide.

Le garçon se dit que s'il avait vu ça au cinéma et non en réalité, dans l'univers paranoïaque d'un grand malade, avec des trucs gluants qui lui dégoulinaient sur les vêtements, il aurait éclaté de rire. Mais là, il avait du mal à retenir ses larmes tandis qu'il contournait les polypes immondes qui se convulsaient dans sa direction. Il avait le cœur au bord des lèvres et poussait un râle de panique chaque fois qu'une main le heurtait avec un bruit d'éclaboussure. Sous ses pas incertains, la terre se détachait par lambeaux, comme une peau putréfiée. L'odeur doucereuse d'une chair malade lui emplissait les narines. Plusieurs fois, il se pencha pour vomir, mais les spasmes qui secouaient son estomac ne soulageaient en rien la nausée, qui affectait son esprit plus encore que son corps.

Pierric ressentit un soulagement sans bornes lorsqu'il laissa enfin derrière lui le marécage déliquescent, pour s'engager au milieu des ruines éventrées de ce qui paraissait être une très ancienne place forte. Le brouillard s'était dissipé et quelques étoiles apparaissaient même à l'occasion, au hasard d'une déchirure des nuages. Ces derniers glissaient de moins en moins vite dans le ciel, à mesure que le garçon se rapprochait du centre de ce monde cauchemardesque. Quelques flocons de neige tombaient, recouvrant d'un voile lumineux des centaines de tertres alignés au pied des antiques remparts : des tombes, peut-être.

Soudain, Pierric entendit un hennissement de cheval. Il se figea, son cœur martelant douloureusement dans sa poitrine. Cela semblait venir de quelque part entre les arbres, à l'extérieur de la carcasse des murailles. Il scruta longtemps les ténèbres, mais en vain. Le son avait été lointain et assourdi. N'avait-il pas été accompagné de voix ? Tremblant de frayeur, l'adolescent hésita entre se cacher au milieu des ruines et poursuivre son chemin. Mais s'il choisissait de se terrer, il n'aurait peut-être plus jamais le courage de repartir. Il força ses jambes à se remettre en mouvement, la neige fraîche craquant sous chacun de ses pas. Il quitta les vestiges et se retrouva dans une forêt aux branches nues. Il avait en permanence la sensation d'être épié. Il essayait de se convaincre que son imagination lui faisait voir des formes là où il n'y avait rien, se tançant vertement de se laisser embarquer par la peur. Soudain, il se figea. Devant lui, une forme gisait, recouverte en partie sous une fine couche de neige... Le cheval qu'il avait entendu hennir ? Incontestablement, il s'agissait d'un animal couché sur le flanc. Le garçon contourna prudemment la bête et se figea d'horreur. L'odeur, d'abord, puis le vrombissement des mouches, lui sautèrent au visage. Il s'agissait d'un cadavre de galopeur, boursouflé par la décomposition, grotesque parodie d'obésité. Mais ce qui glaça le cœur de l'adolescent, c'est que les yeux avaient été arrachés et pendaient hors de leurs orbites. Pierric fixait la malheureuse créature avec un mélange de dégoût et de colère à l'encontre de l'esprit dérangé à l'origine de tout ça.

C'est alors qu'il perçut un mouvement sur sa gauche. Il comprit trop tard que la chose avait été là dès le début, l'observant, l'attendant. Elle monta du sol comme s'élève un spectre, ombre émergeant de l'ombre. Il la reconnut aussitôt. Elle tenait à la main une épée immense et se dissimulait sous un manteau noir à capuche : un Mordave ! La face terreuse qui apparaissait à moitié dégageait une impression d'ignominie et de violence. Le rire du Mordave craqua telle une décharge de dix mille volts contre le plexus solaire de Pierric. L'abomination s'élança à une vitesse confondante en direction de l'adolescent, l'épée dressée, prête à tuer. Galvanisé par la terreur, Pierric bondit en avant comme un obus, indifférent aux obstacles, filant comme une flèche au-dessus du sol, en louvoyant entre les arbres. Il n'avait plus qu'une seule idée en tête : atteindre le voyageur du sommeil, qui ne devait plus être très loin à présent. Ses yeux étaient douloureusement plissés à cause de la vitesse ; son corps se couvrait de bleus, fouetté implacablement par les branches tendues en travers de son chemin. La nuit semblait exploser en un millier d'échardes coupantes comme des rasoirs, taillant ses membres, hachant son esprit. Un étrange mouvement de l'air dans son dos, une sorte de vibration obsédante, lui apprit subitement que le Mordave le suivait. Impossible ! Pas à une telle allure ! Mais il comprit avec un serrement de gorge que l'être maléfique créé par le dormeur n'était pas plus que lui assujetti aux lois de la physique. Ils étaient tous deux plongés dans le même rêve éveillé et poussaient au maximum leurs possibilités.

La seule chance de Pierric était de pouvoir tirer du sommeil l'inconnu vers lequel il fonçait avant d'être rattrapé par son poursuivant. Mais comment ? Et en aurait-il le temps ? S'il échouait, la créature avait-elle réellement le moyen de lui faire du mal par-delà le rêve ? Il n'en savait fichtrement rien mais n'avait pas l'intention de tenter l'expérience. Il poussa un hurlement inarticulé en jetant ses dernières forces dans cette course insensée. L'air malmené formait une muraille de surpression qui pulvérisait la neige et tordait les arbres devant lui. Il traversa ainsi des kilomètres de forêt, dans un rugissement incessant de réacteur lancé à plein régime, les oreilles tellement saturées par le vacarme qui le précédait qu'il était incapable de déterminer si le Mordave l'avait suivi. Il n'osa pas prendre le risque de tourner la tête pour vérifier.

Soudain, il n'y eut plus d'arbres devant lui, ni de nuages au-dessus de sa tête ; juste le noir insondable de l'espace crevé par les coups de poignards acérés de milliers d'étoiles et... une énorme lune rouge : la lentille d'un narcovaisseau. Il était dans l'œil du cyclone, le cœur de ce territoire illusoire ! Et au centre de la plaine se trouvait le voyageur du sommeil dont il occupait le rêve ! L'inconnu était prostré, assis en tailleur, la tête penchée en avant comme s'il s'était assoupi. Ce qui n'était pas totalement faux, du reste, son véritable corps dormant quelque part dans le puits du sommeil. L'adolescent approcha de l'homme. L'inconnu était grand et maigre, avec un crâne rasé et des boucles en métal pendues aux lobes de ses oreilles. Il suait à grosses gouttes malgré le froid glacial qui transformait son souffle en nuages tourbillonnants. Un filet de bave reliait sa bouche à la roche nue sur laquelle il se tenait.

Pierric s'assura d'un regard circulaire qu'il n'y avait pas le moindre signe du Mordave dans toute la plaine. Il avait bel et bien distancé son poursuivant, s'octroyant ainsi quelques précieux instants de répit. Le garçon s'assit devant l'homme et pencha la tête pour découvrir le visage de son vis-à-vis... Ses entrailles le secouèrent ! Il connaissait cet homme ! Il l'avait rencontré dans un ou deux des rêves qui le mettaient en contact avec Ki. C'était le bras droit de Léo Artean, son Premier Soutien. Comment s'appelait-il déjà ? Zeldan, non... Zubran ! Autant que Pierric s'en souvenait, ce type n'aimait pas trop Ki, qu'il accusait d'avoir pris sa place auprès du roi sparte. Un gars bizarre, qui bougonnait à tout bout de champ...

« T'es bien avancé maintenant... Tu vois ce qui arrive quand on passe sa vie à ronchonner. Au premier roupillon de mille ans, on se retrouve avec une araignée au plafond. Et une belle, même ! »

Le grand guerrier faisait peine à voir. Ses yeux regardaient dans le vide, empreints d'une infinie mélancolie, tellement cernés qu'ils en paraissaient maquillés. Le garçon devina sans peine que, derrière la façade amorphe de son visage, l'homme souffrait, tombé au fond du gouffre de ses terreurs primaires à force de glisser sur la pente de la frustration et de la solitude. Le garçon ressentit un élan de compassion pour le malheureux. Sans trop y croire, il le secoua pour tenter de le faire émerger de son apathie. Mais l'autre ne cilla même pas. Ses lèvres cendreuses s'entrouvrirent un peu plus, libérant un nouveau filet de bave. Pierric soupira de dépit et se releva. Il n'y avait plus rien à faire pour celui-là, mais il devait trouver un moyen pour libérer ses compagnons d'armes.

Il n'avait pas sitôt songé à cela qu'un rugissement troua le silence absolu de la plaine désolée. L'adolescent pirouetta sur lui-même, découvrant la silhouette du Mordave fondant sur lui. Sa longue cape noire claquait comme un drapeau de pirate dans son sillage. La chair de Pierric se hérissa au point qu'il crut que sa peau allait se détacher de son corps. Il réfléchit à toute allure et se laissa guider par une ultime intuition. Il leva frénétiquement les yeux en direction de la lentille rouge qui marquait le zénith et souhaita de toutes ses forces se réveiller.

L'haleine pestilentielle du Mordave gifla son visage... puis s'effaça aussi subitement. Une odeur de tombe ouverte lui apprit qu'il était sauvé.

Épilogue
Le feu-dragon

Le commandeur Valendar ravala sa salive et regretta soudain d'avoir réussi à rattraper l'armée insaisissable qu'il traquait depuis vingt jours. En selle sur son galopeur caparaçonné, il étudiait la plaine en contrebas à travers une longue vue en ivoire de baleine siffleuse. Il déplaça son instrument pour suivre les manœuvres adverses. La colonne de chariots à étages, tractés par d'imposantes tortues des cavernes, s'était fractionnée en plusieurs tronçons, qui s'enroulaient à présent sur eux-mêmes pour former d'inexpugnables fortins circulaires. Dans le même temps, des centaines d'humanoïdes avaient bondi des chariots pour sauter sur le dos des animaux qui accompagnaient la caravane et que Valendar avait pris dans un premier temps pour du bétail.

Sa lunette d'approche lui montrait à présent qu'il n'en était rien : au milieu des nuages de poussière, il ne distinguait pas très bien les montures enfourchées par les guerriers, mais elles étaient trop grosses pour être des galopeurs. Elles couraient avec une grâce féline et leur peau ocellée scintillait au soleil à la façon d'écailles. Mais ce qui avait glacé le commandeur de terreur, c'était les cavaliers eux-mêmes : nus au-dessus de la ceinture, ils avaient la peau d'un bleu lumineux et d'immenses chevelures noires qui flottaient librement sur leurs épaules.

Malgré leur infériorité numérique, ils chargeaient sans hésiter en direction de la légion, qui tardait à former les rangs. Et tout en galopant, ils tendaient de grands arcs et commençaient à décocher une pluie de flèches en direction des Parfaits et de leurs auxiliaires étoilés. Les projectiles s'embrasaient mystérieusement en traversant l'air et produisaient des explosions dévastatrices en tombant au milieu de leurs poursuivants.

— Comment font-ils pour tirer aussi loin ? s'insurgea Valendar. Ils ne sont toujours pas à portée de tir de nos propres archers !

L'Empathe traqueur à ses côtés le toisa avec stupéfaction :

— Je viens de réussir à percer les barrières mentales d'un étranger, dit-il d'une voix pantelante. Il s'agit d'un enfant. Il y a des centaines d'enfants parmi ces gens... Ce ne sont pas des alliés du Ténébreux, ce sont des... des...

— Des Djehals ! grinça le commandeur. Je n'ai jamais cru à leur existence, mais les mythiques hommes bleus de Ténébreuse sont bien devant nous ! Qui sait d'où ils arrivent...

Il abaissa d'un mouvement rageur la visière de son heaume.

— Ils ont engagé le combat avant même que nos messagers ne parviennent jusqu'à eux ; à présent, il est trop tard pour éviter l'affrontement !

Il se tourna vers les porteurs de cor, alignés sur sa gauche.

— Sonnez la charge de toutes les cohortes : la légion passe à l'attaque !

Un concert funèbre à plusieurs tonalités jaillit au-dessus de la plaine : c'était l'appel au carnage qu'attendaient les milliers de cavaliers faisant face à la charge vigoureuse des Djehals. Valendar enfonça ses talons dans les flancs de son galopeur, qui s'élança sans hésiter dans la pente. Un grondement dans son dos lui apprit que les lanciers de sa garde s'ébranlaient à leur tour. Sa dernière pensée avant de tirer son épée échancrée fut un regret. Son fils et sa femme ne sauraient jamais qu'il était mort en héros, quelque part dans les Marches de Torth.

*

Pierric suivait Fëanor, d'une démarche encore chancelante. Après avoir écouté le récit du garçon, le Veilleur avait ouvert sans la moindre hésitation le narcovaisseau de Zubran, causant la mort de l'ancien Premier Soutien, devenu fou. À présent que l'esprit dérangé s'était évanoui pour toujours, les caissons d'animation suspendue s'ouvraient les uns après les autres. Des dizaines de voyageurs du sommeil se répandaient sur la voie hélicoïdale du puits du sommeil, échangeant à voix basse des propose sur le cauchemar qu'ils venaient de vivre. Les compagnons de Fëanor leur prodiguaient des paroles d'apaisement et distribuaient des boissons destinées à dissiper le mal du sommeil dont souffraient parfois les dormeurs en émergeant de l'animation suspendue.

Soudain, Pierric se figea, comme tétanisé. Face à lui venait de surgir... Léo Artéan ! Pas de doute, c'était bien le masque en or finement travaillé du souverain sparte qui apparaissait sous le capuchon de sa cape... Le monarque s'était également immobilisé. Ses yeux vairons fouillaient avidement le visage du garçon, comme s'ils cherchaient à déterminer qui il était. Puis, sans raison apparente, les épaules du Sparte furent agitées de soubresauts. Un... sanglot ?

Interloqué, Pierric vit le roi rabattre lentement sa capuche et retirer son masque. Le garçon tressaillit, ouvrant la bouche de surprise : derrière la fatigue, qui adhérait comme un autre masque à ses traits, venait d'apparaître le visage de Ki ! La jeune fille pleurait et riait à la fois, des larmes dévalant le long de ses joues. Ébloui, Pierric n'osait plus respirer, oppressé par le trop-plein d'émotion. La crainte que la plus infime turbulence ne fît s'évaporer ce qui ressemblait à un rêve le tétanisait. Un mot réussit finalement à franchir le nœud en travers de sa gorge :

— Ki !

Fëanor, qui regardait d'un air de totale incompréhension les deux adolescents, crut bon de le détromper :

— Non, je te présente Arcaba, l'élue de cœur dans la langue des anciens. C'est notre nouveau roi !

Pierric secoua la tête avec incrédulité, sentant une joie indicible monter du plus profond de son être, inondant la moindre parcelle de sa chair. Alors, comme si leur sang battait subitement au même rythme, les jeunes gens se portèrent l'un vers l'autre, bras ouverts.

*

« *Liaan'nk M'lyddria Il'niaddit'd* », répétait mentalement Thomas avec curiosité. Il était impatient de connaître le pouvoir que recélait le nom de l'Incréé découvert dans la grotte de Terre-Matrice, deux jours après la prise de la ville par l'armée de Catal. Récupérer le nom avait été une simple formalité, accomplie sous le regard d'une foule de Mixcoalts impatients, réunis autour de la Frontière pour assister à la première cérémonie de l'Aedir en presque mille ans.

La déclamation poétique de Catal et de quelques privilégiés qui s'en était suivie avait mis en transe le public attentif et provoqué une réaction stupéfiante de la Frontière : le cube obscur avait commencé par résonner sourdement, émettant une sorte de bourdonnement monocorde qui paraissait épouser le rythme syncopé de la poésie. Puis il était rentré progressivement en résonance avec les textes psalmodiés, les mots semblant absorbés comme de l'eau par une éponge puis renvoyés sous la forme de flashs lumineux en direction de l'assistance médusée.

Deux jours plus tôt, Thomas avait été surpris de découvrir que le tunnel vertical d'où émergeait la Frontière à chaque décade était le puits de l'esplanade où ils avaient surgi lors de leur première incursion à Terre-Matrice. Cela signifiait que la Frontière apparaissait à un endroit qui correspondait, dans son monde d'origine, au centre de la grotte du Serpent Arc-en-Ciel. Il ne pouvait s'agir d'une simple coïncidence. Les rites secrets pratiqués autrefois par les Aborigènes à Uluru, au cours desquels se formaient les fulgurites, devaient être liés d'une façon ou d'une autre à la cérémonie de l'Aedir. Le fait que ces rites aient été abandonnés depuis plus d'un siècle et demi par les Aborigènes était un indice supplémentaire. En effet, cent soixante-dix ans dans le monde du Reflet correspondait justement à un millier d'années à Anaclasis, période pendant laquelle les Réincarnés avaient interdit toute manifestation poétique autour de la Frontière. Thomas aurait bien aimé vérifier le bien-fondé de ses suppositions, en allant voir ce qui se passait au même instant à Uluru. Mais le caractère solennel de la cérémonie de l'Aedir l'avait contraint à demeurer bien sagement au milieu des Mixcoalts extatiques.

— On a failli partir sans toi ! plaisanta Thomas en voyant Pierre Andremi les rejoindre dans la tente où lui et ses amis s'étaient rassemblés pour le départ.

— Et on dit que ce sont les femmes qui se font attendre, ironisa Ela, en adressant un clin d'œil entendu à Tenna.

— Voilà, voilà, j'arrive, sourit le milliardaire. Je vois Henrique une fois tous les ans ; c'est bien normal que les adieux se prolongent un peu. Et puis, c'est de la faute de Palleas aussi.

L'intéressé haussa les sourcils d'incompréhension.

— On mettait au point avec ton presque beau-père tes retrouvailles avec Virginie, le taquina le milliardaire.

Palleas rougit jusqu'à la racine des cheveux.

— Ah, il vous a parlé de ça, fit-il d'un ton gêné.

— Mais tu ne nous as rien dit à nous, petit cachottier, s'insurgea Tenna avec une lueur malicieuse dans le regard.

— Je parie que tu étais au courant, lança Ela à Thomas avec une mine réjouie.

— Bien entendu, claironna le garçon. Tu voudrais qu'elle vienne comment, sinon ? En faisant du stop sur une autoroute d'Effaceurs d'ombre ?

— Bon, alors on la fait, cette virée à travers la vibration fossile ? proposa Xavier d'un ton bourru.

Visiblement, il cherchait à détourner l'attention générale du malheureux Palleas, dont les oreilles étaient plus écarlates que des pivoines.

— Ça roule ! lança Thomas. Accrochez-vous à moi : le Poudlard Express va quitter la gare !

— Le Poudlard quoi ? sourcilla Ela.

— Je t'expliquerai, promit Thomas avant d'éclater de rire.

Il siffla comme une antique locomotive à vapeur et transporta tous ses amis devant la maison d'Honorine.

*

Balhoo était le plus heureux des hommes.

Il chantait en compagnie des autres membres du Vrai Peuple l'antique cantilène en l'honneur de

Numereji, le Serpent Arc-en-Ciel. Sa main droite faisait tournoyer son bullroarer tandis que sa main gauche faisait le signe du refuge, pour accueillir dignement le Créateur de toutes choses.

Au centre de la grotte sacrée d'Uluru se déployait une féerie de formes et de couleurs entrelacées, une fenêtre ouverte tout droit sur le Temps du Rêve. L'image du Serpent Arc-en-Ciel ondulait follement, comme les spires d'un écheveau de ressorts, ses lèvres ourlées de lumière remuant à une vitesse proprement fantastique, à la manière d'un film passé en accéléré. Pas un son n'accompagnait la magie des images. Pas un son n'aurait de toute façon été perceptible : il aurait immanquablement été couvert par le crépitement des hommes-éclairs qui s'abattaient sans discontinuer sous l'apparition divine, lançant sur le sable étincelant leurs giclées d'électricité. Chaque nouvel impact projetait en l'air des pierres en fusion, les larmes rouges de Numereji, le feu-dragon de la légende.

Balhoo était le plus heureux des hommes. Ce jour resterait à jamais dans la mémoire de son peuple. Le vieil homme agita la main au-dessus de ses cheveux crépus, adressant par ce geste un papillon de gratitude en direction de Thomas Altjina Tjurunga, le garçon qui leur avait ramené les faveurs de Numereji.

*

La porte de la maison d'Honorine était grande ouverte.

— Encore sur le départ, nos jeunes mariés, affirma Thomas en frappant au battant.

Après tout, ce n'était plus tout à fait chez lui ici, à présent. Il tendit l'oreille et entendit des pas dans l'escalier. Romuald surgit devant lui, tiré à quatre épingles dans un costume de couleur sombre. Le vieil homme lui adressa un regard si désespéré que l'adolescent sentit subitement sa bonne humeur s'évaporer, remplacée par un froid glacial. Durant un instant, le monde entier lui parut devenir très silencieux, immobile ; même son propre cœur sembla s'arrêter.

— Où est Honorine ? demanda-t-il d'une voix étranglée.

Romuald prit une lourde et pénible inspiration.

— Ta grand-mère est morte avant-hier, Thomas. Elle est partie en dormant, sans souffrir…

Une fois lâchés, les mots semblèrent s'étirer et rester en suspens dans les airs. Comme un linceul qu'on déplie et qui tarde à retomber. Le regard éperdu, Thomas contempla la nuit prématurée engloutir le jour avant de s'écrouler.

FIN DU QUATRIÈME ÉPISODE

SUIVEZ LES AVENTURES
DE THOMAS PASSE-MONDES ET DE SES AMIS
DANS LE PROCHAIN ÉPISODE :

BRANN

Thomas ne se pardonne pas d'avoir été absent lors de la disparition d'Honorine. Pourtant, il doit s'arracher d'urgence à ses regrets, pressé de toutes parts par les événements : dans son monde, où les membres du Projet Atlas ressurgissent, à Anaclasis où les Animavilles rentrent en guerre aux côtés de la coalition, dans ses rêves, enfin, où son jumeau lui propose un odieux marché.

L'adolescent prend sur lui et plonge à corps perdu dans la quête de la quatrième Frontière, quelque part dans une région correspondant à la Roumanie. Il va se retrouver sur la piste d'une mystérieuse coupe de résurrection, détenue dans le temple de Brann, au cœur de la forêt de Zaporia, puis dans un château fort de Transylvanie, où vécut le tristement célèbre comte Dracula...

Deux univers impitoyables s'entrouvrent devant le garçon, celui de l'infiniment petit et celui de l'au-delà...

CHRONOLOGIE COMPARÉE : QUELQUES DATES

LE MONDE D'ANACLASIS		LE MONDE DU REFLET	
1002	Catal libère le peuple Mixcoalt du joug des Réincarnés, avec l'aide de Thomas. Pour la première fois en mille ans, l'Aedir est de nouveau célébré.	2009	les Aborigènes fêtent le retour du Serpent Arc-en-Ciel à Uluru.
1002		2009	Thomas découvre Anaclasis.
924		1996	disparition des parents de Thomas.
918		1995	naissance de Thomas.
240		1882	l'astronome E.W. Maunder observe le premier OVNI de l'histoire.
1	apparition des Animavilles.	1843	
0	le Grand Fléau.	1843	
-5	les Réincarnés prennent le pouvoir à Terre-Matrice et interdisent le rite de l'Aedir.	1842	le Serpent Arc-en-Ciel arrête de rendre visite aux Aborigènes dans la grotte d'Uluru.
-324		1788	l'expédition maritime du comte de Lapérouse disparaît tragiquement à Vanikoro.
-3044	création de la confédération des Douze Royaumes.	1335	
-5058		1000	début du Moyen-Âge en Europe
-6750	guerre des Trois Mers.	717	
-8112		490	disparition de la Frontière d'Avalom.
-8232	construction de la tour des Géants d'Ichionis.	470	naissance d'Arthur de Stronggore.
-11400		-58	invasion de la Gaule par Jules César.
-14650	la reine Séminalis impose pour la première fois la suprématie humaine sur tout le continent du Milieu, qu'elle rebaptise pour l'occasion Anaclasis.	-600	réalisation des jardins suspendus de Babylone.
-20048	fin de la troisième calcination.	-1500	éruption de Santorin, qui ravage la Méditerranée.

DE L'HISTOIRE D'ANACLASIS ET DU REFLET

ANACLASIS		LE REFLET	
-27852		-2800	début de la construction de Stonehenge.
-28144	début de la Peste des Magiciens	-2849	
-28150	arrivée de la seconde lune, Or. Le déluge des cent jours ravage le monde.	-2850	
-28450		-2900	rédaction d'une première version du mythe du déluge dans les cités-États de Sumer.
-44110		-5510	disparition de la Frontière située en mer Noire.
-60850		-8300	fin de la dernière ère glaciaire.
-107000	la guerre des Races fait rage	-16000	
-113000		-17000	réalisation des peintures de la grotte de Lascaux.
-179000	début de l'Ère des Mutations après le Ras-d'étoiles de l'année du Roseau	-28000	
-221000		-35000	l'homme de Néanderthal disparaît au profit de l'homme moderne.
-551000		-90000	début de la dernière ère glaciaire.
-600000	apparition de l'homme amphibien de Cuillendar, aux côtés des races primitives plus anciennes.	-100000	apparition de l'homme moderne au Moyen-Orient, aux côtés des races primitives plus anciennes.
-9000000	apparition des premiers hominiens	-1500000	l'homo erectus fabrique les premiers outils et utilise le feu.
-36 000 000		-6000000	apparition des premiers hominiens.

LES PERSONNAGES

ACCO villageois de la vallée d'Umbo dans le royaume de Bretagne.

AÏEK fils aîné de maître Emak.

A-JAIAH EL'SAND littéralement « Celle-qui-parle-aux-feuilles », reine des Elwils.

ALDAMAR astronome aventurier vivant quelques décennies avant le Grand Fléau. Il fut le premier à survoler le continent correspondant à l'Australie dans le monde de Thomas. Il lui donna le nom de Terre des Géants, en raison de la présence de reptiles géants dans ses forêts vierges.

ALDBI aéronaute veldanien servant sur le Satalu.

ALDESIA fonctionnaire colosséenne portant le titre de principale.

ALYATE roi de Saldea.

ANDÉCAVE protecteur de pensées du seigneur commandeur Herodin de l'ordre des Parfaits.

ANDORN un Défenseur de Dardéa.

ANDREW commandant du Seasword, navire de guerre agissant pour le compte du Projet Atlas.

ANTIALPHE célèbre Devin contemporain de Léo Artéan.

ARBANNOR roi de Forges d'Est, capitale des Nains.

ARCABA nom donné par les Spartes à Ki, lorsqu'elle succéda à Léo Artéan à leur tête. La traduction littérale est l'*élue de cœur*.

ARGOR chevalier de l'ordre des Parfaits portant le grade d'Initié.

ARTHUR prince de Stronggore, fils d'Uther Pendragon et de dame Ygerne au Ve siècle.

A-TALM EL'MINN reine d'Elwander à l'époque du Grand Fléau.

AUDERNAC baron de Caïr-Lo-Méa.

BAASS représentant de la Guilde des Marchands, membre du Conseil des Deux Mains.

BAGATÈS conducteur d'une caravane de mandrals, dans le désert du Neck.

BAHLOO vieil aborigène vivant dans la région d'Uluru en Australie.
BALBUSARNN directeur de l'école des Deux Mains.
BEDWYR prince de Glouvic.
BILIAER économe de Dardéa.
BLACK LASKY Australien travaillant secrètement pour le Projet Atlas.
BONNE-FEMME JONQUINE une sorcière de Brocéliande.
BOUZIN élève Bougeur à l'école des Deux Mains.
BRUTONI (FRÈRES) garnements terrorisant les élèves de l'école de Thomas.
CAMILLE LAROCHE journaliste d'investigation travaillant pour la télévision.
CATAL chef de guerre de la résistance Mixcoalt, luttant contre le pouvoir autoritaire des Réincarnés de Terre-Matrice.
CHARINN un Défenseur de Dardéa.
CLISSO l'un des ecclésiarques de l'Architemple.
COSTAS lieutenant sur le Seasword, navire de guerre agissant pour le compte du Projet Atlas.
CRISIAS ACHÉMÉNINE grand-père de Tenna, maître des cartes de l'Institut géographique de Dardéa.
CUAL un lancier d'Arthur de Stronggore.
CYMRI prince d'Armorique.
DACE vieux colporteur.
DARDÉA ville animale sur laquelle réside Ela Daeron.
DARFYD chef de guerre d'Arthur de Stronggore.
DE LANGLE commandant de l'un des deux navires de l'expédition Lapérouse au XVIIIe siècle, mort sous les flèches des indigènes de l'île de Maouna.
DE MONTI officier en second sur la Boussole, navire amiral de l'expédition du comte de Lapérouse au XVIIIe siècle.
DERFEL un lancier d'Arthur de Stronggore.
DORIATH élève Cueilleur de l'école des Deux Mains.
DUINHAÏN fils cadet de la reine d'Elwander, A-jaiah El'Sand.
DUMUKI un garde de la porte principale de la cité de Perce-Nuage.
DUNE BARD incantatrice vivant dans la ville morte d'Épicéane.
EAL'UDINN sœur aînée de Duinhaïn.
ELA DAERON fille du Guide de Dardéa, amie de Thomas.
ELAINE servante d'Ygerne de Stronggore.
ELICIA BARD épouse de Jon Tulan et sœur de Dune Bard, mais surtout mère de Thomas.
EMAK chef d'un clan de nomades Kwaskavs.

EREC prince de Lundein.
FAAL DARA reine du royaume sardokar de Fomalhaut.
FARS prince héritier de la Ville Morte d'Épicéane.
FËANOR guerrier Passe-Mondes appartenant à l'ordre secret des Veilleurs d'Arcaba.
FEIANNA guerrière sardokar attachée à la protection du prince Fars.
FERNANDO un des archéologues de l'équipe d'Henrique Serrao.
FERS roi de la Ville Morte d'Épicéane.
FRANCK cuisinier de l'équipe d'Henrique Serrao.
GALAHAD prince de Gwent.
GELB'ELYAS administrateur de l'un des arbres-colonnes de la ville arboricole d'Aïel Tisit.
GEREINT roi de Karold.
GONT majordome du palais de Dardéa.
GOTAR souverain de la ville de Bleue.
GUENIÈVRE sœur du prince Cymri d'Armorique.
GWYDNIR chef du village d'Umbo dans le royaume de Bretagne.
HARPAGE fonctionnaire du caravansérail de Shicrit.
HENRIQUE SERRAO directeur d'une campagne de fouilles dans les grottes aborigènes du monolithe d'Uluru (Ayers Rock) en Australie.
HERODIN chevalier moine de l'ordre des Parfaits, seigneur commandeur d'une légion d'Étoilés.
HONORINE grand-mère de Thomas, dite aussi Mamine.
HYRIADE compagne de Yotba le Prédicateur.
HYSTAPSE satrape du caravansérail de Shicrit.
IKA MERIMANN Guide de la ville animale de Ruchéa.
INARATTI reine des Mères Dénesserites de Perce-Nuage.
IRIANN DAERON Guide de la ville animale de Dardéa.
JADAWIN roi de Villevieille, à l'origine de la doctrine religieuse du Paradigme des Incréés. Chef de file de la résistance contre Ténébreuse à la tête des Parfaits et des Étoilés.
JANS BONNFAMILLE capitaine du Cor'sair La Confiance.
JON TULAN le Passe-Mondes le plus doué de l'histoire de Dardéa depuis Léo Artéan. C'est le père de Thomas.
JOSÉ DI ARRIBA cameraman de la journaliste Camille Laroche.
JULIE ancien professeur d'équitation de Pierre Andremi.
KAËL petit frère adoptif de Ki.
KALARATI mystérieux allié du Dénommeur.

KALINÈME moine guerrier de l'ordre de Raa, dont le monastère principal est situé dans la place forte de Rassul.

KEYREC prince de Gwynedd.

KI jeune fille Passe-Mondes, recueillie enfant par le peuple Kwaskav.

KLANIS garçon tué par Linn Artéan alors que lui-même n'était encore qu'un enfant.

KONZ éminent scientifique, réputé pour ses travaux sur la cosmologie et les univers parallèles.

KORSAKI chef de la garde du beffroi des Nuages à Perce-Nuage.

LAPÉROUSE (Jean-François de Galaup, comte de) navigateur français, né à Albi en 1741 et mort à Vanikoro en 1788 et chargé par Louis XVI de diriger une expédition autour du monde visant à compléter les découvertes de James Cook dans l'océan Pacifique. Les deux navires de son expédition, l'Astrolabe et la Boussole, quittèrent Brest en 1785 et parcoururent tous les océans du globe pendant trois années avant de sombrer au milieu des récifs des îles de Vanikoro dans l'archipel des Salomon.

LEBANENN maître Passe-Mondes de Dardéa, membre du Conseil des Deux Mains.

LEN CARRINGTON sergent des unités spéciales d'intervention servant sur le Seasword.

LÉO ARTÉAN héros mythique de la guerre contre les hommes-scorpions de Ténébreuse, roi des Spartes.

LEONEL prince de Powys.

LIAAN'NK M'LYDDRIA IL'NIADDIT'D nom du troisième Incréé, découvert à Terre-Matrice.

LINN ARTÉAN frère jumeau de Léo Artéan, maître de l'île de Ténébreuse, premier Dénommeur de l'histoire.

LOUIS LOPEZ membre des unités spéciales d'intervention servant sur le Seasword.

LUCILLE sœur cadette d'Honorine.

MACHERAS Changeforme, conseiller personnel du prince Fars d'Épicéane.

MARLINVAL maître Guérisseur de Dardéa, membre du Conseil des Deux Mains.

MARLYONÈME grand maître de l'ordre des moines guerriers de Raa, assurant la sécurité de la citadelle de Rassul.

MASHANN sénéchal du palais de Léo Artéan.

MELNAS maître Défenseur de Dardéa, membre du Conseil des Deux Mains.

MOOKOI archéologue aborigène travaillant pour le centre culturel d'Uluru en Australie.

MORDRED prince de Dumnonie, demi-frère d'Arthur de Stronggore.

MORGANE jeune magicienne, disciple du maître druide Myrddin, vivant sur l'île d'Avalom. Demi-sœur d'Arthur de Stronggore.

MYRDDIN maître druide du royaume de Bretagne. Appelé Merlin par les Romains.

NINIVE capitaine du Satalu, vaisseau de charge veldanien.

NOÉMIE une archéologue de l'équipe d'Henrique Serrao.

NORENN maître Défenseur de Ruchéa.

NORLAK père adoptif de Ki.

ODILE une archéologue de l'équipe d'Henrique Serrao.

OUR QUOX imperator de la Guilde des Marchands de Colossea.

OWAIN prince de Cernow.

PALLEAS MERIMANN élève Défenseur, fils du guide de Ruchéa, Ika Merimann.

PETE intendant de la mission archéologique menée par Henrique Serrao.

PIERRE ANDREMI milliardaire français, magnat de la grande distribution, passionné par le phénomène OVNI.

PIERRIC BONTEMPS meilleur ami de Thomas.

PONETTE fille de Tirel, le batteur de sable.

PTAH maître d'escrime de Léo Artéan enfant.

RANNDOR roi des Nains du royaume de Bardor.

RICHARD MERCIER responsable de la neuvième campagne de fouilles sous-marines sur les épaves de l'expédition Lapérouse à Vanikoro.

RODAMAUR célèbre aventurier vivant un siècle après le Grand Fléau.

ROGER un archéologue de l'équipe d'Henrique Serrao.

ROMUALD ami d'Honorine.

SAYAN maître Verrier de Dardéa, membre du Conseil des Deux Mains.

SEDAÏ maître Interprète de Dardéa, membre du Conseil des Deux Mains.

SÉRÉDIC Boisilleur de la région d'Épicéane.

SHA'L IL'RANN T'RIDD le premier nom d'Incréé découvert par Thomas.

SHMAEL membre de l'Interlice de Colossea.

SHUKALI chambellan du beffroi des Nuages

SOURN élève Devin à l'école des Deux Mains.

TAN'DAR patron d'un restaurant de la cité arboricole d'Aïel Tisit.

TARNAC DE MALEVENT chevalier de la ville de Caïr-Lo-Méa.

TENNA élève Interprète à l'école des Deux Mains.

TÉODRÈME moine guerrier de l'ordre de Raa.
THARIA maître Bougeur de Dardéa, membre du Conseil des Deux Mains.
THOMAS PASSELANDE jeune orphelin vivant en compagnie de sa grand-mère Honorine. Passe-Mondes, il est en outre le nouveau Nommeur.
THOR roi de l'île de Mehrangarh.
THORIAN élève Défenseur à l'école des Deux Mains.
TIREL contremaître des batteurs de sable du village d'Aram.
TIRR aéronaute de l'équipage de Jans Bonnfamille.
TISH professeur de Corsépice à l'école des Deux Mains.
TLIC LA SAGE vieille femme dirigeant le peuple des Touillegadoues, habitant dans la forêt des Murmures.
TOLMANN ADISSO archiprêtre de l'Architemple.
TOMAR roi d'Ueva.
334 homme-marionnette au service de Thomas à Colossea.
TRYGG garçonnet, ami de Kaël.
TUNIGORN premier capitaine des Défenseurs de Dardéa.
UTHER PENDRAGON premier Pendragon de Bretagne au Ve siècle, père d'Arthur de Stronggore.
VALENDAR commandeur d'une légion montée de Parfaits.
VEL QUENN maître Cueilleur de Dardéa, membre du Conseil des Deux Mains.
VHAAL'NN XARNN IL'TRIDIDD'T second nom d'Incréé découvert par Thomas.
VIRGINIE SERRAO fille de l'archéologue Henrique Serrao.
WARREN YELLAND Australien travaillant secrètement pour le Projet Atlas.
XAVIER ACKER garde du corps de Pierre Andremi, ancien gendarme du G.I.G.N.
YGERNE mère d'Arthur de Stronggore.
YOTBA vieux prédicteur vivant dans le trouasis de Bactiane.
ZAMON aubergiste tenant l'établissement du Repos des Cieux dans la ville de Coquillane.
ZARTH KAHN maître Devin de Dardéa, membre du Conseil des Deux Mains.
ZERTH PEST élève Passe-Mondes à l'école des Deux Mains.
ZORANN maître Rêveur de Dardéa, membre du Conseil des Deux Mains.
ZUBRAN guerrier sparte occupant la fonction de Premier Soutien du roi Léo Artéan.

GLOSSAIRE

AEDIR nom donné par les Mixcoalts à la Frontière du monolithe de Terre-Matrice.

AELLE fleur géante poussant sur le rocher du Jardin, à proximité de Ruchéa.

AÉRONAUTE membre d'équipage servant à bord d'un Cors'air.

AÉROTUBE ascenseur pneumatique assurant la circulation verticale à l'intérieur de Colossea.

AEVALIA l'une des six Animavilles, dite la ville des Songes.

AHH-L'YAS appelé familièrement trou-garou, il s'agit d'une dépression dans le sol qui se transforme en une créature féroce et imprévisible les nuits de pleine lune.

AÏEL TISIT capitale arboricole du royaume d'Elwander.

AIGLE-PÊCHEUR aigle aux ailes argentées pratiquant la pêche au plongeon dans le lac du Milieu.

AIRAIN une Ville Morte du Monde d'Anaclasis.

ALENTIN la plus vaste forêt de flotteurs d'Anaclasis, dominant une plaine à l'intense activité thermale.

ANDREMI CORPORATION groupe opérant dans le monde de la presse et dans celui de la grande distribution, détenu par le magnat Pierre Andremi.

ANGLES pillards germanique au Ve siècle (monde de Thomas), qui donneront leur nom aux Anglais et à l'Angleterre.

ANIMALTAPIS tapis vivant au pelage soyeux et tiède s'ajustant en permanence sous les pieds.

ANIMASCEAU animal lové autour d'une bague projetant sur les documents une image holographique impossible à falsifier. Les animasceaux sont l'apanage des membres du Conseil des Deux Mains.

ANIMAVILLE immense organisme vivant en forme de toupie flottant dans les airs. La surface supérieure est une ville où se sont installés les hommes. Apparues après la fin du Grand Fléau, les Animavilles ont pris le relais des villes détruites de l'ancien temps. Ces villes animales sont au nombre de six dans le Monde d'Anaclasis.

AQUAPORT port souterrain constituant l'interface commerciale entre Colossea et le monde des Aquatiques et utilisant largement la technologie de la stase.

AQUATIQUE membre d'un peuple humanoïde amphibien qui entretient des rapports commerciaux étroits avec les habitants des Animavilles.

ARAM un des villages habité par les batteurs de sable, situé sur le rivage de l'océan d'Ouest, tout près de Coquillane.

ARBRE-COLONNE arbre géant de la forêt d'Elwander. Les cités des Elwils sont aménagées au sommet de ces arbres.

ARBRE-NUÉE arbre ressemblant à une trompette-de-la-mort géante, peuplant la forêt des Murmures sur le plateau de Grand-Barrière. Ses racines absorbent d'importantes quantités d'eau que son cornet rejette sous forme de brouillard.

ARCHIPEL VAGABOND une Ville Morte du Monde d'Anaclasis.

ARCHITEMPLE une Ville Morte du Monde d'Anaclasis.

ARMORIQUE principauté du prince Cymri, au Ve siècle (dans le monde de Thomas), correspondant à l'actuelle Bretagne.

ASSAYANE peuple d'hommes-oiseaux vivant dans de grands nids flottants dans la région d'Alentin.

ASTROLABE une des deux frégates de l'expédition maritime du comte de Lapérouse au XVIIIe siècle.

ATLANTIDE île légendaire du Monde du Reflet, habitée par une civilisation raffinée avant d'être engloutie dans un lointain passé au milieu des flots de l'Atlantique.

ATTRAPE-SORT amulette destinée à contrecarrer un sort.

AVALOM île sacrée du monde de Thomas, abritant un sanctuaire de pierres levées au Ve siècle et correspondant à l'actuel Mont Saint-Michel. L'une des Frontières occupe le centre du cromlech. Les anciens bretons l'appellent le Chaudron de Sucellos. L'enchanteur Myrddin, la famille d'Arthur de Stronggore et la magicienne Morgane y résident chacun en leur temps.

AWEN la divine inspiration poétique dans la tradition celtique.

AYERS ROCK aussi connu sous le nom d'Uluru, monolithe de grès situé au centre de l'Australie, haut de trois cent cinquante mètres et de plus de neuf kilomètres de circonférence.

BACTIANE trouasis situé dans le désert du Neck.

BALEINE SIFFLEUSE espèce de baleine réputée pour ses vocalises que l'on entend des kilomètres à la ronde.

BALISE SONORE émetteur porteur d'un message sonore, destiné à être placé dans la vibration fossile.

BALLADE DE LÉO ARTÉAN chanson populaire très ancienne vantant les mérites guerriers de Léo Artéan.

BARBACHU DES BOIS sorte d'énorme groseille, que l'on trouve dans les forêts du Monde d'Anaclasis. Couverte d'un fin duvet, elle a un fort goût de banane et de vanille.

BARDOR royaume des Nains à l'époque du Grand Fléau.

BARGE PORTE-NECTAR flotteur utilisé par les habitants de Ruchéa pour récolter le nectar des fleurs d'aelle.

BARLON D'YSENGRYR singe géant des forêts humides d'Ysengryr.

BARONNIES DES MONTS VAZKOR sept principautés guerrières établies dans les monts Vazkor, prospérant grâce à l'argent extrait des montagnes.

BAS-JOUR baisse de luminosité intervenant à la mi-journée, lorsque le soleil passe derrière le Collier d'Atiane.

BATTEUR DE SABLE artisan fabriquant des briques de sable en utilisant la force des vagues pour actionner de grandes presses.

BEAUREVOIR ancien château dominant la commune où vit Honorine, transformé par Pierre Andremi en QG de campagne pour ses expériences.

BEFFROI DES NUAGES château royal de Perce-Nuage.

BÉLÉNOS dieu de la lumière dans la mythologie celtique.

BELISAMA déesse du feu dans la mythologie celtique.

BELMAADORA ancienne capitale du royaume disparu d'Ism'laad.

BLANCPORT une Ville Morte du Monde d'Anaclasis.

BELTANE l'une des fêtes majeures de la tradition celtique (le 1er mai) célébrant le feu et la lumière, et à travers eux, le retour à la belle saison.

BELTRIANE plaine dans laquelle s'élève la ville de Carmana (capitale du royaume d'Ueva) à l'époque du Grand Fléau.

BIÈRE D'ÉPICÉA boisson fermentée à base de résine des Boisilleurs d'Épicéane.

BIOMÉCA combattant mi-homme et mi-machine, protégé par un impressionnant exosquelette en plaston et métal.

BIOKINÉSIE l'une des six composantes du Pouvoir Unique, qui est la faculté de pouvoir lire les pensées du corps. Les Guérisseurs possèdent des aptitudes en biokinésie.

BLÉ D'EAU DOUCE végétal marin constituant l'essentiel du régime alimentaire des batteurs de sable.

BLEUE une Ville Morte du Monde d'Anaclasis.

BOISANSOIF artère célèbre du quartier des loisirs de Dardéa.

BOISILLEUR habitant de la Ville Morte d'Épicéane. Les Boisilleurs sont bûcherons, artisans ou négociants et tous vivent de l'exploitation de la forêt.

BOÎTE À FORÊT fabriquées à Épicéane, ces boîtes décorées ont la particularité de laisser s'échapper les sons et les arômes de la forêt lorsque le couvercle est ouvert.

BOSQUET DES HÉROS bois sacré où sont enterrés les plus grands héros du royaume de Bretagne (situé à proximité du sanctuaire de Stonehenge).

BOTANY BAY comptoir britannique établi à Sydney (Australie) au XVIIIe siècle, point de départ de la colonisation du continent par la couronne d'Angleterre.

BOUCLIER PSYCHIQUE sort destiné à rendre indétectables les pensées de celui qui en bénéficie.

BOUGEUR représentant de l'une des castes de la société des Animavilles. Les Bougeurs sont capables de déplacer les objets à distance, en déformant la vibration fossile.

BOUSSOLE frégate amirale de l'expédition maritime du comte de Lapérouse au XVIIIe siècle.

BRETAGNE le royaume de Bretagne, au Ve siècle, correspond à l'actuelle Grande-Bretagne.

BRIQUET-TOTEM briquet qui permet au Mixcoalt d'enflammer certains gaz contenus dans son haleine, sur lequel est gravé son poème fétiche.

BRISBANE ville côtière de l'Est de l'Australie.

BRISE-OMBRE lampe de l'époque du Grand Fléau.

BROCÉLIANDE forêt sacrée couvrant une partie de l'Armorique (Bretagne actuelle) au Ve siècle. Appelée forêt de Paimpont aujourd'hui.

BUJIYA bulbe comestible poussant dans le désert du Neck.

BULLROARER instrument de musique et moyen de communication aborigène, composé d'un cordon tenant un morceau de bois sculpté qui produit une vibration lorsqu'on le met en rotation. En faisant varier l'amplitude et la vitesse de rotation, on obtient un son plus ou moins grave. Le mot français pour *bullroarer* est rhombe.

BUSH brousse australienne.

CADET étudiant à l'école des Deux Mains.

CAEMLYN une Ville Morte du Monde d'Anaclasis.

CAER CYNDFEIRD une des places-fortes du maître-druide Myrddin, au Ve siècle.

CAER ISSA place forte du prince Cymri d'Armorique, au Ve siècle.

CAER MELOT une des places fortes du maître druide Myrddin, au Ve siècle.

CAER RAE place forte du prince Arthur de Stronggore, au Ve siècle, située dans l'actuelle région de Northampton en Angleterre.

CAER RATAE caverne traversée par le fleuve Salgramor, aussi appelée Tête-en-Bas.

CAER SERVODIUNUM une des places-fortes du prince Mordred au Ve siècle, située non loin de l'actuelle ville de Salisbury en Angleterre.

CAÏR-LO-MÉA capitale de l'une des baronnies des Monts Vazkor, aménagée dans une aiguille rocheuse.

CALARAC forêt vierge de la Terre des Géants, de laquelle émerge le monolithe de Terre-Matrice.

CALEDFWLCH voir Excalibur.

CALLE-SÈCHE une Ville Morte du Monde d'Anaclasis.

CAL'MARNAL rocher du désert du Neck célèbre pour ses sources d'eau chaude.

CALMONT D'OLT citadelle fermant le défilé du même nom et protégeant Crydée, la capitale du royaume de Kharold à l'époque du Grand Fléau.

CALYPSO le célèbre navire océanographique du commandant Cousteau, utilisé entre 1951 et 1996.

CAMELOT château ou ville légendaire dans la tradition arthurienne.

CAMPANILE pièce secrète placée à l'extrémité d'un long mât placé sur le toit du palais de la cité, d'où le Guide s'entretient avec l'Animaville.

CANCRERAT rongeur bipède sociable vivant dans la caverne de Caer Ratae.

CAPE-CAMÉLÉON cape rendant invisible celui qui s'en drape.

CARALAIN royaume humain à l'époque du Grand Fléau.

CARAPACE vaste rocher émergeant des sables mouvants tueurs de la forêt des Murmures, sur lequel est établi le village des Touillegadoues.

CARAPACE DE TIL carapace d'une tortue Til qui a la caractéristique d'être mnémosensible, c'est-à-dire qu'elle a la faculté d'emmagasiner des images de tous les paysages survolés par sa propriétaire, un animal volant très rare vivant plus de mille ans. Les artisans de Colossea réalisent à l'aide de ces carapaces des atlas animés d'une qualité incroyable.

CARAVANE DE JAMSAPA mirage d'une caravane disparue dans le désert du Neck depuis des siècles.

CARAVANSÉRAIL ville-étape placée dans le désert, destinée à abriter les caravanes de passage.

CARMANA capitale du royaume d'Ueva, à l'époque du Grand Fléau.

CAVALIERS VELD peuple nomade vivant dans l'est d'Anaclasis.

CENTRE DE LA RECHERCHE ET DES INVENTIONS laboratoires mystérieux situés dans les niveaux interdits de Colossea

CERNOW principauté du royaume de Bretagne au Ve siècle.

CERNUNNOS dieu des arbres et de la fécondité dans la mythologie celtique.

CHANGEFORME membre d'un peuple de nomades originaires de la lagune de Vivesaigne, il possède la faculté de prendre l'apparence de n'importe quelle créature vivante. La seule chose qu'il ne parvienne pas à imiter est la voix de ses copies, ses cordes vocales n'étant pas transformables.

CHASSEUR À AILES ROTATIVES petit vaisseau d'attaque colosséen, volant grâce à deux ailes en forme de boomerang tournant autour de la carlingue cylindrique.

CHENILLETTE étonnant moyen de locomotion constitué d'un confortable siège capitonné fixé sur le dos d'une énorme chenille aux yeux protubérants et à la couleur rose fuchsia. Des brides passées autour de la tête de l'animal permettent de guider la monture.

CHEVAL DE TROIE cheval géant en bois creux dans lequel auraient pris place des guerriers grecs pour envahir discrètement la ville de Troie.

CIGUÉLINE oiseau marin.

CHRONOPRISME prisme en orichalque qui décompose le rayonnement cosmique pour diffracter le temps et ouvrir des tunnels temporels.

CLAQUEPATTES vélomoteur écologique fonctionnant à l'aide d'un mécanisme à ressort capable d'entraîner des roues en bois munies sur toute leur circonférence de chaussures à crampons.

CLIGNELUIRE plantigrade originaire des montagnes de Veldan, au corps bioluminescent. Il produit des flashs de lumière pour éloigner ses prédateurs.

COERCITION l'une des six composantes du Pouvoir Unique, faculté d'imposer sa volonté au corps ou à l'esprit. Les Guérisseurs maîtrisent certains aspects de la coercition.

COL DU BAC étroite vallée mettant en relation les deux versants des Monts Vazkor, occupée par un lac que l'on traverse à l'aide d'un bac.

COLENCOR vêtement colosséen composé d'un justaucorps moulant à capuche.

COLLIER D'ATIANE nom donné par les habitants des Animavilles à l'anneau d'astéroïdes barrant le ciel du Monde d'Anaclasis du nord au sud. Cet anneau occasionne une baisse de la luminosité à la mi-journée, appelée le bas-jour.

COLONNE BRISÉE nom d'une montagne en forme de piton inaccessible, correspondant au Mont Aiguille dans le monde de Thomas.

COLOSSEA dite la ville Mécanique. Aménagée à l'intérieur d'un colosse en plaston de plus d'un kilomètre et demi de hauteur dressé au milieu d'un lac, la cité tire sa richesse de la toute puissante Guilde des Marchands, très impliquée dans les rouages du pouvoir.

COMMANDEUR seigneur de guerre de l'ordre des Parfaits.

COMPLAINTE DU TEMPS ET DES CONTRÉES fameux livre de prophéties dans lesquelles figurent les prédictions du célèbre Antialphe.

CONSEIL DES DEUX MAINS conseil administrant les habitants des Animavilles. Dirigé par le Guide, il est composé de dix membres permanents, répartis en deux Mains. La Main principale compte un maître Passe-Mondes, un maître Bougeur, un maître Cueilleur, un maître Devin et un maître Défenseur. La Main secondaire compte un maître Guérisseur, un maître Interprète, un maître Artisan, un maître Rêveur et un représentant de la Guilde des Marchands.

COQUILLANNE une Ville Morte du Monde d'Anaclasis.

CORNE DE SELIDORE lac correspondant au lac Léman dans le monde de Thomas.

CORSÉPICE jeu le plus apprécié par les habitants des Animavilles. Il se pratique dans de petites nacelles volantes occupées par cinq membres d'équipage : un Passe-Mondes, un Bougeur, un Cueilleur, un Devin et un Défenseur. Le but du jeu est de capturer le plus grand nombre de spores jaunes libérées par un pain d'épice. Il s'agit tout autant d'un jeu d'adresse et de rapidité que de stratégie.

COUCOU oiseau dénué d'ailes et de pattes, se déplaçant par bonds successifs. Le coucou est capable, en cas de danger, d'imiter toutes sortes de cris pour se tirer d'affaire, d'où son surnom de hurleur.

COUPOLE fête foraine couverte de Dardéa, située dans le quartier des loisirs.

COUREUSE bateau océanographique de la Direction des Recherches Archéologiques Sous-Marines de Marseille.

C4 explosif militaire américain de la famille des plastics (à pâte malléable).

CRÊT-DU-BAC bourg installé dans un rétrécissement du fleuve Maramure, dans le monde d'Anaclasis.

CREUX TEMPOREL époque de l'histoire qu'il est possible d'explorer grâce aux tunnels temporels. Pour une raison inconnue, seules certaines périodes sont accessibles aux voyageurs temporels.

CROIX DU SUD la plus fameuse constellation du ciel austral, représentée sur le drapeau australien.

CROIX-ROUÉE croix sur laquelle sont attachés les hommes accusés d'être des alliés du roi de Ténébreuse, pour être soumis à la vindicte populaire.

CROMLECH monument mégalithique préhistorique constitué d'une enceinte de pierres levées.

CRYOVOLCAN volcan de glace, fréquent sur les lunes de notre système solaire. Au lieu de lave, ces volcans éjectent de la neige et de la glace (cryomagma) sous l'effet de forces de marées internes ou à cause de sources radioactives internes. Le cryovolcan d'Hyksos est pour sa part alimenté par les intenses forces électromagnétiques de la Frontière qu'il abrite.

CUEILLEUR représentant de l'une des castes de la société des Animavilles. Les Cueilleurs sont les spécialistes de la moisson de l'Épice, graine volante constituant la principale source d'alimentation des habitants des villes animales.

CYBÈLE ancien caravansérail du désert du Neck.

DAMONA déesse des sources et de la fécondité dans la mythologie celtique.

DANA déesse primordiale de la mythologie celtique irlandaise.

DANA O'SHEE fée de la forêt de Brocéliande qui use de stratagèmes pour attirer les voyageurs imprudents dans ses filets.

DARDÉA l'une des six Animavilles, dite la ville des Verriers, située au-dessus du lac du Milieu, à un emplacement correspondant à la ville de Grenoble dans le monde de Thomas.

DARKANE une Ville Morte du Monde d'Anaclasis.

DARWIN ville côtière du Nord de l'Australie.

DC3 avion de transport à hélices des années cinquante.

DÉCADE durée de dix jours séparant deux apparitions de la Frontière de Terre-Matrice hors de son tunnel vertical.

DÉCHIRURE lieu dénué de toute vibration où deux univers parallèles peuvent se mélanger.

DÉFENSEUR représentant de l'une des castes de la société des Animavilles. Les Défenseurs sont capables de modeler le son pour en faire une arme, apte à assommer ou à tuer. Les armes étant interdites dans les Animavilles depuis le Grand Fléau, les Défenseurs constituent la seule protection des habitants en cas de danger.

DÉNOMMEUR champion du mal chargé d'affronter le champion du bien, appelé le Nommeur. Sa particularité est sa connaissance innée du languange des Incréés, dont chaque mot est chargé d'un immense pouvoir. Le dernier Dénommeur connu était le roi de l'île de Ténébreuse, qui déclencha Le Grand Fléau mille ans plus tôt et qui fut vaincu par Léo Artéan.

DENT DE L'AIGLE sommet tabulaire du massif de Cayren, appelé Dent de Crolles dans le monde de Thomas.

DEVIN représentant de l'une des castes de la société des Animavilles. Les Devins sont capables d'interpréter l'avenir.

DJEHALS hommes à la peau bleue qui occupaient l'île de Ténébreuse avant d'en être délogés par les hommes-scorpions de Linn Artéan, premier Dénommeur.

DOUZE ROYAUMES confédération des douze principaux royaumes à l'époque du Grand Fléau. Composée de trois royaumes non humains : Elwander (Elwils), Bardor (Nains), Ralis't (Ralis) et neuf royaumes humains : Karhold, Caralain, Mehrangarh, Damalaad, Ism'laad, Inggar, Saldea, Veldane et Ueva, le plus ancien et le plus sacré de tous.

DRAK mer intérieure correspondant dans le monde de Thomas à la mer Baltique.

DUMNONIE principauté bretonne du prince Mordred, au Ve siècle, correspondant à l'actuelle province de Devon en Grande-Bretagne.

DUMONI pirates écumant l'océan d'Ouest.

EAU MINÉRALE ACTIVE eau thermale de la ville de Fomalhaut, fameuse pour ses vertus cicatrisantes, anthalgiques et énergisantes.

ECCLÉSIARQUE moine de l'Architemple.

ÉCHANGE journée au cours de laquelle les élèves de l'école des Deux Mains échangent leurs identités, afin d'apprendre à s'ouvrir aux autres.

ÉCHINE D'ARAFEL montagnes de cristal correspondant aux Pyrénées dans le monde de Thomas. Elles sont parcourues la nuit par d'énigmatiques ballets de lumière vivante.

ÉCOLE DES DEUX MAINS la plus fameuse école des Animavilles, où sont formés les futurs membres du Conseil des Deux Mains et l'élite de la société.

ÉCONOME grand argentier chargé des dépenses de l'administration des Animavilles.

EFFACEUR D'OMBRE créature vivant dans la vibration fossile, absorbant les vibrations de ses victimes jusqu'à ne plus laisser d'elles qu'une sorte de fantôme presque invisible. Les Effaceurs d'ombre sont alliés aux forces de Ténébreuse.

ÉLÉVATEUR cabine d'ascenseur placée dans un puits du système circulatoire des arbres-colonnes d'Aïel Tisit.

ÉLIODULE arbre géant croissant dans la forêt de Calarac sur la Terre des Géants.

ELMORA une Ville Morte du Monde d'Anaclasis.

ELWANDER royaume sylvestre des Elwils, situé au sud de l'Échine d'Arafel. Les villes d'Elwander sont situées au sommet des arbres-colonnes.

ELWIL habitant du royaume d'Elwander. Ses oreilles pointues et sa silhouette élancée le font ressembler aux Elfes des légendes du monde de Thomas.

EMPATHE individu doué pour la télépathie.

ENLAD ville des monts Pélimère.

ENTREPÔT ville-entrepôt de la Guilde des Marchands ceinturant le lac de Colossea.

ÉOLIA l'une des six Animavilles, dite la ville des Vents.

ÉPICÉANE une Ville Morte située sur les rives du lac du Milieu.

EPONA déesse celtique associée au cheval, animal emblématique de l'aristocratie militaire gauloise.

ÉTOILE DE TERRE sorte d'étoile de mer vivant sur terre et utilisée comme lampe dans l'ancien temps : elle émet de la lumière une fois frottée entre les mains.

ÉTOILÉS combattants engagés dans l'armée de Jadawin de Villevieille pour lutter contre les hommes-scorpions de Ténébreuse. Ils sont appelés « Étoilés » car ils ont la ronde des six étoiles du Paradigme des Incréés cousue sur leurs vêtements.

EXCALIBUR épée du dernier Atlant (littéralement *la dure entaille*), possession de Uther Pendragon puis d'Arthur de Stronggore. Son nom, dans la langue des Grands Anciens, est Caledfwlch.

FEU À AUGURES feu réalisé par les Aborigènes d'Australie avec certaines plantes sacrées, dont le dégagement de fumée permet d'interpréter l'avenir.

FEU-DRAGON encore appelé larmes de Numereji par les Aborigènes d'Australie, il correspond aux mystérieuses fulgurites rouges d'Uluru.

FEU-PRIÈRE foyer en métal poli surmonté d'un jeu de miroirs et de lentilles concentrant la lumière pour envoyer un rayon vers le soleil. Les habitants de l'Architemple remercient ainsi le soleil pour ses bienfaits.

FEUILLES TAMBOURS moyen de communication à longue distance utilisé dans le royaume d'Elwander.

FILET MAGNÉTIQUE piège développé par les chercheurs de Pierre Andremi. Tiré par des canons à magnétrons, il rend inopérante toute technologie utilisant des phénomènes magnétiques pour fonctionner.

FILETS À ÉPICES les spores des pains d'épices, remplies d'un gaz leur permettant de flotter dans les airs, sont moissonnées durant leur migration à l'aide de grands filets dressés sur les navires de pêche de Dardéa. Petite particularité de ces navires, alors même que leur filet est tendu hors de l'eau, leur voile est pour sa part déployée sous la coque où elle est gonflée par les courants sous-marins du lac.

FILIDHS bardes-soldats du maître druide Myrddin.

FLEUR DE LAVE fleur bleue parasitant d'anciennes bombes volcaniques parsemant la région de Fomalhaut.

FLOQUE-HUMEUR champignon qui dégage un gaz mortel foudroyant lorsque l'on marche dessus.

FLOTTEUR désigne indifféremment un arbre possédant la faculté de voler, très commun sur les rivages de l'Océan d'Ouest, et les barges construites par la Guilde des Marchands dans le bois de cet arbre et destinées au transport commercial.

FOMALHAUT Ville Morte d'Anaclasis (littéralement Mille eaux), capitale du royaume des guerrières sardokar. Célèbre pour son geyser géant et ses immeubles aménagés dans des cheminées coiffées en tuf volcanique.

FOMOIRE être inhumain ou maléfique de la mythologie celtique, appelé aussi Géant de la Mer.

FONDORNIÈRE emplacement d'une antique tour des tambours, au bord du lac du Milieu.

FORÊT DES MURMURES zone marécageuse du plateau de Grand-Barrière en permanence dissimulée aux regards par un brouillard tenace, où vivent les Touillegadoues.

FORGES D'EST capitale du peuple des Nains à Anaclasis.

FORT TERREUR une Ville Morte du Monde d'Anaclasis.

FRAGOR oiseau domestique utilisé dans le Sanctuaire des Spartes pour chasser la vermine des maisons.

FRANCS pillards germaniques du Ve siècle, qui donneront leur nom aux Français.

FRONTIÈRES lieux – au nombre de six – tenus secrets où sont conservés les noms des six Incréés, dotés chacun d'un fabuleux pouvoir.

FULGURITE pierre faite de sable vitrifié par la foudre.

GALOPEUR espèce de licorne à robe blanche utilisée pour la monte par les habitants du Monde d'Anaclasis.

GÉOMANCINE boussole magique permettant d'indiquer direction et distance d'un lieu donné.

GERMAINS peuples couvrant une zone comprenant l'Allemagne du Nord, les Pays-Bas et le Sud de la Norvège et de la Suède, et qui envahissent, au Ve siècle, l'empire romain, la Grande-Bretagne et même une partie de l'Afrique du Nord.

GLACE-GRAND-MÈRE divinité principale des Djehals.

GLOUVIC principauté du royaume de Bretagne, au Ve siècle.

GPS système de géolocalisation par satellite.

GRAND-BARRIÈRE montagne du Monde d'Anaclasis, correspondant au Vercors dans le monde de Thomas.

GRAND FLÉAU conflit terrible qui opposa les royaumes des hommes du Monde d'Anaclasis aux armées d'hommes-scorpions du roi de l'île de Ténébreuse. Léo Artéan, le plus célèbre Passe-Mondes d'Anaclasis, mit un terme à la guerre en rejetant à la mer les envahisseurs.

GRAND ROUAGE concept scientifico-religieux désignant l'univers, vénéré par les habitants de Colossea.

GRANDS ANCIENS première culture humaine d'Anaclasis, à l'époque des Incréés, possédant une technologie très avancée.

GRAVITÉ CHAOTIQUE état de gravité perturbée qui trouble le sens de l'équilibre.

G36 fusil d'assaut allemand.

GUÉRISSEUR représentant de l'une des castes de la société des Animavilles. Les Guérisseurs sont capables de modifier le niveau de vibration d'un organe afin de rétablir son bon fonctionnement.

GUIDE grand maître du Conseil des Deux Mains en charge de la gestion des affaires humaines dans les Animavilles, l'interlocuteur privilégié de la ville animale.

GUILDE DES MARCHANDS groupe très influent de marchands installé dans la Ville Mécanique de Colossea, ayant le monopole de la fabrication et de l'utilisation des flotteurs.

GWENT principauté du royaume de Bretagne, au Ve siècle.

GWYNEDD principauté du royaume de Bretagne, au Ve siècle.

HAUTE FUTAIE forêt nomade d'arbres Saj'loers parcourant les hautes vallées des monts Pélimère.

HAUTJARDIN une Ville Morte du Monde d'Anaclasis constituée de milliers de tumulus herbeux, habités par des humains appelés Synchrones.

HERMÉTIQUE prêtre sparte chargé de l'entretien des narcovaisseaux dans le puits de sommeil du Sanctuaire.

HOLOCARTES jeu pratiqué dans les Animavilles à l'aide de cartes produisant des illusions holographiques.

HOMME-CHAT mystérieux Passe-Mondes à tête de chat travaillant pour le Dénommeur.

HOMME-CRAPAUD homme amphibien vivant dans les marécages de Karego.

HOMME-DES-CHOSES-CACHÉES guide spirituel des batteurs de sable.

HOMME-MARIONNETTE clone domestique utilisé à Colossea.

HOMMES-ÉCLAIRS créatures métaphysiques à l'origine de l'apparition du monde au temps du Rêve, dans la mythologie des Aborigènes d'Australie. Les hommes-éclairs ont été eux-mêmes créés par le Serpent Arc-en-Ciel.

HOMMES-SCORPIONS DE TÉNÉBREUSE guerriers mi-hommes et mi-scorpions originaires de l'île de Ténébreuse, décimés au cours du Grand Fléau par Léo Artéan.

HYDROMEL boisson fermentée d'eau et de miel.

HYKSOS île de l'océan d'Ouest située à quelques kilomètres de la ville de l'Architemple. Cette île est dominée par un cryovolcan, au centre duquel se trouve l'une des Frontières.

IGRAINE ours mellifère doté d'ailes et d'une trompe à l'aide de laquelle il pompe le nectar des fleurs d'aelle.

ÎLE DES FORTS nom donné au Ve siècle à l'actuelle Angleterre.

IMPERATOR titre du maître de la Guilde des Marchands de Colossea.

INCANTATRICE magicienne qui doit son nom aux incantations qu'elle prononce pour lancer ses sorts.

INCRÉÉS premiers habitants du Monde d'Anaclasis, ils auraient donné naissance à toutes les espèces vivantes lors de leur disparition.

INITIÉ le grade le plus élevé chez les chevaliers de l'ordre des Parfaits.

INNDOOR citadelle suspendue au-dessus d'un ravin de l'île de Ténébreuse, possession du Dénommeur.

INTERLICE sûreté intérieure de l'imperium de Colossea. Chaque policier fait équipe avec un loup géant dressé à la traque et à l'attaque.

INTERPRÈTE représentant de l'une des castes de la société des Animavilles. L'activité des Interprètes est essentielle pour développer les échanges commerciaux dans un monde où humains et non-humains parlent des milliers de langues différentes.

ISM'LAAD royaume disparu prospérant jadis aux portes du désert du Neck.

JARDIN promontoire couvert d'une forêt de fleurs géantes, correspondant au rocher de Gibraltar dans le monde de Thomas.

JUGE BLANC juge officiant dans les tribunaux religieux de Villevieille. Le juge blanc est toujours un Empathe.

JUSTE COMBAT combat pour lequel un Sparte dédie son existence. En attendant de découvrir la nature de ce Juste Combat, le Sparte passe l'essentiel de son existence en animation suspendue dans le puits de sommeil du Sanctuaire.

JUTES pillards germaniques du Ve siècle.

KALIKO immense insecte servant de monture aux nomades Kwaskavs, dans les Marches Blanches.

KAREGO plaine marécageuse insalubre, correspondant à l'Allemagne dans le monde de Thomas.

KARHOLD royaume humain à l'époque du Grand Fléau.

KABIROU chef de guerre chez les Mixcoalts.

KHOTOR ville portuaire du royaume de Karhold à l'époque du Grand Fléau. Célèbre **KHULNA** l'une des capitales des archipels sous-marins du peuple des Aquatiques.

KINCH fleur poussant dans les champs de neige des Marches Blanches, au printemps. Les nomades Kwaskavs s'en font des bonnets.

KIOSQUE DES EAUX LENTES magnifique construction en eaux lentes, marquant le centre de l'agora du palais de Fomalhaut.

KOBAL crapaud géant de la forêt d'Elwander, qui capture ses proies en les engluant au bout de sa langue.

KORRIGANS petits êtres humanoïdes servant les dana o'shee dans la forêt de Brocéliande.

KRILL créature formée de deux hémisphères reliés par un corps bardé de lames aiguisées. Projeté par-dessus les remparts en cas de siège, il sème la terreur parmi les défenseurs.

KUR boisson fermentée à base d'écorce d'arbre-nuée, très en vogue chez les Touillegadoues.

KWASKAV nomade parcourant les Marches Blanches sur d'immenses insectes appelés kalikos.

LAC DE LA RIGOLE SOMBRE lac occupant le col du Bac, dans les monts Vazkor.

LAC DU MILIEU grand lac occupant dans le Monde d'Anaclasis les vallées comprises entre l'emplacement de Genève et de Valence, dans le monde de Thomas.

LANCE THERMIQUE canon à énergie utilisé par les Colosséens.

LANGUE DES INCRÉÉS langage parlé par les Incréés bien avant l'apparition des hommes et des autres espèces peuplant le Monde d'Anaclasis. Les mots de cette langue possèdent d'immenses pouvoirs. Les incantations des magiciens humains utilisent des bribes de phrases de cette ancienne langue. Les mots les plus puissants de cette langue morte sont les noms eux-mêmes des six Incréés.

LEODANN organisme primitif au corps malléable, utilisé comme fauteuil à l'époque du Grand Fléau.

LIBELAME énorme insecte au corps aiguisé comme la lame d'un poignard et aux ailes de libellule utilisé avant le Grand Fléau par les assassins de tous poils.

L'TUANNAC littéralement *la montagne vivante*, geyser géant jaillissant au cœur de la ville de Fomalhaut.

L'TUANNOTH littéralement *la montagne morte*, ancien geyser situé au cœur de la ville de Fomalhaut.

LUG dieu suprême de la mythologie celtique.

LUMIÈRE LIQUIDE source d'éclairage privilégiée à Dardéa. La lumière liquide est fournie par des fontaines à lumière, dont elle jaillit à gros bouillons.

LUMIÈRE MOLLE la lumière liquide, maintenue à basse température par modification de son niveau de vibration, devient de la lumière molle, utilisée par les habitants des Animavilles pour réaliser d'admirables sculptures animées.

LUNDEIN principauté du royaume de Bretagne, au Ve siècle.

MAGIE D'OR nom de la pratique magique des Mères Dénessérites de Perce-Nuage.

MAGNÉTISME force produite par des charges électriques en mouvement, qui exerce une attraction sur tous les matériaux ferromagnétiques.

MAGNÉTOMÈTRE appareil de mesure relevant l'intensité du champ magnétique d'un lieu donné.

MAISON-ARAIGNÉE maison vivante des Mères Dénessérites.

MAISON-GRAPPE maison des nomades Kwaskavs, constituée d'un assemblage de nacelles sphériques en écorce, fixée sur le dos des kalikos.

MANDRAL animal terrestre de la taille d'une baleine, ressemblant à un serpent portant sur son dos une coquille, et servant de monture aux caravaniers Meschs, dans le désert du Neck.

MARAMURE fleuve correspondant au Rhône dans le monde de Thomas.

MARAUDEUR pillard.

MARCHE DE TORTH territoire semi-désertique s'étendant à l'Est de la forêt de la Pluie.

MASQUE-HOLOGRAMME masque de lumière animée, porté à Colossea par les membres de la première caste (les gardiens de la tradition, les maîtres-marchands et les savants).

MATRA déesse mère des anciens habitants de la Grande-Bretagne, avant l'arrivée des Celtes.

MÉGARON chef de la garde du beffroi des Nuages, à Perce-Nuage.

MEHRANGARH île du monde d'Anaclasis, correspondant à l'Irlande dans le monde de Thomas.

MER DE DRAK mer correspondant à la mer Baltique dans le monde de Thomas.

MESH caravanier sillonnant le désert du Neck monté sur son mandral. On surnomme familièrement les caravaniers Meshs les « Mèches-Drues », en fonction de leur coiffure étrange.

MÉTAFONCTION LATENTE capacité hors du commun induite par l'une des six composantes du Pouvoir Unique.

MIXCOATLS sauriens géants vivant à Anaclasis sur le continent correspondant à l'Australie dans le monde de Thomas. Intelligents et sensibles, ils ont développé une civilisation pacifique articulée autour de la pratique de la poésie. Leur aptitude à enflammer certains gaz contenus dans leur haleine pour se défendre est à l'origine des légendes évoquant des dragons cracheurs de feu dans le monde de Thomas. Dans la mythologie aztèque, le Mixcoalt (littéralement le *serpent des nuages*) est le dieu de la guerre.

MIXEUR D'ONDES appareil fabriqué par les peuples de l'île de Caralain, capable de bloquer les transmissions à travers la vibration fossile ou, au contraire, de favoriser la transmission de messages voire d'individus.

M'NEM boisson traditionnelle des caravaniers Meshs.

MONDE D'ANACLASIS désigne indifféremment le monde parallèle où s'est développée la société des Animavilles et l'équivalent du continent européen dans ledit monde parallèle.

MONDE DU REFLET nom donné par les habitants du Monde d'Anaclasis au monde de Thomas.

MONTBASILLAC château situé dans la région de Genève, en Suisse, propriété du milliardaire Pierre Andremi.

MONTS BRUMEUX massif montagneux d'Anaclasis, situé non loin de la ville de Coquillane.

MONTS VAZKOR chaîne montagneuse située entre le royaume d'Elwander et le désert du Neck.

MORDAVE Passe-Mondes à demi-humain, chargé d'assurer la garde rapprochée du Dénommeur.

MOUCHE À BISOUS mouche commune dans la forêt des Murmures. Sa première caractéristique est le bruit qu'elle produit et qui ressemble à celui d'un baiser. La seconde est qu'elle repère pour le compte des sables mouvants vivants les proies potentielles.

MOUCHERON HILARANT insecte qui rend euphorique toute créature qui le gobe du fait des substances hallucinogènes sécrétées par son corps.

MYSSÈTE chauve-souris bipède vivant dans le désert du Neck.

NARCOVAISSEAU cellule d'animation suspendue d'un chevalier sparte, située dans le puits du sommeil du Sanctuaire.

NECK vaste désert de sable situé au sud des monts Vazkor.

NECTAR DE SÈVE boisson traditionnelle des Elwils.

NEMETONA déesse des arbres dans la mythologie celtique.

NENDO île de l'archipel des îles Salomon.

NIR-NA nid volant de l'une des colonies d'Assayanes de la forêt d'Alentin.

NITIS onde de choc résultant d'un très ancien tremblement de terre. Elle traverse le Neck depuis des siècles et rebondit alternativement à l'est et à l'ouest sur les montagnes bordant le désert.

NOIRÉPINE une Ville Morte du Monde d'Anaclasis.

NOMMEUR champion du bien chargé d'affronter le champion du mal, appelé le Dénommeur. Sa particularité est sa connaissance innée du langage des Incréés, dont chaque mot est chargé d'un immense pouvoir. Le dernier Nommeur dont l'histoire ait conservé le souvenir s'appelait Léo Artéan.

NUMEREJI le Serpent Arc-en-Ciel de la mythologie aborigène, l'une des principales divinités de leur riche panthéon.

NÛRHINE fleuve descendant des monts Vazkor.

NUTRIMENTS (CUBES DE) nourriture artificielle des habitants de Colossea.

OISEAU-HÉLICE oiseau des Marches Blanches.

OISEAU-SANGSUE ver géant carnassier doté de deux paires d'ailes et vivant dans les forêts de la Terre des Géants.

OLGAS grande formation rocheuse composée de trente-six dômes (le plus haut culmine à cinq cent cinquante mètres), située à vingt-cinq kilomètres d'Uluru.

OLYANE grand lézard ailé, appelé « ailes du destin » par les habitants de la ville de l'Architemple.

OR l'une des deux lunes du Monde d'Anaclasis, de couleur jaune pâle. L'autre s'appelle Sang.

ORICHALQUE matériau aux propriétés intermédiaires entre celles du métal et du diamant, datant de l'époque des Grands Anciens.

OSGIL'AT littéralement « Celui-qui-va-changer-les-choses », dans la langue des Elwils, pour désigner le Nommeur.

OVNI objet volant non identifié (UFO en anglais) que certains associent à des vaisseaux spatiaux extraterrestres supposés (appelés aussi plus familèrement soucoupes volantes à partir des années 1950).

PALANQUE région d'Anaclasis correspondant à la Turquie dans le monde de Thomas.

PALETWA l'une des capitales des archipels sous-marins du peuple des Aquatiques.

PANORAMIQUE l'une des salles de spectacle de Dardéa.

PARADIGME DES INCRÉÉS stricte doctrine religieuse née dans la ville de Villevieille, pour laquelle seule une dévotion absolue envers les Incréés peut conduire à l'harmonie universelle.

PARFAIT chevalier-moine de la cité de Villevieille, relevant de la doctrine du Paradigme des Incréés.

PAS-CHAUVE-SOURIS chauve-souris géante possédant une crête de poils sur le crâne et vivant dans les grottes de la montagne dite la Colonne Brisée.

PASSEMER une Ville Morte du Monde d'Anaclasis.

PASSE-MONDES représentant de la caste la plus réputée de la société des Animavilles. Les Passe-Mondes sont capables de se déplacer d'un point à un autre à la vitesse de la pensée, en adaptant leur niveau de vibration corporelle au milieu qu'ils franchissent. Tous les Passe-Mondes possèdent des yeux vairons.

PÈLERIN halo de sortie des passages ouverts à travers la vibration fossile par la technologie colosséenne, que les gens du monde de Thomas prennent à tort pour des vaisseaux spatiaux extraterrestres (OVNI). Les pèlerins sont utilisés par les Colosséens aussi bien pour observer le Monde du Reflet ou des lieux inaccessibles d'Anaclasis que pour transporter des troupes en temps de conflit.

PÈLERINAGE DU REGISTRE DES MORTS pèlerinage effectué annuellement par les habitants de la Ville Morte de Hautjardin jusqu'à la forêt de la Pluie, dernier repos présumé de leurs ancêtres.

PÉLIMÈRE (MONTS) massif montagneux correspondant à une partie des Alpes Suisses dans le monde de Thomas.

PENDRAGON titre celtique signifiant « chef dragon » ou « tête de dragon » et porté par le roi du royaume de Bretagne.

PERCE-NUAGE une Ville Morte du Monde d'Anaclasis.

PERLE D'AMBRE une des monnaies ayant cours à Anaclasis. L'ambre bleue constitue les grosses coupures, l'ambre jaune la menue monnaie.

PICTES pillards écossais au Ve siècle.

PIERRE DE LUNE nom donné à la grande table ovale de la salle du Dôme, autour de laquelle siègent les onze membres du Conseil des Deux Mains de Dardéa. On la dit taillée dans une météorite.

PIERRE DE MORR météore rouge détenu dans le palais de Carmana (royaume d'Ueva) à l'époque du Grand Fléau, symbolisant la royauté descendue sur Anaclasis.

PIERRES LEVÉES une Ville Morte du Monde d'Anaclasis.

PIN COURONNÉ pin immense à la cime couronnée d'une fleur géante, ouverte le jour et fermée la nuit.

PIQUE-FLAMME une Ville Morte du Monde d'Anaclasis.

PIQUE-OREILLE sobriquet désignant les Elwils.

PILPIL petit singe ailé vivant sur Ruchéa.

PLAINE DES OSSEMENTS cimetière à ciel ouvert situé dans le Neck, où l'on trouve les ossements gigantesques de créatures indéterminées.

PLASTON matériau plastique utilisant les propriétés du fil des toiles d'araignées pour obtenir la résistance de l'acier et la densité de la ouate.

POUSSETERRE larve géante créant des séismes sur son passage. Les troupes de Ténébreuse s'en servent pour semer la dévastation avant d'attaquer les villes.

POUVOIR UNIQUE réunion des six pouvoirs primordiaux : la télépathie, la biokinésie, la coercition, la télékinésie, la psychocréativité et la psychocronosie.

POWYS principauté du royaume de Bretagne, au Ve siècle.

PRÉDICTEUR personne percevant des bribes de l'avenir à travers les manifestations de la nature.

PRÊTRE DU SOLEIL homme saint du peuple Kwaskav.

PRINCIPAL titre honorifique porté dans la société colosséenne.

PROJET ATLAS projet secret mené dans le monde de Thomas, disposant d'importants moyens militaires sur l'ensemble de la planète.

PROTECTEUR DE PENSÉES Empathe dédié à assurer l'inviolabilité des pensées de son client.

PROTOCOLE COURTISAN DES ÉMOTIONS ET DE LA BIENSÉANCE règles strictes du bon goût et de la pondération, en usage dans la ville de Colossea.

PSYCHOCRÉATIVITÉ l'une des six composantes du Pouvoir Unique, faculté de modifier la matière. Les Passe-Mondes et les Défenseurs maîtrisent en partie la psychocréativité.

PSYCHOCHRONOSIE l'une des six composantes du Pouvoir Unique, faculté d'intervenir sur le passage du temps.

PUITS DE GRAVITÉ DOUCE voie de secours destinée à l'évacuation des étages de Colossea en cas de sinistre.

PUITS DU SOMMEIL puits s'enfonçant dans la montagne du Sanctuaire des Spartes, donnant accès aux narcovaisseaux des voyageurs du sommeil.

PYRABULLE immeuble pyramidal (pointe en bas) composé de bulles d'habitation collées les unes aux autres, en usage sur Colossea.

QENYAL TISIT cité arboricole du nord d'Elwander.

RALIS humanoïde dont la tête, grande comme une pomme, ressemble à un crabe aux pattes crochues.

RAISONNEURS oracles par la voix desquels s'expriment les prédictions des Mères Dénessérites.

RALIS'T royaume des humanoïdes Ralis, à l'époque du Grand Fléau.

RASSUL puissante forteresse des Marches Blanches installée dans le cratère d'un ancien volcan et tenue par les moines guerriers de l'ordre de Raa.

RAYONS artères secondaires de Dardéa, reliant le centre de l'Animaville à sa périphérie. L'artère principale s'appelle la Spirale.

RÉCEPTIF télépathe capable de recevoir des messages mentaux.

RÉDACTIF télépathe capable d'émettre des messages mentaux. Les rédactifs sont généralement aussi des réceptifs.

RÉINCARNÉS Mixcoalts ramenés à la vie après avoir péri étouffés à l'intérieur de la Frontière de Terre-Matrice. Leur espérance de vie est ainsi énormément prolongée mais, dans le même temps, leur caractère naturellement doux et sociable a laissé la place à l'agressivité et à l'individualisme. On les nomme également les *nés-deux-fois*.

RÉMANENCE MAGNÉTIQUE champ magnétique résiduel existant dans un matériau préalablement soumis à un champ magnétique extérieur.

RÉPÉTEUR sifflet dans lequel les magiciens peuvent introduire une incantation particulière et ainsi s'en reserver autant qu'ils le souhaitent sans devoir répéter l'incantation.

RÉSEAU THAN nom donné par les télépathes rédactifs à la vibration fossile, qu'ils utilisent pour envoyer des messages mentaux sur de longues distances.

RÉTRONEF navire submersible du peuple des Aquatiques, exploitant des caractéristiques magnétiques de la vibration fossile pour créer un écoulement d'eau le long de la coque et propulser par réaction le bâtiment.

REVERDIE fête celte du retour de la vie dans la nature (printemps).

RÊVEUR représentant de l'une des castes de la société des Animavilles. Le Rêveur régule la vibration fossile autour des Animavilles de façon à garantir un sommeil réparateur aux habitants mais aussi, en période de crise, de repérer toute intrusion hostile et de la repousser.

RO petit singe domestique vivant dans les nids volants des Assayanes. Ils se défendent en émettant des cris de gravité chaotique.

ROC-DU-GUET rocher planté au milieu d'une vallée des monts Pélimère, au pied duquel les coalisés ont remporté une âpre victoire sur les forces de Ténébreuse au cours du Grand Fléau.

RONCE-ARAIGNÉE plante carnivore aux tiges en forme de faux.

ROND DE FÉE clairière où les dana o'shee cherchent à attirer les voyageurs imprudents pour les asservir, voire pour les dévorer.

ROQUE-PERCÉE une Ville Morte du Monde d'Anaclasis.

ROTONDE DES PORTES ouvrage circulaire au sommet du monolithe de Terre-Matrice, dans lequel s'ouvrent les portes de la cité troglodytique.

ROUTE DES ANIMAVILLES très ancien chemin reliant entre elles les six Animaviles.

RUCHÉA l'une des six Animavilles, dite la ville des Chasseurs de miel.

SABLES MOUVANTS TUEURS sables, situés dans la forêt des Murmures, vivants et se déplaçant à grande vitesse pour chasser leurs proies qu'ils engloutissent tout entières. Ils repèrent leurs victimes grâce à la complicité de petites mouches chercheuses appelées mouches à bisous en raison du son caractéristique qu'elles produisent.

SAJ'LOERS arbres nomades mesurant plusieurs centaines de mètres de hauteur. Le groupe parcourant les hautes vallées des monts Pélimère s'appelle Haute Futaie.

SALDEA royaume humain à l'époque du Grand Fléau.

SALGRAMOR fleuve passant au-dessous de la Toile, dans les cavernes de Caer Ratae.

SALLE DES LÉGERS salle du palais, qui doit à la présence d'une roche volcanique en son centre d'être privée de gravité.

SALLE DU DÔME salle imposante située sous un dôme translucide au sommet du palais. Elle accueille les réunions du Conseil des Deux Mains.

SALOMON archipel d'Océanie partagé entre la Papouasie-Nouvelle-Guinée et l'état des Salomon.

SALVEMER une Ville Morte du Monde d'Anaclasis.

SANCTUAIRE monde de Léo Artéan et du peuple sparte à l'époque du Grand Fléau. Il est tout entier contenu dans le vortex, une sorte de cyclone permanent de la vibration fossile, situé à mi-distance entre Anaclasis et le Reflet.

SANCTUAIRE DES PIERRES autre nom du cromlech de Stonehenge en Angleterre.

SANG l'une des deux lunes du Monde d'Anaclasis, de couleur rouille. L'autre s'appelle Or.

SARDOKAR femme guerrière du royaume de Fomalhaut.

SATALU transport de marchandise veldanien en bois de flotteur, utilisé par Léo Artéan pour gagner la Frontière de la Terre des Géants.

SATRAPE chef d'un caravansérail dans le désert du Neck.

SAXONS pillards germanique du Ve siècle.

SCOLOPODE mille-pattes géant utilisé par les hommes-scorpions pour gravir les murailles pendant un siège.

SCOTS pillards irlandais du Ve siècle.

SEASWORD navire de guerre camouflé en cargo. Il appartient aux moyens d'intervention rapide du très secret Projet Atlas.

SERPENT ARC-EN-CIEL l'une des principales divinités aborigènes

(Numereji dans leur langue), à l'origine du monde au Temps du Rêve.

SHICRIT caravansérail situé au pied du versant sud des monts Vazkor.

SIFFLET À SORTS sifflet dans lequel a été introduit une incantation (voir aussi « Répéteur »).

SIMULA désigne toute créature artificielle fabriquée à Colossea.

SINFEL éthique de vie du peuple sparte, bâtie autour de trois notions fondamentales : courage, loyauté et charité. C'est également le nom d'une quête initiatique que tout guerrier sparte doit mener au cours de son existence pour découvrir le Juste Combat de sa vie.

SINGULARITÉ MAGNÉTIQUE zone dans laquelle le champ magnétique intense forme un pont quantique, sorte de passerelle entre les mondes parallèles. Les singularités magnétiques sont les fameuses Frontières recherchées par Thomas.

SMR Sous-Marin Radioguidé utilisé pour les fouilles sous-marines.

SORCIÈRES DE BROCÉLIANDE sorcières à la peau bleue vivant au Ve siècle dans la forêt de Brocéliande. Elles chevauchent nues des branches d'arbres pour voler dans les airs. Bien que protégeant les voyageurs égarés dans la forêt, elles ont généralement mauvaise réputation.

SORT DE COMPRÉHENSION sort permettant à celui qui l'active de comprendre et parler temporairement une langue étrangère.

SORT DE SILENCE sort permettant de rendre inaudible une conversation aux oreilles des personnes envoûtées.

SOUFFRE-BONHEUR animal empathe à la sensibilité exacerbée qui partage avec son maître toutes ses émotions. Usage fréquent dans l'aristocratie de Colossea.

SPARTES peuple de Passe-Mondes, dont le roi au moment du Grand Fléau est Léo Artéan. Ils vivent dans le Sanctuaire.

SPECTRES D'INVERLACH créatures se nourrissant de la chaleur humaine, tristement célèbres pour avoir ravagé la région de Fort-Terreur un siècle après le Grand Fléau.

SPHÈRE CÉLESTE salle de réception du beffroi des Nuages, à Perce-Nuage, occupant l'énorme toiture circulaire du donjon.

SPIRALE la principale artère de Dardéa, qui s'entortille autour du centre de l'Animaville jusqu'à atteindre son sommet.

STASE (GÉNÉRATEUR DE) champ magnétique intense ouvrant des tunnels sous l'eau. Technologie inventée par les Grands Anciens et utilisée par les Colosséens, les Aquatiques ou encore les Sardokars de Fomalhaut.

STOA'L titre d'administrateur d'un arbre-colonne dans les cités arboricoles d'Elwander.

STONEHENGE littéralement « les pierres suspendues ». Il s'agit du plus grand monument mégalithique de Grande-Bretagne, érigé entre -2800 et -1100 dans la région de Salisbury en Angleterre.

STRONGGORE région du royaume de Bretagne détenue par le prince Arthur au Ve siècle. Elle correspond à peu près à l'actuelle région de Northampton, en Angleterre.

STYGE conducteur de caravane du peuple Mesh.

STYX îlot proche de Ténébreuse, sur lequel se dresse la Tour des Exorciseurs, magiciens réputés dans tout Anaclasis.

SUCELLOS dieu celte qui tue avec son maillet et ressuscite avec son chaudron de résurrection.

SYNCHRONES habitants de Hautjardin, qui hibernent en période de lune décroissante et vivent presque jour et nuit le reste du temps.

SYLHA l'une des capitales des archipels sous-marins du peuple des Aquatiques.

SYNESTHÉSIE trouble de la perception des sensations, qui fait éprouver deux ou plusieurs perceptions simultanées à la sollicitation d'un seul sens. Par exemple, sentir une odeur à la vue d'une couleur donnée. Sur Colossea, les ingénieurs utilisent un treillage de projection synesthésique couvrant les murs et plafonds pour créer des décors d'un réalisme surprenant. Les artistes colosséens réalisent également des concerts synesthésiques, improbable mélange de couleurs, d'odeurs et de sons.

TALIESIN barde mythique de la littérature celtique.

TAUROMAGIE spectacle populaire dans les baronnies des monts Vazkor, opposant des hommes à des taureaux Passe-Mondes.

TECHNOART forme d'art pratiquée dans la ville de Colossea, présentant des mécanismes d'horlogerie animés placés sur des supports muraux.

TÉLÉKINÉSIE l'une des six composantes du Pouvoir Unique, faculté d'agir sur la matière à distance. Les Bougeurs possèdent des facultés en télékinésie.

TÉLÉPATHIE l'une des six composantes du Pouvoir Unique, faculté de lire les pensées.

TEMPS DU RÊVE époque au cours de laquelle tout était spirituel et immatériel. Chaque événement marquant de la vie des dieux (au premier rang desquels Baiane, le premier être et Numereji, le Serpent

Arc-en-Ciel) et des ancêtres de l'humanité, modelait alors progressivement le monde, donnant naissance aux collines, aux plantes, aux animaux, aux astres... Leur travail accompli, les dieux et les ancêtres demeurèrent définitivement sous la forme qui était la leur à la fin du Temps du Rêve (une montagne, une rivière...). Certains lieux ont encore aujourd'hui un « pouvoir de rêve » qui permet aux chamanes de communiquer avec les esprits.

TÉNÉBREUSE île située aux confins septentrionaux du Monde d'Anaclasis, d'où partirent les armées d'hommes-scorpions qui ravagèrent les royaumes humains durant la guerre que l'on nomma par la suite le Grand Fléau. Elle correspond à l'Islande dans le monde de Thomas.

TÉNÉBREUX autre titre donné au roi de l'île de Ténébreuse, connu aussi sous le nom de Dénommeur.

TENTE À MÉMOIRE DE FORME tente constituée d'une couche de sève d'arbre-colonne, repliée ou dépliée à l'aide d'une incantation magique.

TERRE DES GÉANTS nom donné au continent sauvage correspondant à l'Australie dans le monde de Thomas. Il est couvert d'immenses forêts humides parcourues par une faune de reptiles gigantesques.

TERRE DES SABLES équivalent du continent africain dans le Monde d'Anaclasis.

TERRE-MATRICE capitale troglodytique du peuple Mixcoalt, établie à l'intérieur du grand rocher correspondant, dans le monde de Thomas, à Uluru (Ayers Rock).

TERRES ARDENTES zone marécageuse, au sud de la forêt d'Elwander, illuminée par les flammèches d'une infinité de résurgences de gaz naturel.

TÊTE-EN-BAS autre nom des cavernes de Caer Ratae.

TIGROURS ours au pelage rayé orange et noir, fabriquant de curieux nids en branchages dans les pins couronnés des forêts autour du lac du Milieu.

TIL prédateur marin utilisant ses tentacules-poissons comme appâts pour parasiter de grosses proies. Celles-ci sont ensuite dépossédées de toute volonté et forcées à se sacrifier pour venir se faire lentement digérer par l'insidieux carnassier.

TOILE immense forêt de ronces-araignées coupant en deux l'équivalent de l'Espagne dans le Monde d'Anaclasis.

TOILES SPATIO-CINÉTIQUES voir technoart.

TORQUE DE CONFORT collier colosséen permettant au choix de réchauffer ou de rafraîchir le corps, et de relaxer son propriétaire.

TORTUE DES CAVERNES énorme tortue utilisée par les nomades Change-formes pour tracter leurs chariots bâchés.

TOUILLEGADOUE nom péjoratif donné par les habitants des Animavilles aux hommes vivant dans la forêt des Murmures, un vaste marécage du plateau de Grand-Barrière.

TOUR DES EXORCISEURS citadelle des magiciens de l'île de Styx.

TOUR DES TAMBOURS tour datant du temps d'avant le Grand Fléau, au sommet de laquelle étaient placés des tambours destinés à acheminer les messages aux quatre coins du Monde d'Anaclasis.

TOURNEURS D'ÉTOILES peuple de Palanque, dans l'est d'Anaclasis.

TRAÎNE-VENT méduse volante aux tentacules enduits d'un poison foudroyant.

TROIS COUPES PERDUES trois calices en or réalisés par les dieux celtes et égarés par les hommes. Le premier est la coupe de résurrection de Bran le héros, le second est la coupe d'abondance du dieu druide Dagda, le troisième est la coupe d'inspiration de la reine Cerridwen.

TROIS MERS compagnie de transport installée à Coquillane, affrétant des Cors'airs pour desservir les principales routes commerciales du littoral.

TROU (LE) une Ville Morte du Monde d'Anaclasis.

TROUASIS cône d'effondrement creusé dans le désert du Neck, au fond duquel une oasis s'est développée.

TUNNEL TEMPOREL voir chronoprisme.

ULTIME océan séparant Anaclasis de l'île de Ténébreuse.

ULURU aussi connu sous le nom d'Ayers Rock, c'est un monolithe de grès situé au centre de l'Australie, haut de trois cent cinquante mètres et de plus de neuf kilomètres de circonférence.

UMBO vallée et village du Ve siècle, situés dans la région actuelle des Chiltenn hills, au nord de Reading en Angleterre.

USURRI buisson ressemblant à un écheveau de laine qui roule au gré du vent dans le désert du Neck. La farine d'usurri est utilisée par les caravaniers Meshs.

VAL-DÛLKAN zone de la forêt d'Elwander appelé également le Bosquet Primitif.

VANIKORO ensemble de deux îles de l'archipel des Salomon dans le Pacifique, où s'est tragiquement achevée l'expédition maritime du comte de Lapérouse.

VEILLEUR D'ARCABA Passe-Mondes rompu à l'art de la guerre chargé de veiller sur le tombeau de Léo Artéan et d'attendre l'arrivée du nouveau Nommeur.

VELD région de l'est d'Anaclasis, où l'on trouve les royaumes nomades des cavaliers du même nom.

VELDAN royaume d'Anaclasis à l'époque de Léo Artéan, appartenant à la confédération des Douze Royaumes.

VENTA bourg fortifié du royaume de Bretagne au Ve siècle (dans le monde de Thomas), situé dans l'actuelle province anglaise de Hampshire.

VERS DES NUAGES immenses créatures carnivores flottant au milieu des nuages.

VIBRATION FOSSILE vibration des atomes constituant chaque chose et chaque être du Monde d'Anaclasis. Le dernier souffle des Incréés serait à l'origine de cette vibration, désignée aussi sous l'appellation plus poétique de symphonie universelle.

VILLE MORTE ville datant d'avant le Grand Fléau, construite en matériaux inertes, par opposition aux Animavilles, qui sont d'immenses organismes vivants.

VILLEVIEILLE ville du sud d'Anaclasis, où est née la doctrine religieuse dite du Paradigme des Incréés.

VIREVOLES graines flottant au moindre vent tombant des fleurs de l'éliodule, dans les forêts de la Terre des Géants.

VOIX DE COMBAT cri de bataille expulsé par les Défenseurs à la vitesse du son et capable de terrasser n'importe quel adversaire.

VOLCANIA l'une des six Animavilles, dite la ville du Feu.

VOLE-CRIQUET jeu qui s'apparente à une sorte de ballon prisonnier mais avec un énorme criquet en guise de ballon.

VORTEX DE L'HISTOIRE lieux particuliers canalisant les énergies et rassemblant au cours de l'histoire l'activité des races pensantes.

VOYAGEURS DU SOMMEIL Spartes en animation suspendue (hibernation assistée) dans leurs narcovaisseaux, au fond du puits du sommeil.

YULARA complexe touristique situé à proximité de Uluru.

ZACHEL ville du royaume de Veldan à l'époque de Léo Artéan, possédant une importante aérorade destinée au transport des marchandises.

ZAPORIA l'une des six Animavilles, dite la ville des Magiciens.

ZOMBRE insulte utilisée pour désigner les habitants du monde de Thomas.

ÉRIC TASSET

Né à Grenoble en 1964, Éric Tasset exerce la profession d'ingénieur projet dans l'industrie.

Il a ressenti de longue date le besoin de faire partager sa passion pour l'histoire et le riche patrimoine de la France, ce qui l'a conduit à écrire et publier quatre livres aux Éditions de Belledonne, mais aussi à illustrer de nombreux ouvrages, à l'aide des dessins et des tableaux qu'il réalise.

Un autre de ses plaisirs est d'écrire pour la jeunesse. Depuis des années, il rêvait de jeter sur le papier les bases d'un univers baroque destiné aux adolescents : c'est chose faite, à travers le cycle de *Thomas Passe-Mondes*. Le Monde d'Anaclasis livre enfin son univers fantastique, habité par la magie, le mystère et l'aventure…

Éric Tasset a publié aux Éditions Belledonne : *L'Isère des châteaux forts* (1995), *Les contes inédits du Dauphiné au temps des Enchanteurs* (1998), *Les plus belles légendes de l'Histoire du Dauphiné* (2000) et *Châteaux forts de l'Isère* (2005). Il peaufine en ce moment la suite des aventures de Thomas Passe-Mondes.

Lisez et relisez dans leur édition « grand format » les 5 premiers épisodes de Thomas Passe-Mondes. En attendant la suite…

Quelques avis de lecteurs…

À propos de *Dardéa* :
« *Dans ce premier épisode, nous cheminons dans un univers fantastique excitant, dans un style à la fois accessible et captivant.* » (Sélection White Ravens 2009, Bibliothèque internationale de Munich)

À propos de *Hyksos* :
« *Il y avait longtemps que je n'avais pas été envoûtée. Gros coup de cœur !* » (Espace Culturel de Vannes)
« *Ce second tome est encore plus passionnant que le premier. Maintenant que les personnages sont présentés, l'auteur peut les faire vivre pleinement.* » (Libbylit)

À propos de *Colossea* :
« *J'ai adoré les deux premiers tomes. La découverte de Colossea est un moment d'anthologie : démesuré, inquiétant et bourré d'imagination. Le virage plus science-fiction et roman historique que fantasy pure est une vraie réussite.* » (Fnac)

À propos de *Uluru* :
« *"Thomas Passe-Mondes" est clairement ma série culte. Vivement la suite !* » (Fnac)

Thomas Passelande vit une existence sans histoires en compagnie de sa grand-mère Honorine, dans une petite ville des Alpes. Jusqu'au jour où il découvre par hasard qu'il possède le pouvoir de pénétrer dans un univers parallèle, le mystérieux Monde d'Anaclasis, peuplé d'habitants étranges. Le jeune garçon apprend alors qu'il appartient à l'ordre respecté des Passe-Mondes, et qu'un destin hors du commun l'attend, en fait depuis toujours. D'aventures en rencontres, il va découvrir pourquoi cet univers incroyable lui semble si familier.

La fête des Animavilles est pour Thomas l'occasion d'oublier un moment la difficile quête qui va être la sienne : retrouver le nom des Incréés et utiliser leur pouvoir pour lutter contre le Dénommeur et ses sinistres légions. Mais il est rapidement rattrapé par son destin. L'arrivée des Effaceurs d'ombre à travers la vibration fossile le contraint à partir à la recherche de la première Frontière en repassant par son monde d'origine, où son ami Pierric se révèle un allié précieux. Accompagné d'Ela, Bouzin, Tenna et Duinhaïn l'Elwil, il rencontre ensuite les Chasseurs de miel de l'Animaville de Ruchéa, avant d'embarquer sur un Cors'air et de voguer en direction de la Ville Morte de l'Architemple, où l'attend le mystérieux cryo-volcan de l'île d'Hyksos…

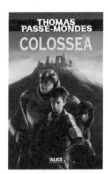 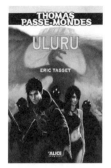 

Nouvelles rencontres, nouveaux dangers… Cette fois, le lecteur se retrouve dans un univers plus familier, celui des légendes arthuriennes mais, attention ! la rencontre de ces deux univers, l'un dans le passé à Avalom, l'autre dans le présent à Anaclasis, promet de belles surprises et encore plus de suspense et de péripéties. Thomas devra affronter des traîtres dissimulés à Colossea, des guerriers avides de pouvoir et de destruction à Caer Servodiunum, mais aussi résister aux charmes de l'ensorcelante Morgane…

À peine remis de son voyage à travers le temps, Thomas découvre un terrible secret de famille en même temps que l'identité du Dénommeur… Cependant, il ne doit pas s'écarter de sa quête principale : retrouver les Frontières et les noms des Incréés dont les pouvoirs fabuleux lui permettront de mettre toutes les chances de son côté durant sa lutte contre Ténébreuse. Avec ses fidèles amis, le jeune homme gagne la région d'Ayers Rock en Australie, où se situe la troisième Frontière. Ils seront confrontés à plusieurs énigmes archéologiques, à de mystérieux militaires et à de surprenants sauriens dont certains deviendront les alliés du jeune homme.

Thomas n'a pas le temps de se remettre de la mort d'Honorine, sa grand-mère adoptive, et son dernier lien avec le Monde du Reflet. Il est à nouveau pourchassé par les mercenaires du Projet Atlas. À Anaclasis, la guerre contre les alliés de Ténébreuse et du Dénommeur – jumeau maléfique de Thomas – fait rage. Il est urgent de trouver la quatrième des six Frontières, qui se trouverait dans le château de Brann, où aurait séjourné le célèbre comte Dracula… Thomas et ses amis devront réduire leur taille à celles d'insectes pour pouvoir l'approcher. De nouveaux personnages font leur apparition. Thomas s'aguerrit face aux événements mais il lui faudra beaucoup de courage pour mener à bien sa mission et combattre le Dénommeur, qui ne reculera devant rien pour rallier son frère jumeau à sa cause.

« "Thomas Passe-Mondes" est clairement ma série culte. »

Thomas Passe-Mondes au format de poche :

Chez le même éditeur

Dans la collection Tertio :

Martha Brooks, *Mistik Lake*
Jennifer Roy, *J'ai le vertige*
Élaine Turgeon, *Ma vie ne sait pas nager*
Beate Teresa Hanika, *Le cri du Petit Chaperon rouge*

Dans la collection Grand Format :

Philippe Dumont, *Chami Chikan* (La loi des Pyramides)

**Consultez notre catalogue sur
www.alice-editions.be**